CHRISTINA HIEMER

SERPENT QUEEN

IN POWER SHE RISES

VERLAG FRIEDRICH OETINGER · HAMBURG

1. Auflage
© 2024 Verlag Friedrich Oetinger GmbH,
Max-Brauer-Allee 34, 22765 Hamburg
Alle Rechte vorbehalten.
Vorbehalten sind ausdrücklich auch alle Rechte für ein
Text und Data Mining, KI-Training und ähnliche Technologien.
© Text: Christina Hiemer, 2024
Lektorat: Diana Steigerwald
Dieses Buch wurde vermittelt von der Literaturagentur
erzähl:perspektive, München (www.erzaehlperspektive.de)
© Umschlaggestaltung: M. D. Hirt
Unter Verwendung © Shutterstock, AlexAnnaButs / Media
Whale Stock / Bokeh Blur Background / Mia Stendal / Only
background und © Adobe Stock, FullFrames / Roman
Satz: Sabine Conrad, Bad Nauheim
Druck und Bindung: GGP Media GmbH,
Karl-Marx-Straße 24, 07381 Pößneck, Deutschland
Printed 2024
ISBN 978-3-7512-0503-0

www.oetinger.de

SCHLANGEN LASSEN SICH NICHT ZÄHMEN,
ALSO SOLLTEST DU ES AUCH NICHT TUN.

KAPITEL 1

Mit den Fingern strich ich vorsichtig über das Amulett, in das ein filigraner Wildkatzenkopf eingraviert war. Seit meiner Kindheit hatte ich davon geträumt, ein solches Amulett zu besitzen. Jetzt war es endlich so weit.

»Cahira? Wo bist du?« Silas' Stimme schallte durch die morsche Holztür zu mir.

Ich fädelte eine angelaufene, steife Silberkette durch die Öse des Anhängers, um sie um meinen Hals zu hängen. Doch der Verschluss ließ sich einfach nicht schließen. Die Tür schwang auf, und Silas blieb vor mir stehen. Sein Blick fiel auf den Anhänger, und ein wissendes Lächeln huschte über seine Lippen.

»Warte, ich helf dir«, sagte er und kam näher. Ich drehte mich zur Seite, und er nahm mir die beiden Enden der Kette aus den Händen. Es dauerte kaum länger als einen Atemzug, ehe er die Kette verschlossen hatte.

»Danke.«

»Kein Problem, ich weiß doch, wie hoffnungslos verloren du bei Handarbeit bist.« Er grinste, und ich konnte ihm nicht einmal widersprechen, denn er hatte absolut recht. Mir lagen solche Dinge nicht. Ich war eher die Frau fürs Grobe.

Silas setzte sich neben mich auf die morsche Pritsche, die bislang mein Nachtlager gewesen war.

»Freust du dich schon?«, fragte er aufgeregt.

»Du meinst, auf ein warmes Bett und eine Behausung, in der es nicht ständig zieht? Kannst du laut sagen.«

Ich erhob mich von meiner Pritsche und blickte mich um. Diese Hütte war einst mehr gewesen als eine heruntergekommene Behausung. Doch das war viele Jahre her. Damals hatte mein Vater noch gelebt, und …

Silas' Hand legte sich auf meine Schulter. Ich hatte gar nicht bemerkt, dass er ebenfalls aufgestanden war.

»Das Amulett steht dir. Dein Vater wäre verdammt stolz auf dich. Er wusste immer, dass du das Zeug dazu hast.«

Ich lächelte und strich unwillkürlich über die Kette. Mein Vater hatte sich immer gewünscht, dass ich in seine Fußstapfen treten würde. Leider war er nicht mehr hier, um es selbst erleben zu können.

»Geh schon mal vor, okay? Ich pack noch kurz meine Sachen und komme dann nach.«

Silas' graue Augen ruhten auf mir, ehe er nickte und die Hütte verließ. Während ich meine wenige Kleidung in einen alten Jutesack stopfte, hörte ich von draußen die aufgeregten Stimmen derjenigen, die – wie ich – den äußeren Ring verließen. Das Herz des Landes, in dem wir lebten, bildete eine Festung. Sie war von einem inneren und einem äußeren Ring umgeben. Die Menschen in Ersterem schützten die Königsfamilie – so wie ich es ab dem heutigen Tag tun würde. Ich war jetzt Teil der Ferum, der königlichen Garde, und die erste Frau in ihren Reihen. Bisher hatte keine andere die Prüfungen gemeistert, die nötig waren, um die Königsfamilie schützen zu dürfen. Ich hatte überhaupt erst an den Prüfungen teilnehmen können, weil mein Vater einst

König Harkon geschützt und mir während dieser Zeit so vieles beigebracht hatte. Damals hatte dieser noch nicht auf dem Thron gesessen. Erst Jahre später wurde er gekrönt, und mein Vater war immer an seiner Seite gewesen. Ein leiser, tödlicher Schatten, der jegliches Unheil abhielt. Das Amulett um meinen Hals war seines gewesen. Es hatte auf mich gewartet.

Ein letztes Mal sah ich mich um. Betrachtete den wackeligen Tisch mit dem Hocker, der kaum noch in der Lage war, mein Gewicht zu halten. Früher hatten wir an diesem Tisch zusammengesessen, und Vater hatte mir von seinen Abenteuern berichtet. Mein Blick glitt zum Bett, oder dem, was davon übrig war, seit ich die Decke zusammengelegt und in meinen Beutel gequetscht hatte. Es fühlte sich komisch an, diesen Ort hinter mir zu lassen, gleichzeitig hatte sich mein Leben die letzten zehn Jahre nur darum gedreht, Teil der Ferum zu werden.

Als ich die Hütte verließ, musterten mich die umstehenden Menschen neugierig. Ich war das kleine Mädchen, ohne Eltern, ohne Zukunft, das es irgendwie geschafft hatte, eine Kriegerin zu werden.

»Es liegt ihr im Blut«, flüsterte jemand. Doch die Wahrheit war nicht so einfach. Ich hatte die Lippen des Todes öfter berührt, als sie ahnten, doch jedes Mal, wenn er sie auf meine gedrückt hatte, hatte ich ihm in die Zunge gebissen. Es lag mir nicht im Blut. Alles, was mich an diesen Punkt in meinem Leben gebracht hatte, war mein Wille. Und er war unbändiger und gnadenloser, als es das Schicksal oder irgendeine Vorsehung je sein könnten.

Mit gesenktem Blick schob ich mich an ihnen vorbei. Ich erblickte Sev und seine Frau Flora, die mir ein anerkennendes Lächeln schenkte. Die beiden hatten sich nach dem Tod meines Vaters um mich gekümmert, da mein Onkel Zión entschieden hatte, mich im Stich zu lassen. Sie waren wie Eltern für mich gewesen, während sich niemand sonst auf der Welt für mich oder mein Schicksal interessiert hatte. Doch obwohl ich die ersten Jahre in ihrer Hütte gelebt hatte, war ich immer hierher zurückgekommen, in mein wahres Zuhause. Und als ich die Prüfungen für die Ferum begonnen hatte, war ich wieder hierhergezogen.

»Cahira, wir sind sehr stolz auf dich«, sagte Sev rau.

»Danke für alles, was ihr für mich getan habt.« Meine Stimme zitterte. »Ohne euch ...« Ich brachte es nicht über mich, den Satz zu beenden.

Ohne euch hätte ich es nicht geschafft.

»Wir wussten immer, dass du und Silas zu Größerem bestimmt seid.«

»Danke, Flora. Euer Vertrauen hat mir immer Kraft gegeben. Wir werden uns wiedersehen.«

Ich drückte beide kurz an mich, ehe ich weiterging. Es war kein Abschied für immer, dennoch wusste ich, wie viel den Ferum abverlangt wurde und dass wenig Zeit für andere Dinge bleiben würde.

Der matschige Weg unter meinen Füßen wurde bald von Pflastersteinen abgelöst. Beim Anblick des Tores, das den äußeren vom inneren Ring trennte, atmete ich erleichtert auf. Die Wachposten warfen einen Blick auf das Amulett, ehe sie mich passieren ließen. Es war ein Zeichen dafür, dass ich die letzte Prüfung bestanden hatte und nun Teil der Ferum war. Direkt hinter dem Tor entdeckte ich Silas, der mit zwei anderen Ferum-Rekruten sprach, die ich aus den Prüfungen kannte.

»Cahira, da bist du ja endlich«, rief er gut gelaunt. Die beiden neben ihm musterten mich argwöhnisch. Im Gegensatz zu Silas war ich unter den Rekruten nicht besonders beliebt, was vor allem daran lag, dass ich die letzte und wichtigste Prüfung am besten absolviert hatte. Ich erinnerte mich gut an diesen Tag, an dem ich beinahe gestorben wäre. Nur mit Mühe hatte ich diese Prüfung überlebt, immerhin vereinte sie alles, was wir zuvor unter Beweis hatten stellen müssen: Kraft, Ausdauer, Klugheit und Geschick.

Einen ganzen Tag und eine lange dunkle Nacht waren wir weit weg von der Stadt gewesen und hatten einen gefährlichen Parkour absolvieren müssen. Doch weder die Kälte noch die wilden Tiere oder die Fallen waren das Schlimmste gewesen, sondern die Teilnehmenden. Sie hatten versucht, sich gegenseitig zu töten, um ihre Chancen auf den Sieg zu erhöhen. Noch immer hörte ich die Schreie derjenigen, die den Falschen vertraut hatten und mit einem Messer im Rücken gestorben waren. Einer der Angreifer war nun ebenfalls Teil der Ferum …

»Entschuldigt bitte die Verspätung«, sagte ich. Ich war mir nicht mehr sicher, wie die beiden Männer hießen, aber das spielte auch keine Rolle. Ich hatte vor, mich von ihnen fernzuhalten.

»Wir sollten gehen, wenn wir noch pünktlich sein wollen«, sagte Silas und beendete das unangenehme Schweigen.

Gemeinsam machten wir uns auf den Weg in die Burg. Ich staunte jedes Mal, wie gigantisch und massiv sie inmitten der Hauptstadt Silvestria lag. Diese war umgeben von düsteren Wäldern und hohen Bergen. Es gab nur wenige Tage im Jahr, an denen die Stadt nicht hinter einer dichten Nebelwand verschwand, die sie für Fremde schlicht unsichtbar machte.

Wir passierten einen weiteren Wachposten und entdeckten die restlichen Rekruten. Insgesamt hatten acht von uns die Aufnahmeprüfung für die Ferum gemeistert. Da bei den ersten Prüfungen über dreißig Anwärter und sieben Anwärterinnen ihr Glück versucht hatten, war es eine große Ehre, nun hier zu sein. Gemeinsam erreichten wir den Innenhof, wo der Kommandant der Ferum uns bereits erwartete.

Morian war ein breitschultriger und respekteinflößender

Mann, der seit einigen Jahren König Harkon schützte. Die schwarze Rüstung und der dunkelgrüne Umhang waren typisch für die Ferum. Nur sie trugen diese, während die Stadtwachen mit silbernen Brustpanzern und ledernen Armschienen ausgestattet waren. Die Garde der Königsfamilie war etwas Besonderes, dementsprechend musste sie auch aussehen.

Fünf weitere Männer in der dunklen Uniform betraten den Hof und trugen schwere Kisten herbei, die sie geräuschvoll absetzten. Morian runzelte die Stirn und wartete, bis seine Männer sich hinter ihm postiert hatten. Dann bedachte er jeden von uns mit einem tiefen Blick.

»Wie ich sehe, haben eure Amulette euch bereits erreicht«, sagte er mit tiefer Stimme. Ich sah verstohlen nach links und rechts. Auch die anderen trugen ihren Anhänger stolz und für alle sichtbar um den Hals.

»Das Amulett allein macht euch nicht zum Teil der Ferum. Dennoch solltet ihr es mit eurem Leben verteidigen. Jedes davon ist aus Knochen unserer heiligen Tiere geschnitzt, und jedes hat zuvor einem Ferum gehört, der sein Leben für das Leben des Königs oder seiner Familie gab.«

Leises Raunen ertönte, doch Morian hob die Hand, und augenblicklich verstummten die Stimmen.

»Wie ihr wisst, verehren wir die anmutigen Wildkatzen, die Silvestrias weitläufige Wälder durchstreifen. Unser Königreich fühlt seit jeher eine tiefe Verbundenheit zu diesen Tieren, nicht zuletzt auch, weil die Legende rund um die Seelentiere sie zu etwas Besonderem macht. Die Amulette sollen euch immer daran erinnern, dass ihr verbunden seid mit eurem Land, dem König und unserem stolzen und anmutigen Wappentier.«

Morian schlug sich nach den Worten einmal auf die Brust, und die übrigen Männer taten es ihm gleich.

»In den Kisten befinden sich eure Uniformen und eure Stiefel, die ihr ab dem heutigen Tage voller Stolz tragen werdet. Sobald jeder von euch seine Rüstung hat, werden wir euch in eure neuen Unterkünfte bringen, wo ihr euch umziehen könnt. Im Anschluss treffen wir uns genau hier wieder.«

»Und was passiert dann?«, fragte einer der Rekruten.

Morian atmete schwer aus. Ich war mir sicher, dass er nicht mit Nachfragen gerechnet hatte.

»Dann teilen wir euch eure Waffen und Aufgaben zu.«

Mit diesen Worten wandte der Kommandant sich ab und überließ seinen Männern das Feld. Die Rekruten stellten sich in einer Reihe auf und warteten geduldig darauf, ihre Uniform zu bekommen. Ich stellte mich mit Silas ans Ende der Schlange, und mit jedem Schritt, den ich näher trat, wurde ich nervöser. Als ich endlich vortrat, spürte ich die Blicke der anderen auf mir. Einer der Soldaten griff in die Kiste und drückte mir ein Leinenbündel in die Hand.

»Eine Sonderanfertigung, du Glückspilz«, nuschelte er, ehe er die Truhe mit einem lauten Knall schloss. Ich schnappte mir das letzte Paar Stiefel, das deutlich kleiner wirkte als das der anderen.

»Silas, Cahira, Midas und Zoka, ihr kommt mit mir«, rief ein glatzköpfiger Soldat durch den Innenhof.

»Der Rest kommt mit mir«, sagte ein kleinerer, rundlicher Mann.

Die Gruppe teilte sich, und gemeinsam mit Silas folgte ich dem uns zugewiesenen Soldaten. Er lenkte uns aus dem Innenhof hinaus und auf eine Treppe zu, die nach unten führte.

»Herzlich willkommen in der Burg«, sagte er laut. Er griff sich eine der Fackeln, die an der Wand hingen, und trat hinab in einen langen Korridor.

»Unsere Nachtlager befinden sich alle hier unten. Aber keine

Angst, die Kerker sind auf der anderen Seite der Burg. Ihr werdet also nicht von den Todesschreien der Gefangenen geweckt.«

Silas und ich wechselten einen Blick miteinander.

Der Soldat lachte laut. »War nur ein Scherz. Ich liebe es, die Neuen ein bisschen aufs Korn zu nehmen. Ihr seid noch so herrlich naiv.«

Ich rollte mit den Augen, und Silas grinste. Diese Art von Humor war genau sein Ding. Der Soldat führte uns durch mehrere Gänge, bis er vor einer Holztür stehen blieb.

»Midas und Zoka, das hier ist euer Zimmer. Zieht euch schnell um, und geht dann zurück in den Hof. Der Kommandant erwartet euch Kätzchen bereits.«

Er drückte ihnen jeweils einen rostigen Schlüssel in die Hand, ehe er weiterlief.

»Dir ist hoffentlich klar, dass du hier keinerlei Sonderbehandlung bekommst, Mädchen«, sagte der Soldat an mich gewandt.

Irritiert blickte ich zu Silas, der kaum merklich den Kopf schüttelte. Doch ich ignorierte seine stumme Bitte, mich zurückzuhalten. »Das ist mir durchaus bewusst. Bei den Prüfungen hat man mich schließlich auch nicht in Blümchen gebadet.«

Silas stieß mir seinen linken Ellenbogen in die Seite, und ich bemühte mich, still zu sein. Der Soldat blieb abrupt stehen und drehte sich zu uns herum.

»Da hast du auch wieder recht«, sagte er deutlich freundlicher und streckte mir seine Hand entgegen. Zuerst war ich unsicher, ob er mir damit ins Gesicht schlagen würde, weil ich so vorlaut gewesen war. Doch seine nächsten Worte verscheuchten den Gedanken.

»Ich bin übrigens Filip«, stellte er sich vor.

Geistesgegenwärtig griff ich nach seiner rechten Hand und schüttelte sie.

»Du hast Mumm, Mädchen, das muss ich dir lassen. Ich habe Geschichten von deinem Vater gehört. Bin ihm selbst nie begegnet, aber anscheinend stimmt es, was man sagt. Ferum-Blut ist vererbbar.«

Er reichte Silas und mir die Schlüssel, spulte noch einmal dieselben Anweisungen ab wie zuvor und verabschiedete sich von uns.

Als wir unser Zimmer betraten, schloss Silas schnell die Tür hinter uns. »Bist du eigentlich komplett lebensmüde?«

Ich sah ihn fragend an, in der Hoffnung, er würde es einfach gut sein lassen.

»Du kannst doch nicht so mit einem Ferum sprechen.«

»Wir sind jetzt auch Teil der Königsgarde, schon vergessen?« Ich betrachtete die kleine Kammer, die fortan unser Zuhause sein würde. Silas warf seine Kleider auf das Bett auf der linken Seite und nahm mir so die Entscheidung ab, wo ich schlafen würde.

»Trotzdem. Du hattest Glück, dass Filip das als Stärke und nicht als Respektlosigkeit verbucht hat. Wir sind hier nicht mehr im äußeren Ring, Cahira. Man erwartet hier mehr von uns.«

Ich lief zu dem kleinen Fenster und warf einen Blick hinaus. Enttäuscht stellte ich fest, dass wir lediglich auf eine der Burgmauern starrten.

»Aussicht ist wohl nicht«, sagte ich und schälte mich aus meinen Klamotten. Silas und ich kannten uns seit der Kindheit, hatten schon zu oft zusammen in Flüssen gebadet, weshalb wir uns in keiner Weise schämten, wenn wir in Gegenwart des anderen nackt waren. Ich war froh, dass ich mir mit ihm und nicht mit einem anderen Rekruten das Zimmer teilte. Sein Vater war ebenfalls im Dienst der Ferum gestorben, eine schmerzliche Gemeinsamkeit, die uns verband.

»Was hat der Soldat eigentlich vorhin bei der Ausgabe zu dir gesagt?«, fragte Silas. Ich hatte meine zerschlissene Hose bereits ausgezogen und war gerade dabei, das bräunliche, ausgefranste Hemd über meinen Kopf zu ziehen.

»Nur einen albernen Spruch«, erwiderte ich beiläufig.

Mit den Fingern machte ich mich bereits an dem Bündel zu schaffen. Als ich die schützenden Leinentücher entknotet hatte, schnappte ich kurz nach Luft. Der schwarze Stoff glänzte, und nach einem genaueren Blick verstand ich die Worte des Soldaten. Die Uniform besaß die Maße einer Frau. Es gab kein klobiges Hemd oder unförmige Hosen, in denen ich gewirkt hätte wie ein Zwerg in den Kleidern eines Riesen.

Ich strich mit den Fingerspitzen über die schwarzen Lederteile, die an den Knien der Hose eingearbeitet worden waren. Die Nähte schimmerten silbern. Ich schlüpfte in die Hose, die ein Stück zu weit war. Doch der Stoff war bequem und gab Bewegungen perfekt nach. Als ich das Oberteil in die Hände nahm, entdeckte ich das aufgenähte Landeswappen – es zeigte eine mit silbernen Fäden umrandete Wildkatze und ein paar Bäume im Hintergrund. Das Emblem erinnerte mich so sehr an meinen Vater. Es hatte immer an seiner Rüstung gefunkelt, genauso wie der Stolz in seinen Augen. Er war Ferum mit Leib und Seele gewesen. Bis zu seinem Tod. Es tat weh, nichts mehr mit ihm teilen zu können, denn ich wusste, wie sehr es ihn gefreut hätte, mich heute in dieser Rüstung zu sehen. Ich kämpfte die Tränen zurück, die versuchten, sich Bahn zu brechen.

»Alles in Ordnung, Cahira?«

Ich hob den Kopf und blickte Silas an. Dabei blinzelte ich eine Träne davon. Silas sollte nicht sehen, wie nah mir all das hier ging.

»Du hast schon wieder diesen Gesichtsausdruck.«

Schulterzuckend schlüpfte ich in das Oberteil der Uniform hinein. Ich zog die Schnallen an den Armen fest und band mein langes braunes Haar zu einem Zopf zusammen, damit es mir nicht ins Gesicht fiel. Zum Schluss waren die Stiefel dran. Sie waren eng, und ich hatte Mühe, überhaupt hineinzukommen. Zum Glück würde sich das steife Leder mit der Zeit dehnen.

»Na gut, friss es wie immer in dich hinein. Aber solltest du doch darüber reden wollen, kannst du dich ja melden. Immerhin hast du mich jetzt dauerhaft an der Backe«, sagte Silas mit einem Grinsen auf den Lippen. Er wartete, bis ich die Stiefel geschnürt hatte, ehe er die Zimmertür aufzog. Ich befestigte den Schlüssel an einem der Riemen an meiner Hose und trat zu ihm auf den Flur. Ich wollte nicht über meinen Vater sprechen. Nicht jetzt, wo so viel um mich herum passierte.

Den Weg zurück in den Hof hatten wir schnell gefunden. Einige der anderen waren bereits da und musterten uns, als wir uns neben sie stellten.

»Sie sollten mehr Frauen bei den Ferum aufnehmen. Die Uniform sitzt an ihr wie eine zweite Haut. An solch einen Anblick könnte ich mich gewöhnen«, feixte einer der Rekruten, und ein anderer johlte zustimmend.

Ich fühlte mich nicht unwohl, aber dennoch musste ich mich zusammenreißen, ihnen keinen Schlag zu verpassen. Immerhin war ich von allen hier die Beste, und wäre ich ein Mann, würden sie mir die Stiefel lecken, statt abschätzig über mich zu reden.

»Mach dir nichts daraus«, flüsterte Silas. Er wusste genau, wie ich darüber dachte. Was er nicht wusste, war, dass genau dieser Rekrut mit der großen Klappe einen der Anwärter in den Tod gestürzt hatte, um jetzt hier stehen zu können. Und ich hatte es mitansehen müssen, ohne eine Möglichkeit, ihn aufzuhalten.

Wenige Minuten später trat Kommandant Morian in die Mitte, und das Gemurmel der Anwesenden verstummte. Er nickte uns zu, ehe er sich vor uns postierte.

»Mit dieser Uniform repräsentiert ihr Silvestria und den König. Tragt sie mit Stolz, aber denkt daran, dass sie euch nicht unsterblich macht.«

Er musterte jeden von uns kurz, ehe er weitersprach.

»Darüber hinaus«, er lief auf die beiden Rekruten zu, die sich über mich lustig gemacht hatten, »dürft ihr eine Sache niemals vergessen.« Er blieb direkt vor ihnen stehen und überragte sie um beinahe einen Kopf. »Wir behandeln *alle* Ferum mit Respekt. Es ist mir egal, wer ihr wart, bevor ihr diese Uniform angelegt habt. Ab diesem Tag stellt ihr euer Leben bis zu eurem Tod in den Dienst des Königs und werdet ihm und den Ferum ewige Treue schwören.«

Er drehte den Kopf zu mir und zeigte mit dem rechten Zeigefinger in meine Richtung. Ich blickte zu Silas, der mich vorsichtig nach vorn schob.

»Geh schon, er meint dich«, flüsterte er mir zu.

Ich straffte die Schultern, holte leise Luft und trat vor.

»Cahira ist die Tochter meines Vorgängers. Ihr Vater schützte den König, als dieser noch ein junger Mann war, und erwies Silvestria jahrelang treue Dienste.« Morians Stimme schallte über den Platz. Sein Tonfall war energischer und irgendwie … drohender geworden.

»Sie ist die erste Frau, die alle Prüfungen der Ferum erfolgreich absolviert hat. Wie viele Männer scheitern an den Aufgaben oder sterben dabei?«, fragte er in die Stille hinein.

Mein Blick fiel auf den meines Gegenübers. Die Verunsicherung in seinen Augen war überdeutlich. Aber auch die Abscheu. Wir würden nie miteinander auskommen, das war uns beiden nur allzu bewusst. Dennoch genoss ich es, dass der Kommandant ihn zurechtwies.

»Ich kann euch die Frage beantworten«, fuhr Morian fort. »Es sind Hunderte. Wir begraben jede einzelne tapfere Seele. Und weil so viele Menschen ihr Leben dafür lassen, genau an eurer Stelle stehen zu dürfen, behandelt ihr einander gefälligst mit Respekt.«

Obwohl ich dem Kommandanten dankbar war, dass er die Sticheleien der anderen unterbinden wollte, war es mir unangenehm, dass er meine familiären Verhältnisse so offen dargelegt hatte. Natürlich hatte ich mir den Platz bei den Ferum aus eigener Kraft erkämpft, doch die anderen würden mir sicherlich vorhalten, ich sei nur wegen meines Vaters hier.

»Entschuldigt euch bei ihr«, befahl Morian grimmig.

Sofort schnellten mir zwei Hände entgegen. Ich blickte abwechselnd zu den beiden Männern, deren Namen ich nicht einmal kannte. Morian beobachtete das Unterfangen mit skeptischem Blick. Mit zusammengepressten Lippen nahm ich die leisen und vermutlich alles andere als ehrlich gemeinten Entschuldigungen an und stellte mich wieder zu Silas in die Reihe. Für mich stand fest, dass ich um die beiden einen großen Bogen machen würde. Im Kampf würden sie mir garantiert nicht den Rücken stärken.

»Da wir das nun geklärt haben, können wir uns wieder den wichtigen Dingen widmen«, sagte Morian. Die Anspannung der Gruppe sank, doch ich bildete mir ein, stechende Blicke auf mir zu spüren.

»Morgen erwarten wir hohen Besuch aus dem Nachbarreich Falconia. König Avriel und seine enge Gefolgschaft besuchen unsere königliche Familie, und wir Ferum sorgen für die Sicherheit in der Burg.«

In meinem Inneren machte sich ein nervöses Kribbeln breit, denn solche Besuche kamen selten vor in den letzten Jahren.

Morian zog ein Stück Papier hervor, ehe er weitersprach.

»Besuche anderer Königshäuser bergen ein enormes Sicherheitsrisiko, weshalb wir jeden Einzelnen von euch brauchen. Ein erfahrener Ferum wird jeweils einem von euch zur Seite stehen, gewissermaßen als Mentor, der euch für die nächste Zeit beaufsichtigt und euch eure Aufgaben näherbringt. Solltet ihr Fragen oder sonstige Anliegen haben, klärt ihr das zuerst mit ihm. Verstanden?«

Wir nickten, und Morian las eine Liste mit den Namen der Rekruten und dem jeweiligen Mentor vor. Silas bekam einen Mann namens Xathar an die Seite gestellt. Als Morian schließlich bei meinem Namen angelangte, ließ er die Liste sinken. Ich fragte mich, was das zu bedeuten hatte, doch dann verstand ich.

»Cahira hat jeden Einzelnen von euch geschlagen und sich das Privileg verdient, eure Anführerin und mein Schützling zu sein. Sie wird euch in Zukunft all meine Befehle weitergeben. Cahira führt eure Gruppe bei Einsätzen und trägt die Verantwortung für jeden von euch. Ich hoffe, ihr lernt auf diese Weise, dass das Geschlecht für Ferum keine Rolle spielt und ihr Befehlen bedingungslos Folge zu leisten habt.«

Morian kam auf mich zu. In den Händen hielt er einen silbernen Anstecker. Er zeigte das Wappen von Silvestria – Bäume und eine Wildkatze mit scharfen Zähnen und leuchtenden Augen. Er reichte mir den Anstecker, den ich an meiner Uniform befestigte.

Anführerin. Ein Wort, das ich kannte. Eine Rolle, die neu für mich war. Bisher hatte ich immer nur mich selbst geführt. Verantwortung für andere zu übernehmen, war ungewohnt für mich.

»Dein Vater wäre sehr stolz auf dich«, sagte Morian.

Ich strich mit der Hand über den Anstecker.

»Danke, das bedeutet mir viel«, entgegnete ich so gefasst wie möglich.

»Geht hinunter in den Aufenthaltsraum, dort warten eure Mentoren auf euch. Heute um Mitternacht werdet ihr dann den Eid in einer feierlichen Zeremonie ableisten. Dabei wird jeder von euch etwas opfern müssen, um rechtmäßig Teil der Garde zu sein.«

Die Gruppe zerstreute sich, und Morian reichte mir die Liste. »Hoffen wir mal, dass ich eine gute Wahl getroffen habe. Los, Cahira, wir haben noch eine Menge zu erledigen.«

KAPITEL 2

Morians schwere Schritte hallten durch die leeren Gänge. Ich folgte ihm in einigem Abstand und sah mich verstohlen um. Wir waren nicht im unteren Teil der Burg, der kahl und dunkel war. Durch die Fenster fiel Sonnenlicht ins Innere, und an den Wänden hingen Gemälde von wichtig aussehenden Menschen mit strengen, herrschaftlichen Mienen. Als der Kommandant nach links abbog und eine schwere Tür öffnen ließ, an der zwei Wachposten standen, wandte er sich an mich.

»Als König Harkon erfuhr, wer du bist, wollte er dich persönlich bei den Ferum willkommen heißen. Ich denke, du weißt, was das für eine Ehre ist. Harkon und dein Vater waren jahrelang enge Vertraute. Sein Tod hat den König damals tief erschüttert.«

Morians Blick ruhte auf mir, und ich atmete tief ein und aus, ehe ich die richtigen Worte gefunden hatte. »Mein Vater hat mir von ihm erzählt, als ich jünger war. Wenn ich ihn zur Weißglut trieb, weil ich nicht tat, was er von mir verlangte, dann sagte er immer, ich sei genauso ein sturer Bock wie der Königssohn. Er schätzte den eisernen Willen dieses Mannes.«

Über Morians Gesicht huschte ein Lächeln. Dabei bildeten

sich Fältchen um seine Mundwinkel, und ich fragte mich unweigerlich, ob jemand wie er oft lächelte.

»Das behältst du dem König gegenüber vielleicht besser für dich«, entgegnete der Kommandant.

Wir durchquerten einen langen Saal, in dem sich mindestens zehn weitere Wachen befanden, darunter auch zwei Männer in der dunklen Rüstung der Ferum.

»Verzeiht die Frage, aber was ist der wahre Grund, warum ausgerechnet ich die anderen Rekruten anführen soll? Mich beschleicht ehrlich gesagt das Gefühl, dass es hierbei um meinen Vater geht.« Dieser Gedanke wollte mir seit der Verlesung der Liste nicht mehr aus dem Kopf gehen und wurde zusehends lauter. Respekt war etwas, das man sich verdienen musste. Ein Satz, der für mich keine Floskel war, sondern eine der wenigen Wahrheiten, denen ich blind vertraute. Und mich diesen misstrauischen, bockigen und abweisenden Typen zum Fraß vorzuwerfen, hatte nichts damit zu tun, sie anzuführen. Sie würden mich nicht akzeptieren, und mein Geschlecht war dabei sicherlich nur einer von vielen Gründen.

»Du bist keinesfalls die Stärkste aus deiner Gruppe. Aber mit Stärke allein gewinnt man keinen Kampf. Sie kann einen sogar schwächen, wenn man sich zu sehr darauf verlässt, das mussten schon viele gute Männer schmerzlich erfahren. Einige bezahlten mit ihrem Leben. Du hast von der ersten Prüfung an verstanden, dass Stärke deine größte Schwäche ist, und statt dich von ihr niederwerfen zu lassen, hast du versucht, sie mit deinen anderen Talenten aufzuwiegen.«

Ich erinnerte mich an die erste Prüfung, die einzig und allein darauf ausgelegt war, die Kräfte der Teilnehmenden zu messen. Keine komplexe Aufgabe, aber dennoch tückisch für eine Frau. Ich war athletisch gebaut, aber nicht so töricht, zu glauben, dass ich der körperlichen Konstitution eines Mannes überlegen war. Deshalb hatte ich gar nicht erst versucht, den gigantischen Baumstumpf zu tragen. Stattdessen hatte ich ihn auf die Seite gekippt, zum Ziel gerollt und die Prüfung damit nur knapp bestanden.

»Das ist keine wirkliche Erklärung für das hier«, sagte ich und zeigte auf den Anstecker an meiner Uniform.

Morian brummte leise, und ich war mir nicht sicher, ob er zustimmte oder genervt war.

»Bei der letzten Prüfung hast du etwas getan, das kein anderer deiner Kameraden gemacht hat.« Morian hob eine Hand und fuhr sich durch den stoppeligen Bart. Ich musste nicht lange überlegen, um zu wissen, worauf der Kommandant hinauswollte.

»Du hast einen sicheren Sieg aufs Spiel gesetzt, um einem anderen Teilnehmer zu helfen. Niemand sonst hat es interessiert, dass der Junge unter dem schweren Baumstumpf eingeklemmt war, aber du bist stehen geblieben und hast ihn herausgezogen, ehe du weitergelaufen bist. Das ist es, was einen Anführer ausmacht, Cahira. Dir war das Leben des Jungen wichtig, dabei war er dir fremd. Ein Kampf besteht nicht nur daraus, andere zu verletzen oder gar zu töten. Der wirkliche Kampf findet im Herzen statt. Wir dürfen bei all dem Tod und all der Verderbnis in der Welt nie vergessen, dass wir Menschen sind. Deshalb stehst du an meiner Seite und wirst gleich den König treffen. Deshalb führst du deine Gruppe ab dem heutigen Tage an und sorgst dafür, dass jeder Rekrut dir gehorcht und ihr euch aufeinander verlassen könnt wie eine Familie.«

Morian klopfte mir fest auf die Schulter, und ich ließ seine Worte für einen Moment sacken. Eine solche Ansprache hatte ich nicht erwartet. Aber er hatte recht. Ich war damals abseits des

Pfades gelaufen, um den anderen aus dem Weg zu gehen. Dennoch waren mir die Rufe des Jungen aufgefallen, der schmerzerfüllt um Hilfe bettelte. Niemand hatte Notiz von ihm genommen. Jeder hatte nur an sich gedacht, daran, zu gewinnen, Teil der Ferum zu werden.

Ich würde lügen, wenn ich behaupten würde, es wäre mir weniger wichtig gewesen. Doch für den König und für Silvestria zu kämpfen, bedeutete auch, die Menschen zu beschützen, die in unserem Land lebten. Was wäre ich für eine Kriegerin, wenn ich einen Verletzten sich selbst überlassen hätte?

»Dann hoffe ich, dass ich die Erwartungen in mich erfülle«, sagte ich leise. Druck machte sich in meiner Brust breit, immerhin würde ich gleich unseren König aus nächster Nähe sehen.

»Das hoffe ich auch, immerhin bin ich dein Mentor, und es würde mich in einem schlechten Licht dastehen lassen, wenn du deiner Rolle nicht gerecht wirst.«

Ich musterte die dunkelgrünen Banner, die das Wappen von Silvestria zierte. »Ist das hier so eine Art Empfangshalle?«

Morian nickte. »Morgen wird der König hier die Delegation aus Falconia empfangen, weshalb der Saal entsprechend hergerichtet wird.« Sein Blick huschte zu den Bannern an der Wand, ehe er sich mir wieder zuwandte.

»Hinter der Tür dort vorn befindet sich der Thronsaal. Wenn der König dich anspricht, verbeuge dich kurz. Selbiges Prozedere gilt für seine Frau Amirella und seinen Sohn Atlas.«

Ich nickte und versuchte, das Pochen in meiner Brust in den Griff zu bekommen. Doch die Nervosität schien sich von Sekunde zu Sekunde zu steigern.

»Falls es dich irgendwie beruhigt, ich war auch mal an deiner Stelle, und schau, was aus mir geworden ist.« Morian schob mich vorwärts. »Nur Mut, jeder von uns hat als Rekrut begonnen.«

Als wir die imposante und schwere Holztür erreicht hatten, öffneten die Wachen sie, und mein Blick fiel auf den Thronsaal von Silvestria.

Der Boden war mit einem dunkelgrünen Teppich versehen, der den gesamten Weg bis zum Königsthron bedeckte. Er hatte exakt die gleiche Farbe wie das Wappen. Der Saal roch leicht nach Tabak und Moschus. Links von uns befand sich eine gigantische Statue einer fauchenden Wildkatze. Der dunkle Stein hatte etwas Bedrohliches, genauso wie die Augen, die wie Onyxe funkelten. Bei jedem Schritt wirkte es, als würde ihr Blick mir folgen, was auch an der lauernden Haltung des Tieres lag. Der Teppich dämpfte unsere Schritte, während wir dem König näher kamen. Er sah starr nach vorn und beobachtete uns wie ein Raubtier seine Beute.

Bloß nicht stolpern. Bloß keinen Schluckauf bekommen. Bloß nicht blamieren. Setze einen Fuß vor den anderen. Du kannst das, spornte ich mich an.

Ich ging den letzten Satz wie ein Mantra immer und immer wieder durch, bis wir vor der Erhebung hielten, auf der sich der beeindruckende Thron Silvestrias befand.

Der Mann, der auf ihm saß, füllte ihn nicht ganz aus. Ich bemerkte aus dem Augenwinkel, wie Morian sich verbeugte, und tat es ihm gleich.

Der König nickte dem Kommandanten zu. »Morian, wie ist es dir ergangen? Hast du die neuen Ferum in unserer Burg gebührlich empfangen?«

»Das habe ich, und ich bin sehr stolz auf mich, dass sich bisher noch alle Rekruten bester Gesundheit erfreuen«, entgegnete der Kommandant erstaunlich offen.

Der König lachte laut. »Mal schauen, wie lange das unter deiner Führung noch so bleibt.«

»Ich werde mir Mühe geben.« Morian trat einen Schritt zurück und sah mich auffordernd an.

»Mein König«, sagte ich ehrfürchtig, während ich mich erneut verbeugte. Lieber einmal zu viel als einmal zu wenig.

»Du bist Orion wie aus dem Gesicht geschnitten.« Der König beugte sich nach vorn. Seine Züge wirkten hart, doch in seinen Augen, die der Farbe von sonnendurchflutetem Bernstein glichen, konnte ich auch Güte erkennen. Ich fragte mich, wo diese Güte gewesen war, als mein Vater für ihn gestorben war und mich allein zurückgelassen hatte. Niemand aus dem Königshaus hatte sich um mich geschert.

Der Blick des Königs haftete an mir, und ich dachte gar nicht daran, wegzusehen.

»Er erzählte mir, wie wild und ungezähmt du warst und dass du beinahe dein Augenlicht verloren hättest, als dich eine der Vestras angriff. Du hast zweifelsohne seine grünen Augen und diesen stoischen Blick.« Der König lachte heiser.

Unwillkürlich berührte ich die beiden Narben über meinem rechten Auge, die mit den Jahren verblasst waren. Ich konnte mich noch gut an den Jagdausflug erinnern, als mich wie aus dem Nichts eine Wildkatze angegriffen hatte. Mein Vater hatte sie mit dem Bogen getötet und mir so das Leben gerettet. Eine Tat, die nur durch Lebensnot gerechtfertigt war. Niemand durfte die Vestras, die wilden und heiligen Katzen der Wälder, grundlos töten.

»Ich hoffe, dass ich weitaus mehr mit meinem Vater gemein habe als nur die Augenfarbe.« Ich konnte deutlich erkennen, dass der König von meiner Antwort eher amüsiert als beleidigt war. Dennoch war mir bewusst, dass es ein schmaler Grat war, auf dem ich wandelte. »Erlaubt mir eine Frage«, fuhr ich fort, bevor mich der Mut verließ.

»Nur zu.« König Harkon machte eine lapidare Handbewegung.

»Als Euer Beschützer starb, habt Ihr Euch da gefragt, was aus seiner Familie wird?«

Harkon fuhr sich mit der rechten Hand durch den ergrauten Bart. Dachte er über meine Worte nach, oder war es bloß eine Geste, um Zeit zu schinden?

»Orion hatte keine Familie«, entgegnete er schließlich.

»Mein Vater hatte mich!«

Ich spürte Morians schwere Hand auf meiner Schulter, eine unmissverständliche Geste. *Lass es gut sein.*

Doch ich hatte mich zu oft gefragt, wieso mein Schicksal plötzlich in den Händen von Onkel Zión gelegen hatte, der sich jedoch nie um mich gekümmert hatte.

»Dieses Gespräch hatte ich nicht erwartet, aber ich empfinde deine Direktheit als erfrischend. Dein Vater war auch kein Freund von unnötigem Geplänkel, also beantworte ich dir deine Frage, ehe wir uns dem zuwenden, weswegen du eigentlich hier bist.« Der König erhob sich von seinem silbernen Thron und schritt die wenigen Stufen herab, bis er unmittelbar vor mir stehen blieb.

»Ich ließ deinem Onkel die Nachricht überbringen, dass Orion gestorben war. Ich bat ihn, nach Silvestria zu kommen, um für dich zu sorgen. Er ließ auf sich warten, und als er schließlich hier war, besaß er die Dreistigkeit, eine große Menge Gold dafür zu verlangen, sich um dich zu kümmern. Er war ein Taugenichts. Durch und durch verschlagen und ein Säufer noch dazu. Ihr verbrachtet kaum zwei Wochen zusammen, ehe ich ihn vor die Tore werfen ließ.«

Die Geschichte klang absurd, aber Zión war damals tatsächlich ohne ein Wort des Abschieds verschwunden. Ich erinnerte mich gut an den Tag, an dem Sev und Flora unangekündigt vor der Tür unserer Hütte gestanden hatten. Sie waren so freundlich und liebenswürdig gewesen.

»Meine geliebte Amirella wusste von einer Frau, der es nicht möglich war, selbst Kinder zu gebären. Die Schwester einer ihrer Zofen. Eine gute Frau mit einem ehrwürdigen Mann an ihrer Seite. Wir baten ihnen Gold an, damit sie sich um dich kümmerten und es dir an nichts mangelte. Und wenn ich sehe, was aus dir geworden ist, dann trägst du zu Recht das Amulett deines Vaters.« Er schritt an mir und Morian vorbei, und sein samtgrünes Gewand raschelte leise.

»Also habt ihr Sev und Flora bezahlt, um mich großzuziehen?«, nuschelte ich.

»Anfangs ja, aber wie schon gesagt, sie sind gute Menschen. Nach etwa einem Jahr lehnten sie das Gold ab.«

Ich zog die Augenbrauen zusammen. Wieso hatten die beiden mir nie erzählt, in welcher Verbindung sie zum König oder den Ferum standen? Oder hatte Harkon es ihnen verboten? Ich biss mir auf die Zunge, denn ich spürte, dass der König mir keine weiteren Fragen beantworten würde. Er schien angespannt zu sein.

»Danke für Eure Ehrlichkeit. Das … bedeutet mir viel«, presste ich die Worte hervor, die er vermutlich hören wollte.

Er verschränkte die Hände hinter dem Rücken und senkte den Kopf. »Das ist das Mindeste, was ich für dich tun konnte.«

Harkon schritt zurück zu seinem Thron, blieb jedoch stehen. Erst jetzt fiel mein Blick auf die beiden anderen Throne neben seinem. Sie waren schmuckloser, aber genauso imposant. Wo die Königin und der Prinz wohl gerade waren?

»Da wir das geklärt haben, widmen wir uns der eigentlichen Aufgabe, wegen der du hier bist«, sagte Harkon. Sorgenfalten zeigten sich auf seiner Stirn.

Morian trat nach vorn und reichte dem König ein Stück Pergament, das dieser überflog. Er nickte, ehe der Kommandant das Papier wieder in seine Rüstung steckte.

»Wie du sicherlich schon erfahren hast, erwarten wir morgen den König von Falconia, Avriel Airyna, und seine Delegation aus engsten Vertrauten, Beratern und Soldaten. Seit dem Tod seines Vaters ist der Frieden fragil. Aber Avriel hat zugestimmt, seine Schwester Fiona meinem Sohn Atlas zur Frau zu geben, zur Stärkung des Länderbündnisses und als Zeichen, dass unsere beiden Königreiche auch weiterhin zueinanderstehen. Das eröffnet uns viele neue Möglichkeiten, gleichzeitig birgt die bevorstehende Vermählung einige Risiken, die wir gern so gering wie möglich halten möchten.« Harkon und Morian wechselten einen Blick, ehe Letzterer das Wort ergriff.

»Prinz Atlas hat erst kürzlich seinen engsten Leibwächter verloren, als dieser auf einer Außenexpedition verunglückte. Wir benötigen dringend Ersatz, jetzt, wo der Prinz so in den Fokus der Geschehnisse rückt. Wir wollen um jeden Preis verhindern, dass dem Thronerben etwas geschieht.«

Meine Finger wurden schwitzig, und ich versuchte, sie unbeobachtet an meiner Hose abzuwischen.

»Cahira, wir glauben, dass eine Leibwächterin weniger auffällig ist, zumal es bisher immer so war, dass die Ferum nur aus Männern bestanden. Unsere Feinde würden dich und deine Fähigkeiten garantiert maßlos unterschätzen, was uns einen Vorteil im Angriffsfall verschaffen würde. Du bist schnell und äußerst flink, kannst dich lautlos bewegen und hast mehrfach während der Prüfungen bewiesen, dass du einer solch wichtigen Aufgabe gewachsen bist.« Morian sah mich abwartend an.

Ich ballte meine Hände zu Fäusten und verdrängte den kalten Schweiß auf meiner Haut. Niemals hätte ich damit gerechnet,

Leibwächterin des Prinzen zu werden. Ein so wichtiges Leben zu schützen, war eine enorme Verantwortung, und ich war unsicher, ob ich dafür schon bereit war. Immerhin sollte ich ja auch die anderen Rekruten anführen. Allerdings hatte ich all die Jahre so hart trainiert, und mein Vater wäre sicher stolz auf mich, wenn er wüsste, was für ein Vertrauen der König mir entgegenbrachte.

»Es ist mir eine Ehre, Euren Sohn zu beschützen. Ich werde Euch nicht enttäuschen«, sagte ich steif und hatte das Gefühl, als wäre ich ihm das schuldig. Ich würde mein Bestes geben, um dieser Aufgabe gerecht zu werden.

»Mein Sohn wartet bereits in seinen Gemächern darauf, seine neue Wächterin kennenzulernen. Morian wird dich hinbringen und dich nach dem Schwur heute Nacht mit den schärfsten Klingen des Landes ausstatten. Hoffen wir, dass du sie nicht benutzen musst«, sagte König Harkon und wandte sich zum Gehen.

Morian und ich verbeugten uns, ehe er mich durch eine Tür auf der linken Seite führte, die beinahe mit der Wand verschmolz, sodass sie mir gar nicht aufgefallen war. Als sie hinter uns zuschlug, atmete ich hörbar aus. Ein Teil der Anspannung fiel von mir ab, dennoch war es schwer, das Geschehene zu verarbeiten. Ich hoffte sehr, dass der Prinz mir meine Aufgabe nicht unnötig schwer machen würde. Immerhin hatte König Harkon sein Leben in meine kleinen Hände gelegt, und ich wollte mir gar nicht ausmalen, was mit mir passieren würde, sollte dem Prinzen etwas geschehen.

»Du hast dich gut geschlagen. Ich kenne gestandene Männer, die in Anwesenheit des Königs verstummen. Aber du … hast Mumm«, sagte Morian anerkennend. Er führte mich eine schmale Treppe hinauf.

»Der Prinz wohnt im Westturm«, erklärte er. Seine schweren Schritte dröhnten, bis wir den Westflügel erreicht hatten. Auch hier war der Boden mit einem auffälligen dunkelgrünen Teppich bedeckt. Auf dem Weg begegneten wir einigen Mägden und Zofen, die sich fragend nach uns umdrehten. Zwei Bedienstete, die Wäsche und Laken in Körben an uns vorbeitrugen, tuschelten aufgeregt miteinander. Als ich mich zu ihnen umdrehte, ertappte ich sie dabei, wie sie uns nachsahen, sich jedoch sofort abwandten.

»Stimmt etwas nicht?«, fragte ich Morian.

Er zuckte mit den Schultern. »Sie haben bloß noch nie eine Frau in der Uniform der Ferum gesehen.«

Unschlüssig, was ich von dieser Aussage halten sollte, folgte ich dem Kommandanten und fokussierte mich auf meine Umgebung. Es war schwer, zu begreifen, dass dies mein Zuhause war. Die meisten Ferum hatten keine Familie und lebten deshalb in der Burg. Nur wenige wohnten in Hütten außerhalb davon. Mein Vater war einer von ihnen gewesen. Er hatte es für mich getan und mich vieles gelehrt – Jagen, Bogenschießen, Fährtenlesen … Ich erinnerte mich dunkel, dass er die Ferum hatte verlassen wollen, um öfter bei mir sein zu können. Doch nachdem der damalige König, Harkons Vater, ihn auf eine wichtige Mission entsandt hatte, war er nie wieder zu mir zurückgekehrt …

Morian riss mich aus meinen Gedanken. »Da wären wir.« Er blieb vor einer mehr als massiven, dunklen Holztür stehen, machte jedoch keinerlei Anstalten, sie zu öffnen.

Ich hielt ebenfalls inne. »Gehen wir nicht hinein?«

»Ich nicht, du schon.« Ich konnte den Ausdruck in Morians Gesicht schwer deuten, aber wenn ich mich nicht täuschte, dann wirkte er beinahe … amüsiert.

»Darf ich fragen, wieso ich allein gehen soll?«

»Weißt du, Harkon neigt dazu, Wichtiges wegzulassen, wenn er einem bestimmte Dinge als schmackhaft verkauft. Er hat das

Talent, Menschen so zu beeinflussen, wie es ihm gelegen kommt. Und das sage ich voller Anerkennung, ohne böse Unterstellungen. Wenn ich meine Männer so leicht lenken könnte … Das würde mir einigen Ärger ersparen.«

Ich hob die linke Augenbraue. Was wollte er mir damit sagen?

»Natürlich ist es eine Ehre, als Rekrutin Teil einer persönlichen Leibgarde zu werden. Die meisten Ferum träumen davon, eines Tages in diesen elitären Kreis eintreten zu dürfen. Aber Prinz Atlas ist …« Morian schien nach dem richtigen Wort zu suchen.

»Anstrengend?«, schlug ich vor. Doch Morian lachte nur.

»Atlas ist …«, setzte Morian erneut an, wurde jedoch jäh unterbrochen.

»… direkt hinter euch und kann euch hören.«

KAPITEL 3

Einige Sekunden später, die sich wie eine Ewigkeit anfühlten, ergriff Morian das Wort.

»Prinz Atlas, wie schön, Euch zu sehen.« Er deutete eine Verbeugung an.

Der Prinz musterte ihn mit seinen kühlen eisblauen Augen, ehe sein abschätziger Blick auf mich fiel. Er trug ein weißes, locker sitzendes Hemd, das er teilweise in seine dunkelbraune Hose gesteckt hatte. Das hellblonde Haar fiel ihm ins Gesicht, und seine geröteten Wangen verrieten, dass er, bei was auch immer er zuvor getan hatte, etwas außer Atem geraten war.

»Ich bin unsicher, ob die Freude auch auf meiner Seite liegt«, entgegnete er. Die beiden Wachen scheuchte er mit einer Handbewegung davon, ehe er sich an uns vorbei zur Tür schob.

»Was wollt ihr von mir?« Mit dem Rücken zu uns betrat er seine Räumlichkeiten.

Morian holte tief Luft, ehe er sich räusperte.

»Euer Vater lässt Euch Eure neue Leibwächterin schicken. Cahira ist die Tochter von Orion Cade. Sie wird den Dienst von Lyon übernehmen und beim morgigen Empfang von König Avriel für Euren Schutz sorgen.«

Ich trat einen kleinen Schritt nach links, um ins Zimmer linsen zu können, und sah, dass Atlas in seiner Bewegung erstarrt war. Zugleich bebte sein Körper, und er hatte die Hände zu Fäusten geballt. So hatte ich mir die erste Begegnung mit dem Prinzen nicht vorgestellt.

»Willst du weiter auf dem Flur herumstehen oder hereinkommen, *Cahira*?«, fragte er mit einer gewissen Schärfe in der Stimme.

»Wenn du hier fertig bist, treffen wir uns in meinem Zimmer. Einer meiner Männer wird auf dich warten und dich zu mir bringen«, sagte Morian.

Ich nickte ihm zu und wollte bereits in die Höhle des Löwen gehen, als Morian mit leiser Stimme noch etwas ergänzte.

»Der Umgang mit dem Prinzen kann schwer sein. Lass dich nicht in eines seiner Spielchen verwickeln.«

»Willst du da draußen etwa Wurzeln schlagen?«, rief der Prinz.

Morian klopfte mir kräftig auf die Schulter. Ich holte tief Luft, bevor ich das Zimmer betrat und die Tür hinter mir schloss. Das Erste, was ich unweigerlich erblickte, war nackte Haut. Sehr viel nackte Haut! Denn der Prinz hatte sein weißes Leinenhemd in der Zwischenzeit ausgezogen. Unsicher blickte ich zu Boden. Ich spürte deutlich, wie mir die Röte ins Gesicht stieg.

»Noch nie einen nackten Mann gesehen, oder was?«, blaffte der Prinz.

»Doch, natürlich, sogar schon oft«, beeilte ich mich, zu sagen. Prinz Atlas blieb nur wenige Schritte vor mir stehen. Ich hob den Kopf, und mein Blick traf auf seinen. Das helle Blau war von kleinen, dunklen Schlieren durchzogen, was seinen Augen eine unheimliche Tiefe verlieh, in der ich mich mit Sicherheit verlor, wenn ich zu lange hineinsah. Seine Mundwinkel hoben sich zu einem verschlagenen Grinsen. Als ich realisierte, was ich gerade gesagt hatte, hätte ich mich am liebsten geohrfeigt.

»So habe ich das nicht gemeint …«

»Meine neue Leibwächterin hat also schon viele nackte Männer gesehen. Hast du sonst noch besondere Qualitäten, von denen ich wissen sollte?«

Er schritt langsam zu einem der dunklen Holzschränke und öffnete diesen. Bei jedem Schritt konnte ich sehen, wie seine Rückenmuskulatur arbeitete. Ich fühlte mich unwohl in seiner Gegenwart, dabei waren noch keine fünf Minuten vergangen. Dieser Typ hatte eine natürliche Arroganz, die mich anwiderte. Er glaubte wohl, nur weil er der Königssohn war, konnte er alle wie Dreck behandeln.

Ich rief mir Morians Worte ins Gedächtnis: *Lass dich nicht in eines seiner Spielchen verwickeln.*

Nachdem er sich endlich etwas angezogen hatte, fühlte ich mich wohler in seiner Gegenwart, wenngleich ich nicht wusste, wie ich mich ihm gegenüber verhalten sollte.

»Ich frage mich, was ich verbrochen habe, dass man mir ein unfähiges Dienstmädchen an die Seite stellt statt eines gestandenen Kriegers.« Es wirkte beinahe so, als würde der Prinz nicht einmal mit mir sprechen, sondern mit sich selbst.

»Zu Eurer Information, Prinz *Atlas*.« Ich zog seinen Namen in die Länge wie er zuvor meinen. »Ich bin kein Dienstmädchen, sondern eine *Ferum*. Ich verdiene denselben Respekt wie ein Mann und bin in der Lage, Euch zu beschützen wie jeder andere.«

Atlas klatschte dreimal in die Hände. Es war eine verhöhnende Geste, die mich wütend machte. Dieser Prinz hatte vermutlich noch nie für etwas kämpfen müssen. Er hatte hier in dieser sicheren Burg seine Kindheit verbracht, fernab von jeglichen Gefahren, während ich so viel investiert hatte, um hier zu sein.

»Ich brauche kein hässliches Mädchen, das auf mich aufpasst.« Ich wusste, dass er auf die Narben in meinem Gesicht anspielte, und obwohl ich abfällige Blicke und Kommentare von Menschen gewohnt war, verletzten mich seine Worte.

Der Prinz schritt zu einer dunklen Kiste, die mit Ornamenten versehen war. Als er sie öffnete, zog er ein fein gearbeitetes Schwert hervor. Er warf es, mit dem Griff vorweg, in meine Richtung. Geistesgegenwärtig machte ich zwei Schritte nach vorn und schnappte gerade noch rechtzeitig danach, ehe es klirrend zu Boden gefallen wäre. Prinz Atlas zog eine weitere Klinge aus der Kiste und ließ den Deckel mit einem lauten Knall zuschlagen. *Was hat das bloß zu bedeuten?*

»Beweise, dass du fähig bist, mich zu schützen, Mädchen!«, rief er.

Ich umklammerte den Schwertgriff mit meiner linken Hand, dachte jedoch nicht daran, gegen den Prinzen zu kämpfen. Es war mir egal, ob er mich wegen meiner Narben im Gesicht hässlich fand oder mich provozieren wollte, damit ich einen Fehler machte. Ich ließ die Klinge sinken und schüttelte den Kopf.

»Niemals. Ich muss mich nicht beweisen. Schon gar nicht, indem ich denjenigen verletze, den ich schützen soll. Wenn Ihr einen anderen Wächter wollt, dann klärt das mit Eurem Vater. Solange der König von mir verlangt, Teil Eurer persönlichen Leibgarde zu sein, werde ich seinem Befehl Folge leisten. Ich bin mir sicher, Lyon musste nicht gegen Euch kämpfen, um sich als würdig zu erweisen.« Ich legte das Schwert auf den Boden und wandte mich ab.

»Nicht so schnell«, sagte Atlas hinter mir. Kurz darauf spürte ich die Klingenspitze an meinem Rücken. *Ist er von allen guten Geistern verlassen?*

»Meinen Befehlen hast du genauso zu gehorchen. Denk immer daran. Und wage es nicht noch einmal, Lyons Namen in den Mund zu nehmen.« Seine Stimme bebte. »Dazu hast du kein Recht!«

Blitzschnell drehte ich mich um, entzog mich seiner Klinge und griff nach seinem Arm. Dann verdrehte ich ihn so weit, dass Atlas stöhnend die Waffe fallen ließ. Die Situation war absolut aus dem Ruder gelaufen, ich musste sie wieder unter Kontrolle bekommen. Er mochte der Prinz sein, Teil der königlichen Familie, und ich schuldete ihm Gehorsam. Aber nicht, wenn er ihn so einforderte.

»Gewonnen.« Ich lächelte den arroganten Prinzen triumphierend an. Er sah verblüfft aus, hatte seinen von Zorn durchzogenen Ausdruck abgelegt. Dann ließ ich seinen Arm los und schritt zur Tür. »Ich kämpfe nur gegen Gegner, die mir ebenbürtig sind.«

Meine Hände zitterten. Schnell ballte ich sie zu Fäusten, damit er mir meine Schwäche nicht ansah. Kurz vor der Tür drehte ich mich noch einmal zu ihm um.

»Der Kommandant erwartet mich, aber wir werden uns morgen bestimmt wiedersehen. Ich hoffe, dass Ihr mir dann keine Klinge in den Rücken drückt.« Mit gestrafften Schultern trat ich hinaus auf den Flur. Als ich die Tür hinter mir geschlossen hatte, seufzte ich erleichtert.

»Ihr seid ja noch in einem Stück«, sagte ein Ferum, der an der Wand lehnte. Er hatte dunkle Augenringe und wirkte abgekämpft.

»Gerade so«, erwiderte ich leise.

»Jede Frau, die man ihm vorgesetzt hat, hat er bisher mit Haut und Haaren gefressen. Zwar ging es da um eine Heirat, aber er liebt es, andere Menschen zu verletzen und zu erniedrigen. Ab jetzt wirst vor allem du das Vergnügen haben, seine Launen zu ertragen. Glaub mir, das ist die härteste Aufgabe, die man innerhalb dieser Burg übernehmen kann. Darum beneidet dich niemand.«

Ungläubig starrte ich den Mann an. Also war es vielmehr eine Strafe als eine Ehre, dem Prinzen zu dienen, weil er so launisch und unberechenbar war? Das erklärte Morians Worte von vorhin.

»Und ich dachte schon, ich wäre etwas Besonderes, weil ich den Prinzen schützen darf«, sagte ich betont locker, um mir meine Frustration nicht anmerken zu lassen.

Der Soldat lachte, ehe wir gemeinsam den Gang entlangliefen. »Der Prinz hasst alles und jeden, am meisten jedoch sich selbst. Zumindest scheint es so. Er führt regelmäßige Streitereien und Machtkämpfe mit seinem Vater und behauptet, dass er unter keinen Umständen den Thron übernehmen will.«

Immerhin musste ich sein Verhalten mir gegenüber so nicht persönlich nehmen. Der Prinz war ein Menschenhasser durch und durch, und ich war nur ein neuer Name auf seiner Liste von Problemen, die er gern beseitigen würde.

»Der Kommandant erwartet dich in seiner Kammer. Bist du schon aufgeregt wegen des Schwurs? Ich kann mich noch an meinen erinnern, als wäre es gestern gewesen. Dieses Spektakel vergisst man nicht so schnell.«

»Ein wenig, aber ehrlich gesagt mach ich mir viel größere Sorgen darum, wie ich einen Prinzen beschützen soll, der sich dagegen wehrt.«

»Die Frage haben sich vor dir auch andere gestellt. Sein letzter Leibwächter, Lyon, hatte es anfangs ebenfalls schwer mit dem Prinzen. Nimm es nicht persönlich, aber die meisten hier glauben, dass du das nicht lange durchhalten wirst, weil … nun ja, du bist eine Frau und …« Er ließ den Satz offen. Ich hasste es, dass die Leute bereits an meinem ersten Tag glaubten, dass ich an meiner Aufgabe scheitern würde.

»Ich sehe das übrigens anders. Du wirkst, als könntest du ihm die Stirn bieten. Immerhin bist du nicht weinend aus dem Zimmer gestürmt und besitzt noch all deine Gliedmaßen.«

※

Als ich an Morians Tür klopfte und eintrat, stand der Kommandant am Fenster und blickte in den Hof der Burg hinab.
»Und? Was sagst du zu unserem künftigen König?« Er wandte sich mir zu.
»Der Prinz hat ein … spezielles Wesen.«
»So kann man es auch sagen.« Morian griff in die Schublade seines massiven Schreibtischs und zog einige beschriebene Papierseiten hervor.
»Du solltest die Zeit bis zum Schwur damit verbringen, das hier zu lesen, damit du etwas mehr über unsere Gäste aus Falconia und ihre Eigenarten weißt. Ich habe leider keine Zeit, dir alles zu erzählen, daher muss das für den Anfang genügen. Darauf steht alles über den Stammbaum der königlichen Familie, die falconischen Gebräuche, die Waffengarde des Königs.«
Morian reichte mir die Seiten. Die Schrift war dicht und filigran. Es würde sicherlich ewig dauern, bis ich das alles gelesen und verinnerlicht hatte.
»Und du bekommst von mir deinen Waffengurt sowie Schwert und Dolch. Letzterer hat übrigens deinem Vater gehört.«
Der Kommandant griff in eine Truhe, die sich hinter seinem Schreibtisch befand, und legte die Ausrüstung auf den Tisch. Ich trat näher und strich mit den Fingern über den Waffengurt, der aus festem, dunklem Leder bestand. Als ich den Dolch meines Vaters berührte, spürte ich einen Stich in meinem Herzen.
»Wenn du lieber einen anderen möchtest, musst du es nur sa-

gen. Wenn wir eines mehr als genug haben, dann sind es Waffen.«

»Ist schon in Ordnung«, beeilte ich mich, zu sagen, und griff nach dem Ledergurt. Rasch legte ich ihn an. Dann nahm ich den Dolch in die Hände und befestigte ihn. Ich erinnerte mich an diese Waffe. Vater hatte mir bei einem unserer Ausflüge einmal eine Holzfigur damit geschnitzt. Einen Fuchs. Es war Jahre her ...

»Um Mitternacht erwarten wir euch alle wieder im Innenhof, damit ihr den Schwur ablegen könnt. Die Glocken werden läuten, wenn es so weit ist. Bring deinen Dolch mit, er ist wichtig für die Zeremonie. Ansonsten sorg dafür, dass alles, was darauf steht, bis morgen in deinem Kopf ist.«

Ich nickte. Als ich das Schwert ebenfalls an dem Gurt befestigen wollte, merkte ich jedoch, dass es zu groß für mich war, um mich sicher damit bewegen zu können. Mein Übungsschwert war leichter und kürzer gewesen. Dieses hier war pechschwarz und bestand aus schwerem silvestrischen Stahl. Eine absolut tödliche Waffe. Es war mir unangenehm, zuzugeben, dass ich mit dem herkömmlichen Waffengurt nicht zurechtkam, doch ich musste es tun, um meine Aufgabe zu erfüllen. Der Kommandant hatte sich in der Zwischenzeit wieder an seinem Tisch niedergelassen und schrieb etwas auf.

»Kommandant«, sagte ich mit fester Stimme. Er hob augenblicklich den Kopf. »Ich fürchte, so wird das nicht funktionieren.« Ich hielt das Schwert hoch. »Ich kann es nicht am Waffengurt befestigen. Könnte ich ein Rückenhalfter bekommen?« Ich wusste, dass die Garde solche besaß, denn einige wenige Ferum bevorzugten es, ihre Schwerter auf diese Weise zu tragen.

»Hmmm, das sollte möglich sein«, brummte Morian. »Ich besorge dir eins für das Schwert.«

Mit geradem Rücken und gestrafften Schultern verabschiedete ich mich vom Kommandanten. Nachdem ich das bedrohliche Schwert in der alten Holzkiste in meiner Kammer verstaut hatte, setzte ich mich an den Tisch vor dem kleinen Fenster und las. Ich sollte die ruhige Zeit nutzen, bevor Silas wiederkam.

Nachdem die Sonne vor Stunden untergegangen war, hatte ich die alte Lampe entzündet, die auf der kleinen Fensterbank gestanden hatte. Die Ausführungen zu Falconia waren sehr detailliert. Der ehemalige König des Landes, Theron, war erst kürzlich verstorben. König Harkon und er hatten eine enge Freundschaft gepflegt, die vor allem durch den Krieg gegen Veneria, das Land der Schlangen, und deren Herrscherin Aruna entstanden war. Dies war weit vor meiner Zeit passiert, aber jedes Kind kannte die Geschichten. Aruna war eine mächtige, gefürchtete Herrscherin gewesen, die die Königreiche mit ihren dunklen Kräften bedroht hatte. Sie wollte die anderen Länder in ihre Gewalt bringen, und dazu war ihr jedes Mittel recht gewesen. Doch Falconia und Silvestria verbündeten sich und vereitelten Arunas düstere Pläne gemeinsam mit der Herrscherin von Carapaxia. Das starke Band zwischen Theron und Harkon war mit dessen Tod zerbrochen. Daher war unser König zu Recht besorgt darüber, dass Therons Sohn Avriel den Frieden zwischen den beiden Ländern beenden könnte. Der kommende Besuch und die mögliche Hochzeit zwischen Avriels Schwester Fiona und Atlas gaben Harkon immerhin Hoffnung, dass das Bündnis der beiden Länder fortbestehen würde. Für die Menschen in Silvestria würde dies mehr Sicherheit bedeuten.

Politik und das damit einhergehende Taktieren interessierten mich wenig. Dennoch war mir die Brisanz der derzeitigen Lage bewusst. Ein Königreich, das Krieg führte, trug diesen immer auf dem Rücken der Bevölkerung aus. Und das zu verhindern, war das Wichtigste. Daher wollte ich bei dem Besuch der falconischen Delegation absolut alles richtig machen. Immerhin repräsentierte auch ich nun den König, und durch meine unfreiwillige Rolle als Anführerin unserer Truppe und als Atlas' neue Leibwächterin würden mehr Augen auf mich gerichtet sein, als mir lieb war.

Einige Zeit später hörte ich Stimmen auf dem Gang. Es dauerte nur wenige Sekunden, bis sich die Tür öffnete und Silas den Raum betrat.

»Oh, du bist auch schon zurück? Ich dachte, der Kommandant würde dich länger in Beschlag nehmen.« Mit gerunzelter Stirn schloss er die Tür hinter sich. Er kam näher und warf einen Blick auf den Schreibtisch und die darauf verstreuten Papierblätter.

»Was machst du da?«, fragte er.

»Arbeiten. Und du? Wie ist es dir ergangen?«

Statt eines Waffengurts hatte Silas einen Bogen geschultert. Er lehnte ihn an die Wand, ehe er sich stöhnend aufs Bett fallen ließ.

»Xathar ist auf der Burgmauer eingeteilt für den Wachdienst.« Silas schlüpfte aus den schweren Stiefeln und rollte sich auf den Rücken.

»Also treten hier alle mehr oder weniger in die Fußstapfen ihrer Väter«, sagte ich und drehte mich zu ihm herum.

»Scheint so. Ich bin morgen direkt nach der Zeremonie für eine Wachschicht eingeteilt«, sagte er seufzend. Ich wusste, dass er seinen Vater zwar stolz machen, aber ebenfalls nicht in seinem Schatten stehen wollte. Doch ihm schien es ähnlich schwer zu fallen wie mir, dem zu entgehen. Diese Art Schatten wurden leider größer, je erfolgreicher und angesehener ihre Träger gewesen waren, und die unserer Väter waren aufgrund ihres tadellosen Rufes gigantisch.

»Ich will unbedingt noch ein paar Stunden Schlaf bekommen, bevor wir den Schwur ableisten müssen. Und du? Musst du ein Gedicht auswendig lernen und es dem König von Falconia vortragen, oder wieso hat man dir einen Berg voll Papier gegeben?«

Silas grinste, und ich schnaubte verächtlich. Am liebsten hätte ich irgendetwas nach ihm geworfen. Leider war der Raum so karg, dass ich auf die Schnelle nichts Werfbares fand.

»Schön wärs. Atlas, der Königssohn, ist ein reizender Bursche. Er hat mich direkt zu einem Schwertkampf herausgefordert und mich als unwürdig beschimpft, seinen königlichen Hintern beschützen zu dürfen. Und als wäre das nicht schon leidig genug, darf ich mich mit der Geschichte, den Gebräuchen und vergangenen Intrigen der beiden Länder vertraut machen, damit ich auch weiß, mit wem wir es morgen zu tun haben.«

Silas' Augen wurden größer. »Ist das dein Ernst? Du bist Teil der persönlichen Leibgarde von Prinz Atlas?« Er hatte sich aufgerichtet und starrte mich an.

»Von allem, was ich dir gerade erzählt habe, ist *das* hängen geblieben?«, fragte ich genervt.

»Das ist eine unfassbar große Ehre, Cahira! Einige Ferum waren noch nie mit dem König oder seiner Familie in einem Raum, und das, obwohl wir alle seinem Schutz dienen. Du bist kaum hier und …« Silas stockte. Für einen Moment herrschte Stille.

»Los, sag es«, forderte ich. Doch Silas schwieg weiter. »Mir ist bewusst, dass ich den Posten nur bekommen habe, weil mein Vater und der König die Vergangenheit teilen. Aber ob du es glaubst oder nicht, ich würde liebend gern mit jedem von euch anderen tauschen. Ich wollte immer schon so einen tollen Bogen haben und mir nachts auf der Mauer den Hintern abfrieren.«

»Du weißt, dass ich es dir gönne, oder?« Silas ließ meine Wut mit seinem treuen, warmherzigen Blick verpuffen.

Die letzten Monate waren für unsere Freundschaft eine harte Probe gewesen. Wir hatten gemeinsam für die Prüfungen trainiert und dabei unsere gegenseitigen Stärken und Schwächen kennengelernt. Obwohl ich schnell und geschickt war, mangelte es mir, im Gegensatz zu Silas, an der nötigen Stärke und oftmals am geforderten Respekt gegenüber anderen. Dafür war er ein grottiger Fährtenleser und Bogenschütze, zwei Talente, für die sein Vater bei den Ferum noch heute berüchtigt war. Wir hatten uns geschworen, zueinanderzuhalten, egal, wie die Prüfungen der Garde ausgehen würden, und gleichzeitig gehofft, dass wir es beide schaffen würden. Doch obwohl wir nun beide hier und in das samtige Schwarz-Grün der Garde gekleidet waren, trennte uns eine unsichtbare Mauer. Zudem hatten wir beide in die gigantischen Fußstapfen unserer Väter treten wollen, ohne daran zu denken, was passieren würde, wenn wir sie nicht ausfüllen könnten.

»Ich habe es mir nicht ausgesucht, Silas«, sagte ich leise.

»Das weiß ich. Aber Anführer suchen sich ihre Rolle in den seltensten Fällen aus. Ich glaube an dich, und ich werde alles in meiner Macht Stehende tun, damit die anderen dir ebenfalls folgen. Wir sind nur gemeinsam stark, und wenn der Kommandant und der König von dir überzeugt sind, dann werden es auch die anderen sein. Und diesen Prinzen wirst du auch noch von dir überzeugen.« Er schenkte mir sein typisches Silas-Lächeln, das jegliche Zweifel fortwischte, und ließ sich wieder zurück aufs Bett fallen. Er drehte mir den Rücken zu.

»Bitte atme leise, damit ich schlafen kann. Du schnaufst beim Nachdenken manchmal wie eine trächtige Kuh, und das kann echt nervig sein.«

»Sehr witzig«, nuschelte ich, konnte mir aber ein Grinsen

nicht verkneifen. Silas war der wichtigste Mensch in meinem Leben, und dass er an mich glaubte, bedeutete mir die Welt.

Leise blätterte ich weiter, um die letzten Seiten zu lesen, ehe auch ich mich ein wenig hinlegen würde. Ich hatte mich schon immer gefragt, wieso der Schwur der Ferum ausgerechnet um Mitternacht stattfinden musste …

KAPITEL 4

Ein lautes Poltern ließ mich aufschrecken. Sofort spürte ich einen unangenehmen Schmerz im Nacken und bemerkte, dass ich am Schreibtisch eingenickt war. Von draußen schallte ein Glockenläuten ins Innere des Raumes.

»Was ist los?«, fragte ich verschlafen. Meine Augen brannten beim Anblick des Lichts, das die Lampe noch immer abgab.

»Die Zeremonie beginnt gleich! Beeil dich, bevor wir noch zu spät kommen.«

Silas schnürte sich bereits die Stiefel, während ich die Blätter auf dem Tisch zusammenlegte. Mühsam lockerte ich meine versteiften Knochen. Ich trug alles, was ich brauchte, noch am Körper. Als er fertig war, eilten wir durch die dunklen Gänge. Fackeln erleuchteten den Burginnenhof, und in der Mitte befand sich eine Metallschale. Es roch nach Pech und verbranntem Holz, als wir uns zu den anderen Rekruten stellten, die sich im Halbkreis um die Schale postiert hatten.

»Was passiert hier gleich?«, flüsterte ich Silas zu.

»Ich bin mir auch nicht sicher«, entgegnete er ebenso leise.

Wenige Minuten später waren alle Rekruten im Hof versammelt, und augenblicklich verstummte die Glocke. Gemeinsam mit dem Kommandanten betraten weitere Ferum den Hof, die sich hinter ihren Rekruten postierten. Egal, was uns bei dieser Zeremonie erwartete, uns allen war bewusst, dass wir erst danach richtige Mitglieder der Garde sein würden – bis zu unserem Tod.

»Rekruten.« Morians Stimme schallte durch die Nacht. »Ihr habt euch heute hier versammelt, um einen Schwur abzuleisten, der euer Leben für immer verändern wird. Ein Ferum zu sein, bedeutet, sein bisheriges Leben aufzugeben und nie wieder zurückzublicken auf das, was einmal war. Ihr gelobt dem König, eurem Kommandanten und jedem, der rangmäßig über euch steht, absoluten Gehorsam. Ihr beschützt einander mit dem Leben und fallt euch niemals in den Rücken. Verrat, in welcher Form auch immer, wird mit dem sofortigen Tode bestraft.« Der Kommandant blickte jedem Rekruten tief in die Augen, bis er bei mir angelangt war.

»Ihr seid eine Einheit, die Cahira führen wird. Euer heutiger Schwur besiegelt eure lebenslange Treue. Die Treue zu eurem König, die Treue zu Silvestria. Die Treue zu allem, wofür die Ferum stehen. Gerechtigkeit, Mut, Stärke und Loyalität.«

Der Kommandant kam auf mich zu und wies auf den Dolch meines Vaters. Ich ergriff ihn.

»Blutet, um eure Treue zu beweisen!«, rief er, und die anderen Mentoren stießen einen tiefen Schrei aus.

Morian wies auf die leere Metallschale. Langsam löste ich mich von meiner Position und ging auf sie zu. Der Kommandant folgte mir und stellte sich neben mich. Den Dolch hielt ich in der linken Hand. Als ich die rechte über die Schale streckte, sah ich noch einmal zu Morian. Er nickte kaum sichtbar. Prompt schnitt ich mir in die Handinnenfläche. Ein stechender Schmerz durchfuhr sie. Ich ballte die Hand zur Faust, drückte sie fest zusammen, bis dunkles Blut in die Schüssel tropfte. Der metallische Geruch war mir nur allzu vertraut.

Da nahm mir der Kommandant den Dolch aus der Hand und schnitt sich ebenfalls in die Handfläche. Überrascht sah ich ihn an. Ich hatte nicht erwartet, dass auch er Teil dieser Initiation sein würde. Dunkel erinnerte ich mich an die Narbe an der Hand meines Vaters. Ich hatte ihn nie gefragt, woher er sie hatte. Jetzt wusste ich es.

»Der Nächste«, bellte Morian. Er reichte den Dolch weiter an Midas, und wir stellten uns zurück in die Formation. Das Prozedere wiederholte sich, bis jeder von uns in die Schale geblutet hatte.

Meine Hand brannte buchstäblich wie Feuer, und wie die anderen besaß ich nichts, um die Blutung zu stoppen. Als alle von der Schale zurückgetreten waren, gab mir Zokas Mentor den Dolch zurück.

Einer der Männer brachte eine Fackel herbei und reichte sie mir. Unschlüssig, was ich damit tun sollte, wartete ich ab. Ich spürte, wie unwohl ich mich in dieser Situation fühlte, weil ich nicht wusste, was auf mich zukam. Gleichzeitig waren alle Augen auf mich gerichtet.

»Dunkler als Eisen, härter als Diamant«, sagte Morian, und die Männer um uns herum wiederholten die Worte. Ich kannte den Spruch, er war eine Art Mantra der Ferum. Immer und immer wieder riefen sie die Worte in die Nacht, bis Morian sie mit einem Zeichen zum Schweigen brachte.

»Dunkler als Eisen, weil wir unsichtbar wie Schatten sind. Härter als Diamant, weil unser Körper und unser Geist jeden Widrigkeiten trotzt«, sagte der Kommandant.

»Wiederholt den Schwur dreimal, dann entzündet Cahira euer Blut. Brennt es, seid ihr Teil der Garde bis zum Tod.«

»Dunkler als Eisen, härter als Diamant.

Dunkler als Eisen, härter als Diamant.

Dunkler als Eisen, härter als Diamant«, wiederholten wir die Worte gemeinsam.

Ich hielt die Fackel in die Schale und beobachtete die Flammen. Sie schienen das Blut vorsichtig zu probieren, als würden sie sorgfältig abschätzen, ob sie es wirklich verschlingen wollten. Dabei stieg mir erneut der Geruch von Pech in die Nase.

Gemeinsam mit den Mentoren sprachen die Rekruten den Schwur immer wieder, bis daraus eine Art Singsang entstand. Als die Flammen auf das Blut übersprangen, taten sie es mit einer gewaltigen Kraft. Ich spürte deutlich die Hitze, die sich daraufhin ausbreitete. Erschrocken und gleichsam fasziniert beobachtete ich, wie die Flammen in der Schale einen kräftigen Orangeton annahmen.

»Nun gibt es kein Zurück mehr. Ihr seid Ferum bis zum Tod«, sagte Morian und wirkte seltsam erleichtert. Unweigerlich fragte ich mich, ob es jemals vorgekommen war, dass die Flammen das Blut abgelehnt hatten. Doch ich verwarf den Gedanken sofort wieder, als ich bemerkte, wie losgelöst die Stimmung mit einem Mal war.

»Lasst uns feiern, aber nicht zu lang, denn morgen steht ein wichtiger Tag bevor.« Der Kommandant führte uns über den Hof zu einer Art Überdachung, wo mehrere Mägde Essen und Bier ausschenkten. Zwei von ihnen reichten uns allen jeweils ein Tuch, mit dem wir unsere Wunden verbinden konnten. Eine andere drückte mir einen Krug in die Hand. Kurze Zeit später saß ich mit Silas, Zoka und einigen anderen zusammen, genoss das warme Essen und das kalte Bier. Es fühlte sich unwirklich an, hier zu sitzen, wo vermutlich auch mein Vater einst mit seinen Kameraden gefeiert hatte. Kurz sah ich ihn vor mir, mit der dunklen Rüstung am Körper und einem Krug in der Hand. Ein Trugbild, bei dem sich meine Brust zusammenzog.

»Blutet es noch?«, fragte Silas und deutete auf meine rechte Hand.

»Ich glaube nicht«, sagte ich und nahm einen weiteren Löffel von dem warmen Eintopf. Es tat gut, endlich etwas zu essen.

»Habt ihr eine Ahnung, wieso das Blut in Flammen aufgegangen ist?«, fragte ein Rekrut namens Tokan.

»Vielleicht war die Schale mit irgendetwas gefüllt. Es sollte uns wahrscheinlich nur beeindrucken«, sagte Silas und nahm einen weiteren Schluck aus dem Krug.

»Das glaube ich nicht«, entgegnete Zoka. »Aber Blut allein dürfte überhaupt nicht brennen.«

Sie diskutierten noch eine Weile über das brennende Blut und mögliche Gründe. Ich hätte den Pechgeruch erwähnen können, wollte mich aber nicht an dem Gespräch beteiligen. Mir war es egal, ob unsere Mentoren uns mit der Zeremonie hatten beeindrucken wollen. Wichtig war nur, dass wir unwiderruflich Teil der Königsgarde waren und dieser Schwur bis zu unserem Tod galt.

Silas verließ uns wenig später für seine Schicht auf der Mauer, und auch Zoka war für einen Dienst eingeteilt worden. Ich versuchte, so zu tun, als würde ich den anderen bei ihren Gesprächen zuhören, doch meine Gedanken waren unentwegt bei meinem Vater. Ob er stolz auf mich wäre, wenn er noch leben würde? Ich hoffte es sehr …

Als ich am nächsten Morgen erwachte, weil die Sonne mir ins Gesicht schien, war ich allein im Zimmer. Silas musste noch immer bei seiner Schicht sein. Einerseits tat er mir leid, andererseits hätte ich liebend gern mit ihm getauscht, um dem heutigen Tag zu entgehen. Morian hatte mir gestern Nacht noch Anweisungen gegeben, wann ich ihn heute treffen sollte. Dabei hatte er die verschiedenen Alarmsignale erwähnt, die die unterschiedlichen Wachschichten ankündigten. Er erwartete mich am frühen Mittag, wenn die Glocke dreimal hintereinander ertönte. Er wollte mir den Rückengurt für das Schwert geben, bevor die falconischen Gäste eintrafen und meine Wachschicht offiziell begann.

Nachdem ich mein Haar ordentlich geflochten und mir das Gesicht gewaschen hatte, vernahm ich das morgendliche Schichtwechselsignal. Ich entschied, die Zwischenzeit noch einmal dafür zu nutzen, mir Morians Aufzeichnungen anzusehen.

Als die Mittagsglocke erklang, machte ich mich auf den Weg zum Kommandanten. Ich war heilfroh, dass ich mir in die rechte Hand geschnitten hatte, denn so konnte ich meine Führhand problemlos nutzen, ohne ständig dieses stechende Brennen zu spüren. Die Wundränder waren gerötet, aber der Schnitt hatte aufgehört, zu bluten. In wenigen Tagen würde ich meine Hand wieder schmerzfrei benutzen können.

Ich hielt das Schwert samt Scheide in der unverletzten Hand und beobachtete die Mägde, die geschäftig durch die Flure liefen, um die letzten Vorbereitungen zu treffen. In der Burg war die Anspannung spürbar. Alle hatten es eilig und achteten kaum aufeinander. Als ich vor der Tür des Kommandanten hielt, hörte ich von innen aufgebrachte Stimmen. Ich wollte nicht lauschen, doch die Auseinandersetzung war so laut, dass es unmöglich war, sie zu ignorieren.

»Es ist mir egal, was mein Vater oder du für richtig haltet. Ich kann auf mich selbst aufpassen!« Morians Gesprächspartner schien rasend vor Wut zu sein.

»Ich habe keine Zeit für solche Diskussionen. Ihr wollt wie ein

Erwachsener behandelt werden? Dann benehmt Euch auch so, Prinz Atlas«, polterte die Stimme meines Mentors zurück.

»Ich glaube, du vergisst, wer hier vor dir steht.«

»Wie könnte ich das vergessen, wo Ihr es mir doch beinahe mit jedem Satz ins Gedächtnis ruft?«

Ich entschied mich, laut an die Tür zu klopfen, ehe einer von beiden diese plötzlich öffnete und mich bemerkte.

»Herein!«, bellte Morian.

Ich trat ein und schloss die Tür leise hinter mir. Als mein Blick und der des Prinzen sich trafen, funkelte er mich böse an. Atlas war heute formeller gekleidet. Das samtgrüne Hemd, das er trug, war mit Mustern verziert. Darüber trug er eine schwarze Weste, die er nur zum Teil zugeknöpft hatte. Das blonde Haar war ordentlich zurückgekämmt, denn auf seinem Haupt trug er eine Krone, die seine scharfen Wangenknochen und sein breites Kinn zur Geltung brachte. Er wirkte strenger in diesem Aufzug, und ich erwischte mich dabei, ihn mir ohne diesen Firlefanz vorzustellen.

Ohne Hemd hat er mir besser gefallen.

Schnell schob ich diesen Gedanken beiseite.

»Kann der Tag eigentlich noch schlimmer werden?«, giftete Atlas mich an. Schweigend ließ ich den Kommentar an mir abprallen.

»Kommandant, sie sind da«, rief ein Soldat vom Gang aus und stürmte kurz darauf durch die Tür herein. Als er den Prinzen entdeckte, verbeugte er sich sofort. »Der falconische König hat soeben das äußere Tor passiert«, sagte der Soldat deutlich ruhiger.

Morian musterte erst den Prinzen, dann mich. Er lief um den Schreibtisch herum, hinter dem er stand, und ging zu einem der hohen Schränke. Kurz darauf holte er ein schwarzes Ledergeschirr heraus.

»Das sollte für den Anfang genügen«, sagte er und reichte es mir.

»Danke.« Ich legte das Schwert auf dem Tisch ab, um den Gurt anlegen zu können. Dabei spürte ich Atlas' Blick bei jeder meiner Bewegungen auf mir.

»Ich werde mich jetzt auf den Weg machen, um die Delegation gemeinsam mit dem König zu begrüßen. Wie besprochen wirst du den Prinzen zum Thronsaal führen, wo die Königin euch schon erwartet.«

»Jawohl, Kommandant«, antwortete ich, während ich das Schwert in die Halterung schob. Morian trat aus dem Zimmer und ließ mich mit dem Prinzen zurück.

»Gestern einfach so abzuhauen, war ziemlich feige.« Atlas verschränkte die Arme vor der Brust. Das Hemd spannte sich bei dieser Bewegung gefährlich, sodass mir das feine Muskelspiel auffiel.

»Was wäre die Alternative gewesen? Noch vor der Zeremonie mit dem Prinzen zu kämpfen, um von ihm wie ein Mensch behandelt und respektiert zu werden? Ich würde das gern vergessen und vorschlagen, dass wir von vorn anfangen. Seid Ihr damit einverstanden, Prinz Atlas?« Ich streckte ihm meine rechte Hand entgegen.

Überraschend griff er danach und drehte meine Handinnenfläche nach oben. Sofort durchzuckte sie ein stechender Schmerz.

»Hättest du gegen mich gekämpft, wäre kein Blut mehr übrig gewesen, das du hättest opfern können«, sagte er mit eisiger Stimme und ließ meine Hand abrupt los.

Wie konnte ein Mensch derart bösartig sein? Was hatte ich ihm getan, dass er mich so verachtete? Und wie sollte ich mir den nötigen Respekt verschaffen, ohne ihm dabei ein Körperteil zu brechen?

»Hört zu«, begann ich, doch Atlas schritt auf mich zu und umgriff meinen Hals. Er schob mich mit dem Rücken an den Schrank hinter mir und kam mir unangenehm nah. So nah, dass ich seinen Atem auf meiner Haut spüren konnte.

»Nein, *du* hörst mir zu«, raunte er. Sein Atem roch nach Minze. »Wenn ich wollte, könnte ich dich hier und jetzt zerquetschen wie eine nervige Ameise. Aber bedauerlicherweise würde das den Zwist mit meinem Vater nur noch weiter befeuern. Deshalb wirst du den Dienst quittieren, hast du mich verstanden?«

Er erhöhte den Druck um meinen Hals, sodass ich kaum noch Luft bekam. Jeder Atemzug, den ich nahm, brannte plötzlich wie Feuer, und panisch versuchte ich, seine Hände wegzuschieben. Doch der Griff des Prinzen war zu fest. *Was stimmt bloß nicht mit ihm?*

Als die Luft immer knapper wurde, fingerte ich an meinem Waffengurt herum, um den Dolch zu fassen zu bekommen. Doch meine Finger waren so zittrig, dass ich immer wieder abrutschte. Todesangst machte sich in mir breit.

»Ich hab gefragt, ob du mich verstanden hast.«

Seine klaren blauen Augen bohrten sich durch mich hindurch wie Eiszapfen, und die Kälte in seinem Blick ließ mich frösteln. Ich nickte stumm, doch als ich endlich den Dolch zu fassen bekam, nutzte ich den harten Griff der Waffe, um ihm diesen in die Seite zu rammen. Der Prinz keuchte und lockerte den Griff um meinen Hals. Sofort rang ich nach Luft, hob geistesgegenwärtig das Knie an und trat ihm zwischen die Beine.

»Du elendige ...«, begann er, konnte den Fluch jedoch nicht zu Ende führen. Ich rang ihn zu Boden und hielt ihm den Dolch an die Kehle, dieses Mal jedoch die Klinge.

»Ich hab es im Guten versucht«, sagte ich keuchend. Meine Stimme klang heiser, und meine Kehle brannte noch immer wie

Feuer. Der Prinz musterte mich still. Ich spürte, wie seine Brust sich unter meinem Gewicht hob und wieder senkte.

Was tue ich hier bloß?

Meine Aufgabe war es, ihn zu beschützen … Doch es fühlte sich noch immer so an, als würden seine Hände sich um meinen Hals legen und zudrücken. Tränen bahnten sich ihren Weg an die Oberfläche, doch ich drängte sie zurück. Diese Situation erinnerte mich an damals, als ich mich nicht allein hatte wehren können. Wäre Silas mir nicht zu Hilfe geeilt … Ich presste die Lippen zusammen. Ich war nicht mehr länger das kleine, hilflose Mädchen, und es spielte keine Rolle, ob mich ein Prinz oder ein Betrunkener angriff. Ich würde mich nie wieder so behandeln lassen. Das hatte ich mir geschworen!

»Ich lasse mich nicht bedrohen. Weder von Euch noch von irgendwem sonst. Vielleicht haltet Ihr mich für schwach, weil ich eine Frau bin, aber Ihr seid nicht der Erste, der mich unterschätzt. Macht es uns beiden einfach, indem Ihr Euer Schicksal akzeptiert und mir in den Thronsaal folgt. Ich bin diese Machtspielchen leid. Sie werden nichts an der Situation ändern. Und solltet Ihr jemals wieder Hand an mich legen, dann …«

»Wenn du mir auch nur ein Haar krümmst, lässt mein Vater dich hängen«, fiel der Prinz mir ins Wort. Ich drückte die Klinge gegen seinen Hals, bis ein winziger Tropfen Blut erschien. Als ich das dunkle Rot auf seiner hellen Haut bemerkte, zuckte ich innerlich zusammen. Aber einem kleinen Teil von mir gefiel es, ihn in seine Schranken zu weisen und die Oberhand zu haben.

»Niemand hat mir gesagt, dass Ihr unversehrt bleiben müsst. Die Rede war lediglich davon, dass Ihr nicht sterben dürft«, sagte ich herablassend. Ich erhob mich langsam von ihm, behielt ihn jedoch im Blick. Die Wut in ihm schien zu pulsieren. Sein Atem ging schneller, und er sah mich voller Abscheu an.

»Ich warte vor der Tür«, sagte ich und wandte mich ab. Mit zitternder Hand steckte ich den Dolch zurück an den Gurt. Mein Herz hämmerte so wild, dass ich befürchtete, es würde aus meiner Brust ausbrechen. »Und beeilt Euch, wir haben schließlich einen Zeitplan einzuhalten.«

Der Prinz trat kurz nach mir heraus. Schweigend liefen wir durch die Burg. Ich sah an seiner Haltung, dass er angespannt war, doch er mied stur meinen Blick.

Nach wenigen Abbiegungen erreichten wir den Saal. Vor der imposanten Doppeltür waren deutlich mehr Männer postiert als am Vortag. Doch Atlas lief an der Tür vorbei.

»Wo geht Ihr hin?«, rief ich ihm hinterher.

Er ignorierte meine Frage und ging weiter.

Die Soldaten musterten uns neugierig, und ich beeilte mich, dem Prinzen zu folgen. Er durchquerte eine kleine Tür und lief den schmalen Gang entlang, der dahinter lag.

»Ist das so eine Art Geheimweg?«, fragte ich.

»Wie geheim kann eine Tür sein, die man mit bloßem Auge sehen kann?«, entgegnete er von oben herab.

Ich versuchte, mit dem Prinzen Schritt zu halten, während er zielstrebig durch das kleine Labyrinth aus Türen und verzweigten Gängen lief. Am Ende erreichten wir einen größeren Raum, in dem mehrere Zofen umherliefen. Auf einem Stuhl in der Ecke entdeckte ich eine Frau, die in dasselbe Dunkelgrün gekleidet war wie der Prinz. Als sie ihn erblickte, erhellte sich ihre Miene.

»Atlas, da bist du ja endlich!« Sie erhob sich von ihrem Platz, schritt anmutig auf ihn zu und musterte ihn mit verengten Augen. Als ihr Blick an seinem Hals hängen blieb, rümpfte sie die Nase.

»Karyna, bring mir ein Tuch. Schnell!«, befahl sie. Eine der Zofen eilte sofort herbei und reichte ihr ein besticktes Taschentuch.

»Du blutest ja«, sagte die Frau und tupfte seine Haut ab. »Du musst besser auf dich achten, mein Sohn. Deine Sicherheit steht an oberster Stelle.«

Atlas sah in meine Richtung, und ich senkte den Blick.

»Dafür gibt es doch die Ferum, Mutter.« Selbst jetzt musste er mich verhöhnen. Der Blick der Königin folgte seinem.

»Du musst Orions Tochter sein.« Ihr samtenes Kleid raschelte leise, als sie auf mich zuschritt. Ihr blondes Haar war genauso hell wie das des Prinzen. Es war aufwendig hochgesteckt, um mit der glänzend-goldenen Krone zu harmonieren. Ich verbeugte mich vor ihr und fragte mich unweigerlich, ob Atlas seine grausamen Züge von ihr geerbt hatte.

»Es ist mir eine Ehre, meine Königin«, antwortete ich.

»Eure Hoheit, die Gäste werden jeden Moment eintreffen«, berichtete eine der Bediensteten und zog die Aufmerksamkeit der Königin auf sich.

»Dann sollten wir wohl unsere Plätze einnehmen«, sagte sie an ihren Sohn gewandt. Gemeinsam mit Atlas schritt sie durch eine kleine Tür am Ende des Zimmers, die direkt zum Thronsaal führte. Ich folgte ihnen in einigem Abstand, beobachtete sie jedoch aufmerksam. Während die Königin sich auf den linken Thron neben dem des Königs niederließ, setzte Atlas sich auf den rechten. Im Saal selbst befanden sich unzählige Adelige, deren teure Gewänder und kostbare Schmuckstücke ihren hohen Stand verrieten. Überall entdeckte ich Ferum, die unauffällig durch die Anwesenden glitten, immer wachsam bezüglich potenzieller Gefahren. Ich postierte mich in der rechten Ecke des Saals, schräg hinter dem Thron des Prinzen. So konnte ich nicht nur alle Anwesenden im Saal sehen, sondern auch Atlas' angespannte Kiefermuskeln, die verrieten, dass er genauso wenig hier sein wollte wie ich. Die Stimmung im Saal war unruhig. Alle warteten auf die Ankunft der königlichen Gäste.

Ein weiterer Ferum lief durch die kleine Tür, durch die wir zuvor den Saal betreten hatten, und begrüßte mich mit einem Handzeichen. Mein Blick schnellte zurück zum Prinzen, der krampfhaft seine Finger in die Armlehne seines Stuhls krallte. Er schien sich unwohl zu fühlen. Aber mein Mitleid für ihn hielt sich in Grenzen.

Ob er seinen Angriff auf mich vielleicht bereut?

Da wurde die Ankunft der königlichen Gäste mit Fanfaren angekündigt. König Harkon schritt für alle sichtbar durch die große Doppeltür. Die Anwesenden verstummten und verbeugten sich vor ihm. Am Plateau angekommen, begrüßte er seine Frau mit einer Umarmung, seinem Sohn nickte er verhalten zu. Vermutlich wusste auch der König, dass sein Sohn einen schwierigen Charakter besaß. Es kam ihm sicherlich höchst ungelegen, dass sich der Besuch von König Avriel hauptsächlich um die Hochzeit seines Sohnes mit dessen einziger Schwester drehte. Wer wollte die Zukunft eines ganzen Königreiches schon so einem launischen Prinzen anvertrauen?

König Harkon nahm auf dem Thron Platz, und ich suchte nach dem Kommandanten, der sicherlich ganz in der Nähe war. Doch ehe ich Morian entdecken konnte, spielten die Fanfaren erneut. Ansonsten war kein Laut zu hören. Es wirkte beinahe so, als würden alle Anwesenden den Atem anhalten. Viele von ihnen, mich eingeschlossen, hatten die Grenzen des Königreiches noch nie verlassen und kannten nur Adelige aus Silvestria.

Die Soldaten aus Falconia betraten den Saal zuerst. Sie trugen dunkelbraune Lederrüstungen, die mit glänzenden blauen

Federn verziert waren. Das Wappentier dieses Reiches war ein Falke, und bei genauem Hinsehen konnte ich auf Höhe der Brust eine Art goldenen Flügel erkennen.

Die Männer, deren Gesichter zum Teil mit blauen Symbolen bemalt waren, liefen im Gleichschritt. Kurz darauf folgte König Avriel. Ohne die Krone auf seinem Kopf hätte ich ihn nie für einen König gehalten. Sie war anders als die von Harkon, schien weder aus Gold noch aus einem anderen Edelmetall zu bestehen. Kein einziger Stein war in sie eingefasst. Stattdessen zierten sie einige weiße Federn. Der König trug dazu ein lockeres Gewand in warmen Erdtönen, das seiner Hautfarbe schmeichelte. Sein dunkles Haar war länger, als es in Silvestria üblich war. Ihm verlieh es etwas Erhabenes. Aber wie ein mächtiger Herrscher wirkte er nicht.

Als Avriel an dem Podest angelangt war, erhob Harkon sich von seinem Thron. Ob sie sich voreinander verbeugten, oder ziemte sich so etwas für Könige nicht?

»Herzlich willkommen in Silvestria«, rief Harkon durch den Saal. »Ich hoffe, Eure Anreise war angenehm.«

Avriel sah Harkon direkt in die Augen. Ein feines Lächeln zog sich über seine Lippen, ehe er eine Verbeugung andeutete und beide Hände ausstreckte. Harkon wirkte sichtlich überrascht von dieser freundlichen Geste. Einen Moment zögerte er, ehe er Avriel Respekt zollte, indem er die Distanz zwischen ihnen verringerte. Dazu ging er zwei der drei Stufen hinunter. Als Harkon die Hände ausstreckte, umfasste Avriel diese. »Ich freue mich sehr, hier zu sein«, sagte er ruhig. Dabei erinnerte mich seine Stimme an sanfte Sonnenstrahlen. Allgemein strahlte dieser Mann eine Erhabenheit aus, die anders war als die unseres Königs. Ich konnte es schwer in Worte fassen, aber Avriels Präsenz wirkte freundlich und weniger machtvoll als Harkons. Vielleicht lag es am Altersunterschied der beiden Könige, immerhin hatte Harkon mehr als einen Kampf gekämpft und weitaus mehr Tode und Verluste erlebt, als Avriel in seinem jungen Leben auch nur erahnen konnte.

»Silvestria fühlt sich durch Euren Besuch geehrt. Wir freuen uns, heute Abend ein rauschendes Fest zu feiern, zu dem alle hier Anwesenden herzlich eingeladen sind. Bis dahin werden wir uns für einige Gespräche zurückziehen«, verkündete Harkon.

Ein enttäuschtes Raunen ging durch die Reihen, doch es verstummte gleich wieder, immerhin hatte der König gesprochen, und es würde noch genug Gelegenheiten geben, einen Blick auf den fremden Regenten und seine schillernde Gefolgschaft zu werfen.

»Atlas, du begleitest uns«, sagte der König. Ich beobachtete den Prinzen, der keinerlei Regung zeigte, als hätte er die Worte seines Vaters überhört.

»Atlas, tu, was dein Vater sagt«, mahnte die Königin. Ihr schneidender Unterton machte deutlich, dass auch sie keinerlei Widerworte duldete.

Als Atlas sich endlich von seinem Platz erhob, war ich bereits hinter ihm und folgte dem kleinen Tross hinaus aus dem Saal. Vor Atlas entdeckte ich auch Morian, der dicht neben einem Krieger aus Falconia schritt. Die Federn seiner ungewöhnlichen Rüstung glänzten im Licht, und als er sich zum Prinzen umdrehte, konnte ich erkennen, dass auch dessen Gesicht mit blauen Symbolen bemalt war. Feine Wirbel zogen sich von der Stirn zu den Schläfen. Ich erinnerte mich, dass in Morians Aufzeichnungen davon die Rede war, dass das falconische Volk sehr spirituell war. Sie glaubten fest an die Magie ihrer Seelentiere und fühlten eine tiefe Verbundenheit zu ihnen. Vielleicht hatten diese Symbole etwas damit zu tun.

Harkon führte Avriel den Flur entlang in Richtung des Ostturms. Die silvestrische Burg besaß drei Türme – lediglich im Süden befand sich keiner, da dort das Tor der Burg lag. Der Prinz lebte im Westturm, die Gemächer des Königspaars befanden sich im Nordturm.

Als wir eine große Doppeltür erreichten, vor der zwei Ferum postiert waren, die sich sofort verbeugten, bemerkte ich den angenehmen Duft, den die Gäste verströmten. Es roch nach Erde und Wald, was mich an meine Kindheit erinnerte. Einer der Soldaten öffnete die Türen, und ich folgte den anderen hinein.

Ein großer ovaler Tisch aus dunklem Holz bildete das Herzstück des Raumes. In der Ecke entdeckte ich einen Kamin, in dem jedoch kein Feuer brannte, weil es warm genug war. Dennoch roch es im Raum leicht nach Holz und kalter Asche. An den Wänden hingen die Banner der beiden Königreiche – links eine schneeweiße Wildkatze mit messerscharfen Krallen auf dunkelgrünem Grund für Silvestria, rechts ein schwarzer Falke mit ausgebreiteten Flügeln auf dunkelblauem Grund für Falconia. Zwei gegensätzliche Tiere, zwei unterschiedliche Farben und zwei verschiedene Reiche, die sich vereinen wollten, um den Frieden zu sichern.

Harkon nahm auf dem Stuhl vor Kopf Platz, und Avriel setzte sich rechts neben ihn. Atlas hingegen blieb stehen, bis Harkon sich räusperte und den Stuhl links von sich geräuschvoll nach hinten zog. Erst da ließ auch er sich nieder.

»Ihr könnt alle gehen, bis auf Morian«, befahl der König harsch. Ich musterte Atlas, der meinen Blick im selben Moment erwiderte. Seine hellen blauen Augen wirkten glasig, und die Schärfe seiner Züge war fast verschwunden. Dann neigte er den Kopf und sah auf die Tischplatte. Der König von Falconia gab seinen Männern ein ähnliches Kommando. Was auch immer die

Könige zu besprechen hatten, es war nur für wenige ausgewählte Ohren bestimmt. Ich hatte den Raum gerade erst verlassen und leise die Tür hinter mir geschlossen, als zwei Ferum direkt vor mir miteinander tuschelten.

»Jetzt handeln sie wohl den Preis für die Falkenprinzessin aus. Ich würde zu gern wissen, wie sie aussieht«, sagte einer von ihnen und drehte dabei seinen Dolch in den Händen.

»Ich habe gehört, sie soll bildhübsch, aber sonderbar sein«, antwortete der andere. »Viel interessanter ist doch die Frage, wieso der König von Falconia ohne seine Schwester angereist ist, obwohl es um ihre Vermählung mit dem Prinzen geht.«

»Vielleicht ist sie nicht so hübsch, wie alle sagen. Da würde ich auch erst alles unter Dach und Fach bringen, damit der Prinz nicht kurz vorher einen Rückzieher macht. Er ist so selbstverliebt, dass er wohl am liebsten sich selbst heiraten würde, wenn das möglich wäre. Bisher hat er ja jede Braut verschmäht.«

Die beiden verfielen in ein kräftiges Lachen, ehe sie sich neben der Tür postierten. Sie hatten Glück, dass diese geschlossen war und aus massivem Holz bestand, das dafür sorgte, dass kein Laut hindurchdrang. Andernfalls hätte ihre Respektlosigkeit sicherlich Konsequenzen nach sich gezogen.

»Du bist die neue Leibwächterin des Prinzen, oder?«, fragte mich einer der Männer, die ebenfalls im Raum gewesen waren. Er war mir bereits im Thronsaal aufgefallen.

»Richtig, mein Name ist Cahira.« Ich streckte die Hand aus, die er kräftig schüttelte.

»Nyko«, sagte er. »Ich bin ebenfalls Teil der königlichen Leibgarde und meist für den Prinzen zuständig.«

»Wie lange wird das Gespräch wohl dauern?« Ich lehnte mich an die steinerne Wand gegenüber der Tür. Nyko stellte sich neben mich.

»Schwer zu sagen. Aber wie du sicher gehört hast, geht es um wichtige Dinge. Eine Hochzeit zwischen den Königreichen hat es schon lange nicht mehr gegeben. So etwas ist ... brisant. Gut möglich, dass es bis zum Festessen dauert.«

Ich stöhnte auf. »Das sind ja noch Stunden. Und was mach ich bis dahin?«

»Dir die Beine in den Bauch stehen. Ich weiß, ihr Neulinge denkt immer, zur Königsgarde zu gehören, wäre aufregend und gefährlich. Aber die meiste Zeit stehen wir herum und warten. Darauf, dass der Morgen graut. Dass der Prinz mit seinem Schwerttraining fertig ist. Darauf, dass die Königin den Abendspaziergang mit ihrem Sohn beendet hat. Gewöhn dich besser daran!«

KAPITEL 5

Lautes Poltern war aus dem Zimmer des Prinzen zu hören. Seit dem Gespräch der beiden Könige hinter verschlossenen Türen waren etwa zwei Stunden vergangen. Als Atlas den Raum verlassen hatte, war ihm sein Missmut deutlich anzusehen gewesen. Was immer dort entschieden worden war, es passte ihm ganz und gar nicht.

Ich war ihm auf direktem Weg in den Westturm gefolgt. Vor seinen Gemächern hatte er mir unmissverständlich klargemacht, dass ich *draußen* warten sollte. Ich war seinem Befehl stumm gefolgt, doch langsam haderte ich mit mir, ob ich den Lärm dort drinnen weiterhin ignorieren sollte. Viel schien der Prinz jedenfalls nicht ganz gelassen zu haben.

Die Feierlichkeiten hatten bereits begonnen. Bis zum Westturm schallte die Musik aus dem Festsaal, wenn auch nur leise. Ich zuckte zusammen, als ich hörte, wie massives Holz zerbarst, und entschied mich, nachzusehen, was zu Bruch gegangen war.

Vorsichtig öffnete ich die Tür, um durch den schmalen Spalt ins Innere blicken zu können. Überall auf dem Boden war Kleidung verteilt, und die meisten Schubladen der Kommoden und Schränke waren halb geöffnet. Einige lagen beschädigt auf dem

Holzboden herum, direkt neben Kerzenständern, zerbrochenen Vasen und persönlichen Dingen des Prinzen. Ich schob mich ein Stück nach vorn, suchte in dem Chaos nach Atlas, konnte ihn jedoch nicht ausmachen. Hatte er den Lärm als Ablenkungsmanöver benutzt, um sich davonzustehlen? Was würden Morian und der König sagen, wenn ich ihnen mitteilen musste, dass ich den Prinzen verloren hatte? Ich wollte gar nicht darüber nachdenken und schob den Gedanken schnell beiseite. Atlas musste hier irgendwo sein. Er war ja wohl kaum aus dem Turm gesprungen, oder?

»Prinz Atlas?«, fragte ich zögerlich und bahnte mir einen Weg durch das Chaos. Ich durchquerte den Raum, bis ich an dem großen Himmelbett angekommen war. Die dunkle Decke lag halb auf dem Boden. Als ich das Bett umrundete, entdeckte ich eine kauernde Gestalt.

»Prinz Atlas?«

Er hielt den Kopf gesenkt. Unschlüssig, was ich tun sollte, blieb ich stehen und wartete ab. Ich wollte vermeiden, erneut von ihm angegriffen zu werden. Wenn ich eine Sache gelernt hatte, dann dass er unberechenbar war.

»Du nimmst es mit Befehlen wohl nicht so streng, was?« Der Prinz drehte den Kopf in meine Richtung. Sein Tonfall war weniger abfällig, als ich erwartet hatte. Sein hellblondes Haar sah zerzaust aus. Er schien zigmal mit den Händen hindurchgefahren zu sein. Seine blauen Augen waren gerötet und glasig. Auf seinem Kopf fehlte die Krone. Gewissenhaft suchte ich den Boden nach ihr ab. Offenbar hatte er sie lieblos in die nächstbeste Ecke geschmissen. Was auch immer passiert war, es setzte ihm enorm zu.

»Was fasziniert euch alle nur immer an dieser Krone?«, fragte er verbittert. »Als würde dieses Stück Metall einem ein sorgenfreies Leben bescheren. Ich hasse diese Krone und alles, wofür sie steht.«

Ein unangenehmes Schweigen entstand, das ich auf gar keinen Fall unterbrechen wollte. In meinen Augen war er ein verwöhnter und bockiger Prinz, der nicht schätzte, was er besaß. Ich hatte so viel Elend und Armut im äußeren Ring gesehen, hungernde, elternlose Kinder, die weniger Glück gehabt hatten als ich. Menschen, die an schrecklichen Krankheiten litten, denen sie schmerzhaft erlegen waren. Atlas hatte nicht die geringste Ahnung, was Schmerz und Leid überhaupt bedeuteten.

»Du verstehst mich auch nicht, oder?«, fragte er.

Ich versuchte, seiner Frage auszuweichen. »Darüber erlaube ich mir keine Meinung, Eure Hoheit.«

Er runzelte die Stirn. »Ich befehle dir, dir ein Urteil darüber zu bilden«, herrschte er mich an, und ich spürte, wie mir die Hitze ins Gesicht schoss. Ich hasste es, wenn er seine Macht derart missbrauchte und mich in die Ecke drängte.

»Wir sollten langsam zu dem Fest aufbrechen, der König und die Königin ...«

»Sprich!«, forderte Atlas mich harsch auf. »Deine ständigen Widerworte und Ausflüchte gehen mir langsam, aber sicher auf die Nerven.«

Ich atmete tief ein, versuchte, meine Worte mit Bedacht zu wählen, was definitiv keine meiner Stärken war.

»Ich denke, dass Euer Leben im Vergleich zu dem vieler anderer durchaus sorgenfreier ist«, begann ich zögerlich. Er musterte mich aufmerksam. »Ihr lebt wohlbehütet in dieser Burg, habt immer etwas zu essen auf Eurem Teller, den Keller voller Wein und besitzt etliche Reichtümer. Eure Zukunft ist sicher, das kann nicht jeder in Silvestria von sich behaupten.«

Mit jedem Wort, das mir über die Lippen gekommen war,

schien sich die Schlinge um meinen Hals enger gezogen zu haben. Egal, was ich sagte, ich konnte nur verlieren ...

»Und nur weil ich keinen Hunger leide und hinter hohen Mauern lebe, darf ich keine Sorgen haben und muss stattdessen ewig dankbar für alles sein, was ich besitze?«, fragte er zynisch. »Man merkt, dass du aus der Gosse kommst, Mädchen. Du hast von dieser Welt hier keine Ahnung. Wie solltest du auch? Es ist mir immer noch ein Rätsel, wie du es geschafft hast, eine Ferum zu werden. Der Kommandant hatte sicherlich Nachsicht mit dir, wenn man bedenkt, was dein Vater einst für dieses Land geleistet hat. Leider scheinst du nicht viel mit ihm gemeinsam zu haben, abgesehen von dem Nachnamen.«

Jedes seiner Worte hatte nur ein einziges Ziel – mich erneut zu verletzen und aus der Reserve zu locken. Doch ich durchschaute ihn und blieb ruhig.

»Ihr müsst so nicht sein«, sagte ich und ging auf die Krone am Boden zu. Ich bückte mich und hob sie auf. Sie war erstaunlich leicht. Das silberne Metall fühlte sich eiskalt und glatt an. Feine Ornamente zogen sich rundherum. Mit den Fingern strich ich über die Erhebungen. Ich hätte niemals für möglich gehalten, mal die Krone des Prinzen in den Händen zu halten. Als ich den Kopf hob, sah er mich ausdruckslos an.

»Ihr versucht, andere zu verletzen, um Eure eigene Verletzlichkeit zu verbergen. Aber das macht Euch nicht stärker. Es lässt Euch erbärmlich wirken.«

»Du willst mir erklären, was Stärke bedeutet? Ein kleines, schwaches Mädchen, das nicht einmal in der Lage ist, ein Schwert am Waffengurt zu tragen?«

»Stärke hat viele Gesichter. Aber Schwäche anscheinend auch. Es ist Eure Entscheidung, welches Ihr der Welt präsentiert.«

Ich ging langsam auf ihn zu. Überrascht stellte ich fest, dass er den Kopf nicht wegzog, als ich ihm die Krone auf sein Haupt setzte. Er beobachtete mich lediglich mit seinen himmelblauen Augen.

»Es ist allein Euch überlassen, was Ihr tut. Aber Euer Vater hat dieses Land sicher durch einen der schrecklichsten Kriege geführt, die diese Welt je gesehen hat. Und er versucht, diesen fragilen Frieden weiterhin zu sichern. Schuldet Ihr es ihm nicht, ihn dabei zu unterstützen, indem Ihr Euch auf dem Fest zeigt? Wollt Ihr ihm nicht beweisen, dass Ihr in der Lage seid, für Euer Volk da zu sein?«

»Ich muss gar nichts beweisen«, entgegnete der Prinz mit verschränkten Armen, doch er wusste, dass ich im Recht war. Das konnte ich ihm ansehen.

»Nein, das müsst Ihr nicht. Aber vielleicht beweist Ihr Euch selbst, dass Ihr besser seid als Euer schrecklicher Ruf.«

Ich verließ das Zimmer und postierte mich wieder vor der Tür. Ich hatte mein Bestes gegeben, um den Prinzen dazu zu bewegen, zum Fest zu gehen. Durch die Aufzeichnungen des Kommandanten war mir bewusst, wie wichtig seine Teilnahme an der Feier war. Seine Abwesenheit konnte weitreichende Konsequenzen für den fragilen Frieden bedeuten.

Sicherlich war Atlas die Wirkung seines Verhaltens nur allzu bewusst, doch er sah nur sein eigenes Schicksal, nicht das der Menschen, die in diesem Königreich lebten. Es war unvorstellbar, dass er eines Tages über das Land und die Menschen herrschen würde, die ihm so gleichgültig waren.

Aus dem Zimmer hörte ich wenig später Schritte. Angestrengt lauschte ich, ob sie sich der Tür näherten. Als der Prinz sein Zimmer verließ, wirkte er wie eine andere Person. Er trug ein dunkelrotes Hemd, das wie eine zweite Haut anlag und seinem athletischen Körper mehr als schmeichelte. Das eben noch wirre

Haar war perfekt gekämmt, und die Krone trug er wie selbstverständlich auf dem Kopf. Es gab keinerlei Spuren mehr, die auf seine Zerrissenheit hinwiesen. Stattdessen stellte Atlas' Äußeres das perfekte Bild eines Königssohns dar, was nur einmal mehr bewies, dass der Schein trügen konnte und Menschen in der Lage waren, ihr Innerstes so tief vor der Welt zu verschließen, dass sie es manchmal selbst nicht wiederfanden.

Auf dem Weg durch die Gänge schlossen sich uns zwei weitere Leibwachen an, und ich war heilfroh darüber. Ich fühlte mich in Gegenwart des Prinzen nicht nur unwohl, sondern auch unsicher, eine gefährliche Kombination, die ein flaues Gefühl in meinem Bauch verursachte.

Als wir die große Halle erreichten, in der die Feierlichkeiten stattfanden, war ich im ersten Augenblick erschlagen von all den Eindrücken, die auf mich einprasselten. Noch nie in meinem Leben hatte ich etwas Vergleichbares erlebt.

Die Halle war sicherlich dreimal so groß wie der Thronsaal, und es waren deutlich mehr Menschen anwesend als bei der Zeremonie vor wenigen Stunden. Gigantische dunkle Steinsäulen, die mit prächtigem Blumenschmuck verziert waren, fielen mir unweigerlich ins Auge. An den hohen Wänden hingen abwechselnd die Banner der beiden Länder, die hier heute zusammengekommen waren. Von der Decke hingen mehrere kunstvolle Leuchter, die ein geheimnisvolles Licht abgaben.

Am anderen Ende der Halle befand sich eine ausladende Treppe, an deren Fuß eine weitere in Stein gehauene Wildkatze thronte. Das Wappentier Silvestrias fand sich hier an vielen Stellen wieder. Die Treppe führte in den oberen Teil der Halle, wo sich ebenfalls Menschen aufhielten, Wein aus teuren Gläsern tranken und laut lachten. Die Musik schallte durch den Saal und übertönte die meisten Gespräche, sodass ich nicht verstand, was die umstehenden Menschen zueinander sagten. Ein süßlicher Geruch von Alkohol und Blumen hing in der Luft, mischte sich mit den schweren Parfüms der Adeligen. Meine Nase kribbelte, doch ich unterdrückte das Niesen.

Es gab tausend dunkle Ecken, in die Gäste sich zurückziehen konnten, wenn sie dem Trubel entgehen wollten, was aber auch bedeutete, dass ich umso aufmerksamer sein musste. In jeder Nische konnte Gefahr lauern.

»Bist du damit fertig, unsere Gäste unverhohlen anzustarren?«, fragte Atlas in gewohnt bissiger Manier. Es war absurd, aber so langsam gewöhnte ich mich an seine ständigen Seitenhiebe. Ich sparte mir eine Antwort, egal, was ich sagte, es wäre Atlas ohnehin zuwider. Für den Moment war ich einfach nur froh, dass er hier war und ich nicht schon an meinem ersten Tag in Schwierigkeiten geraten war, die ich nur allzu gern magisch anzog.

Die anderen beiden Ferum postierten sich neben zwei der Säulen, während ich an der Seite des Prinzen blieb. Bei näherem Hinsehen konnte ich zwischen den vielen bunten Gewändern immer wieder die dunklen Rüstungen der Ferum entdecken. Vereinzelt entdeckte ich auch gewöhnliche Soldaten, die das Geschehen jedoch vom Rand aus beobachteten.

Wir schritten langsam durch die Halle, als ich erneut erstaunt dreinsah. Ein Schausteller auf riesigen hölzernen Stelzen bahnte sich einen Weg durch die Halle. Er trug ein dunkles Federkostüm samt gelbem Schnabel, schwang anmutig die Arme und wirkte dabei wie ein Falke, der sich in die Lüfte erhob. Hinter ihm konnte ich noch mehr tierische Verkleidungen entdecken. Die Gäste waren ebenfalls begeistert von dieser außergewöhnlichen Show. Doch den Prinzen ließ das natürlich kalt. Er ging erst einmal zu einer der Bediensteten, die den Gästen Wein ausschenkten. Mit dem Glas in der Hand setzte er seinen Weg fort. Die Musiker starteten eine fröhliche Melodie, als plötzlich Unruhe in der Halle entstand. Einige Meter von uns entfernt schrie jemand erschrocken auf. Sofort spannte sich jeder Muskel in meinem Inneren an. Der Prinz hingegen unterhielt sich unbesorgt mit einem bärtigen alten Mann, bei dem es sich sicherlich um irgendeinen Adeligen aus dem inneren Ring handelte.

»Angriff auf den König!«, schrie ein Soldat durch den Saal.

Sofort gerieten die Menschen um uns herum in helle Panik. Atlas' Blick traf meinen, und plötzlich wirkte er alles andere als entspannt. Die Musik erstarb abrupt, und der bärtige Mann ließ vor Schreck seinen Kelch fallen und rannte los. Das laute Klirren des Glases ließ mich zusammenzucken. Sofort legte ich meine Hand an den Dolch, den ich an meinem Waffengurt bei mir trug.

»Wo ist meine Familie? Wir müssen sofort zu ihr!«, rief Atlas über das Geschrei der Gäste hinweg. Weitere Gläser fielen klirrend zu Boden, während die Menschen flüchteten. Ich suchte fieberhaft nach der Gefahr und wurde auf den oberen Rängen fündig. Dort entdeckte ich zwei vermummte Gestalten, die mit Bögen auf die Anwesenden in der Halle zielten. Unverzüglich griff ich nach Atlas' Arm und zog ihn mit mir. Er musste unter allen Umständen unversehrt bleiben.

»Wir müssen hier sofort verschwinden!«, schrie ich ihn an. Doch ich spürte deutlichen Widerstand.

»Wo sind meine Eltern? Ich muss wissen, dass es ihnen gut geht«, entgegnete Atlas mit Sorge in der Stimme.

»Ich ... weiß es nicht. Aber ihnen wird es sicherlich gut gehen. Die Ferum werden sie beschützen. Ich muss mich zuerst um Eure Sicherheit kümmern.« Ich versuchte, ihn zumindest zu einer der schützenden Säulen zu ziehen. Wo waren denn die beiden Soldaten, die uns eben noch in den Saal begleitet hatten? Sie mussten doch noch in der Nähe sein.

Atlas suchte in der aufgebrachten Menge nach seinen Eltern, doch in dem Getümmel war es unmöglich, einzelne Personen zu finden. Vermutlich hatten die Ferum das Königspaar schon längst aus der großen Halle gebracht.

Als einer der Pfeile mit einem sirrenden Geräusch knapp an uns vorbeiflog, überkam mich Panik.

»Wir müssen hier weg! Sofort!«, rief ich so eindringlich wie möglich. Doch statt mir zu folgen, versuchte der Prinz, mein Schwert aus dem Rückengurt zu ziehen. Ich drehte mich blitzschnell um.

»Was soll das werden?«, herrschte ich ihn an.

»Gib mir das Schwert!« Seine gesamte Körperhaltung wirkte angespannt, und der drohende Ton in Atlas' Stimme zeigte ebenfalls, wie aufgebracht er war.

»Nein.«

»Das ist ein verdammter Befehl!«, schrie er mich an. Er hatte Angst um seine Familie, was bewies, dass er nicht so kalt in seinem Inneren war, wie er andere glauben ließ. Aber er dachte doch wohl nicht ernsthaft, dass ich ihm meine Waffe gab und ihn eigenhändig kämpfen ließ. Ich war diejenige, die für seinen Schutz verantwortlich war. Wenn hier jemand gegen die Attentäter kämpfen würde, dann ich.

Ich griff nach seinem Arm, drehte ihn in einer fließenden Bewegung auf seinen Rücken und schob ihn vorwärts. Er keuchte, weil ihm diese Haltung Schmerzen bereitete, und versuchte vergeblich, sich aus dem Griff zu lösen. Er ließ mir keine Wahl, als ihn auf diese Weise in Sicherheit zu bringen.

Wir hatten beinahe eine der breiteren Säulen erreicht, als ein Pfeil den Prinzen in die rechte Schulter traf. Die Krone auf seinem Kopf fiel zu Boden, als er sich vor Schmerz krümmte und laut aufschrie. Ich sah in die Richtung, aus der der Pfeil gekommen war, und erkannte deutlich, wie der Attentäter erneut in unsere Richtung zielte. Schnell legte ich meinen Arm um den verletzten Prinzen, der sich nun ohne Gegenwehr helfen ließ. Als ich ihn endlich hinter die Säule gezerrt hatte, entdeckte ich eine Blutspur auf dem Boden. Atlas ließ sich erschöpft fallen, blickte abwechselnd auf mich und seine verletzte Schulter.

»Was stehst du hier herum? Geh und sorg dafür, dass meine Familie unversehrt bleibt! Diese feigen Attentäter werden hierfür bezahlen.« Er wies auf seine Wunde. Schmerz, Angst und Wut vermischten sich in seinen Augen zu einem tosenden Sturm.

»Meine Aufgabe ist es, Euch zu beschützen«, presste ich hervor. Ich schnappte nach Luft, weil es mich all meine Kraft gekostet hatte, den Prinzen in Deckung zu bringen. Als ich mich zu ihm hinunterbeugte, um die Wunde zu begutachten, stieß er mich zurück. Ich fiel rücklings auf den Boden.

»Du bist miserabel in deiner Aufgabe«, blaffte er. Ich sah ihm an, wie sehr er mich in diesem Moment hasste, doch ich hatte klare Befehle erhalten. Ich durfte den Prinzen nicht allein zurücklassen, egal, was geschah.

»Ich will doch nur helfen«, sagte ich leise und rappelte mich wieder auf die Beine. Suchend blickte ich mich um, versuchte, andere Ferum auszumachen. Die Schützen standen noch immer dort oben und würden nicht zögern, erneut auf uns zu schießen, wenn sie die Gelegenheit bekamen. Atlas betastete seinen Oberkörper. Als seine Finger die Pfeilspitze berührten, die sich durch seine Schulter gebohrt hatte, weiteten sich vor Schock seine Augen. Es wirkte, als hätte er erst jetzt begriffen, was da in seinem Arm steckte. Ich wollte mir gar nicht ausmalen, wie schmerzhaft es für ihn sein musste.

»Ihr dürft ihn auf gar keinen Fall rausziehen, sonst verblutet Ihr«, sagte ich nachdrücklich. Ich vergewisserte mich, dass den Prinzen dort, wo er jetzt saß, niemand treffen konnte, und atmete erleichtert aus. Da erkannte ich einen weiteren Ferum, der hinter den Säulen auf uns zulief.

»Geht es dem Prinzen gut?«, rief er außer Atem, als er uns erreicht hatte. Auch er war verletzt, wenn auch nicht so schlimm wie Atlas.

»Den Umständen entsprechend.« Ich zeigte auf den Pfeil, und der Ferum nickte, ehe er mich zur Seite zog.

»Er muss unter allen Umständen überleben«, sagte er mit tiefer Stimme.

»Natürlich. Die Sicherheit des Prinzen steht an oberster Stelle.« Die Sorge in seinem Blick jagte mir eine Gänsehaut über den Rücken.

»Du verstehst nicht, Mädchen. Atlas ist nicht länger Prinz von Silvestria. Er ist jetzt König.«

KAPITEL 6

E*r ist jetzt König.*

Atlas sah abwechselnd von mir zu dem anderen Ferum und schien genauso überrascht von seinen Worten zu sein wie ich. Wir alle wussten, was sie bedeuteten, aber niemand traute sich, es auszusprechen.

»Wir müssen die Blutung stoppen.« Der Soldat riss ein Stück Stoff von seinem Hemd ab, um es auf die Schulter des Prinzen zu drücken, aus der noch immer die Pfeilspitze ragte. Doch ehe er sie berühren konnte, hielt ich ihn zurück.

»Solange der Pfeil in der Schulter steckt, wird er nicht verbluten. Wir müssen den Prinzen in Sicherheit bringen, damit wir die Wunde vernünftig versorgen können. Ein Fetzen Stoff wird da nicht viel helfen.«

Er musterte mich eingehend, ehe er nickte. Erst da fiel mir auf, dass ich Atlas immer noch Prinz und nicht König genannt hatte. Mein Blick huschte zu Atlas, der schief an der Säule lehnte und schwer atmete. Mit seinen glasigen Augen wirkte er erschöpft, und sein Gesicht war blass geworden, dabei hatte er gar nicht so viel Blut verloren.

»Schmerzt es sehr?«, fragte ich ihn und versuchte, die frischen

Blutflecken auf dem Marmorboden zu ignorieren. Als kleines Mädchen hatte ich immer geglaubt, dass Mitglieder der Königsfamilie tatsächlich blaues Blut besäßen und sie deshalb so besonders und schützenswert waren. Doch Atlas' Blut war ebenso dunkelrot wie meines und klebte genauso widerlich an meinen Händen wie das Blut eines gewöhnlichen Menschen.

»Nicht so sehr wie das, was ich mit euch anstelle, wenn ihr nicht endlich diese verdammten Attentäter tötet«, presste Atlas mühsam hervor. Vorsichtig riskierte ich einen Blick in die Richtung des Schützen. Doch ich konnte niemanden erkennen. Vielleicht waren sie bereits geflohen, hatten ihr Ziel erreicht – immerhin war der König tot, zumindest der alte.

Schwere Schritte näherten sich, und kurz darauf erschienen einige Ferum, die den Saal durchsuchten.

»Der Prinz ist hier«, rief der Soldat, der neben uns kauerte. Sofort rammte ich ihm den Ellenbogen in die Seite.

»Willst du es den Attentätern noch einfacher machen, den Prinzen zu töten?«, zischte ich. Atlas stöhnte leise auf, als wir ihn gemeinsam auf die Beine hievten, damit wir ihn in Richtung Tür tragen konnten. Drei Ferum bahnten sich ihren Weg zu uns, um uns abzusichern. Sie hielten ihre schweren Schilde in die Höhe, um weitere Pfeile abzuwehren.

»Von wo erfolgte der Angriff?«, fragte einer von ihnen. Er schien im selben Alter wie Morian zu sein und bereits eine Menge Erfahrung zu haben. Ein anderer Ferum löste mich beim Tragen ab, und ich nutzte die wenigen Sekunden, um meine Gedanken zu sammeln, ehe ich antwortete.

»Es müssen mehrere Schützen gewesen sein: Sie haben von dort oben aus angegriffen.« Ich deutete zum oberen Stockwerk.

»Wie viele hast du gesehen? Gab es irgendwelche Besonderheiten an der Kleidung?« Er musterte mich angespannt.

»Mindestens zwei, aber mehr kann ich nicht sagen. Dazu ging alles zu schnell.«

Der Ferum wollte sich bereits von mir abwenden, doch ich stellte mich ihm in den Weg.

»Ich will bei der Suche nach den Attentätern helfen«, sagte ich und legte meine rechte Hand an den Griff meines Dolches. Atlas wurde gerade auf eine Trage gehievt und stöhnte schmerzerfüllt, hob aber dennoch den Kopf in meine Richtung. Die Ferum würden ihn zu einem Arzt bringen, der seine Wunden versorgte, und ich konnte in dieser Zeit vielleicht in seiner Gunst steigen, wenn ich dabei half, die Attentäter zu fangen.

Der Ferum vor mir musterte mich, und ich spürte, wie sein Blick auf dem Anstecker hängen blieb, den der Kommandant mir gegeben hatte. »Du bist Morians Schützling, oder?« Ich nickte.

»Mein Name ist Cahira. Ich habe Lyons Platz als neue Leibwächterin des Prinzen übernommen.«

»Dann scheinst du was zu taugen.« Er wandte sich an einen der Männer. »Rogan, du durchsuchst mit Cahira die Galerie. Und ihr zwei bringt den Prinzen sofort in die Krankenstation. Die übrigen Soldaten kommen mit mir und durchkämmen den Saal. Wir werden nicht eher ruhen, bis wir die Angreifer gefunden haben, habt ihr verstanden?«

Ein zustimmendes Raunen ertönte. Rogan hielt mir seine behandschuhte Hand hin, die ich eilig ergriff und kurz drückte.

»Bleib in Deckung der Säulen, verstanden?«, sagte er bestimmt, und ich folgte ihm konzentriert. Wir arbeiteten uns Stück für Stück vor, bis wir die ausladende Treppe erreicht hatten. Es war verdächtig ruhig im Saal geworden. Niemand hatte seit der Ankunft der anderen Soldaten einen Pfeil abgefeuert.

»Ich geh vor. Bleib dicht hinter mir. Notfalls kann ich uns mit dem Schild vor den Pfeilen schützen.«

»In Ordnung, dann los.«

Rogan hechtete los, und ich beeilte mich, mit ihm Schritt zu halten. Fasziniert beobachtete ich, wie er die Treppen in einer unfassbaren Geschwindigkeit hinter sich ließ. Oben angelangt, suchten wir nach einer sicheren Deckung, um uns orientieren zu können.

»Dort drüben.« Ich wies auf einen riesigen Blumenkübel, der mit wunderschönen rosafarbenen Blumen bepflanzt war. In wenigen Schritten hatte ich ihn erreicht und erschrak bei dem Geräusch von knirschendem Glas unter meinen Stiefeln. Hier oben lagen unzählige Scherben. Sie mussten von den Gläsern der Gäste stammen, die den Saal fluchtartig verlassen hatten. Rogan folgte mir geduckt und sah sich um.

»Scheint so, als wären sie geflüchtet«, sagte er kehlig und richtete sich auf.

»Oder sie verstecken sich irgendwo und warten darauf, dass wir ihnen in die Falle tappen«, entgegnete ich.

Rogan schien diese Möglichkeit für unrealistisch zu halten. Er hatte unsere Deckung bereits verlassen und sah sich genauer in den dunklen Ecken um. Hier oben gab es keine Anzeichen dafür, dass die Angreifer die Gäste attackiert hatten. Es war ihnen gezielt um die königliche Familie gegangen.

»Sieh mal hier«, rief Rogan, und ich stand auf. Er hielt einen abgebrochenen Pfeil in der Hand. An der Spitze klebte eine dunkle, zähe Flüssigkeit, die beißend stank.

»Ist das …«

»Gift«, fiel er mir ins Wort. »Wer auch immer diese Attentäter waren, sie wussten genau, was sie taten.« Er rieb etwas von dem Gift zwischen seinen Fingern und roch daran. »Der Prinz muss schleunigst das Gegengift bekommen, sonst stirbt er noch in der nächsten Stunde.«

»Was ist das für ein Gift?«, fragte ich.

»Schlangengift ... Solches, das Arunas Vipern einst im Krieg nutzten. Es ist ewig her, dass ich diesen Geruch in der Nase hatte. Aber ich könnte ihn niemals vergessen.«

»Meinst du, es war ein Anschlag von Veneria?«, flüsterte ich. Es fühlte sich falsch an, diesen Satz auszusprechen.

»Veneria existiert nicht mehr, und Aruna ist tot«, war alles, was Rogan antwortete.

»Ich gehe zum Prinzen, damit ihm rechtzeitig das Gegengift verabreicht wird. Du sicherst hier oben alles und meldest dich anschließend bei Bryn, unserem Divisionsführer.«

Ich nickte. »Pass auf dich auf.«

Rogan hechtete in Richtung Treppe und verschwand kurz darauf im unteren Stockwerk. Zwar war Atlas ein absolut unsympathischer und arroganter Kerl, aber er verdiente den Tod nicht. Wenn es wirklich stimmte, was der Soldat vorhin gesagt hatte, dann war Atlas nun die einzige Hoffnung für Silvestria und den Bestand des Königreiches.

Ich schüttelte den Gedanken an Atlas ab und konzentrierte mich auf meine Aufgabe. Schritt für Schritt arbeitete ich mich vorwärts, vorbei an zerbrochenen Vasen und umgekippten Stühlen, die auf dem Marmorboden lagen. Es schien tatsächlich so, als wären die Angreifer fort, doch darauf vertrauen wollte ich nicht.

Als ich die letzte Nische gesichert hatte, trat ich zu einer schweren Holztür, die den großen Festsaal im oberen Stock mit weiteren Fluren der Burg verband. Die Angreifer mussten auf ihrer Flucht hier entlanggekommen sein. Ich drückte die Tür vorsichtig auf, worauf sie mir mit voller Wucht ins Gesicht geschlagen wurde. Das massive Holz krachte gegen mein Nasenbein, und ein stechender Schmerz durchzog mein Gesicht. Ich taumelte zurück und fiel beinahe zu Boden, fing mich aber im letzten Moment. Warmes Blut floss mir über die Lippe.

»Scheiße!« Mit dem rechten Handrücken wischte ich das Blut fort. Dann trat ich die Tür auf und hechtete hindurch. Eine dunkel gekleidete Gestalt lief den Flur entlang und drehte sich kurz zu mir herum. Sie hatte einen Bogen geschultert und eine Kapuze über den Kopf gezogen. Das Gesicht war vermummt und die Kleidung so wallend, dass ich nicht einmal sagen konnte, ob es sich um einen Mann oder eine Frau handelte.

»Stehen bleiben!«, schrie ich und rannte weiter. Der Angreifer war unfassbar schnell, doch als er das Flurende erreicht hatte, zögerte er einen Moment zu lang, um sich für eine der vielen Türen zu entscheiden. Ich griff geistesgegenwärtig nach einer Vase, die auf einem der alten Schränke stand, warf sie in seine Richtung und traf ihn an der Schulter. Die Gestalt taumelte, sodass ich genug Zeit hatte, mein Schwert zu ziehen.

»Wer bist du? Wer hat euch beauftragt, die Königsfamilie zu ermor-«

Unvorbereitet traf mich etwas am Hinterkopf, und alles wurde schwarz ...

Eine fremde, weit entfernt klingende Stimme ertönte in der Dunkelheit, als ich versuchte, die Lider zu öffnen.

»Ich glaube, sie kommt zu sich.«

Schemenhaft erkannte ich Gestalten, die sich bewegten, doch ich konnte sie einfach nicht scharf stellen. Mein Kopf dröhnte schmerzhaft, und meine Augen brannten, weil das Licht viel zu grell für sie war.

Mit den Händen ertastete ich kalten, nassen Stein unter mir.

Ein beißender Geruch nach Schweiß drang mir in die Nase, und das Stimmengewirr um mich herum schwoll an. Ich spürte einen Stoß an meiner rechten Schulter, ehe ich nach links kippte und mein Kopf gegen eine harte Mauer stieß.

»Wach auf!«, drang eine tiefere Stimme an mein Ohr. Erneut schlug ich die Augen auf, und dieses Mal konnte ich sie auch offen halten. Ich befand mich in einer Zelle mit mehreren Männern, die mich grimmig anstarrten. Einige von ihnen hatten Blessuren im Gesicht, andere blutverkrustete Fäuste.

»Ist die Prinzessin aus ihrem hundertjährigen Schlaf erwacht?«, sagte einer von ihnen und beugte sich zu mir vor. Ich runzelte die Stirn, ehe mein Blick zu der verschlossenen Zellentür glitt. Wieso um alles in der Welt saß ich in einem der Burgverliese fest?

»Was ist passiert?«, fragte ich heiser. Jeder Einzelne hier unten trug die Uniform der Ferum, was ein ungutes Gefühl in mir auslöste. Wir sollten definitiv nicht hier sein.

»Wir wurden verhaftet und eingesperrt«, antwortete ein bärtiger Soldat, der mir schräg gegenübersaß. Ich verkniff mir die Antwort, dass ich das selbst bemerkt hatte.

»Man wirft uns vor, unsere Pflichten als Garde der Königsfamilie verletzt zu haben«, entgegnete ein anderer Mann. Er hatte eine blutige Kopfwunde, die sein blondes Haar rötlich gefärbt hatte, und sein linkes Auge war geschwollen. Aber er versuchte sich an einem Lächeln.

»Was soll das bedeuten?«, hakte ich nach.

»Gott, Mädchen, sie werden uns wegen Verrats an der Krone hängen«, polterte der bärtige Mann. Sein grimmiger Blick jagte mir einen Schauer über den Rücken.

»Hör auf, ihr Angst einzujagen. Keiner von uns weiß, was im Kopf des Prinzen vorgeht.« Der blonde Mann, der an der gegenüberliegenden Zellenwand stand, kam auf mich zu und ging vor mir in die Hocke.

»Du hast ganz schön was abbekommen.« Er riss ein Stück dunklen Stoff von seinem Hemd ab und drückte es auf die Seite meines Hinterkopfs. Ein stechender Schmerz schoss durch mich hindurch, und ich zuckte zurück.

»Entschuldige, aber deine Wunde blutet noch immer, und das ist kein gutes Zeichen.« Er reichte mir den Stoff, und ich versuchte, ihn selbst auf die Wunde zu drücken, die ich bis eben nicht einmal bemerkt hatte.

»Wer hat mich niedergeschlagen? Ich erinnere mich daran, dass ich im oberen Stockwerk des Festsaals einen der Attentäter verfolgt habe. Und dann wurde alles um mich herum schwarz.«

»Das waren bestimmt Morians Männer«, antwortete ein anderer Soldat. »Sie haben alle gewaltsam hierhergebracht, die Wachdienst während des Attentats hatten. Wir sitzen seit zwei Tagen hier unten fest.«

Ich war zwei Tage lang bewusstlos?

»Weil *er* uns die Schuld an dem Tod seiner Eltern gibt«, raunte der Bärtige verachtend. Unter den Soldaten entbrannte eine hitzige Diskussion über Atlas, der nun *König* war. Ich weigerte mich, zu glauben, dass Morian die Anweisung gegeben hatte, mich niederzuschlagen und in diese Zelle zu bringen. Auch wenn ich deutlich spürte, dass diese Situation hier unten alles andere als gut für mich war. Für den Moment konnte ich jedoch nichts anderes machen, als das Stück Stoff auf meine blutende Wunde zu drücken und zu hoffen, dass alles nur ein großes Missverständnis war, das sich bald aufklären würde …

KAPITEL 7

Stimmengewirr riss mich aus dem unruhigen, traumlosen Schlaf. Als ich die Augen öffnete, bemerkte ich die Dunkelheit in der Zelle. Durch das kleine Fenster drang kaum Mondlicht ins Innere, doch hinter der Tür schien Licht zu brennen.

»Cahira? Wo ist das Mädchen?« Die tiefe Stimme drang durch die verschlossene Zellentür, die sich kurz darauf quietschend öffnete. Drei Männer, von denen einer eine Fackel in der Hand hielt, starrten in das Innere dieses engen, stickigen Raumes. Irgendjemand riss mich am Arm nach vorn, und ich fiel mit dem Gesicht auf den dreckigen Boden. Mit den Händen stemmte ich mich auf die Beine. Zwei der Soldaten betraten die Zelle und musterten die anderen Insassen, ehe ihr Blick auf mich fiel.

»Mitkommen«, wies einer von ihnen mich an. »Ihr anderen bleibt hier.«

Sie zerrten mich durch die Tür hinaus in den Flur.

»Was hat das zu bedeuten? Wieso wurden wir eingesperrt?«, fragte ich aufgebracht. In diesem Moment gingen mir Tausende Ideen durch den Kopf, doch keine von ihnen schien Sinn zu ergeben.

»Wir haben Anweisung, dich zum König zu bringen«, sagte

der Soldat mit der Fackel. Er ging voraus, während die anderen beiden mich, fest im Griff, den Gang entlangführten. Es fiel mir schwer, einen Fuß vor den anderen zu setzen. Jeder einzelne Muskel meines Körpers schmerzte, und ich hatte keine Ahnung, wie viel Zeit in der Zelle vergangen war. Erneut mehrere Tage oder nur ein paar Stunden? Doch ich wollte mir meine Schwäche nicht anmerken lassen.

Vor dem Thronsaal öffnete ein anderer Soldat die schweren Türen. Dunkle Schatten zogen sich durch den leeren Saal, und verzerrte Formen tanzten an den Wänden, als wir den Raum durchschritten. Die schweren dunkelgrünen Vorhänge waren vor die großen Fenster gezogen worden, und in der hinteren Ecke des Saals brannten als einzige Lichtquelle einige Kerzen. Allerdings war es nicht die Dunkelheit, die mir Angst einjagte, sondern Atlas' Antlitz. Seine Haut war blasser als Mondschein, und die dunklen Ringe unter seinen eiskalten Augen verrieten, dass er genauso erschöpft sein musste, wie ich mich fühlte. Er trug eine Maske des Zorns. Mit jedem Schritt, den ich mich ihm näherte, stach der Hass in seinem Blick wie unzählige kleine Nadelstiche auf meiner Haut.

Die Soldaten ließen mich am Fuße der Treppe los, die zum Thron führte, und traten einige Schritte zurück. Erst jetzt erkannte ich, dass hinter dem Thron, in den Schatten verborgen, weitere Soldaten standen.

»Cahira Cade, Tochter von Orion Cade, bist du bereit, dich für deine schändlichen Taten zu verantworten?« Atlas' Stimme schallte durch den Saal. Er grub die Finger in die Lehnen des Throns, den er mit seiner schmalen Gestalt genauso wenig ausfüllte wie sein Vater.

Ich schwieg, weil ich keine Ahnung hatte, was hier vor sich ging. Da erhob sich Atlas. Er war wackelig auf den Beinen, versuchte jedoch, es zu kaschieren. Vermutlich die einzige Gemeinsamkeit, die uns in diesem Moment verband. Wir wollten unsere Schwäche nicht offenbaren.

»Hast du deine vorlaute Zunge verschluckt?«, zischte er wie eine Schlange.

»Nein, das habe ich nicht«, sagte ich so ruhig wie möglich. »Aber ich verstehe nicht, wieso man mich und unzählige andere in eine Zelle gesperrt hat. Was wirft man uns vor?«

Atlas stieß ein verächtliches Schnauben aus, als hätte ich ihn persönlich beleidigt. »Nur eine Verräterin kann solch eine Dreistigkeit besitzen wie du in diesem Augenblick.«

Er schritt die wenigen Stufen zu mir herab, blieb jedoch auf der letzten stehen.

»Dir wird einiges zur Last gelegt.« Er warf einen Blick hinter sich. Morian erschien aus der Dunkelheit wie ein Geist. Er hielt ein Pergament in der Hand und vermied es, mir ins Gesicht zu blicken.

»Der König und das Land Silvestria erheben Anklage gegen Cahira Cade in folgenden Punkten: Der Ferum wird vorgeworfen, ihre Schutzpflichten gegenüber der königlichen Familie verletzt zu haben, indem sie sich direkten Befehlen des neuen Königs widersetzte. Wiederholt wies dieser die Angeklagte an, die Sicherheit des Königspaares zu gewährleisten, was diese jedoch entschieden verweigerte. Zudem kann nicht ausgeschlossen werden, dass die Angeklagte Teil der Attentatsbande ist, da sie offensichtlich kein Interesse daran hegte, das Leben des Prinzen nach dessen Verletzung zu retten.«

Fassungslos starrte ich abwechselnd von Morians Gesicht in das des Prinzen, der der Auflistung dieser lächerlichen Lügen regungslos lauschte. Morian wollte gerade zu weiteren haltlosen Argumenten ansetzen, als ich ihn unterbrach.

»Ist das dein Ernst? Ich habe dein beschissenes Leben gerettet, und so dankst du es mir?«, schrie ich den Prinzen an. Die Wut, die sich in mir ausbreitete, ließ mich am ganzen Körper zittern. »Ohne mich wärst du längst tot!«

Atlas ballte die Fäuste. Ich merkte ihm deutlich an, wie er um Fassung rang. »Ohne dich Verräterin wären meine Eltern vielleicht noch am Leben. Aber du hast wiederholt meine Befehle missachtet, und dafür bezahlst du mit deinem Leben.«

»Hättest du den Pfeil aus deiner Schulter gezogen, wärst du innerhalb weniger Minuten verblutet.« Meine Stimme bebte.

Atlas warf Morian einen Blick zu, der daraufhin weiterlas.

»Der Angeklagten wird vorgeworfen, den Prinzen dem Tode ausgesetzt zu haben. Durch den Verbleib des Giftpfeils in der Brust des Prinzen breitete sich dieses ungehindert im Körper aus.«

»Das konnte ich zu dem Zeitpunkt doch gar nicht wissen! Jedes Kind weiß, dass man solche Wunden sorgfältig verbinden muss. Ich habe den Pfeil nicht herausgezogen, weil der Prinz sonst gestorben wäre, und nicht, weil ich ihn vergiften wollte.«

»Lügen!«, schrie Atlas. Ich zuckte bei dem Klang seiner tiefen, drohenden Stimme zusammen.

»Das sind nichts als Lügen! Dachtest du, du und deine hinterhältigen Freunde könntet meine Familie mit Vipernblut vergiften und so Arunas Schicksal rächen?«

»Ich weiß nicht, wovon du da redest, Atlas. Ich habe venerisches Gift zuvor noch nie gesehen, geschweige denn hätte ich es als solches erkannt, wenn Rogan es mir nicht erklärt hätte.«

»König Atlas! Ich bin dein König und werde als solcher über dich richten.«

Unerwartet überwand er die letzte Stufe und kam auf mich zu. Seine eisblauen Augen durchbohrten mich wie Dolche. Noch nie in meinem Leben hatte mich jemand mit so viel Abscheu angeblickt.

»Ich verurteile dich zum Tode durch die Schlangengrube. Bei Tagesanbruch wirst du den Tod sterben, den du für meine Familie und mich im Sinn hattest. Ab dem heutigen Tage ist es Frauen verboten, Teil der Ferum zu werden. Du hättest niemals herkommen dürfen.«

Er wandte sich von mir ab.

»Bringt sie fort. Die anderen Soldaten, die ebenfalls zur Zeit des Attentates Dienst hatten, werden morgen früh gehängt. Jeder von ihnen trägt eine Mitschuld an diesem Angriff und wird dafür mit seinem Leben bezahlen.«

»Aber sie trifft keinerlei Schuld! Das ist unmenschlich. Du bist ein Monster«, schrie ich ihn an und machte einen großen Schritt auf ihn zu, um ihn zu packen. Sofort schritten die Wachen ein, schlugen mir in die Magengrube und zerrten mich zurück. Ich keuchte, bekam kaum noch Luft und musste mich darauf konzentrieren, mich nicht zu übergeben.

Die Soldaten brachten mich in eine Kammer mit kahlen Wänden, die ein kleines Fenster besaß, aus dem ich nicht mal ohne Fesseln hätte fliehen können. Ich hockte auf dem kalten Boden, den Rücken an die Wand gepresst, unfähig, einen klaren Gedanken zu fassen.

Ich werde sterben. Silas wird sterben.

Wir hatten beide Dienst getan in dieser verhängnisvollen Nacht. Es gab keine Chance für mich, ihn noch einmal zu sehen, bevor ich … starb. Alles, wofür ich die letzten Jahre meines Lebens gekämpft, wofür ich unzählige Tränen vergossen hatte, war umsonst gewesen. Atlas gab mir die Schuld am Tod seiner Eltern, stellte mich als eiskalte Königsmörderin hin. Dabei hatte ich ihn retten und vor seiner eigenen Torheit schützen wollen.

Ich lehnte den Kopf an die Wand hinter mir, worauf sofort wieder ein stechender Schmerz durch meinen Körper jagte. Reflexartig wollte ich mit der Hand an die pochende Stelle fassen, doch die Fesseln ließen kaum eine Bewegung zu.

»Scheiße!«

Ich schloss die Augen und konzentrierte mich auf meine Atmung, damit mein rasendes Herz sich beruhigte. Doch mit jeder Minute, die verstrich, verlor ich ein Stück mehr die Hoffnung. Atlas würde nicht zur Besinnung kommen, niemand würde mich vor meinem Schicksal retten. Ich war ganz allein.

Als ich irgendwann schwere Schritte auf dem Korridor hörte, horchte ich auf. Es klang nach einer Person, die direkt vor der Eisentür hielt und sie wenige Sekunden später geräuschvoll öffnete. Morian trat ein und zog die Tür hinter sich zu.

»Cahira.« In seiner Stimme schwang etwas mit, das ich nicht ganz deuten konnte.

Ich versuchte, mich aufzurichten, was ohne die Hilfe meiner Hände sicherlich kläglich aussah. Aber niemand sollte mich kauernd am Boden sehen, erst recht nicht der Kommandant, der gemeinsam mit dem König mein Todesurteil gefällt hatte.

»Ich dachte, ich bekomme wenigstens noch eine kleine Henkersmahlzeit, bevor ihr mich in die Schlangengrube werft«, sagte ich so unbeeindruckt wie möglich. Morian schnaubte und trat näher. Er musterte mich mit seinen vertrauenserweckenden Augen, die offensichtlich darüber hinweggetäuscht hatten, aus welchem Holz dieser Mann geschnitzt war.

»Es tut mir leid. Meine Männer waren sehr grob zu dir, als sie dich festgenommen haben.« Er wirkte wie ein anderer Mann, als hätte er all seine Autorität, all seine Macht mit einem Schlag verloren, wie ich meine Freiheit.

»Es tut dir leid?«, höhnte ich. »Wie kannst du es wagen, so etwas zu sagen, nachdem du gerade all diese Lügen über mich vorgetragen hast? Er wird mich umbringen für etwas, woran ich keine Schuld trage. Mich und all die anderen, die Dienst hatten. Mein bester Freund, er wird ...«

Ich konnte es nicht aussprechen. *Sterben. Silas wird sterben.*

»Ich werde versuchen, es zu verhindern«, entgegnete Morian.

»Na, da können sich die Soldaten dort unten in der dreckigen Zelle ja glücklich schätzen, dass ihr Kommandant versucht, den rachsüchtigen König davon abzubringen, fast all seine Soldaten zu erhängen.«

»Atlas ist gebrochen, er weiß nicht, was er tut. Es ist schwer, ihm bewusst zu machen, dass das, was er sich in seinem Kopf zusammenreimt, falsch ist. Ich will ihn nicht in Schutz nehmen, aber ich fürchte, außer mir ist niemand in der Lage, ihn von diesem großen Fehler abzubringen.«

Morian zog ein Stück Stoff aus seiner Tasche und kam näher. Er wollte mir damit scheinbar das Blut aus dem Gesicht wischen, das mittlerweile garantiert getrocknet war, doch ich wich vor ihm zurück. Er konnte ruhig sehen, was seine Männer mir auf seinen Befehl hin angetan hatten.

»Mein Vater würde sich für deine Worte schämen. Wer auch immer den König getötet hat, wollte auch, dass Atlas stirbt. Es ist nur eine Frage der Zeit, bis sie es erneut versuchen. Die anderen und ich werden völlig umsonst sterben.«

»Ich weiß, Cahira. Es liegt auf der Hand, dass du nichts mit alldem zu tun hast. Meine Männer fanden dich bewusstlos auf einem der oberen Flure. Offensichtlich hat einer der Angreifer dich niedergeschlagen. Aber Atlas und du hattet einen holprigen

Start, was dich zu seiner Zielscheibe macht. Ich habe versucht, ihm zu erklären, dass es bei diesem Anschlag um etwas Größeres gehen muss, aber er wollte nichts davon hören, hat selbst mir mit dem Galgen gedroht, sollte ich seine Entscheidungen weiter infrage stellen.«

»Und da hat der Kommandant der Ferum selbstlos, wie er ist, entschieden, zuzusehen, wie der König seine halbe Garde tötet.«

Morian griff erneut in seine Tasche und zog ein Fläschchen heraus. Er umklammerte es wie einen Schatz.

»Ich werde mir für den Rest meines Lebens vorwerfen, dass ich deinen Tod auf dem Gewissen habe. Aber wenn ich dich schon nicht vor der Grube beschützen kann, kann ich dich zumindest vor den Qualen dieses grausamen Todes bewahren.«

Er reichte mir das unscheinbare Gefäß, das keinerlei Aufschluss über seinen Inhalt gab.

»Wenn du das auf dem Weg durch die Wälder einnimmst, wirst du friedlich einschlafen. Die Schlangengrube befindet sich weit außerhalb der Burg. Dir bleibt also mehr als genug Zeit.« Ich beäugte die Flasche kritisch, während er weitersprach.

»Es ist ein Gift, das deine Muskeln entspannt. Dein Herz wird aufhören, zu schlagen, und du wirst keinerlei Schmerzen spüren. Der Tod durch das Viperngift ist grausam. Die Bisse der Schlangen sind kaum auszuhalten, doch sobald das Gift sich in deinem Körper ausbreitet, wirst du unsagbare Qualen erleiden.«

»Ich soll …«

»Es ist deine Entscheidung, vermutlich die letzte, die du treffen darfst. Ich kann leider nicht mehr für dich tun.« Mit diesen Worten wandte Morian sich ab und öffnete die schwere Tür.

»Dunkler als Eisen, härter als Diamant«, verabschiedete er sich mit dem Leitspruch der Ferum, ehe er mich allein ließ.

Doch obwohl ich noch immer das Amulett um den Hals trug,

war ich nicht länger eine von ihnen und würde es nie mehr sein. Ich unterdrückte die Tränen, die sich an die Oberfläche kämpften. Alles, was ich gewollt hatte, war, meinen Vater stolz zu machen. Stattdessen hatte ich Schande über ihn und seinen hervorragenden Ruf gebracht. Ich drehte das Fläschchen in meiner Hand, begutachtete die grünlich schimmernde Flüssigkeit darin. War das wirklich der einzige Ausweg aus dieser Situation? Ich weigerte mich, das zu glauben. Vorsichtig schob ich es in die Innentasche meiner Jacke.

Es verging einige Zeit, bis die zwei Soldaten wiederkamen, die mich hergebracht hatten. Sie zerrten mich an meinen Fesseln hinaus und durch den Gang. Als wir den Innenhof der Burg erreichten, war es noch dunkel. Doch ich konnte in der Ferne einen hellen Fleck erkennen. Bald würde die Sonne aufgehen und ich nie wieder ihre warmen Strahlen auf meiner Haut spüren. Vor uns befand sich ein alter Karren, vor den zwei braune Pferde gespannt waren. Ein dritter Soldat, mit mürrischem Blick und ungepflegtem Bart, kam mit festen Schritten auf mich zu. Als ich entdeckte, was er in seinen Händen hielt, schnappte ich nach Luft.

»Haltet sie fest«, wies er die anderen beiden an. Dann stülpte er mir grob den Jutesack über den Kopf und zog ihn fest. Er roch nach muffiger Erde, und ich musste einen Schrei unterdrücken, weil ich das Gefühl hatte, zu ersticken.

»Schafft sie auf den Karren, der Pri–, der König will, dass sie bei Sonnenaufgang in der Grube verreckt.«

Ich schluckte bei seinen Worten, streifte mit der Hand über das Fläschchen, das ich mir in die Tasche meiner Uniform gesteckt hatte. Die Soldaten schoben mich voran und fixierten meine Fesseln, sodass ich mich weiterhin kaum bewegen konnte. So mussten sich Tiere kurz vor der Schlachtbank fühlen, nur dass diese ihr Schicksal nicht kannten. Ich hingegen wusste genau, was mich erwartete … und es jagte mir eine Heidenangst ein.

Schon bald setzte sich der Karren in Bewegung. Der Tross, der mich begleitete, musste mindestens fünf Reiter umfassen. Durch die Gespräche der Männer schnappte ich auf, dass Atlas bei meiner Hinrichtung nicht dabei sein würde. Ihre Worte lenkten mich zumindest etwas von dem Engegefühl in der Brust ab.

Immerhin war das Letzte, was ich sah, dann nicht sein verdammtes Gesicht. Die Fahrt fühlte sich endlos an, und ständig geisterten mir Morians Worte im Kopf herum. Vielleicht sollte ich ja doch …

Nein!, wies ich mich selbst zurecht. Ich würde kämpfen, egal, wie sinnlos dieser Kampf auch war.

Als wir anhielten, überkam mich sofort Panik. Grobe Hände lösten die Fesseln an meinen Händen und rissen mir den Sack vom Kopf. Das Morgengrauen, das ich immer so sehr geliebt hatte, weil die Sonne sich selbst durch die dunkelste Nacht kämpfte und so den Beginn eines neuen Tages ankündigte, läutete heute jedoch nur mein eigenes Grauen ein. Ich würde diesen Tag nicht mehr erleben und auch keinen anderen mehr. Jemand zog mich an den Haaren von dem Karren herunter, und ich schrie auf.

»Sie trägt noch den Anstecker«, sagte einer. Der Soldat, der mich an den Haaren gepackt hatte, drehte mich zu sich um. War es nicht absurd, dass wir vor wenigen Stunden noch Verbündete gewesen waren? Wir hatten geschworen, Seite an Seite zu kämpfen und unser Leben derselben Sache zu opfern. Jetzt war ich für alle eine Verräterin, eine Königsmörderin, die ihr Land im Stich gelassen und dafür den Tod verdient hatte.

Der Ferum vor mir, der nichts als Verachtung für mich übrigzuhaben schien, riss mir mit einem Ruck den Anstecker von der Brust. Das Amulett unter meiner Uniform hingegen interessierte ihn nicht.

»Du wirst als der Niemand sterben, der du bist«, prophezeite er mir leise. Dann griff er nach meinem Arm und zerrte mich hinter sich her. Zwei Männer folgten uns, während die anderen beiden bei den Pferden blieben. Um uns herum standen hohe Bäume. Wir befanden uns im tiefsten Wald, weit abgeschieden von der Burg und den umliegenden Dörfern.

Ein Zischen drang an mein Ohr, und ich erschauderte bei dem Anblick, der sich mir bot. Schlangen. Unzählige, die sich in einer tiefen Grube befanden und mich zu erwarten schienen. Denn das Zischen schwoll mit jedem Schritt an, den wir näher kamen. Soweit ich es vom Grubenrand aus erkennen konnte, sahen sie alle gleich aus: Sie besaßen einen langen, robusten Körper mit glänzend-schwarzen Schuppen, die bunt schillerten, sobald ein Lichtstrahl sie traf. Ihre stechend grünen Augen sahen aus wie winzige Smaragde. Wunderschön.

»Wirf sie rein, damit wir von hier verschwinden können«, rief ein Soldat hinter uns.

»Ja, Bran, ich will endlich ins Bett«, sagte ein anderer. Mit der Hand berührte ich erneut das Gift in meiner Jackentasche, aber vermutlich war es zu spät, es jetzt noch zu schlucken.

»Irgendwelche letzten Worte?«, fragte der Ferum an meiner Seite und lachte dreckig. Noch ehe ich darüber nachdenken konnte, stieß er mich in die Grube. »Ist mir egal, Verräterin!«, rief er mir hinterher.

Die Grube war tief und der Aufprall hart. Das Zischen der Schlangen war hier unten noch lauter, und ich hielt die Augen geschlossen, weil ich panische Angst hatte, sie zu öffnen. Ich hörte, wie die Männer ihre Pferde bestiegen und wegritten. Auch das knarrende Geräusch des Karrens wurde immer leiser, bis es irgendwann verklungen war. Zögerlich öffnete ich die Lider und blickte auf eine riesige Schlange, deren Kopf sich auf Höhe meiner Stiefel befand. Sie schlängelte direkt auf mich zu. Vorsichtig versuchte ich, nach hinten, zum Rand der Grube, zu robben, wo sich zum Glück gerade kein Tier befand. Doch als sie an meinem Bein entlangschlängelte, war ich wie gelähmt. Die anderen Schlangen blieben erstaunlicherweise auf Abstand, zischten aber bedrohlich. Mit zitternden Fingern versuchte ich, nun doch das Gift von Morian aus der Jackentasche zu ziehen, doch als ein brennender Schmerz durch mein Bein zog, wusste ich, dass es keine Rolle mehr spielte.

Die giftige Viper hatte mich bereits gebissen und so mein Ende besiegelt.

KAPITEL 8

Hey, wach endlich auf.
Ich weiß, dass du mich hören kannst.
Los, wir haben viel zu tun.«

Die Stimme in meinem Kopf klang fordernd, gleichzeitig besaß sie einen samtenen, schmeichelnden Tonfall. Ich hatte keine Ahnung, wo ich mich befand oder was geschehen war, als ich die Augen öffnete. Sofort blendeten mich die Sonnenstrahlen und zwangen mich dazu, die Lider zusammenzukneifen. Diese wenigen Sekunden hatten jedoch ausgereicht, um zu erkennen, wo ich mich befand.

In der Schlangengrube.

Das Zischen war leiser, doch die Tiere schlängelten nach wie vor um mich herum.

Was ist mit mir passiert?
Bin ich gestorben?
Träume ich das alles nur?

»*Nein, du lebst, und das wirst du auch weiterhin.*«

Beim Klang der fremden Stimme in meinem Kopf zuckte ich zusammen. Langsam stand ich auf, versuchte, klar zu denken. Die Soldaten hatten mich hier meinem Schicksal überlassen.

Mindestens eine der Schlangen hatte mich gebissen. Eigentlich müsste ich längst tot sein.

Wieso bin ich noch am Leben?

Ich inspizierte meine Hose, wo die Viper ihre spitzen Zähne in mein Fleisch gebohrt hatte. Doch bis auf zwei Löcher in Haut und Stoff und etwas getrocknetem Blut wies nichts darauf hin, dass tödliches Gift in meinen Körper eingedrungen war.

»Gift und Gift verträgt sich gut, Cahira.«

Die Schlangen zischten wie auf Kommando, und ein Schauer breitete sich auf meinem Rücken aus. Ich musste unbedingt aus dieser Grube entkommen.

Suchend sah ich mich nach einem Ausweg um und entdeckte auf der gegenüberliegenden Seite der Grube eine Kante, die niedrig genug war, um herausklettern zu können. *Aber um dorthin zu gelangen, muss ich …*

»… durch das S-S-Schlangenmeer waten.«

War diese unheimliche Stimme eine Nebenwirkung des Vipernbisses? Verlor ich langsam, aber sicher den Bezug zur Realität, bevor mein Herz aufhörte, zu schlagen? Ich betastete mit meinen Fingern meine Stirn, die sich wie immer anfühlte. Mein Herz pochte schneller als sonst, aber das konnte auch an der Nervosität liegen. Ich versuchte, mich zu beruhigen, und atmete langsam ein und aus. Solange ich mich lebendig fühlte, würde ich alles geben, um von diesem Ort zu entkommen. Ich musste aus dieser Grube raus, damit ich Atlas für seine Taten büßen lassen konnte. Er würde damit nicht ungeschoren davonkommen, nicht, solange ich noch atmete.

Ich blendete die bedrohlichen Laute der Schlangen bestmöglich aus, doch ich musste zugeben, dass ich noch nie zuvor in meinem Leben so viel Angst verspürt hatte wie an diesem Ort.

Darauf bedacht, bloß nicht auf eine der Schlangen zu treten, setzte ich einen Fuß vor den anderen. Nach wenigen Schritten wirkte es beinahe so, als würden die Schlangen mir Platz machen, sodass ich problemlos auf die andere Seite der Grube gelang. Als ich die Arme hob, um am oberen Rand Halt zu finden, spürte ich die Erschöpfung. Meine Muskeln brannten höllisch, meine Finger fühlten sich steif und ungelenk an. Mit den Füßen drückte ich mich die steile Erdwand hinauf, während ich meinen Oberkörper langsam hinaufzog. Als ich es endlich so weit geschafft hatte, dass nur noch meine Beine über der Schlangengrube baumelten, stieß ich einen verzweifelten Schrei aus. Ich mobilisierte meine letzten Kräfte, schwang die Beine über die Kante und blieb bäuchlings auf dem Boden liegen. Atemlos schnappte ich nach Luft.

»Ich lebe noch«, keuchte ich kaum verständlich. Vorsichtig horchte ich in meinen Körper hinein. *Ich fühle mich, abgesehen von der enormen Erschöpfung, normal.*

»Das solltest du auch.«

»Ahhhhhh, sei endlich still!«, schrie ich.

Diese fremde Stimme in meinem Kopf war definitiv *nicht* normal. Und dass sie auf meine Gedanken reagierte, ließ mich an meinem Verstand zweifeln.

»Wir sind eins, du und ich. Es gibt nichts, was du vor mir verbergen kannst, Cahira.«

Woher ... Ich unterbrach den Gedanken.

Stattdessen setzte ich mich auf und streckte die Beine aus. Plötzlich spürte ich ein Kitzeln auf der Haut. Es fühlte sich an, als würden Tausende Ameisen über mein Bein laufen. Ich rieb mit der Hand über meinen rechten Oberschenkel, doch es hörte nicht auf. Stattdessen schien es sich langsam über meinen Körper zu bewegen. Es streifte meine Hüften, wanderte über meinen Hintern hinauf zu meinem Rücken, bis es an den Schultern angekommen war. Es fühlte sich ... komisch an. Gleichzeitig aber auch angenehm. *Vielleicht ...*

Mit einem Mal sprang ich auf die Beine. War es möglich, dass eine der Schlangen unter meine Kleidung gekrochen war?

Ich knöpfte die Hose auf und zog sie mir von den Beinen, ehe ich die Jacke und das Hemd ablegte.

Zum Glück konnte ich keine der giftigen Vipern entdecken, aber dafür fiel mein Blick auf etwas anderes auf ... meiner Haut!

Ein gigantisches Abbild einer Schlange zog sich über meinen linken Arm. Der filigrane Kopf zeigte in Richtung meiner Hand, während der lange, geschuppte Körper sich um meinen Unterarm bis hinauf zur Schulter wand und auf meinem Rücken verschwand. Die feinen Muster auf dem Körper der Schlange wirkten so lebensecht.

Das kann nicht ... das ist ... unmöglich!

Meine Gedanken verknoteten sich, und es fiel mir immer schwerer, zu atmen.

»*Keine Panik, alles ist gut. Ich bin nicht dein Feind.*«

Kam das etwa ... von der Schlange auf meiner Haut?

Erneut spürte ich das warme Kribbeln. Als ich den Blick wieder auf meinen Arm richtete, erkannte ich, wie sich die Schlange auf meiner Haut bewegte. Langsam schlängelte das Tier sich auf der Innenseite meines Armes in Richtung Schulter, sodass es mich mit seinen hellen giftgrünen Augen anblicken konnte.

»*Mein Name ist Natrix.*«

»Das ... das kann unmöglich echt sein«, stotterte ich und schüttelte den Kopf. Ich weigerte mich, zu glauben, dass das gerade wirklich geschah.

»*Ich war einst der Gefährte einer mächtigen Frau. Sie war stark und schlau, eine wahre Königin. Ihr Name war Aruna, und sie regierte Veneria. Vielleicht hast du schon mal von ihr gehört.*«

»Veneria. Das Königreich der ...«

»*Schlangen. Ganz recht. Wir dienten ihr, und sie sorgte dafür, dass die Menschen uns anbeteten. Es war ... schön, so verehrt zu werden. Seit ihrem Tod wurden auch die meisten von uns getötet. Die Menschen hassen uns, fürchten sich vor uns und unserer Macht. Dabei haben wir ihnen nie geschadet.*«

»Du warst der Gefährte der gefallenen Schlangenkönigin?«, fragte ich ungläubig. »Wie meinst du das?«

Natrix zischte, und ich bildete mir ein, es auf der Haut zu spüren.

»*Sie und ich – wir waren eins, verbunden durch die uralte Magie dieses Landes. Früher, weit vor deiner Zeit, besaßen die Königinnen und Könige Seelentiere, die ihre Macht verstärkten und für das Gleichgewicht der Reiche sorgten. Die Tiere erwählten die Herrschenden und sicherten auf diese Weise den Frieden, weil sie dafür sorgten, dass keiner dem anderen überlegen war.*«

»Was geschah dann?«, fragte ich.

»*Was immer geschieht, wenn Menschen zu viel Macht haben. Sie wurden gierig und stellten ihr eigenes Wohl über das Schicksal von vielen.*«

Ich spürte, wie Hitze über meine linke Schulter hinunter bis in meine Fingerspitzen schoss, als würde Natrix' Wut auf meinen Körper übergehen.

»*Der damalige König von Silvestria, Godric Draven Oberon, war außer sich, weil sein Seelentier keinen seiner drei Söhne als Nachfolger erwählen wollte. Er baute seine Armee stark aus und gründete eine eigene Garde zum Schutz der Königsfamilie, um die Macht zu behalten, anstatt sie abzugeben, wie es eigentlich hätte sein sollen. Er widersetzte sich der Ordnung der Reiche.*«

Die Ferum, ging es mir durch den Kopf. Die Garde, die dazu bestimmt war, die königliche Familie zu beschützen ...

»Als Godric starb, verschwand sein Seelentier. Und andere Königreiche taten es ihm gleich. Irgendwann waren die Seelentiere nur noch eine vage Erinnerung, die einzig durch die Wappen der jeweiligen Reiche fortbesteht.«

Mir war diese Geschichte fremd, und ich war unsicher, ob sie wahr sein konnte. Es klang unglaublich ... aber ich vertraute auf das, was ich sah, und spürte eine glänzend geschuppte Schlange, die Teil meines Körpers war und mit mir kommunizieren konnte.

»Ich bin mächtig, Cahira, und dass du die Grube überlebt hast, zeigt nur, dass du es auch bist. Ich spüre Wut in dir und den Wunsch nach Vergeltung für das, was man dir angetan hat. Wenn du willst, helfe ich dir, sie zu bekommen.«

Vergeltung. Ein Wort, das nicht einmal ansatzweise beschrieb, was ich mir wünschte. Noch vor wenigen Stunden war alles, wonach ich mich gesehnt hatte, in greifbarer Nähe gewesen: in die Fußstapfen meines Vaters zu treten und ihn mit Stolz zu erfüllen, auch wenn er tot war. Ich hatte mein ganzes Leben danach ausgerichtet, und jetzt war alles bedeutungslos.

»Weder du noch dein Leben sind bedeutungslos. Im Gegenteil. Alles geschieht aus einem Grund, und mit der Macht, die du jetzt besitzt, bist du in der Lage, Könige in die Knie zu zwingen. Vorausgesetzt, du willst das.«

Atlas' Gesicht blitzte vor mir auf. Seine hasserfüllten, eiskalten blauen Augen. All das war seine Schuld! Schlagartig fielen mir seine Worte wieder ein. Er hatte vor, die anderen Ferum hinrichten zu lassen. Das musste ich verhindern.

»Wir gehen sofort zurück zur Burg!«, sagte ich, obwohl Natrix meine Gedanken hören konnte. Es war wichtig, dass ich es laut aussprach, denn alles in mir sträubte sich dagegen, an den Ort zurückzukehren, an dem Atlas mich zum Tode verurteilt hatte.

»Das halte ich für eine schlechte Idee.«
Natrix' Stimme klang plötzlich warnend.
»Wenn du dich rächen willst, kenne ich einen besseren Weg. Du brauchst mehr als Wut im Bauch, wenn du es mit Silvestrias Thronerben aufnehmen willst.«

Damit hatte er nicht ganz unrecht, aber ich musste aus einem anderen Grund zurück als Rache: Silas.

Ich wollte ihn retten, bevor er für etwas gerichtet werden würde, woran er keine Schuld trug. Morian hatte zwar gesagt, er würde alles versuchen, um die Hinrichtung der anderen Ferum zu verhindern, aber ich traute seinen Worten nicht. Auch er hatte mich verraten. Und Atlas hatte gesagt, er wollte die Soldaten am nächsten Morgen hängen. Ich durfte also keine Zeit verlieren, um den Weg zurück in die Burg zu finden und Silas zu retten.

»Hältst du es für klug, zurückzukehren, obwohl sie denken, du seist tot? Du verspielst einen enormen Vorteil, wenn dich jemand erkennt. Ist dieser Junge dieses Risiko wert? Denk an meine Worte – wenn du es dem silvestrischen König heimzahlen willst, kenne ich einen besseren Weg...«

»Er ist mehr als nur ein Junge«, sagte ich, während ich mich anzog und Natrix unter meiner dunklen Uniform verbarg.

Er ist mein bester Freund...

Als ich wieder angekleidet war, versuchte ich, mich zu orientieren. Dem Stand der Sonne nach zu urteilen, befanden wir uns nördlich der Burg, in den tiefsten Wäldern des Landes. Es würde ewig dauern, bis ich den Weg hinter mich gebracht hatte, besonders ohne Pferd.

»Manchmal muss man Dinge opfern, die einem alles bedeuten, um...«

»Klappe, Natrix!«, unterbrach ich die Schlange. »Eine Sache will ich jetzt mal klarstellen: Ich habe dich nicht gebeten, meinen Körper in Beschlag zu nehmen, okay? Und deshalb hörst du gefälligst sofort auf, jeden meiner Gedanken zu kommentieren, wenn ich dich nicht nach deiner Meinung frage.«

Silas zu retten, stand für mich an oberster Stelle. Er war die einzige Familie, die ich noch besaß, und ich würde ihn beschützen – um jeden Preis.

KAPITEL 9

Die Sonne war längst untergegangen, und meine Füße schmerzten höllisch. Gleichzeitig schien es, als wäre ich der Burg keinen Schritt näher gekommen. Bisher hatte ich keinen Pfad erreicht, dem ich folgen konnte, sondern kämpfte mich stattdessen durch das dichte Unterholz. Ohne meine Waffen, die mir die Ferum abgenommen hatten, fühlte ich mich hier draußen schutzlos. Zudem konnte in der Dunkelheit jeder Schritt böse Folgen haben, weshalb ich mit dem Gedanken spielte, mich auszuruhen. Aber dann bestand die Gefahr, dass ich zu spät kam, um Silas zu retten. Immerhin hatte ich schon jede Menge Zeit in der Schlangengrube verloren.

Gerade als ich nach einem geeigneten Platz für eine kurze Verschnaufpause suchte, bemerkte ich in der Ferne Lichter.

»Was ist das?«, flüsterte ich.

»*War die Frage jetzt an mich gerichtet?*« Natrix klang eingeschnappt. Er war die letzten Stunden still geblieben.

»Ja, war sie«, entgegnete ich.

Schritt für Schritt arbeitete ich mich näher heran, darauf bedacht, kein unnötiges Geräusch zu verursachen. Ich hörte Rufe und Schreie, die immer lauter wurden. Es klang, als seien mehrere

Menschen in einen Kampf oder eine hitzige Auseinandersetzung verwickelt. Vermutlich wäre es schlauer, einen großen Bogen um diese Leute zu machen. Aber vielleicht hatten sie ein Pferd dabei, das ich ihnen stehlen konnte, während sie abgelenkt waren.

»Sei vorsichtig, Menschen ist nicht zu trauen«, warnte die Schlange mich.

Ich bin auch ein Mensch, ging es mir durch den Kopf. Darauf schwieg Natrix jedoch.

Ich näherte mich einer Lichtquelle, und als ich zwischen den schützenden Blättern der Bäume hindurchblickte, sah ich, wie eine silvestrische Kutsche überfallen wurde. Die zwei Pferde scharrten unentwegt mit den Hufen, konnten jedoch nicht fliehen, weil sie im Gespann steckten. Vielleicht konnte ich mich anschleichen und eins von ihnen losmachen?

»Das klappt niemals.«

Ich entdeckte einen leblosen Mann, dessen blutiges Kurzschwert zwischen Erde und Blättern auf dem Boden lag. Er trug eine Rüstung, die über und über mit festen schlammfarbenen Schuppenplatten bedeckt war. So etwas hatte ich noch nie gesehen. Sie wirkte wie eine undurchdringliche Panzerung, die ihren Träger in waldigen Gebieten beinahe unsichtbar machte. Wer auch immer dieser Mann gewesen war, er stammte nicht aus Silvestria.

Da ertönte ein tiefer, schmerzerfüllter Schrei, der meine Aufmerksamkeit auf sich zog. Beim Anblick der kämpfenden Männer zog sich meine Brust schmerzvoll zusammen. Die einen trugen ebenfalls eine geschuppte schlammfarbene Rüstung, die anderen ... schwarze Uniformen mit silvestrischem Grün. Die Männer, die hier angegriffen wurden, waren Ferum. Schlagartig fragte ich mich, wer in der Kutsche gesessen hatte, deren Tür sperrangelweit offen stand.

»Hilfe, Dorkan, sie töten mich!«, rief jemand verzweifelt.

Einer der Ferum wirkte abgelenkt, was sein Angreifer sofort ausnutzte, indem er ihm eine Kurzaxt in den Oberschenkel rammte. Der Soldat schrie und taumelte schwer blutend zu Boden, bevor der Angreifer auch ihn mit einem gnadenlosen Axthieb tötete. Noch hatte mich niemand entdeckt ... noch konnte ich einfach fliehen ...

Mein Blick huschte zu dem Kurzschwert auf dem Boden. Ich brauchte eine Waffe und ein Pferd, wenn ich Silas und die anderen unschuldigen Ferum vor dem Strick retten wollte. Die Kampfschreie um mich herum ignorierend schlich ich zu dem Toten. Das Schwert besaß einen knochigen, geschwungenen Griff und eine blutige Klinge, die zweifelsohne schon mehrere Leben genommen hatte. Beeindruckende Schmiedekunst, die nicht aus Silvestria stammte. Auch wenn es sich seltsam anfühlte, einem Toten seine Waffe zu stehlen, verdrängte ich diesen Gedanken schnell wieder. Ihm würde sie ohnehin nichts mehr nutzen.

»Hey, da ist noch einer von denen«, rief einer der Angreifer, und ich zuckte ertappt zusammen.

»Es ist eine Frau!«

Ich trug noch immer die Rüstung der Ferum, was mich in den Augen dieser Banditen zu ihrem Feind machte. Seit ich diese Uniform angelegt hatte, hatte sie mir nur Ärger gebracht. Lieber wäre ich nackt, als sie noch eine Sekunde länger am Leib zu tragen, aber ...

»*Das würde deinen Angreifern garantiert gefallen*«, kommentierte Natrix meinen Gedanken belustigt, und ich atmete genervt aus.

Der bullige Typ, der mich als Erstes entdeckt hatte, kam auf mich zu und musterte mich mit einem anzüglichen Blick, der sich in meine Haut einbrannte wie züngelnde Flammen.

»Du bist viel zu schön, um diesem Feigling zu dienen«, rief er.

Hektisch überlegte ich, wie ich aus dieser unglücklichen Situation herauskommen könnte. Ich würde es nicht schaffen, eines der Pferde loszumachen. Vorher würde dieser Typ mich mit seiner Axt in zwei Hälften teilen.

»Ich versuche, es ganz sanft zu beenden, Kleines.« Er kam langsam auf mich zu.

Schritt für Schritt ging ich nach hinten, bis ich gegen einen Felsen stieß, der mir den Weg abschnitt. Tausende Male hatte ich gekämpft, aber das letzte Mal, dass ich in so einer Situation gewesen war, lag lange zurück. Es war eine unliebsame Erinnerung, die ich bewusst verdrängt hatte und die ausgerechnet jetzt wieder in meinen Fokus rückte. Meine Muskeln vergaßen mit einem Mal, was sie tun mussten, um diesen Kampf zu gewinnen. Ich fühlte mich wie gelähmt.

»Du schaust mich an wie ein unschuldiges Reh. Bist du sicher, dass du eine Kriegerin bist und nicht nur die Bettgespielin des Kindkönigs?«

Die Worte schmerzten in meinen Ohren, ließen Wut in meinem Bauch brodeln, dennoch blieb meine Starre. Der Mann vor mir würde mich umbringen, ehe ich überhaupt die Waffe erhoben hatte. Meine Hände zitterten, und ich bekam kaum noch Luft. Es war eine Sache, sich auf einen Kampf vorzubereiten, aber eine gänzlich andere, dem Todbringenden direkt gegenüberzustehen.

Plötzlich spürte ich ein Kribbeln unter meiner Haut. Obwohl es neuartig für mich war, fühlte es sich vertraut an. Es zog sich von meinem Arm über den Rücken und an meiner Hüfte hinunter und wurde immer stärker.

»Ich lass dich nicht sterben.«

Ein grüner Lichtblitz verlieh dem Wald eine mystische Atmosphäre. Feiner Nebel waberte um meine Beine und offenbarte eine gigantische Schlange. Im Fackelschein funkelten die pechschwarzen Schuppen, doch es waren die Augen, die mich faszinierten. Sie waren smaragdgrün und glommen, wodurch Natrix noch bedrohlicher wirkte.

Mein Angreifer taumelte erschrocken zurück. Als er die Gefahr realisiert hatte und seine Axt hob, war Natrix schneller. Mit unglaublicher Präzision schoss er auf den Mann zu und biss ihn ins Bein. Der Mann schrie qualvoll, sank auf den Waldboden und hielt sich seine Wunde, bis er wenige Sekunden später in sich zusammensackte.

Als Natrix sich zu mir umwandte und mich mit seinen leuchtenden Augen ansah, war ich wie hypnotisiert. Eine magische Aura umgab das Tier. Ich spürte die pulsierende Kraft, die es besaß. Dazu ein dünnes, kaum greifbares Band, das uns verband.

»*Gern geschehen*«, sagte Natrix und züngelte dabei.

Noch nie in meinem Leben hatte ich so ein großes und imposantes Tier gesehen. Doch Natrix war nicht einfach nur eine Schlange, er war … ein Seelentier und hatte sich ausgerechnet an mich gebunden.

»Wie hast du das gemacht?«, flüsterte ich.

»*Ich bin mehr als nur ein Abbild auf deiner Haut. Die Magie, die ich besitze, ist machtvoll …*«

»Dorkan? Wo bist du? Hilf mir!« Das drängende Geschrei des Mannes klang, als sei er dem Tode nah. Alles in mir sträubte sich dagegen, einem Mann aus der Armee, die mich hatte töten wollen, zu helfen. Aber ich brachte es nicht übers Herz, ihn sterben zu lassen.

»*Den Rest schaffst du allein.*«

Natrix kam auf mich zu. Als er mich sanft berührte, erschien eine dunkle Wolke, und er war verschwunden. Sofort spürte ich ihn wieder unter meiner Haut. Es klang absurd, aber irgendwie fühlte ich mich mit ihm an meiner Seite vollkommen. Als hätte mir zuvor etwas gefehlt, das jetzt zu mir zurückgekehrt war.

Ich schnappte mir den Dolch, den der tote Angreifer an seiner Hüfte trug. Eine Waffe war gut, zwei waren besser. Ich steckte sie in mein Halfter, ehe ich den Rufen folgte. Doch was ich erblickte, ließ meinen Atem stocken.

Es war *er*, der um Hilfe rief, während er sich gegen zwei Banditen zur Wehr setzte, die ihm gefährlich nah waren. Atlas hatte nichts mehr von einem König, sofern er das überhaupt jemals gehabt hatte. Seine Haare klebten an seiner Stirn, während er die Angriffe der Männer mühsam parierte. Die Wunde, die der Pfeil verursacht hatte, behinderte ihn stark beim Kämpfen und schwächte ihn. Seine Beinarbeit war schlampig, und er war nicht mehr in der Lage, anzugreifen. Es war nur noch eine Frage der Zeit, bis die beiden ihn erledigen würden. Ich könnte ihn töten, ohne ihn auch nur zu berühren, ohne ihm jemals wieder in seine verachtenden Augen zu blicken. Alles, was ich tun müsste, wäre warten.

»*Du solltest ihn retten.*«

Einer der Männer holte aus und traf Atlas an der verletzten Schulter. Er schrie auf und versuchte erfolglos, Distanz zu den Angreifern aufzubauen. Niemals würde ich ihn retten. Wenn jemand den Tod verdient hatte, dann er.

»*Vertrau mir, Cahira. Hilf dem König.*«

Meine Hand krampfte sich um den Knochengriff des Schwertes, während ich einen Fuß vor den anderen setzte. Natrix hatte mich bereits zweimal vor dem sicheren Tod gerettet, und auch wenn ich der Schlange nicht vertrauen wollte, tat ich es. Sie schien mehr zu wissen als ich, und wenn ich eine Sache gelernt hatte, dann dass Wissen Macht war.

Die beiden Männer waren so auf Atlas konzentriert, dass sie mich erst bemerkten, als ich dem einen das Schwert tief in den

Rücken bohrte. Ein gurgelndes Geräusch ertönte, ehe er Blut spuckte und röchelnd nach Atem rang. Ich verzichtete darauf, die Klinge aus seinem massigen Körper zu ziehen, und griff stattdessen nach dem Dolch. Der zweite Angreifer blickte noch überrascht auf seinen toten Kameraden, als ich den Dolch hob und ihm damit die Kehle aufschlitzte. Obwohl ich mich jahrelang auf genau solche Kämpfe vorbereitet hatte, zog sich mein Magen zusammen, als ich dabei zusah, wie das Leben aus den beiden Angreifern sickerte, genau wie das Blut, das nun den Waldboden bedeckte.

Ob es irgendwann leichter wird, Leben zu nehmen?

Ich hielt den blutigen Dolch fest in den Händen, während Atlas' ozeanblaue Augen sich weiteten.

»Du lebst«, keuchte er.

Er hielt sich nur noch mit Mühe auf den Beinen, doch er war zu stolz, um das vor mir zu zeigen. Mit erhobenem Kinn drückte er die Brust raus und versuchte, gerade zu stehen.

Was für ein Narr.

»Du auch«, entgegnete ich. Sein Blick war auf mich fixiert, doch ich dachte gar nicht daran, ihm auszuweichen.

»Noch«, schob ich nach.

Dann sackte er in sich zusammen und ließ sein Schwert fallen.

»Warum genau soll ich ihn noch gleich am Leben lassen?«, fragte ich leise und trat näher heran, um nach seinem Schwert zu greifen.

Ich hatte nur wenige Schritte von der Kutsche entfernt ein Feuer entzündet. Atlas war nach wie vor bewusstlos, und immer wieder erwischte ich mich bei der Überlegung, ihn den Vestras, den gefährlichen Wildkatzen in den silvestrischen Wäldern, zu überlassen. Allerdings war die Chance, einer der wenigen Vestras zu begegnen, gering.

»*Manchmal muss man Opfer bringen.*«

»Und warum ausgerechnet ich?«, fragte ich genervt. »Wieso ist er so wichtig?«

Während ich den bewusstlosen Atlas mühsam zum Nachtlager geschleift und die Pferde von der Kutsche losgebunden hatte, war Natrix überraschend still gewesen. Jetzt, wo meine Arme aufgehört hatten, zu brennen, und meine Füße weniger schmerzten, erwartete ich eine Antwort von der Schlange. Immerhin hatte Natrix mir seine Hilfe angeboten, mich an Atlas für seine Taten zu rächen, mich dann aber darum gebeten, ihn zu retten.

»*Du kannst Großes vollbringen, Cahira. Die Frage ist nur, ob du dafür bereit bist.*«

»Geht es vielleicht etwas genauer?«

»*Mit seiner Hilfe wärst du in der Lage, den venerischen Thron zu besteigen und Arunas Nachfolgerin zu werden. Du könntest ein Reich regieren, ganz nach deinen Vorstellungen. Den Menschen in deinem Land könnte es besser gehen, und du wärst in der Lage, Venerias Ruf wiederherzustellen.*«

Ich schmiss den Stock, mit dem ich gerade noch in dem Feuer vor mir herumgestochert hatte, in die Flammen.

»Veneria ist ein totes Königreich. Das Land gilt als verflucht, dort lebt seit Ewigkeiten keine Menschenseele mehr. Nicht mal die Kaufleute durchqueren es.«

»*Was ist, wenn ich dir sage, dass dieser Fluch gebrochen werden kann?*«

»Ich bin keine Königin. Ich bin nicht mal mehr eine Ferum. Ich bin ein Niemand, ohne Familie, ohne Zuhause«, sagte ich so leise, dass ich die Worte selbst kaum hörte.

»Aruna und du ähnelt euch sehr. Sie war in einer ähnlichen Situation, bis sich ihr die Chance bot, etwas zu ändern. Sie hat sie sofort ergriffen. Veneria könnte dein Zuhause werden. Du könntest es zu dem Zuhause von vielen machen, die aufgrund des Krieges fliehen mussten und sich seitdem allein fühlen. Ein Reich für verlorene Seelen, denen du Schutz bieten könntest.«

Über meinen Kopf flog eine Eule hinweg, die einen lauten Schrei in die Nacht entsandte. Zum ersten Mal in meinem Leben hatte ich kein größeres Ziel, keinen Plan, dem ich folgen konnte. Ich war verloren, wusste nicht, was ich tun sollte.

»Wenn ich das silvestrische Recht noch richtig im Kopf habe, dann schuldet der König dir einen Gefallen. Immerhin hast du ihn vor dem sicheren Tod bewahrt. Du wirst diesen Gefallen einfordern, indem du seinen Schlüssel für die Gruft von Tebores verlangst. Vermutlich weiß er nicht mal, was sich darin befindet.«

»Und was befindet sich dort?« Was Natrix mir erzählte, wirkte wie etwas, das ich gar nicht wissen sollte. Wie alte Geheimnisse, die er besser für sich behalten sollte. Aber ich war neugierig, denn ich hatte noch nie von diesem Ort gehört.

»In dieser Gruft liegt Königin Arunas Schlangenschwert. Eine mächtige Waffe, die in den richtigen Händen in der Lage ist, den Fluch zu brechen, den Aruna selbst gesprochen hat, damit sich Veneria niemand sonst einverleiben kann. Das Schwert muss in den Thronsaal gebracht werden, damit du Königin werden kannst.«

»Wieso besitzt Atlas den Schlüssel für diese Waffe? Hätte seine Familie nicht schon längst versuchen können, den Fluch zu brechen?«

Ich spürte, wie Natrix sich unter meiner Haut bewegte, ehe er antwortete.

»Die Gruft von Tebores liegt nicht in Silvestria. Sie befindet sich auf neutralem Boden zwischen Silvestria, Falconia und Carapaxia.

Jeder der drei Herrschenden besitzt einen Schlüssel, der stets weitervererbt wird, und nur wer alle besitzt, kann die Gruft öffnen und das Schwert herausholen. So soll verhindert werden, dass einer der Herrschenden zu viel Macht gewinnt und Veneria erobert. Aber es wäre ohnehin unmöglich, denn ohne mich kann niemand das Land lebend betreten. Daher bist du die Einzige, die dazu in der Lage ist.«

Die Geschichte über die vier Reiche faszinierte mich, aber sie machte mir auch Angst. Ich wusste, dass der Krieg viele Menschenleben gekostet hatte. Leid, Armut und Angst hatten über Jahre regiert, bis die übrigen drei Reiche einen fragilen Frieden geschlossen hatten, der zum Glück bis heute anhielt. Doch das Attentat auf Atlas' Eltern wirkte wie eine Prophezeiung, dass es damit bald vorbei sein würde.

Das Holz knackte in den Flammen, und als ich mich nach rechts drehte, erkannte ich, wie Atlas sich bewegte. Er würde bald aufwachen, und ich haderte noch immer mit mir, ob ich ihn vorsorglich fesseln sollte oder mich darauf verließ, dass er sich an die alten Gesetze hielt. Immerhin konnte er sie jederzeit ändern und besaß keinerlei Ehrgefühl.

»Er ist keine Gefahr für dich. Ich spüre, wie schwach er ist, auch ohne seine Verletzungen.«

»Wenn du dich da mal nicht irrst«, murmelte ich.

Als Atlas langsam die Augen öffnete, griff ich unwillkürlich an meinen Gurt, in dem der Dolch steckte.

»Du …«, sagte er und richtete sich auf. Er presste die Lippen zu einer schmalen Linie aufeinander. Die Wunde an seiner Schulter sah schmerzhaft aus. Ich hatte sie provisorisch verbunden, damit er überlebte, aber sie musste dringend gesäubert und behandelt werden.

»Freut mich auch, dich zu sehen.« Ich drehte mich zu ihm.

»Mit wem hast du geredet? Ich habe Stimmen gehört.« Atlas'

Stimme klang rau und abgekämpft. Ich schenkte ihm einen abschätzigen Blick.

»Mit niemandem. Wie du siehst, sind alle deine Leute bei dem Angriff gestorben.«

Atlas fasste sich an die verletzte Schulter. Als seine Finger den Verband berührten, trat Verwirrung in seinen Blick.

»Du hast meine Wunde versorgt?«, fragte er ungläubig.

»Ich habe durchaus darüber nachgedacht, dich einfach hier sterben zu lassen.«

»*Cahira!*«, sagte Natrix warnend, und ich musste mich zusammenreißen, still zu bleiben. Ich musste unter allen Umständen für mich behalten, dass ich eine lebendige Schlange auf meinem Körper trug.

»Wieso hast du es nicht getan?«, fragte Atlas erstaunlich ruhig.

»Weil ich so nach silvestrischem Recht einen Gefallen von dir einfordern kann.«

»Hätte ich mir gleich denken können. Jemand wie du hat nur den eigenen Vorteil im Sinn.« Sein Tonfall war einige Grad kälter geworden.

»Ich habe dir das Leben gerettet, obwohl du mich tot sehen wolltest. Obwohl du wusstest, dass ich unschuldig bin! Erzähl mir also nicht, ich hätte nur meinen eigenen Vorteil im Sinn. Ich schulde dir gar nichts. Und wenn du nur ein halb so guter König wie dein Vater wärst, würdest du deine Schuld begleichen, damit ich endlich von hier verschwinden kann.«

Meine Hände zitterten vor Anspannung. Ich umfasste den Griff des Dolchs fester, um es vor Atlas zu verbergen. Er war der letzte Mensch auf Erden, vor dem ich Schwäche zeigen wollte. Zu meinem Frust fiel mir das zunehmend schwerer. Die vergangenen Stunden hatten mein Leben auf den Kopf gestellt und mir so viel Kraft abverlangt, dass ich kurz davor war, zusammenzubrechen. Die Schlangengrube hatte mir Todesangst bereitet, und ein gigantisches Abbild einer Schlange auf meiner Haut vorzufinden, würde mich sicherlich noch in einigen Albträumen verfolgen. Atlas jetzt gegenüberzusitzen, war jedoch die größte Herausforderung. Er hatte den Tod verdient, aber nur lebend konnte er mir geben, was ich laut Natrix brauchte. Ich musste nur herausfinden, was mein Herz begehrte.

»Mit dem Schwert und dem Schlangenthron kannst du dir alles nehmen, was du willst. Sein Land, seine Soldaten, sein Leben. Du kannst der Welt zeigen, wer du bist, und den Menschen eine Perspektive bieten, ein Leben, in dem sie nicht hungern und in aussichtslosen Kriegen sterben müssen. Dein Vater wäre sicher stolz auf eine Tochter gewesen, die selbst zur Befehlshaberin wird, anstatt sich falschen Befehlen zu fügen.«

»Ich gebe dir, was immer du verlangst.« Atlas beugte sich zu mir nach vorn. »Aber ich will etwas im Gegenzug von dir.«

Mit offenem Mund starrte ich ihn an. Nur er war so dreist, aus einem Gefallen einen Tauschhandel zu machen.

»Diese Männer, die uns angegriffen haben, wussten genau, wo sie uns erwischen können. Es war nicht nur ein Überfall, sondern ein Hinterhalt. Sie müssen gewusst haben, dass ich auf dem Weg nach Falconia war, und das wiederum bedeutet, dass ich einen Verräter in meinen Reihen habe.«

»So wie *ich* angeblich einer war? Bei dir tragen immer die anderen die Schuld für dein Versagen.«

»Ich kann meinen Männern nicht länger trauen. Aber ich muss nach Falconia. Dort kann ich Schutz suchen, bis ich weiß, wer meine Familie getötet hat, um den silvestrischen Thron für sich zu beanspruchen.«

»Aber König Avriel ist doch noch in Silvestria. Wieso kann seine Armee dich nicht beschützen?«

»Er ist sofort nach dem Attentat abgereist, weil er sich um das Wohlergehen seines Reiches gesorgt hat. Avriel hatte Angst, es könnte auch Angriffe auf seine Schwester geben. Er hat mir Hilfe bei der Aufklärung angeboten, die ich nur ungern annehme, aber mir bleibt wohl keine andere Möglichkeit. Er ist die einzige Chance, Silvestria zu retten, bevor es im Chaos versinkt.«

Hatte Atlas mich deshalb nicht selbst in die Grube geschmissen, obwohl er das zweifelsohne genossen hätte? Weil er seine eigene Abreise vorbereiten musste? Wahrscheinlich hatte er genau gewusst, dass er die falsche Person hinrichtete. Ich biss mir auf die Zunge. Wie sehr musste er mich hassen, um mir das anzutun?

»Hör zu, ich verlange nicht viel von dir – bring mich bloß sicher nach Falconia, damit ich dort herausfinden kann, wer meine Eltern getötet und versucht hat, auch mich umzubringen. Dann begnadige ich dich, und du bekommst, was immer du verlangst.«

Atlas musterte mich abwartend.

»Ich bekomme alles, was ich will. Ohne Ausnahme, ohne billige Tricks und Ausreden!«

»*Binde es in Blut. Dann kann er dich nicht betrügen.*«

»Egal, was du willst. Außer die Krone von Silvestria und meinen Tod kannst du alles haben.«

Ich ließ mir seine Worte durch den Kopf gehen. Er wirkte verzweifelt und wäre ohne mich verloren. Um allein ins Nachbarreich zu reisen, waren seine Verletzungen zu schwer und er zu schwach.

»Leben die anderen Soldaten noch?«, fragte ich ihn forsch.

»Die anderen Soldaten?« Atlas runzelte irritiert die Stirn.

Ich musste mich zusammenreißen, um Fassung zu bewahren.

»Ich war mit allen Ferum eingesperrt, die in der Nacht des Attentates Dienst hatten, und du sagtest, sie sollen alle hängen. Leben diese Männer noch?«

Atlas schien endlich zu begreifen.

»Ja, sie leben noch«, entgegnete er schroff.

»Du hast den Befehl, sie zu töten, also zurückgenommen?«, hakte ich nach. Er nickte.

Eine große Erleichterung überkam mich, denn das bedeutete, dass auch Silas verschont geblieben war.

»Hilfst du mir jetzt, oder nicht?«, fragte Atlas drängend.

Alles in mir sträubte sich, ihm zu helfen. Er trug Schuld an diesem Chaos, und ich vertraute ihm kein bisschen.

»Ich will keine Begnadigung, denn ich will in keinem Reich leben, das du beherrschst«, sagte ich. »Was ich fordere, ist ein Schlüssel, den dein Vater dir vererbt hat.«

»Einen Schlüssel?«

»Ganz genau. Er öffnet eine Gruft in Tebores.«

Atlas atmete schwer, während er mich mit ernster Miene ansah. »Mehr verlangst du nicht?«

»Das ist alles. Nein, warte, eine Sache gibt es noch. Ich verlange den Dolch meines Vaters zurück, den ihr mir bei der Verhaftung abgenommen habt.«

»In Ordnung, so soll es sein. Du bringst mich in einem Stück nach Falconia, und im Gegenzug erhältst du den Schlüssel und den Dolch deines Vaters. Beides liegt allerdings in Silvestria. Ich werde meinen Teil der Abmachung also erst einlösen können, wenn ich wieder zurück in der Burg bin.«

»*Besiegle es!*«

Ich zog den Dolch aus dem Halfter, den ich einem der toten Angreifer abgenommen hatte. Atlas' Augen weiteten sich sofort. Die blutige Klinge wischte ich an meiner Uniform ab und hielt sie anschließend in die Flammen.

»Du glaubst mir nicht? Ist das Wort deines Königs etwa wertlos?«, sagte er verachtend.

»Natürlich glaube ich dir nicht. Und du bist nicht *mein* König. In meinen Augen bist du ein Niemand, denn Könige beschützen ihr Volk und lassen keine Unschuldigen töten, nur weil ihnen gerade danach ist. Ich helfe dir nur, wenn wir es auf die gute alte Art besiegeln. Dann sollte dir unsere Abmachung zumindest im Gedächtnis bleiben. Doch wenn ich dich so anschaue, dürfte das dein erster Blutschwur werden.«

Ich zog die Klinge aus den Flammen und reichte sie ihm. Vielleicht war es riskant, ihm eine Waffe in die Hand zu drücken, aber er konnte kaum gerade sitzen, geschweige denn gegen mich kämpfen.

»Das ist ein Scherz, oder?«

»Sehe ich aus, als würde ich Witze machen? Die Ferum verlangen jedes Jahr von den neuen Rekruten, dass sie dem König die Treue schwören. Auch ich habe diesen Schwur geleistet. Da finde ich es nur fair, wenn du mir nun schwörst, dass all deine Worte wahr sind und du sie auch einhalten wirst.«

Atlas betrachtete den Dolch in seiner Hand angeekelt. Ich sah ihm an, dass er all seine Möglichkeiten durchging. Doch er wusste, dass er mir in seinem jetzigen Zustand unterlegen war. Er hatte nur diese eine Wahl.

»Und was ist mit dir?«

»Ich stehe immer zu meinem Wort«, entgegnete ich. »Aber wenn es dich beruhigt, leiste auch ich einen Schwur.«

Atlas drehte den Dolch in seiner Hand, und ich war für einen Moment unsicher, ob er nicht doch auf mich losgehen würde.

»Ich, Atlas Caellum, Sohn des Harkon, König von Silvestria, schwöre, dass ...« Er stockte, als ich genervt die Augen verdrehte. Mich interessierten seine Zweitnamen, Titel und sonstiger Firlefanz nicht im Geringsten.

»... dass ich nicht versuchen werde, dich zu töten, die Ferum in Silvestria am Leben sind und ich sie nicht zum Tode verurteilt habe.« Ich gab ihm die Worte vor, die er wiederholte, ehe ich fortfuhr. »Und dass ich dir den Dolch deines Vaters und den Schlüssel zur Gruft Tebores überreiche, sobald du mich sicher an mein Ziel gebracht hast.«

Atlas schnaufte. »Und dass ich dir den Dolch deines Vaters und den Schlüssel zur Gruft Tebores überreiche, sofern ich wohlbehalten in Falconia bei König Avriel angelange.«

Er schnitt sich mit dem Dolch in die linke Hand und verzog schmerzerfüllt das Gesicht, ehe er mir den Dolch vor die Füße warf.

»So, bist du nun endlich zufrieden?«

»*Wir werden erst zufrieden sein, wenn sich das Schlangenkönigreich aus den Schatten erhoben hat und zu alter Macht zurückgekehrt ist*«, zischte Natrix in meinem Kopf.

Ich nahm die Klinge und schnitt mir damit in die rechte Hand. Es war, als würde ich den alten Schwur mit dem neuen aufheben, als würde ich ihm die Bedeutung nehmen.

»Ich schwöre, dass ich versuchen werde, dich nach Falconia zu bringen, ohne dich zu töten oder dich willentlich zu verletzen.«

Atlas nickte zustimmend, ehe wir uns die blutenden Hände gaben und unser Abkommen so auf silvestrische Art besiegelten. Er hatte meine Worte nicht korrigiert, dabei hatte ich sie bewusst so gewählt. Ich würde ihm auf der Reise nach Falconia keinen Schaden zufügen ... doch sobald er sein Ziel erreicht und mir Dolch und Schlüssel übergeben hatte, war er wieder vogelfrei.

Atlas würde für seine Taten büßen. Kein Schwur dieser Welt könnte ihn vor seinem Schicksal bewahren. Er war ein Monster, und in der Welt, in der ich groß geworden war, tötete man Ungeheuer, wenn man eines sah.

KAPITEL 10

Eine magische Schlange auf der eigenen Haut brachte einen großen Vorteil mit sich – ich konnte schlafen, obwohl ich einen unberechenbaren König bewachen musste. Natrix hatte die Nachtschicht für mich übernommen. Kurz vor Sonnenaufgang weckte er mich, ehe er wieder auf meiner Haut verschwand, damit Atlas ihn nicht zu Gesicht bekam.

Wir fanden es beide höchst verdächtig, dass Atlas wegen des Schlüssels keinerlei Nachfragen gestellt hatte. Das lag entweder daran, dass er nicht wusste, was die Gruft verbarg, oder er trotz des Schwurs nicht vorhatte, ihn mir auszuhändigen. So oder so musste ich wachsam bleiben und dafür sorgen, dass Atlas überlebte. Vermutlich wusste nur er, wo der Schlüssel sich befand.

Atlas schlief noch. Während ich mich die ganze Nacht mit Albträumen herumgeplagt hatte, aus denen ich immer wieder aufgeschreckt war, schienen ihn die vergangenen Ereignisse nicht aufzuwühlen. Noch nie zuvor war mir jemand begegnet, der derart herzlos war.

Im Morgengrauen durchsuchte ich die Leichen der Soldaten, um vielleicht noch etwas Nützliches für unsere lange Reise zu finden. Es fühlte sich falsch an, Tote zu berauben, aber sie brauchten ihre Waffen, Münzen und anderen Wertsachen nicht länger. Ich verstaute alles, was ich fand, in einem Beutel, den einer der Ferum bei sich getragen hatte, ehe ich wieder zurück zum Nachtlager ging.

Atlas war mittlerweile aufgewacht. Zu seiner blassen Haut hatten sich tiefe Schatten unter seinen Augen gesellt, und seine Schonhaltung zeigte, dass seine Schmerzen nach wie vor stark sein mussten. Die Wunde an seiner Schulter musste dringend gesäubert und gründlich versorgt werden, ehe sie sich noch entzündete. Vermutlich war sein Körper noch von dem venerischen Gift geschwächt, das sich auf der Pfeilspitze befunden hatte.

»Wann brechen wir auf?«, fragte er mit rauer Stimme.

»Sofort. Vorausgesetzt, du bist in der Lage, zu reiten.« Er stemmte sich auf die Beine und schwankte gefährlich, ehe er das Gleichgewicht fand.

Die Pferde hatte ich in Sichtweite mit zwei Seilen angebunden, die ich in der Kutsche gefunden hatte. Wir würden ohne Sattel und Zügel reiten müssen, was unser Vorhaben zusätzlich erschwerte. Vor allem für Atlas, der sich vermutlich auch mit Sattel kaum auf dem Pferd würde halten können. Kurz überlegte ich, nur ein Pferd mitzunehmen, aber Atlas so nah zu sein, kam für mich nicht infrage. Er tat immer so stark und unnahbar, dann sollte er sich jetzt endlich beweisen.

»Eine Sache noch.« Ich musterte seine Kleidung. »Du musst das ausziehen.«

Atlas verengte die Augen und sah mich mit diesem hochnäsigen Gesichtsausdruck an, den ich jetzt schon hasste.

»Du bist wohl doch *so ein Mädchen*, was?«

Sofort fiel mir unser Gespräch bei unserer ersten Begegnung ein, und ich musste mich zusammenreißen, ihm für diesen Kommentar keine reinzuhauen.

»Du wirst in dieser Kleidung auffallen wie ein bunter Hund. Denkst du, in den Dörfern tragen die Leute Niadseide, die mehr wert ist als alles Vieh, das sie besitzen? Man wird uns sowieso schon mit jeder Menge Misstrauen begegnen, da müssen wir es uns nicht noch schwerer machen.«

Atlas sah an sich hinab, auf das dunkelgrüne Hemd mit feinen goldenen Ornamenten, das dort, wo er verwundet war, löchrig und von Blutflecken durchtränkt war.

»Es wäre am einfachsten, wenn wir beide aussehen würden wie Ferum. Dann könnten wir vorgeben, von Feinden überfallen worden zu sein. Die Menschen würden uns so eher helfen, als wenn …«

»… sie dem arroganten und verwöhnten neuen König gegenüberstehen würden. Schon klar«, sagte er bissig. Er riss sich mit einer kräftigen Bewegung das Hemd auf und schmiss es auf den Boden. Er wusste, dass ich im Recht war, aber ich spürte, wie die Luft um ihn herum vor Wut flirrte. Atlas stapfte zu den toten Ferum, und ich atmete erleichtert auf, als er aus meinem Sichtfeld verschwunden war.

»*Was ist das zwischen euch beiden? Der Hass tropft förmlich aus jeder seiner Poren.*«

»Das geht dich nichts an«, sagte ich entschieden und streichelte eines der Pferde, um mich zu beruhigen. Es stupste mich mit der Nase an.

»Was hast du gesagt?«, fragte Atlas hinter mir.

Ich drehte mich zu ihm um und zuckte zusammen. Das Schwarz der Ferum bildete einen starken Kontrast zu seinem blonden Haar und der hellen Haut. Das Hemd war ihm zu groß, aber er hatte es locker in seine Hose gesteckt, um es zu kaschieren, und eine abgewetzte Lederjacke mit vielen Riemen darübergezogen. Die Rüstung stand ihm und schmeichelte seiner Figur.

Er wirkte wie ein mutiger, junger Krieger, der bereit war, in seine erste Schlacht zu ziehen. Niemand würde auf die Idee kommen, dass er der neue König von Silvestria war.

»Nichts. Können wir endlich aufbrechen?«

Atlas ging an mir vorbei zu dem anderen Pferd und beäugte es kritisch. Ich hielt mich an dem kräftigen Hals des Tieres fest, um mich auf dessen Rücken zu schwingen, und beobachtete Atlas aus dem Augenwinkel dabei, wie er sich bei dem Versuch abkämpfte, es mir gleichzutun. Natürlich fiel es ihm schwer, immerhin war er verletzt, aber das war nicht mein Problem. Zu meinem Missfallen schaffte er es auf den Rücken des Tieres und sah mich herausfordernd an.

»Und? Wo lang müssen wir jetzt?«, fragte er ungeduldig.

Ich wusste zwar auch nicht genau, wo wir uns befanden, aber dank der Morgensonne konnte ich zumindest die Himmelsrichtung ansteuern, in der sich Falconia befand. Ich lenkte das Pferd einen Pfad entlang, und Atlas folgte mir schweigend.

※

»Dort vorn ist ein Fluss, da können wir eine Pause machen«, sagte ich und sah zu meiner Rechten.

Wir waren schon einige Stunden unterwegs. Allmählich brannte die Sonne unangenehm auf der schwarzen Kleidung. Atlas nickte, und kurz darauf hielten wir an und stiegen ab. Wir tränkten die Pferde, ehe wir sie an einem nahe gelegenen Baum festbanden, damit auch sie sich etwas ausruhen konnten. Ich zog mir die Stiefel aus und setzte mich an das Ufer, um die Füße ins Wasser zu halten.

»*Ich hasse Wasser ... Es ist so nass und kalt*«, sagte Natrix und zerstörte den ruhigen Moment. Er schlängelte sich meinen

Rücken hoch, als wollte er möglichst viel Platz zwischen sich und das Gewässer bringen.

Leider hatten wir keinen Trinkschlauch dabei, sodass wir nichts davon mitnehmen konnten. Aber es tat gut, sich etwas abzukühlen und den Durst zu stillen. Ich schloss kurz die Augen und genoss das gleichmäßige Rauschen. Dann wusch ich mir das Gesicht und schöpfte etwas Wasser mit meinen Händen, um es zu trinken.

Auch Atlas trat näher, zog sich zuerst die Jacke, dann das Hemd und zuletzt Stiefel und Hose aus. Er versuchte, die Stoffstücke zu entknoten, mit denen ich seine Wunde provisorisch verbunden hatte. Doch mit einer Hand war dies nahezu unmöglich. Mein Blick wanderte über seine nackte Brust, die von feinen Muskeln gezeichnet war. Seine Haut war makellos, bis auf eine lange, tiefe Narbe auf seinem Rücken. Unweigerlich fragte ich mich, woher er sie hatte. Als er meinen Blick bemerkte, sah er mich demonstrativ an.

»Kannst du mir mal … helfen?«, fragte er, wobei er das letzte Wort nuschelte, sodass ich es kaum verstand.

Meinem Feind zu helfen, stand nicht gerade weit oben auf der Liste der Dinge, die ich gern tat. Dennoch stand ich auf und ging zu ihm hinüber, versuchte, die Knoten zu lösen, die sich festgezogen hatten. Mit Mühe gelang es mir schließlich, ihn von dem Verband zu befreien. Die Haut darunter war von getrocknetem Blut bedeckt. Der Schnitt, der sich über die rechte Seite seiner Brust zog, war etwa handbreit und drei bis vier Zentimeter tief.

»Wie sieht es aus?«, fragte Atlas.

»Die Wundränder sind gerötet, aber soweit ich das beurteilen kann, ist nichts entzündet.«

Atlas drehte den Kopf in meine Richtung. »Erst der Giftpfeil und dann der Schwerthieb eines Banditen. Ich muss wohl dringend an meiner Deckung arbeiten.«

Ich blinzelte. Hatte er gerade einen Witz gemacht?

»Tja, ich könnte dir ja ein paar Ratschläge geben, aber Männern, die versuchen, mich zu töten, gebe ich grundsätzlich keine Überlebenstipps«, konterte ich und reichte ihm die blutigen Stoffstücke zurück. »Du solltest beides gut säubern. Wir reiten weiter, sobald du fertig bist.«

Ich setzte mich wieder an das schattige Ufer, wo die beiden Pferde entspannt grasten. Es waren kräftige Pecuniarösser, die problemlos in der Lage waren, zwei ausgewachsene Männer zu tragen. Die königliche Garde nutzte fast ausschließlich Pecunias, weil sie weniger schreckhaft waren, lange Strecken zurücklegen konnten und sich auch für ungeübte Reiter eigneten.

Atlas watete in den Fluss, bis das Wasser ihm etwa bis zum Bauchnabel reichte. Vorsichtig säuberte er die Wunde und die Stoffstücke. Als er ins Wasser tauchte und wenig später wieder an die Oberfläche kam, fuhr er sich mit beiden Händen durch sein Haar. Wassertropfen perlten von seinem Gesicht und seinem Oberkörper, und ein feines, kaum sichtbares Lächeln umspielte seine Lippen. Genoss er es, dass ich ihn beobachtete? Oder war das seine Art, mich einmal mehr mit Verachtung zu strafen, weil er glaubte, die Oberhand zu haben?

»Ihr seid nicht allein«, sagte Natrix und riss mich damit aus den Gedanken.

Wie meinst du das? Wir sind nicht allein?, dachte ich und sah mich um. Bevor Natrix antworten konnte, entdeckte ich zu meiner Linken zwei Kinder, die uns vom gegenüberliegenden Ufer beobachteten. Die beiden Jungen konnten nicht älter als zehn sein.

»Hallo, ihr zwei!«, rief ich und hob die Hand zum Gruß. Wenn sie hier allein spielten, standen die Chancen gut, dass es in der Nähe ein Dorf und somit Hilfe gab.

Die Jungen schienen sich ertappt zu fühlen, denn keiner von ihnen rührte sich. Langsam erhob ich mich, versuchte, den Kindern möglichst keine Angst einzujagen.

»Gehört ihr zur Garde des Königs?«, rief der Größere uns zu.

»Das glaub ich nicht, sie ist doch ein Mädchen«, sagte der andere Junge.

Ich ging einige Schritte auf die beiden zu, ehe ich antwortete. »Ja, das tun wir. Gibt es hier irgendwo ein Dorf in der Nähe?«

Die Kinder liefen das Ufer entlang, bis uns nur noch der Fluss voneinander trennte. Näher betrachtet schienen sie Geschwister zu sein. Ihre Gesichtszüge ähnelten sich, und sie besaßen die gleichen hellbraunen Augen, mit denen sie mich neugierig und etwas misstrauisch musterten.

»Braucht ihr Hilfe?«, fragte der kleinere Junge.

»Wir wurden überfallen«, sagte Atlas plötzlich, der näher gekommen war. Er drehte sich zur Seite, damit die Kinder seine blutige Schulter sehen konnten. Zum Glück hatte er das getrocknete Blut abgewaschen, sodass die Wunde nicht übermäßig brutal aussah.

»Und ihr seid wirklich Ferum?«, fragte der andere Junge.

Nickend fasste ich unter mein dunkles Hemd unter der Rüstungsjacke und holte das Amulett hervor, das ich nach wie vor um den Hals trug. Jeder im Land kannte es, die Wildkatze war das Symbol, das die Ferum einte.

Der Kleinere riss die Augen auf. »Wow, wir hatten noch nie Besuch von der Garde des Königs.«

»Könnt ihr uns zu eurem Dorf führen? Wir benötigen dringend Proviant, und seine Wunden müssen versorgt werden«, sagte ich und wies in Atlas' Richtung.

Die Kinder bejahten. Atlas stieg aus dem Wasser und zog sich an, während ich in meine Stiefel schlüpfte und die Pferde einsammelte. Mit den Tieren im Schlepptau folgten wir den beiden Kindern einen kleinen Trampelpfad entlang, der parallel zum Fluss verlief. Kurze Zeit später erreichten wir das besagte Dorf. Es bestand aus wenigen Hütten, die alt und teilweise schon baufällig wirkten. Einer der Jungen erzählte, dass sie in Pirka lebten. Ein Ort, den ich zumindest von einigen Karten meines Vaters kannte.

Die beiden Jungen kündigten uns mit einigen Rufen an. Sofort traten Menschen aus ihren Häusern und beobachteten uns neugierig. Ein älterer Mann mit Gehstock war der Erste, der uns ansprach.

»Ihr seid Teil der königlichen Ferum?«, fragte er mit seiner tiefen, kratzigen Stimme. Er war sicher der Dorfvorsteher, denn seine Kleidung war zu ordentlich für einen gewöhnlichen Bauern.

»Das sind wir.« Atlas trat einen Schritt an ihn heran.

»Wir wurden überfallen und sind die einzigen Überlebenden unseres Trupps«, sagte ich. Der Dorfvorsteher musterte mich, und ich sah Verwunderung in seinen Augen aufflackern. Eine Frau in der königlichen Garde – ein Umstand, der bis vor Kurzem nicht verboten, aber noch nie vorgekommen war. Danach fiel sein Blick wieder auf Atlas' blutende Wunden.

»Unser Dorf wird sein Bestes tun, um euch zu verpflegen. Leider können wir nicht viel anbieten. Die Ernte war schlecht in diesem Jahr, und die Wölfe haben schon mehrfach unser Vieh gerissen. Aber kommt erst einmal mit. Ich bringe euch zu unserer Kräuterkundigen.« Er wandte sich an Atlas. »Sie wird deine Wunden versorgen, so gut es geht.«

Wir folgten dem Mann zu einem Haus, das abseits stand, befestigten die Pferde davor und traten ein. Im Inneren roch es nach allerlei Kräutern und Blumen, zugleich war es stickig und heiß. Durch die kleinen Fenster drang kaum Licht herein. Sie waren mit Stoffbahnen verhangen, vor denen zig Bündel getrockneter Kräuter baumelten.

»Dinah? Wir haben Besuch von zwei Gardisten des Königs. Einer von ihnen ist schwer verletzt. Kannst du seine Wunden versorgen?«

Eine schmächtige Frau erschien, deren langer Zopf ihr über die Schulter hing. Sie hatte ihr graues Haar aufwendig geflochten und getrocknete Blüten eingearbeitet. Ihr Blick glitt erst zu Atlas, dann zu mir, ehe ihr ein spitzbübisches Lächeln über die Lippen huschte.

»Eine Frau bei der königlichen Garde. Dass ich das noch erleben darf«, krächzte sie. Aus einem Schrank holte sie ein Fläschchen heraus, das sie auf einen kleinen Tisch stellte. »Dann wollen wir mal schauen, wie wir dir helfen können.«

Damit verabschiedete sich der Dorfvorsteher von uns und bat darum, im Anschluss zu seinem Haus am Ende des Weges zu kommen. Die Alte kam auf mich zu und beäugte mein Gesicht.

»Die Wunde muss schmerzhaft gewesen sein. Du hattest Glück, dass du dein Augenlicht nicht verloren hast.« Sie wies auf mein rechtes Auge.

»Ich war ein kleines Mädchen, als das passiert ist«, antwortete ich.

»Eine Vestra, richtig? Diese Biester sind heimtückische Jäger. Ihre Kratzspuren zeichnen einen Menschen ein Leben lang. Nur wenige überleben ihren Angriff. Du kannst dich glücklich schätzen.«

Ich nickte und war froh, dass die Alte das Thema nicht weiter ausführte. Viel zu oft hatte ich mir anhören müssen, wie diese

Narben mein ansonsten hübsches Gesicht entstellten und wie tragisch es war, so gezeichnet zu sein. Auch Atlas hatte als Erstes auf meinen *Makel* hingewiesen und mich als hässlich bezeichnet. Zwar verletzte es mich nicht mehr so stark wie früher. Aber es tat dennoch weh, dass die Menschen meist nur auf das achteten, was sie sehen konnten, und nicht auf das, was in einem Menschen ruhte.

Dinah wandte sich von mir ab und Atlas zu, der seine Uniform nach dem Bad nur halbherzig angezogen hatte. Lediglich zwei Knöpfe seines Hemdes waren geschlossen, die Jacke trug er über dem Arm.

»Dann wollen wir uns deine Wunden mal näher anschauen. Wurdet ihr überfallen, oder habt ihr jemanden angegriffen, der euch überlegen war?«, fragte sie.

Atlas atmete hörbar ein. Ich erkannte deutlich, dass er es als Beleidigung empfand, was die Heilkundige gesagt hatte. Dabei hatte sie die Lage gut erfasst.

»Man hat uns aufgelauert, und wir waren in der Unterzahl. Alle anderen … haben es leider nicht geschafft«, antwortete ich, bevor Atlas sich noch verplapperte und den König heraushängen ließ. Wir durften uns keine Fehler erlauben.

Nachdem Atlas das Hemd ausgezogen hatte, begutachtete die Frau seine Schulter.

»Sieht aus wie ein Schwerthieb … Aber da ist noch eine Verletzung, die bereits versorgt wurde. Stammt sie etwa von einem Pfeil?« Sie strich mit dem Finger über die Stelle, ehe sie sich nah zu Atlas beugte und … an ihm roch?

Dinah musterte Atlas aufmerksam, ehe sie von ihm abließ und in ihren dunklen Schränken kramte.

»Ihr zwei hattet wohl ziemliches Glück, wenn ihr diesen Überfall als Einzige überlebt habt.«

Ich warf Atlas einen Blick zu, damit er bloß seine Klappe hielt und nicht zu viel erzählte. Je mehr man Lügen fütterte, desto gefräßiger wurden sie, und wenn man nicht aufpasste, verschlangen sie einen.

Die Heilerin fand offenbar, was sie gesucht hatte, und kam mit einem kleinen Tiegel und einigen sauberen Stoffstücken zurück.

»Die Schnittwunde ist nicht sehr tief, und bisher sehen die Wundränder gut aus. Damit das so bleibt, wirst du sie regelmäßig mit dieser Tinktur einreiben und dafür sorgen, dass der Verband trocken und sauber bleibt. Bekommst du das hin?« Atlas nickte, und die Heilerin begann mit der Wundversorgung.

»Für einen Soldaten bist du ganz schön blass, mein Junge.« Atlas schwieg, ich konnte jedoch sehen, wie sein Kiefer sich anspannte.

Nach wenigen Handgriffen war die Alte fertig, sodass sich Atlas wieder ankleiden konnte. Die Pfeilwunde hatte ihr Misstrauen geweckt, so viel stand fest. Aber selbst wenn sie wusste, mit welchem Gift der Pfeil getränkt worden war, der Atlas erwischt hatte, es spielte keine Rolle. Wir würden so bald wie möglich weiterziehen.

»Ofran erwartet euch sicherlich schon. Sein Haus ist das Größte hier im Dorf. Ihr könnt es also nicht verfehlen. Er kümmert sich immer gut um Reisende, die Pirka durchqueren. Und Soldaten des Königs waren schon sehr lange nicht mehr hier.«

»Danke für Eure Hilfe«, sagte ich und ging auf die Tür zu. Dort angekommen sah ich noch einmal in Richtung der Kräuterfrau.

Sie schenkte uns ein zahnloses Lächeln. »Ich habe zu danken. Ohne euch wäre Silvestria nicht sicher. König Harkon macht seine Sache gut. Er ist ein gütiger König. Passt auf euch auf, und haltet die Wunde sauber.«

Wir verließen die Hütte und machten uns auf den Weg zum Haus des Dorfältesten.

»Sie haben keine Ahnung«, murmelte Atlas.

»Wundert dich das etwa? Es ist erst ein paar Tage her, und wir sind hier mitten im silvestrischen Hinterland. Solange kein Händler oder Bote des Königs hierherkommt und den Menschen die Nachricht überbringt, erfahren sie nichts«, sagte ich.

Als ich an die Tür des Dorfvorstehers klopfte, öffnete kurz darauf eine freundlich dreinblickende kleine Frau.

»Ofran, sie sind hier!«, rief sie herzlich. Sie ließ uns eintreten, und der Geruch von frisch gebackenem Brot erfüllte den Raum.

Ich kannte die Menschen aus solch kleinen Dörfern gut. Mein Vater hatte Wert darauf gelegt, dass ich unser Land und seine Leute kennenlernte. Wann immer er Zeit fand, was leider viel zu selten der Fall gewesen war, hatten wir Ausflüge in umliegende Dörfer unternommen und die Gelegenheit genutzt, um zu jagen oder Beeren zu sammeln. Die Menschen respektierten die Soldaten und waren ihnen gegenüber stets freundlich und loyal. Würden sie es noch immer sein, wenn sie erfuhren, dass der König tot war und die Sicherheit des Landes gefährdet?

»Wir freuen uns sehr über euren Besuch, auch wenn die Umstände für euch sicherlich weniger erfreulich sind. Ich habe meinem ältesten Sohn aufgetragen, sich um eure Pferde zu kümmern. Ihr könnt die Nacht gern in seinem Zimmer verbringen. Er wird sein Nachtlager im Stall aufschlagen, das macht dem Burschen nichts aus«, sagte die Frau freudig.

»Wir können auch in der Scheune schlafen, wir sind richtige Betten ohnehin kaum noch gewöhnt.« Sie sollte sich unseretwegen so wenig Umstände wie möglich machen. Außerdem wollte ich mit Atlas auf keinen Fall in einem kleinen Raum eingesperrt sein, geschweige denn mir ein Bett mit ihm teilen.

»Seid ihr sicher? Unsere Betten sind sehr bequem.«

»Wir nehmen die Scheune, aber vielen Dank für die Gastfreundschaft«, warf Atlas eilig ein. Sein Seitenblick verriet deutlich, dass auch er unter keinen Umständen mit mir in einem Zimmer schlafen wollte. Immerhin waren wir uns bei dieser Sache einig, auch wenn ein Stall für ihn alles andere als würdig war.

Wir betraten die Stube, in der ein großer Tisch stand, an dem bereits Ofran saß, der uns begrüßt hatte. Mit am Tisch saßen seine drei Kinder, die uns erwartungsvoll anblickten. Die beiden Jungen vom Fluss und ein älteres Mädchen, dessen Blick unentwegt an Atlas klebte.

»Da sind ja unsere Gäste!«, rief er und erhob sich.

»Ich kann mich nicht daran erinnern, dass wir jemals Besuch der Ferum in unserem beschaulichen Dorf hatten. Daher habe ich zu euren Ehren ein kleines Fest geplant. Zwar können wir bei Weitem nicht so reichlich auftischen, wie ihr es aus der königlichen Burg gewöhnt seid. Dennoch würden wir uns freuen, wenn ihr den Abend mit uns verbringt, ehe ihr euch morgen gestärkt und mit etwas Proviant auf eure weitere Reise begeben könnt.«

»Das ist überaus großzügig von euch, aber …«

Bevor ich sagen konnte, dass ein Fest zu viel des Guten war und wir schnell weiterreisen wollten, verfielen Ofrans Kinder in Jubel.

»Ein Fest? Wie aufregend«, rief das Mädchen und strahlte Atlas mit seinen hellbraunen Augen an.

Ich biss mir auf die Lippe. Das Letzte, was ich wollte, war, zu feiern, doch für diese Menschen hier waren wir etwas Besonderes, und ihre Gastfreundschaft würde unser weiteres Überleben sichern. Obwohl sie ein schlechtes Jahr hinter sich hatten, wollten sie alles mit uns teilen. Sie waren gute Menschen, mit einem einfachen Leben, das ich schmerzlich vermisste. Wann waren die Dinge bloß so kompliziert geworden?

»Na, dann wollen wir mal zusehen, dass bis heute Abend ein ordentliches Essen für das Fest bereitet wird!«, rief Ofrans Frau und machte sich ans Kochen.

⁓○

Einige Stunden später saßen wir an einer großen Tafel, die in der Dorfmitte aufgebaut worden war. Fackeln brannten, obwohl die Sonne uns noch ausreichend Licht spendete. Doch die Nächte hier draußen kamen schnell. Schon bald würden wir das Licht brauchen, wenn wir nicht über unsere eigenen Füße stolpern wollten.

Die Tafel war mit leckeren Speisen gedeckt, und der Duft von gebratenem Fleisch und gebackenem Brot erfüllte die Luft. Es befand sich auch ein Eintopf auf dem Tisch, in dem sich, dem Geruch nach zu urteilen, Kartoffeln und Rüben befanden. Auf Atlas musste die Auswahl dürftig wirken. So kritisch, wie er den Eintopf beäugte, war ich mir sicher, dass er ihn nicht einmal kosten würde.

Drei der Dorfbewohner spielten auf Instrumenten heitere Musik, und die Kinder tanzten um die Anwesenden herum, lachten und sangen. Es war eine schöne Szene. Unter anderen Umständen hätte ich es in vollen Zügen genossen, hier zu sitzen. Aber ich war nicht zum Vergnügen hier.

»Seit wann seid ihr schon Teil der königlichen Garde?«, fragte mich ein junger Mann, der links neben mir saß.

»Noch nicht so lang«, antwortete ich ausweichend. Streng genommen war ich nicht einmal einen Tag lang eine Ferum gewesen, ehe Atlas mich dem Tode geweiht hatte.

»Dein Vater ist bestimmt mächtig stolz auf dich. Als Frau in der Königsgarde zu sein … Das ist eine große Ehre«, sagte ein Mann, der schräg gegenüber von mir saß.

»Es ist immer eine große Ehre, Teil der Ferum zu sein«, warf Atlas ein. »Aber nicht alle, denen diese Ehre zuteilwird, haben sie auch verdient.«

»Da habt Ihr vollkommen recht«, rief der Mann.

Ich schenkte Atlas einen bösen Blick, weil er mir mit seinen Worten indirekt zu verstehen gegeben hatte, dass ich in seinen Augen niemals Teil der Garde hätte werden dürfen. Zum Glück entging dem Mann unsere persönliche Fehde.

»Seht mal, dahinten kommt Varka«, rief eine Frau und wies in die Richtung, aus der auch wir das Dorf betreten hatten. Ein kleiner Fuhrwagen, den ein robustes Zugpferd zog, geriet in mein Blickfeld. Darauf saß ein Mann mit einem langen Bart und einem auffällig großen Hut.

»Varka ist ein rollender Händler, der uns alle naselang mit Waren versorgt«, sagte der junge Mann neben mir.

»Aber viel wichtiger sind die Geschichten, die er erzählt«, fügte ein anderer hinzu. »Wir bekommen hier ja sonst nichts mit!«

Es dauerte wenige Atemzüge, bis Varka die Tafel erreichte und die Gespräche verstummten.

»Pirka, ihr glaubt nicht, was geschehen ist«, rief er. Dabei ruderte er seltsam mit den Armen. Vermutlich wollte er damit unterstreichen, wie dramatisch die Neuigkeit war, die er zu verkünden hatte. »Ich komme mit einer schrecklichen Botschaft über das Königshaus zu euch.«

Die Dörfler blickten sich fragend an, und mir wurde heiß. Doch der Händler genoss die vielen ratlosen Gesichter, die sich ihm zuwandten.

»*Dieser Mensch soll endlich zum Punkt kommen*«, sagte Natrix. Ich konnte ihm nur zustimmen, obwohl ich ahnte, um welche Neuigkeit es ging.

»Der König und die Königin wurden kaltblütig ermordet. Silvestria ist dem Untergang geweiht!«

»*Ihr Menschen könnt sooo furchtbar dramatisch sein.*«

Ich verkniff mir ein Grinsen, denn auch ich empfand die Art des Händlers mehr als übertrieben. Die Dorfgemeinschaft hingegen stieß Laute des Entsetzens aus, einige Frauen brachen in Tränen aus. Die ausgelassene Stimmung war mit einem Schlag verflogen und die Musik verstummt.

»Was sagst du da?«, hakte Ofran barsch nach. Sein Tonfall klang skeptisch.

»König Harkon und König Avriel aus Falconia riefen zu einem rauschenden Fest auf, anlässlich der bevorstehenden Verlobung von Prinzessin Fiona und Prinz Atlas. Doch vermummte Attentäter schlichen sich unbemerkt in die Burg und töteten König und Königin auf brutalste Weise. Viele Gäste und der Prinz wurden schwer verletzt und …«

Varka stoppte und ließ die Leute einen Augenblick durchatmen. Ich warf Atlas einen Blick zu, um seine Reaktion zu beobachten, doch seine Miene blieb ausdruckslos.

»Prinz Atlas Caellum, Sohn des ehrwürdigen Königs Harkon, der das Land von der schrecklichen Schlangenkönigin Aruna befreite, ist nun König von Silvestria.«

»Wir haben einen neuen König?«, fragte eine junge Frau ungläubig.

»Das sind doch alles bloß Lügen«, rief ein Mann und löste mit seinem Kommentar eine handfeste Diskussion aus.

Die Menschen hatten sich an Harkon gewöhnt, immerhin hatte er Silvestria jahrzehntelang regiert und die Menschen vor allerlei Unheil bewahrt. Jetzt von einem neuen Herrscher zu hören, machte den Menschen Angst, und das völlig zu Recht.

»Es ist wahr«, rief der Händler über die Anwesenden hinweg. »Atlas ist in die großen Fußstapfen seines Vaters getreten. Die Zeit wird zeigen, ob er in der Lage ist, diese auszufüllen.«

»Und wie ist er so? Der neue König?«, fragte eine andere Frau.

Ein arrogantes, herzloses Monster, dachte ich und sah zu Atlas hinüber, der wie eine Statue auf seinem Platz saß. Dabei redeten die Menschen über ihn und sein Königreich.

Varka musterte die Menschen, die sich immer näher um ihn scharten. Er schien diese Art der Aufmerksamkeit zu genießen, war wie das Licht, das die törichten Motten anzog.

»Er soll ein kaltes Herz haben«, rief jemand, den ich nicht sehen konnte.

Varka nickte. »Er ist grausam und kalt, ein Schatten, der Silvestria in Dunkelheit taucht. König Atlas hat verkündet, alle Ferum erbarmungslos hinrichten zu lassen, die während des Attentats dabei waren. Er meint, dass sie ihren Eid gebrochen und seine Familie Tod und Unheil ausgeliefert haben. Sie wurden alle vor der Burgmauer gehängt.«

Ein unheilvolles Dröhnen ging durch die Menschen, und mein Herz raste. Hatte Atlas nicht gesagt …

»Das kann ich mir nicht vorstellen. Die Ferum sind doch die Garde des Königs«, rief einer von ihnen.

»Hör auf, uns solche Lügen zu erzählen, Varka«, schimpfte ein groß gewachsener Mann und verschränkte die Arme vor der Brust. Die Ferum genossen bei den meisten ein hohes Ansehen. Viele wünschten sich nichts sehnlicher, als selbst Teil der königlichen Garde zu sein.

»Ich spreche die Wahrheit! Der Prinz war außer sich, weil er den Verlust seiner Eltern nicht ertrug.«

Einige der Anwesenden blickten unverhohlen in unsere Richtung. Sie schienen darauf zu warten, dass wir etwas zu den Schilderungen sagten, sie dementierten oder bestätigten.

»Als wir die Stadt vor einigen Tagen verließen, waren König Harkon und seine Frau noch am Leben. Wir wissen nichts von einem Attentat«, sagte Atlas laut. Ich war überrascht, wie glaubwürdig seine Worte wirkten. Doch anders als die restlichen Anwesenden wusste ich es besser.

»Das heißt, Varka lügt?«, fragte eine Frau entrüstet.

»Ich habe es mit eigenen Ohren gehört«, sagte der Händler empört.

Es wurde wild diskutiert, doch ich konnte mir die Worte nicht länger anhören. Ich war kurz davor, laut aufzuschreien, weil sich in mir die verschiedensten Gefühle vermischten. Angst, Wut, Hass und Machtlosigkeit verbündeten sich zu einer unbesiegbaren Allianz, die es sich scheinbar zur Aufgabe gemacht hatte, mich in die Knie zu zwingen.

Plötzlich übermannten mich meine Gefühle, und mein Körper fühlte sich fremd an. Der Druck in der Brust war kaum aushaltbar. Als wäre mein Brustkorb nicht länger in der Lage, mein Herz bei sich zu halten. Wenn das, was der Händler sagte, tatsächlich stimmte, dann bedeutete das ...

»*Cahira, versuch, ruhig zu bleiben!*«

Natrix' Stimme in meinem Kopf klang so leise, so weit weg, dass ich seine Worte kaum verstand. Ich sprang von meinem Platz auf und nahm am Rande wahr, wie der Stuhl zu Boden fiel. Mit großen Schritten entfernte ich mich von der Tafel und den Menschen. Die Vorstellung, dass Silas und die anderen Ferum womöglich doch zu Tode gekommen waren, war unerträglich.

Silas. Mein Freund aus Kindertagen, das letzte Stück Familie, das mir geblieben war.

»Dieser elende Scheißkerl!«, schrie ich, als ich den Dorfrand erreicht hatte. Ich schlug mit der linken Faust gegen einen Baumstamm, sodass jeder einzelne Knochen in meiner Hand schmerzte.

»*Cahira* ...«

»Sei still!«, fuhr ich Natrix an. »Halt dich aus meinen Gedanken raus, verstanden?«

Ich lehnte mich an den mächtigen Stamm, weil ich nicht mehr in der Lage war, aufrecht zu stehen. Meine Haut brannte, und als ich mir meine Knöchel ansah, bemerkte ich, dass sie bluteten. Hatte ich meinen besten Freund zum Sterben zurückgelassen? Dabei hatte Morian versprochen ...

Ein knackendes Geräusch riss mich aus den Gedanken. Als ich den Kopf hob, sah ich ihn.

Atlas.

»Verschwinde lieber, bevor ich dich umbringe«, sagte ich. Noch nie in meinem Leben hatte ich etwas so ernst gemeint wie in diesem Augenblick. Es kostete mich all meine Beherrschung, mich zurückzuhalten, statt auf ihn loszugehen und ihn leiden zu lassen.

»Es ist nicht so, wie du denkst.« Er kam einen Schritt auf mich zu.

»Spar dir die Ausreden! Du bist ein Monster, und jedes Wort, das ich über dich gehört habe, ist wahr. So jemand wie du sollte kein König sein«, schrie ich ihn an.

»Vermutlich hast du recht. Aber ich bin alles, was dieses Land noch hat. Ohne mich versinkt Silvestria im Chaos.«

Seine Ruhe fachte die Wut in mir weiter an, doch ich versuchte, meinen rasenden Herzschlag zu kontrollieren.

»Bei Chaos weiß man wenigstens, woran man ist, aber du ... du bist unberechenbar. Dein Wort ist nichts wert.«

»Das stimmt nicht.«

Er kam noch einen Schritt näher.

In seinen Augen entdeckte ich dunkle Sprenkel, die das sonst so helle Blau durchzogen.

»Der Händler hat gesagt, dass alle Soldaten gehängt wurden. Wie erklärst du dir das?«

»Das wurde verkündet, bevor Morian ... mich zur Vernunft gebracht hat. Ich schwöre dir, dass sie noch leben, auch wenn mein Wort für dich in diesem Moment wertlos ist.«

Er musterte mich eindringlich. Sein Blick wirkte zum ersten Mal, seit ich ihm begegnet war, traurig.

»Es wäre nicht das erste Mal, dass der Pöbel falsche Geschichten in die Welt hinausträgt«, zischte Natrix.

Glaubst du ihm etwa?, fragte ich in Gedanken.

»Spielt das eine Rolle? Ich kann dich nicht aufhalten, wenn du ihn töten willst. Aber ich spüre, dass du tief in deinem Inneren weißt, dass es falsch wäre. Ob du es dir einfach machst oder schwer, liegt ganz bei dir. Ohne ihn wirst du jedoch nicht in der Lage sein, Großes zu vollbringen, und ich weiß, dass du das willst. Du suchst nach etwas, an dem du dich festhalten kannst, einer Aufgabe, die dein Herz erfüllt. Und ich verspreche dir, Veneria auferstehen zu lassen und Arunas Erbe anzutreten, wird die Leere in deiner Brust füllen.«

Da frage ich dich einmal nach deiner Meinung, und du gibst mir eine solche Antwort?, dachte ich und sah Atlas tief in die Augen. Man konnte sich in dem Blau verlieren wie in einem tosenden Ozean.

»Von meiner Seite aus steht unsere Abmachung noch – du bringst mich wohlbehalten zu Avriel nach Falconia und bekommst dafür den Schlüssel zur Gruft und die Waffe deines Vaters. Damit kannst du gehen, wohin auch immer du willst.«

Er hob den unverletzten Arm und streckte mir seine Hand entgegen. Ich ging auf ihn zu, schlug jedoch nicht ein, sondern rempelte ihn stattdessen grob mit der Schulter an.

»Ich leg mich jetzt schlafen, und das solltest du auch tun. Je eher wir Falconia erreichen, desto eher bin ich dich los. Hoffentlich sagst du die Wahrheit – um deinetwillen.«

KAPITEL II

Die ganze Nacht lag ich wach und fragte mich, ob Silas noch lebte oder nicht. Erst jetzt wurde mir bewusst, wie quälend diese Unsicherheit war, wenn es sich um einen geliebten Menschen handelte. Es gab nur wenige, die mir etwas bedeuteten, und Silas war wie ein großer Bruder für mich.

»*Quäl dich nicht unnötig, Cahira. Du übersiehst dadurch, was wirklich zählt.*«

Natrix' Kommentare in meinem Kopf waren nicht gerade hilfreich. Wie sollte eine magische Schlange auch verstehen, wie sich dieses Gefühl der Machtlosigkeit anfühlte?

Als Sonnenlicht zwischen den Holzlatten der Scheune hindurchdrang, erhob ich mich schließlich und streckte meine steifen Glieder aus. Der Boden der Scheune war großzügig mit Heu und Stroh bedeckt und daher vergleichsweise weich, dennoch schmerzte mein gesamter Körper. Ich hatte die Strapazen aus der Schlangengrube und den darauffolgenden Kampf gegen die unbekannten Soldaten noch nicht einmal ansatzweise hinter mir gelassen. Atlas lag mit dem Rücken zu mir, sodass ich nicht erkennen konnte, ob er schon wach war. Ich verließ leise die Scheune und lief direkt Ofran in die Arme.

»Guten Morgen, ich hoffe, ihr hattet eine angenehme Nacht. Ihr wart gestern Abend so plötzlich verschwunden. Ist alles in Ordnung? Euch haben die Neuigkeiten vom Tod des Königs sicherlich auch hart getroffen, oder?«

»Guten Morgen, Ofran. Wir waren einfach sehr erschöpft und schockiert von den Erzählungen des Händlers. Der Kampf steckt uns auch noch tief in den Knochen. Wir wollen eure Hilfsbereitschaft nicht ausnutzen, aber wäre es möglich, dass ihr uns Sättel und Zaumzeug für die Pferde gebt, damit wir unsere Reise fortsetzen können?«

Ofran nickte. »Ich lasse die Tiere unverzüglich aufzäumen und euch Proviant zusammenpacken, damit ihr zeitig aufbrechen und unserem Land weiter treu dienen könnt.« Ofrans Miene wurde ernst, und auf seiner Stirn bildeten sich Sorgenfalten. »Sollten sich Varkas Worte bewahrheiten und es Krieg geben, dann brauchen wir jeden einzelnen Soldaten.«

»Vielen Dank. Wir wissen eure Hilfe sehr zu schätzen.«

»Wenn ihr so weit seid, trefft mich an unserem Haus«, sagte er und verabschiedete sich von mir. Ich verschwand wieder in der Scheune.

»Wo warst du?«, fragte Atlas verschlafen.

»Ich habe mit dem Dorfvorsteher gesprochen.«

»Und was hat er gesagt?«, fragte Atlas skeptisch.

»Dass wir alles, was wir brauchen, von ihnen bekommen. Aber die Menschen hier haben sowieso schon sehr wenig. Deshalb habe ich nur nach dem Nötigsten gefragt, um Falconia zu erreichen.«

»Ich werde veranlassen, dass diese Menschen für ihre Mühen entlohnt werden.«

»So wie du veranlasst hast, dass die Soldaten verschont werden?«, entgegnete ich bissig.

»Ganz genau. Sobald wir Falconia erreichen, werde ich einen Brief an Silvestria schicken, damit man ihnen Vorräte aus den königlichen Kammern schickt.«

»Ich glaube dir gar nichts, solange keine Taten folgen«, sagte ich und wollte mich zum Gehen abwenden, doch Atlas ergriff mein Handgelenk und zog mich dicht zu sich heran. Dort, wo seine warmen Finger meine Haut berührten, kribbelte es verräterisch. Ich hasste es, dass er es auf diese simple Weise schaffte, mich aus dem Konzept zu bringen.

»Ist das so?«, fragte er drohend und drängte mich an die Scheunenwand. Er stützte sich mit seinem unverletzten Unterarm neben meinem Kopf ab.

Atlas war nah.

Zu nah.

Für Außenstehende könnte es wirken, als wollte er mich küssen. Doch ich wusste es besser.

Ich hob den Kopf, damit ich ihm direkt in die Augen sehen konnte. Er sollte ein für alle Mal begreifen, dass ich mich nicht vor ihm fürchtete. Er mochte gut aussehen und ein König sein, aber das hieß noch lange nicht, dass er mit mir spielen konnte wie mit einer Puppe. Ich würde um jeden Preis verhindern, dass er an meinen Fäden zog.

»Ja, das ist so«, sagte ich mit fester Stimme. Sein Blick huschte über mein Gesicht und blieb an den Narben über meinem rechten Auge hängen. Seine fiesen Worte jagten sofort wieder durch mein Gedächtnis. Schnell verdrängte ich sie. Unter keinen Umständen würde ich ihm die Genugtuung geben, dass er mich mit ein paar simplen Worten verletzen konnte. Er besaß keine Macht über mich. Weder jetzt noch wann anders.

»Dann werde ich dich wohl vom Gegenteil überzeugen müssen«, raunte er dicht an meinem Ohr.

Ich spürte seinen warmen Atem auf der Haut. Er war mir so nah, dass ich die dunklen Sprenkel in seinen hellblauen Augen sehen konnte. So nah, dass ich nur meinen Kopf zur Seite drehen müsste, damit sich unsere Lippen berührten.

»Das hättest du wohl gern«, entgegnete ich und griff nach dem Arm, mit dem er sich an der Wand abstützte. Ich drückte ihn weg, ehe ich gegen seine Brust stieß, um mich aus seinem Griff zu befreien. Doch Atlas ließ sich nicht einfach fortschieben. Stattdessen drückte er mich überraschend behutsam zurück an die Wand.

»Und wenn dem so wäre?«

Ich atmete schwer, weil ich nicht mehr in der Lage war, einen klaren Gedanken zu fassen. Es war zu viel. *Er* war zu viel. Mein Leben hatte sich innerhalb von Sekunden so elementar gewandelt, dass ich nicht mehr länger wusste, wer ich war und was ich tun sollte. Und dann war da auch noch dieser König, der mich mit seinem widersprüchlichen Verhalten zusätzlich verwirrte.

»Lass dich von ihm nicht verunsichern, Cahira«, sagte Natrix in meinen Gedanken. Zum ersten Mal war ich froh, nicht allein in meinem Kopf zu sein.

Ich fand meinen Mut wieder, hob das linke Knie an und verpasste Atlas damit einen Tritt zwischen die Beine. Er krümmte sich zusammen, und ich nutzte den Moment, um ihm zu entfliehen.

»Wir sehen uns draußen«, sagte ich so selbstsicher wie möglich und verließ die Scheune. Atlas spielte mit mir wie ein Wolf mit seiner Beute. Und ich hatte nicht vor, als sein morgendlicher Snack zu enden. Doch mein Herzschlag raste noch Minuten später. Atlas so nahe zu sein, seinen Atem auf meiner Haut zu spüren, ihm so tief in die Augen blicken zu können ... Es löste etwas in mir aus, das mir gar nicht gefiel.

Als ich den kleinen Weg entlanglief, der die wenigen Häuser des Dorfes miteinander verband, hörte ich Kinder weinen, eine Frau, die leise sang, und Hufgetrappel, dem ich folgte. Ein groß gewachsener Mann war gerade dabei, unsere Pferde zu satteln.

»Guten Morgen«, sagte ich und streichelte meinem Pferd den Hals.

»Guten Morgen. Eure Tiere sind bereit. Der Proviant müsste auch jeden Moment fertig sein.« Er zog den letzten Gurt fest. Das dunkelbraune Leder des Sattels war an einigen Stellen eingerissen. Aber die Steigbügel und die Decke waren in einem guten Zustand. Schon drückte mir der Mann die Zügel in die Hand.

»Vielen Dank. Ihr habt keine Ahnung, wie sehr uns das alles weiterhilft.«

»Gern geschehen. Als ich jünger war, wollte ich auch ein Ferum werden. Aber meine Eltern baten mich darum, dass ich ihnen auf dem Hof helfe. Deshalb bin ich nie zur Auswahl gegangen. Manchmal … frage ich mich, wie mein Leben verlaufen wäre, wenn ich es doch getan hätte.« Sein sehnsüchtiger Blick glitt in die Ferne.

»Ich bereue es, diesen Weg eingeschlagen zu haben«, sagte ich. Überrascht wandte er mir den Kopf zu, ehe ich weitersprach. »Ich dachte, wenn ich diese Uniform anziehe und ihr gerecht werde, dann finde ich meinen Platz auf dieser Welt.«

»Und dem war nicht so?«, fragte er.

»Nein. Ich war noch nie zuvor derart verloren wie jetzt. Lass dich nicht von dieser Rüstung blenden. In ihr stecken auch nur gewöhnliche Menschen mit Ängsten und Unsicherheiten.«

Wir verabschiedeten uns, und ich führte das Pferd ein paar Schritte in Richtung von Ofrans Hütte. Als ich mich umdrehte, entdeckte ich Atlas, der mit einer Frau sprach, die einen Rucksack in der Hand hielt. Ein kleinerer Junge, vermutlich ihr Sohn, hielt ebenfalls eine Tasche in der Hand. Darin war sicherlich unser Proviant für die Reise.

Atlas schien meinen Blick auf sich zu spüren, denn er drehte sich in meine Richtung und sah mir für wenige Sekunden in die Augen, ehe er den Rucksack schulterte und die Tasche entgegennahm.

Als er mich erreichte, gab er mir die Schultertasche, die ich kommentarlos umlegte. Er ging zu dem anderen Pferd und schwang sich ungelenk auf den Sattel.

»Wie ich sehe, habt ihr alles, was ihr für eure weitere Reise braucht. Dann wollen wir euch nicht länger aufhalten«, sagte Ofran, der zu uns getreten war.

»Vielen Dank für alles.«

Ich sah Atlas überrascht an. Ich hatte nicht gewusst, dass Danke überhaupt Teil seines Wortschatzes war.

»Den Soldaten des Königs helfen wir jederzeit, auch wenn unsicher ist, wer nun auf dem Thron sitzt. Ich hoffe, wir erfahren bald, ob König Harkon wirklich tot ist oder unser Händler gestern nur eine aufregende Geschichte erzählt hat. Es war uns eine Ehre, euch zu helfen. Habt eine sichere Reise. Vielleicht sehen wir uns ja eines Tages wieder.«

»Lebt wohl«, sagte ich.

Ofran verschwand wieder in Richtung seines Hauses, und die wenigen anderen, die bereits auf den Beinen waren, beobachteten uns aus sicherer Entfernung.

»In welche Richtung müssen wir?«, fragte Atlas.

Ich griff nach dem Sattel, stieg in den Steigbügel und saß auf. Die Tasche drehte ich so, dass sie mich nicht in meiner Bewegung einschränkte. Atlas' Pferd tänzelte unruhig auf und ab. Ob das Tier spüren konnte, dass er durch und durch böse war? Tiere besaßen ja angeblich ein Gespür für schlechte Menschen.

»Shhhh, alles gut, Großer«, versuchte Atlas, das Pferd zu beruhigen.

»Wir reiten dort entlang.« Ich wies ihm die Richtung und drückte die Oberschenkel zusammen, damit das Pferd sich in Bewegung setzte.

»Woher weißt du eigentlich immer, wohin wir reiten müssen?«, fragte Atlas.

»Ich bin die Tochter eines großen Kriegers, schon vergessen? Mein Vater hat mir vor seinem Tod eine Menge beigebracht.«

Ich schüttelte den Kopf. Dass ein Königssohn nicht einmal wusste, in welcher Himmelsrichtung sich die Nachbarreiche befanden, zeigte einmal mehr, wie privilegiert und wohlbehütet er aufgewachsen war. Er hatte Personal, das er in solchen Belangen befragen konnte. Es nahm ihm alles Mögliche ab, während Menschen wie ich immer wieder kämpfen mussten.

»Na, dann vertraue ich dir mal«, raunte er, und die Art, wie er die Worte aussprach, ließ mich frösteln.

»Dir bleibt wohl auch nichts anderes übrig«, nuschelte ich.

Obwohl wir uns hauptsächlich auf verlassenen, schattigen Waldpfaden bewegten und die Sonne sich hinter einer dichten grauen Wolkenwand versteckte, war die Reise beschwerlich. Durch die schwüle Luft klebte mir mein Hemd nass am Rücken, was wohl auch der Grund dafür war, dass Natrix sich unter meiner Haut bewegte. Der Trinkschlauch, den uns Ofran mitgegeben hatte, war nur noch zu einem Drittel gefüllt.

»Wenn man dir nie beigebracht hat, die Himmelsrichtungen zu bestimmen, was lernt man als Prinz an einem Königshof denn dann?«, fragte ich Atlas, um mich abzulenken.

Er atmete hörbar aus, und ich zügelte das Pferd, damit er zu mir aufschließen konnte. Gerade als ich mich damit abfinden wollte, keine Antwort auf meine Frage zu bekommen, begann er zu sprechen.

»Wenn es nach mir gegangen wäre, hätte ich viel lieber gelernt, wie man ein Feuer entzündet, einen Unterschlupf baut, Fährten liest oder Wild ausnimmt. Aber für einen Prinzen und auch einen König sind all diese Dinge nicht von Relevanz. Es gibt immerhin Soldaten, die diese Arbeiten für mich übernehmen.« Er nickte mir zu und schenkte mir ein entschuldigendes Lächeln.

»Oh, ich bin ganz sicher keiner deiner Soldaten«, sagte ich schnippisch. Dabei wusste ich, dass er recht hatte.

»Es gab Lehrer, die mich in Politik und Verhandlungsstrategien unterrichtet haben. Die mir beibrachten, wie ich Menschen dazu bringe, das zu bekommen, was ich will, ohne dass sie sich hintergangen fühlen. Mir wurden die Geschichten der anderen Reiche eingebläut, ihre Traditionen und allerlei Regeln, wie ich mich in Anwesenheit anderer Königs- und Adelsfamilien zu benehmen habe. Tag für Tag, immer derselbe langweilige Mist.«

Ich schnaubte verächtlich. Das Letzte, was Atlas besaß, war Anstand. Und dass ihn so ein leichtes Leben langweilte, passte zu seiner arroganten und selbstgerechten Art.

»Was gibt es da denn zu schnauben?«, fragte er herausfordernd.

»Nimm es mir nicht übel, aber deine Lehrer haben versagt. Gutes Benehmen ist nicht gerade etwas, das ich mit dir assoziieren würde.«

Atlas grinste, als hätte ich einen Witz gemacht, dabei meinte ich meine Worte todernst.

»Weil ein einfaches Mädchen aus dem äußeren Ring das auch beurteilen kann«, entgegnete er und klang dabei eine Spur beleidigt. Anscheinend hatte ich einen wunden Punkt bei ihm getroffen.

»*Ein Sturm zieht auf*«, zischte Natrix.

Ich hob sofort den Kopf gen Himmel. Doch dort konnte ich bis auf den grau verhangenen Himmel und ein paar unruhige Vögel, die über unsere Köpfe hinwegflogen, nichts entdecken, das einen Sturm ankündigte.

»Ist irgendwas?«, fragte Atlas, der meinem Blick gefolgt war. Die Bäume über uns lichteten sich, und der Pfad, auf dem wir ritten, wurde breiter.

»Nein, nichts.« Ich winkte ab.

Bist du dir sicher?, fragte ich an Natrix gerichtet.

»*Ja, ihr solltet euch einen sicheren Unterschlupf suchen, bevor die Hölle losbricht.*«

Ich biss mir auf die Unterlippe. Es war bereits später Nachmittag, und wir hatten erst kürzlich eine Pause gemacht. Doch obwohl ich grob wusste, in welche Richtung wir reiten mussten, war ich unsicher, wie weit Falconia entfernt lag. Dass sich die Sonne hinter den Wolken verbarg, erschwerte die Reise zusätzlich. Und ich würde Atlas gegenüber sicherlich nicht zugeben, dass ich die Orientierung verloren hatte.

Ich warf ihm einen unauffälligen Blick zu. Bisher hatte ich größtenteils darauf verzichtet, zu galoppieren, um Atlas' Schulter zu entlasten. Denn auch wenn er fest im Sattel saß und sich unbeeindruckt gab, bemerkte ich seine schmerzverzerrten Gesichtsausdrücke, wenn er sich im Sattel bewegte.

Nicht dass ich ihm den Schmerz nicht gönnte, der sein vorlautes Mundwerk zumindest kurzzeitig zum Verstummen brachte, aber ich hatte geschworen, ihn lebendig nach Falconia zu schaffen. Und das würde schwer werden, wenn er unterwegs umkippte.

Ich scannte die Gegend ab, auf der Suche nach einem geschützten Platz, doch um uns herum waren nur Bäume und ein mit Kieselsteinen bedeckter Pfad mit tiefen Furchen.

»*Er kommt schnell näher, Cahira …*«

Ich hob erneut den Kopf in die Höhe. Noch immer konnte ich nichts Bedrohliches erkennen. Allerdings war es gefährlich ruhig um uns herum geworden. Kein Vogelgezwitscher war mehr zu hören, kein Rascheln in den Bäumen, nur noch das gleichmäßige Hufgetrappel unserer Pferde.

»Du wirkst abgelenkt«, sagte Atlas und riss mich damit aus meinen Gedanken.

»Wir müssen hier weg. Schnell. Halt dich gut fest.« Mittels verändertem Druck meiner Oberschenkel und gelockerten Zügeln bedeutete ich meinem Pferd, in den Galopp zu wechseln.

»Was tust du denn? Wieso hast du es denn plötzlich so eilig?«, rief Atlas hinter mir, und ich konnte eine Spur Verärgerung in seiner Stimme wahrnehmen. Langsam schloss er zu mir auf.

»Ein Sturm zieht auf«, wiederholte ich die Worte von Natrix.

»Ein Sturm? Aber der Himmel …« Atlas brach abrupt ab. Ihm entfuhr ein lautes Stöhnen, als das Pferd über einen größeren Ast sprang. Plötzlich ertönte ein ohrenbetäubendes Grollen über uns.

»*Ihr müsst so schnell wie möglich aus diesem Wald raus*«, sagte Natrix eindringlich. Doch das war leichter gesagt als getan. Silvestria bestand nahezu nur aus Wald und felsigen Bergen, sodass wir dem Sturm nur entkommen konnten, wenn wir eine Höhle oder einen Felsvorsprung fanden. Ein heller Blitz zuckte über den Himmel, ehe ein weiteres Donnern ertönte, dieses Mal deutlich näher.

»Wir müssen uns in Sicherheit bringen«, rief ich Atlas zu, als wir eine Gabelung erreichten.

»Links oder rechts?«, keuchte er. Sein Gesicht war blass geworden. Der kurze Galopp schien ihn ziemlich mitgenommen zu haben. Auch wenn ich kein Mitleid mit ihm empfinden wollte, erwischte ich mich dabei.

Hektisch sah ich mich um. »Ich … weiß es nicht«, gab ich zu. Ohne Sonne war es nahezu unmöglich, zu sagen, wo wir uns befanden und ob wir noch in die richtige Richtung ritten.

»Dann rechts«, entschied Atlas und ritt voraus. Ich beeilte mich, mit ihm mitzuhalten. Als ich den Blick erneut nach oben richtete, erstreckte sich eine gigantische dunkle Wolkenbank vor uns, die wie aus dem Nichts erschienen war.

Ich wusste, dass das Wetter hier draußen wechselhaft und unberechenbar war, aber so etwas war mir noch nie passiert. Mit einem Mal brach die Wolkendecke auf, und ein Schwall von Regentropfen prasselte unbarmherzig auf uns herab. Ich konnte kaum noch erkennen, wohin Atlas ritt, und er wurde einfach nicht langsamer.

»Atlas, warte!«, schrie ich, doch er reagierte nicht, war wohl schon zu weit weg, um mich zu hören.

Ein heller Blitz flirrte über den Himmel, und ein ohrenbetäubender Knall ertönte.

Wir mussten schnell hier wegkommen, ehe der nächste Blitz womöglich in einen der Bäume über uns einschlug.

Ein kalter Schauer jagte mir über die Schultern. Ich war bis auf die Knochen durchnässt, und der starke Wind, der die Baumwipfel gefährlich hin und her wog, blies erbarmungslos. Geistesgegenwärtig ließ ich das Pferd in den Trab fallen, damit ich mich orientieren konnte. Der Pfad gabelte sich weiter vorn erneut.

»Bring dich in Sicherheit, wenn du überleben willst!«

Panik stieg in mir auf beim Klang von Natrix' drängender Stimme. Der Himmel über mir schien zusammenzubrechen, und ich hatte keinerlei Möglichkeit, mich davor zu schützen. Ich folgte dem rechten Pfad, in der Hoffnung, einen geschützten Ort zu finden. Das Pferd riss den Kopf heftig hin und her, sodass ich all meine Kraft aufwenden musste, um es im Zaum zu halten. Ich krallte meine Finger um die Zügel, da flirrte erneut ein helles Licht vor meinen Augen auf. Der Blitz schlug direkt vor mir in einen der hochgewachsenen Bäume ein und spaltete den massiven Stamm mit einem lauten Knacken. Das Pferd erschrak und bäumte sich auf. Krampfhaft versuchte ich, mich im Sattel zu halten. Doch als ein großer Teil des Stammes abbrach und krachend auf den Weg fiel, verlor ich den Halt und stürzte zu Boden.

Das Erste, was ich wahrnahm, war der Geruch nach Zedernholz und Leder, der mich, gepaart mit dem Duft von nasser Erde, umwaberte. Ich hörte das Prasseln des Regens, und die angenehme Monotonie dieses Geräusches ließ mich beinahe wieder wegdämmern. Als ich es schaffte, die Augen zu öffnen, fiel mein Blick auf Atlas, der mir den Rücken zugewandt hatte. Hinter ihm sah ich eines der Pferde, das unruhig auf der Stelle tänzelte. Es konnte nicht weglaufen, weil es an einer Felswand festgebunden war. Neugierig sah ich mich um. Atlas und ich befanden uns unter einem kleinen Felsvorsprung, der uns vor dem tosenden Sturm schützte. Der steinige Boden war feucht und kalt, doch unter mir befand sich eine dünne Decke.

Mein Kopf dröhnte fürchterlich, und als ich versuchte, mich aufzurichten, wurde mir sofort schwindelig. Atlas drehte sich herum. Er wirkte erschöpft und abgekämpft, auch ihm hatte dieser Sturm offensichtlich eine Menge abverlangt.

»Du bist endlich wach«, sagte er.

Ich versuchte, meine wirren Gedanken zu sortieren, konnte aber keinen klaren Satz bilden. Der besorgte Tonfall aus seinem Mund überraschte mich.

»Dein Pferd hat wohl gescheut und dich abgeworfen, als ein Baum vom Blitz getroffen wurde. Ein großer Teil vom Stamm ist auf den Weg gefallen. Ich hab das reiterlose Pferd entdeckt und bin sofort umgekehrt, um nach dir zu suchen. Du lagst bewusstlos im Dreck.« Er zögerte. »Kurz dachte ich, du seist ...«

Atlas ließ den Satz offen, doch ich wusste auch so, was er meinte. Seine sonst so strahlenden Augen wirkten matt, und die scharfen Züge waren aus seinem Gesicht verschwunden. Zum ersten Mal sah ich etwas in seinem Blick, das an Mitgefühl erinnerte.

»Hast du das Pferd eingefangen?«, fragte ich. Meine Stimme klang, als hätte ich Baumrinde verschluckt, und jedes Wort schmerzte.

»Nein, das war nicht möglich«, entgegnete er knapp.

Endlich gelang es mir, mich aufzurichten. Ich beäugte meine dreckige Hose, die einen großen Riss hatte und, wie der Rest meiner Kleidung, durchnässt war. Schnell fuhr ich mit dem Finger über den zerrissenen Stoff.

»Keine Sorge, er hat mich nicht bemerkt«, sagte Natrix. Er schlängelte sich meinen Rücken entlang, und das mir mittlerweile bekannte Kribbeln durchfuhr meinen Körper.

»Du hast Glück gehabt, dass der Stamm dich verfehlt hat. Dich hat nur ein Ast erwischt und deinem Bein ein paar Schrammen zugefügt«, sagte Atlas.

»Hast du etwa nachgesehen?«, fragte ich ungläubig.

»Natürlich. Du bist vom Pferd gefallen und warst unter einem Ast eingeklemmt. Ich wollte sichergehen, dass du keine schwere Verletzung davongetragen hast.«

Ich schluckte und verkniff mir einen Kommentar. Atlas hätte mich nicht retten müssen. Das wussten wir beide. Zu meiner Überraschung hatte er mich jedoch nicht meinem Schicksal überlassen. Es fiel mir schwer, zu glauben, dass er das aus Nächstenliebe getan hatte.

»Noch braucht ihr einander, ob es dir passt oder nicht.«

Eine Weile schwiegen wir beide, bis Atlas die Stille durchbrach. »Woher wusstest du eigentlich von dem Sturm?«

Ich seufzte und winkelte die Beine an, wobei meine Muskeln brannten. »Keine Ahnung, ich hatte da so ein … Gefühl?«

Atlas blickte mich fragend an. »Ein Gefühl?«

»Ja … Da lag etwas in der Luft.«

Atlas atmete laut durch. »Wir sollten den Sturm abwarten, ehe wir weiterreiten. Der Vorsprung ist windgeschützt und weitestgehend trocken.«

»Vermutlich sollten wir unser Nachtlager hier aufschlagen. Ich glaube nicht, dass ich heute noch in der Lage bin, zu reiten, und du siehst auch ziemlich erschöpft aus. Ein Glück, dass du diesen Platz überhaupt gefunden hast.«

Er nickte. Kurze Zeit später schauten wir nach, welchen Proviant wir ohne Feuerstelle essen konnten, und entschieden uns für das Brot. Atlas zückte ein Messer und schnitt zwei Stücke ab, ehe er den Laib wieder zurück in den Proviantbeutel schob.

»Hier.« Er reichte mir eine der beiden Scheiben.

Ich knabberte zurückhaltend an den Rändern, während er sein Brot nach drei Bissen verdrückt hatte. Er konnte unmöglich satt sein, aber er beschwerte sich nicht darüber.

»Ich werde mich mal draußen umsehen, vielleicht finde ich ja etwas Nützliches. Ruh dich aus und versuch, etwas zu schlafen. Sollte etwas sein, wecke ich dich«, sagte er und erhob sich. Sein Haar war zerzaust und klebte ihm an der feuchten Stirn. Ich verstand nicht, wieso er bei dem Wetter freiwillig hinausging, aber womöglich fühlte er sich in meiner Gegenwart genauso unwohl wie ich mich in seiner.

»Okay«, antwortete ich und sah ihm nach. Kurz bevor er in den Regen trat, rief ich leise seinen Namen. Sofort drehte er sich zu mir herum.

»Danke, dass du mich gerettet hast«, presste ich hervor. Es kostete mich alles an Überwindung, diese Worte auszusprechen.

Atlas' Blick war so intensiv, dass ich mich nicht einmal traute, zu blinzeln. Dann hoben sich seine Mundwinkel zu einem Lächeln. Ich bemerkte Grübchen, die ihm etwas von der Kälte nahmen, die er ausstrahlte. Wenn er so lachte, wirkte er nicht wie der arrogante Prinz, den ich kennengelernt hatte.

»Ich schätze, jetzt sind wir quitt«, sagte er leise, ehe er aus meinem Blickfeld verschwand.

Der Sturm toste unaufhörlich, und es gab keine Möglichkeit, ein wärmendes Feuer zu entfachen, weil jedes Holz nass war und wir keine Feuersteine besaßen. Die dünne Decke, die Atlas unter mir platziert hatte, war mittlerweile ebenfalls durchnässt. Mein Kopf pochte, und der Schmerz wurde stetig stärker. Vorsichtig fuhr ich mit der linken Hand über meinen Hinterkopf. Ich konnte kein Blut fühlen, dafür allerdings eine Schwellung. Wäre Atlas nicht gewesen, würde ich vermutlich immer noch unter dem schweren Ast liegen, bewusstlos ... oder Schlimmeres.

»*Niemand stirbt, weil ihm ein Ast auf das Bein fällt*«, zischte Natrix, und ich rollte mit den Augen.

»Du hast auch zu all meinen Gedanken eine Meinung, was?«

»*Du solltest das Ziel im Auge behalten.*«

Welches Ziel denn? Ich fühlte mich einmal mehr verloren und haltlos.

»Du bist so viel mehr als deine Ängste und Sorgen, Cahira. Auch wenn du es gerade nicht wahrhaben willst. In dir schlummert eine Kraft, die in der Lage ist, alles zu verändern.«

Seufzend schloss ich die Augen und ließ mich zurück auf die dünne Decke fallen. Ich versuchte, mich etwas auszuruhen. Das Prasseln des Regens trug mich wenig später in den Schlaf.

KAPITEL 12

Als ich erwachte, war es tiefste Nacht. Doch es war weniger die Dunkelheit, die mich aufschrecken ließ, als vielmehr die Hand, die sich fest auf meinen Mund presste und mir die Luft zum Atmen nahm. Panisch riss ich die Arme hoch, um mich zu befreien, doch der Griff war zu fest. Ich versuchte, zu schreien, doch nur ein kläglicher Laut entfuhr meinem Mund.

»Shhhh … Ich bins nur«, flüsterte Atlas dicht an meinem Ohr.

Ich hielt abrupt inne und bemerkte seinen Oberkörper, der sich dicht an meinen drängte. Er strahlte unglaubliche Hitze aus.

»Dort draußen sind Männer. Ich glaube, sie suchen nach uns«, sagte er leise. Sein sanfter Atem strich über meinen Hals. »Ich nehm jetzt die Hand runter, sei bloß still, okay?«

Sofort nahm ich einen tiefen Atemzug. Der feine Geruch von fruchtigen Beeren und Erde umgab Atlas. Offensichtlich hatte er dort draußen Waldbeeren gefunden. Dieser Geruch erinnerte mich unweigerlich an meine Kindheit.

Ich drehte mich zur Seite, um etwas Abstand zwischen uns zu bringen, doch Atlas' Arm schnellte sofort nach vorn. Er zog mich zurück und zu sich heran. Sein Gesicht war in der Dunkelheit kaum zu erkennen.

»Und? Habt ihr was entdeckt?«, rief eine tiefe Männerstimme, die beunruhigend nah klang. Ein feiner Lichtstrahl erschien und sorgte dafür, dass ich Atlas' Züge nun deutlicher erkennen konnte. Er war mir nah. *Sehr nah* sogar.

»Nein, aber ich hätte schwören können, ich hab hier jemanden entlanglaufen sehen«, rief ein anderer.

»Was ist mit dem Pferd?«, flüsterte ich und unterdrückte den Impuls, mich nach vorn zu beugen und nachzusehen.

»Ich hab es losgebunden und ihm einen Klaps gegeben.«

»Das heißt, wir haben jetzt gar kein Pferd mehr?«, entfuhr es mir lauter als beabsichtigt.

»Shht, willst du uns beide umbringen?«, zischte Atlas und drückte mich weiter nach hinten. Der Felsvorsprung, unter dem wir Schutz gesucht hatten, war offenbar Teil einer Art Höhle, die tiefer in den Fels hineinreichte. Atlas zog mich noch weiter zurück in eine Felsspalte. Sie war eng, sodass Atlas und ich uns ungewollt noch näher kamen. Sein muskulöser Oberkörper war eng an meinen gepresst, während er mich weiter nach hinten drängte.

»Hast du das gehört?«, fragte einer der Männer.

Der Lichtstrahl flackerte, und mein Herz hämmerte wild gegen meine Brust. In meinem Kopf waren die Schläge so laut, dass es mir ein Rätsel war, dass weder Atlas noch die unbekannten Männer sie wahrzunehmen schienen.

»Sie werden uns finden«, flüsterte ich panisch.

»Sei endlich ruhig«, entgegnete Atlas drängend.

Ein lautes Knacken ertönte. Die Schritte der Fremden kamen bedrohlich nahe.

Ich wollte protestieren, aber Atlas unterbrach mich, indem er seine Lippen auf meinen Mund presste und meine Worte damit erstickte. Mit einer Hand zog er mich enger an sich, und ein süßlicher Geschmack benetzte meine Lippen. Ein Kribbeln überkam mich, das sich anfühlte, als würde eine Armee von Ameisen über meinen Körper krabbeln. Küsste dieser Mistkerl mich gerade tatsächlich mit seinen weichen, warmen Lippen?

»Ich spüre eine gewisse Spannung in der Luft«, zischte Natrix mit neckendem Unterton. Ich ignorierte seinen Kommentar jedoch, war viel zu angespannt für eine Diskussion mit ihm. Immerhin schlichen Feinde direkt vor dem Eingang der Höhle umher.

»Hier ist ein tief reichender Felsvorsprung, aber ich kann nichts Auffälliges entdecken«, sagte derjenige mit der tiefen Stimme. Die schweren Schritte waren ohrenbetäubend in der Stille, doch alles, woran ich denken konnte, war Atlas. Wie konnte jemand, der so unsympathisch und kaltherzig war, nur solche angenehmen Lippen haben?

Quälende Sekunden verharrten die Schritte, ehe sie sich von uns entfernten.

Der Druck von Atlas' Mund verschwand genauso plötzlich, wie er gekommen war. Ich leckte mir flüchtig mit der Zunge über die Lippen, schmeckte der Süße der Beeren nach. Mit einem Schlag wurde mir der Grund für diesen Kuss bewusst. Atlas hatte mich damit zum Schweigen gebracht. Dieser Mistkerl! Es kostete mich alles an Selbstbeherrschung, ihn nicht von mir zu stoßen. Seine Hand ruhte noch immer an meinem Hals. Doch obwohl es mich wütend machte, dass er diese Grenze überschritten hatte, sah ich ein, dass er uns damit vermutlich das Leben gerettet hatte.

»Hältst du jetzt endlich den Mund?«, raunte er, und ich nickte. Das Letzte, was ich wollte, war, dass er mich erneut küsste und mich wieder dieses ungewohnte Gefühl überkam. Langsam zog er seine Hand zurück. Die Wärme seines Körpers war immer noch spürbar.

Minuten verstrichen, in denen ich nur seinen gleichmäßigen

Atem hörte. Als er sich irgendwann regte und den Abstand zwischen uns vergrößerte, rutschte ich ein Stück nach vorn.

»Ich glaube, sie sind weg«, flüsterte er.

Schlagartig fiel die Anspannung von mir ab. Der Lichtschein der Fackel war fort, weshalb kaum noch Licht zu uns drang. Vorsichtig richtete ich mich auf.

»Ich ... hab das eben nur getan, damit sie uns nicht finden.« Atlas warf mir einen entschuldigenden Blick zu.

»Das weiß ich«, entgegnete ich, doch ich brauchte jetzt dringend frische Luft, um einen klaren Gedanken zu fassen. Auf allen vieren krabbelte ich auf den Ausgang der engen Felsspalte zu. Wie hatte Atlas es bloß geschafft, mich hierhin zu befördern?

Darauf bedacht, mir nicht den Kopf anzustoßen, trat ich an den Rand des Felsvorsprungs.

»Wohin gehst du?«, fragte Atlas hinter mir.

»Ich schau nach, ob sie wirklich weg sind«, antwortete ich und entfernte mich ein Stück. Der kalte Wind und der Regen, die mir ins Gesicht wehten, fühlten sich wie kleine Nadelstiche auf meiner Haut an. Aber ich brauchte einen Moment für mich.

»Na, wen haben wir denn da?«, ertönte eine tiefe Stimme unmittelbar neben mir. Ehe ich mich umdrehen konnte, spürte ich eine Klinge an meinem Hals und einen starken Arm, der mich nach hinten zog.

»Ihr hättet eure Fußspuren besser verwischen sollen«, raunte er.

Das sieht gar nicht gut aus, Cahira.

Was du nicht sagst, Natrix, entgegnete ich genervt.

»Du lockst jetzt deinen königlichen Freund nach draußen. Und wehe, du spielst irgendwelche Spielchen«, sagte ein zweiter Mann, der bis eben in der Dunkelheit verharrt hatte. Seine Stimme klang schrill und unangenehm.

»Und was ist, wenn ich mich weigere?«, zischte ich.

Die Unbekannten schienen kurz überrascht von der Frage, doch dann spürte ich, wie sich die Klinge tiefer in meinen Hals drückte.

»Dann werden wir dich leider nicht als Druckmittel nutzen können, weil du tot sein wirst. Geduld ist keine meiner Stärken«, antwortete der Mann mit der unangenehmen Stimme.

Natrix, ich könnte deine Hilfe gebrauchen, sagte ich in Gedanken.

»Dann riskieren wir, dass Atlas mich sieht.«

Dich zu verbergen, bringt uns aber nichts mehr, wenn ich tot bin.

»Das stimmt auch wieder.«

Ich erwartete, dass Natrix sich manifestieren würde, um die beiden Männer zumindest lange genug abzulenken, damit ich mich bewaffnen konnte. Mein Schwert hatte Atlas mir nach meinem Sturz anscheinend abgenommen. Es musste irgendwo in unserem Unterschlupf liegen, wenn ich nur …

»Wird's bald?«, rief derjenige, der mir das Messer an die Kehle hielt. Er zog mich grob nach hinten, und ich unterdrückte einen Schmerzensschrei.

Natrix?

Ich spürte keinerlei Bewegung auf meiner Haut. Die Schlange schien sich tot zu stellen und mich meinem brenzligen Schicksal zu überlassen. Es blieb mir nichts anders übrig, als mich den Männern – zumindest dem Anschein nach – zu fügen.

»Atlas? Kommst du raus zu mir, damit wir da weitermachen können, wo wir vorhin aufgehört haben?«, rief ich in Richtung Höhle. Meine Stimme bebte, und innerlich betete ich, dass er merken würde, dass etwas nicht stimmte. Als ob ich ihn freiwillig noch einmal küssen würde – niemals!

Der Mann, der mir gegenüberstand, hob fragend eine Augenbraue, wartete jedoch gespannt auf eine Reaktion. Ich spürte anhand des Zitterns der Klinge, dass auch mein Angreifer ungeduldig wurde. Dann, wie aus dem Nichts, sprang Atlas aus der Deckung auf uns zu. Er hielt mein Schwert in der rechten Hand und einen kleinen Dolch in der anderen. Die Klingen glänzten im Schein des Mondes und der Sterne, die den Waldboden um uns herum erhellten. Das Überraschungsmoment nutzend, warf ich den Kopf nach hinten. Ein unangenehmes Knacken ertönte, woraufhin mein Angreifer die Klinge an meinem Hals sinken ließ. Ich riss mich los und drehte mich herum. Schwindel ergriff mich, und mein Kopf fühlte sich an, als würde er jeden Moment explodieren.

Atlas versuchte inzwischen, den anderen Mann zu entwaffnen. Er und sein Partner trugen gepanzerte Rüstungen. Wie die Angreifer bei dem Überfall auf die königliche Kutsche in Silvestria. Es war also keinesfalls Zufall, dass sie hier waren.

»*Ihr beide habt das gut im Griff. Ich wusste, dass ihr es schafft*«, sagte Natrix.

Ich unterdrückte einen Fluch, denn dass Natrix sich einfach tot gestellt hatte, obwohl ich in Gefahr gewesen war, machte mich mehr als wütend.

»Ihr werdet beide sterben!« Der Mann vor mir kam brüllend auf mich zu. Das Messer in seiner Hand hielt er auf Brusthöhe und ließ es schnell durch die Luft gleiten. Er war schon älter und hatte eine stämmige Statur, anders als der Mann, gegen den Atlas kämpfte. Er war in unserem Alter und trug sein dunkles Haar kurz. Auf der rechten Wange besaß er ein Feuermal, das sich bis zu seinem Hals zog. Er sah Atlas hasserfüllt an. Er wollte ihn tot sehen, so viel stand fest.

»*Wir brauchen ihn aber lebendig*«, zischte Natrix.

»Ich weiß, ich weiß«, murmelte ich. »Jetzt konzentriere ich mich erst einmal darauf, selbst zu überleben.« Aufgrund meiner Verletzung am Bein war ich langsamer als sonst, was mir einen großen Vorteil im Kampf gegen den Soldaten nahm. Dieser trat weiter auf mich zu. Panisch blickte ich mich um, suchte nach etwas, womit ich mich verteidigen konnte. Da entdeckte ich ein paar Schritte entfernt einen dickeren Ast auf dem Boden. Obwohl mein Bein pochte und die Angst in mir von Sekunde zu Sekunde zunahm, versuchte ich, einen klaren Kopf zu bewahren.

Ich hob den Ast auf, was dem Mann ein kehliges Lachen entlockte. Mit zittrigen Händen umklammerte ich den Stock fester, spürte, wie die lähmende Angst mir im Nacken saß. Mein Herz pochte wie wild. Doch ich wollte nicht sterben! Das Letzte, was ich jetzt durfte, war, Schwäche zu zeigen.

»Das wird dich nicht retten, Kleine«, dröhnte er. Uns trennten nur noch wenige Schritte voneinander.

Er holte mit dem Messer aus, und ich machte einen Ausfallschritt nach links, sodass er ins Leere stach. Ehe er sich zurückziehen konnte, zielte ich mit dem Ast auf sein Handgelenk. Das Messer fiel zu Boden. Seine Augen weiteten sich vor Überraschung. Diesmal fiel ihm wohl kein lässiger Kommentar ein. Der Typ mochte mir körperlich überlegen sein, aber mit meiner Wendigkeit und Schnelligkeit konnte er trotz meiner Verletzungen nicht mithalten. Erschöpft schnappte ich nach Luft, behielt den Mann jedoch im Blick.

»Ich kann dich auch mit meinen bloßen Händen zerquetschen«, sagte er selbstsicher.

»*Pass auf!*«, rief Natrix.

Wenn du die beiden erledigt hättest, wären wir jetzt nicht in dieser unangenehmen Situation, schimpfte ich.

Der Mann kam näher, versuchte, mich zu fassen zu bekommen.

Ich wich ihm aus und schlug mit dem Ast nach ihm. Doch das Holz zersplitterte. In meiner Hand blieb nur noch ein kleines Stück übrig.

Ich brauche eine Waffe!

Hinter mir ertönte ein Röcheln. Ein Blick nach hinten verriet, dass Atlas seinen Gegner von hinten am Hals gepackt hatte und ihm die Luft aus den Lungen drückte. Der Mann schlug mit den Händen nach ihm, doch Atlas' Griff war unnachgiebig. Offensichtlich hatte ihn der Soldat entwaffnet. Mein Schwert lag einige Meter entfernt von ihm auf dem nassen Waldboden.

Ich drehte den Kopf zurück. Der Mann vor mir schien meinem Blick gefolgt zu sein, denn er bewegte sich langsam in Richtung des herrenlosen Schwertes. Sofort rannte ich los. Das Adrenalin in meinem Körper ließ mich meine Schmerzen und die Angst vergessen.

Als das Schwert nur noch wenige Schritte von mir entfernt war, schmiss ich mich auf den Boden und rutschte über das nasse Laub. Ich griff nach dem Schwertknauf, bekam ihn zum Glück auf Anhieb zu fassen und drehte mich blitzschnell um. Der Angreifer war direkt hinter mir.

Ohne nachzudenken, holte ich aus und zielte mit der Klinge auf seine Brust. Der Hüne hatte nicht mehr genug Zeit, um auszuweichen. Er sackte sofort zu Boden, während Blut aus seinem Mund lief. Ich ließ das Schwert los, das im Körper des Mannes steckte. Mit zitternden Händen wischte ich das fremde Blut an meiner zerrissenen, dreckigen Hose ab.

Mein Körper brannte vor Anstrengung. Ich fiel auf die Knie und schnappte nach Luft.

Auch Atlas keuchte, schien mit seinen Kräften am Ende zu sein. Der leblose Körper seines Angreifers lag direkt vor ihm. Als sich unsere Blicke trafen, spendeten wir einander stummen

Trost. Dennoch vermischten sich die Regentropfen auf meinem Gesicht mit Tränen, sodass für einen Moment der dunkle Wald vor meinen Augen verschwamm. Ich wollte nicht weinen, nicht hier, nicht vor Atlas, doch dieser Kampf hatte etwas in mir zerbrochen.

»Alles ist gut, es ist vorbei«, sagte Natrix. Aber ich ignorierte ihn, weil er all das hätte verhindern können.

Atlas kam auf mich zu.

»Bist du verletzt?«, fragte er und klang seltsamerweise besorgt. Er kniete sich neben mich und berührte mich mit einer Hand sanft an der Schulter. Ich schüttelte den Kopf, weil ich nicht in der Lage war, zu sprechen. Äußerlich fehlte mir nichts, abgesehen von den Blessuren, die ich zuvor schon gehabt hatte. Innerlich jedoch … hatte mich der Kampf um Leben und Tod sehr mitgenommen. Es war eine Sache, im Kampf ausgebildet zu werden, eine vollkommen andere, das Gelernte im Ernstfall umzusetzen.

»Dann ist das also nicht dein Blut?«, hakte er nach.

Er riss ein Stück Stoff von seinem Hemd ab und wischte mir damit über das Gesicht. Ich zuckte kurz, ließ ihn jedoch gewähren. Als er den Arm mit dem Fetzen, der sich rot gefärbt hatte, sinken ließ, musterte er mich eindringlich. Ich wusste nicht, was ich sagen sollte. All meine Worte und Gedanken waren verschwunden.

»Komm, wir sollten von hier verschwinden«, sagte er und zog mich auf die Beine.

Ich wusste, dass ich diejenige sein sollte, die die Anweisungen gab. Aber ich konnte nicht. Weil ich in diesem Augenblick die Schwächere von uns beiden war. Und ich hasste mich dafür.

Atlas stützte mich, während wir zurück zu dem Vorsprung gingen, um unsere wenigen Habseligkeiten zu holen. Es dauerte wenige Minuten, bis er den Rucksack und die Umhängetasche gepackt hatte.

»Vielleicht haben wir Glück, und das Pferd streunt hier noch irgendwo herum. Aber wir müssen vorsichtig sein. Wo auch immer die beiden hergekommen sind, es gibt bestimmt noch mehr von denen.«

»Okay«, presste ich hervor, da mir selbst dieses eine Wort nur schwer über die Lippen kam.

Reiß dich zusammen, Cahira!, schalt mich eine Stimme in meinem Kopf, die zur Abwechslung nicht Natrix gehörte.

Doch ich ignorierte sie, genauso wie die Tatsache, dass ich Hilfe von dem Mann annahm, den ich eigentlich tot sehen wollte. Mit seinen starken Armen bewahrte er mich davor, auf den Boden zu fallen und dort liegen zu bleiben. Mein Vater hatte mal gesagt, dass es einem wahren Krieger schwerfiel, das Leben eines anderen Menschen zu nehmen. Töten war nichts, was es zu erlernen galt wie eine Sprache oder ein Instrument. Es war die schwierigste Entscheidung, die ein Mensch treffen konnte, und es zeugte von einem aufrichtigen Charakter, wenn einen diese Entscheidung zu Boden zwang. Wichtig war, sich nicht von dem Schuldgefühl und der Dunkelheit niederringen zu lassen. Ich musste wieder aufstehen …

Als die Sonne aufging und die gruseligen und verzerrten Schatten wieder zu harmlosen Bäumen wurden, hatten wir die Felshöhle weit hinter uns gelassen. Noch immer schwiegen wir, setzten beständig einen Fuß vor den anderen, um möglichst viel Strecke zurückzulegen. Natrix schwieg ebenfalls, und ich erwischte mich bei dem Gedanken, ob ich mir all das bloß einbildete. Vielleicht erwachte ich ja bald aus diesem Albtraum, fand mich in der kleinen Kammer in der silvestrischen Burg wieder, die ich mir mit meinem Freund aus Kindheitstagen teilte und den ich so sehr vermisste ...

Ich sorgte mich noch immer um Silas, und gerade in diesem Augenblick wollte ich ihn einfach nur fest an mich drücken und mit meiner Hand durch sein Haar wuscheln. Sein helles Lachen ertönte in meinem Kopf, und ich sah seinen freundlichen und strahlenden Blick vor meinem inneren Auge. Ich hoffte so sehr, dass Atlas die Wahrheit sagte und es Silas und den anderen Ferum gut ging.

Ich spürte, wie Natrix sich über meinen Rücken schlängelte, seinen Kopf auf meine Schulter legte und mit seiner Zunge meinen Nacken kitzelte, als wollte er sagen: Ich bin hier, du bist nicht allein. Nie mehr.

Ich wusste die tröstliche Geste zu schätzen, auch wenn ich immer noch sauer auf ihn war, weil er sich aus dem Kampf rausgehalten hatte. Natürlich wusste ich, dass er sich vor Atlas verborgen halten wollte und sich deshalb nicht manifestiert hatte, aber um ein Haar hätte mich dieser Soldat getötet, und der Schock saß tief.

»Dort scheint ein Weg zu sein«, sagte Atlas. Ich zuckte beim Klang seiner Stimme zusammen und bemerkte seinen fragenden Blick. Er wies mit der Hand nach vorn, und tatsächlich wirkte es so, als würde etwa zweihundert Meter vor uns ein Weg verlaufen.

Kurz darauf erreichten wir den geschotterten Pfad. Jetzt stellte sich jedoch die Frage, in welche Richtung wir gehen sollten. Atlas sah mich erwartungsvoll an. Ich blickte zum Himmel, suchte die Sonne und wies in Richtung Westen.

»Hier lang.« Meine Stimme klang seltsam fremd, und mein Hals fühlte sich rau an, wenn ich sprach.

Ich löste mich von Atlas und humpelte auf einen größeren Stein zu, um etwas zu verschnaufen.

»Vielleicht sollten wir neben dem Weg herlaufen, damit man uns nicht direkt sieht«, schlug ich vor. Das Letzte, was ich wollte, war eine weitere Konfrontation mit solchen Männern.

Atlas kam näher und setzte das Gepäck ab. Ich war mir unsicher, ob das Haar, das ihm im Gesicht klebte, vom Regen oder vom Schweiß feucht war. Der Himmel war erst vor Kurzem aufgeklart.

»Das klingt nach einem guten Plan. Noch so einen Angriff überstehen wir vielleicht nicht.« Er sah mir direkt in die Augen, und ich erwiderte seinen Blick. Atlas biss sich auf die Lippe, ehe er näher rückte und mir vorsichtig eine Hand auf die Schulter legte.

»Du hast dich vorhin gut geschlagen«, sagte er.

»Ich bin eine Kriegerin, wäre wohl auch schlimm, wenn nicht«, entgegnete ich so gefasst wie möglich.

Doch Atlas schien genau zu wissen, wie es in mir aussah. Sein sanfter, mitfühlender Blick sprach Bände.

»Das war ein Kampf um Leben und Tod. Das ist anders, als zu trainieren oder eine Wachschicht zu übernehmen. Diese Männer wollten uns umbringen. Das lähmende Gefühl, das einen in diesem Moment überkommt, heißt Todesangst. Und es ist in Ordnung, wenn auch du als Kriegerin das spürst. Ich versteh das … besser, als du denkst«, sagte Atlas.

Ich nahm seine Hand von meiner Schulter. Dabei zitterten meine Finger immer noch.

»Du willst mir erzählen, dass du schon öfter in solch einer Situation warst?«, fragte ich spöttisch. Ich wusste, dass er es nur gut meinte, mich nach dieser schrecklichen Begegnung aufmuntern wollte. Doch ich hasste Heuchler mehr als alles andere.

Atlas knöpfte sich das Hemd auf. Mit erhobener Braue sah ich ihm dabei zu, wie er seinen Oberkörper entblößte. Dann sprang er von dem Stein auf, auf dem wir saßen, und stellte sich, den Rücken zu mir gewandt, vor mich.

Mein Blick fiel auf die lange Narbe, die sich quer darüberzog.

»Siehst du das?«, fragte er. »Diese Narbe hat ein Messer hinterlassen, das mir ein Räuber in den Rücken gestoßen hat. Da war ich gerade einmal zwölf Jahre alt. Sie überfielen unsere Kutsche, als wir auf dem Weg zu einem der Außenposten waren, die mein Vater besuchen wollte. Sie töteten insgesamt sechs Soldaten, und ihre Schreie verfolgen mich noch heute in meinen Träumen.«

Er zog das Hemd wieder an und drehte sich zu mir herum. Atlas wirkte plötzlich so menschlich, so verletzlich. Alles, was ich sah, war ein junger Mann, der mir eines seiner Geheimnisse offenbart hatte.

»Ich dachte, er schneidet alles Lebensnotwendige aus mir heraus«, raunte er.

»Das ... klingt grauenvoll«, war alles, was ich erwidern konnte. Mit zwölf Jahren einen solchen Albtraum zu durchleben, musste schrecklich gewesen sein. Ich blickte auf meine zitternden Hände hinab und schämte mich für meinen Spott.

»Vielleicht solltest du das nächste Mal über deine Worte nachdenken, anstatt sie achtlos auf einen Menschen loszulassen. Ich mag kein Krieger sein, aber das heißt nicht, dass ich nicht weiß, was Leid oder Angst bedeuten. Ich hab in meinem Leben beides zur Genüge kennengelernt.«

Er trat näher an mich heran. Als ich den Kopf hob, nickte er mit Blick auf meine Hände.

»Das hört wieder auf. Gib deinem Körper ein wenig Zeit, das Geschehene zu verarbeiten. Du bist tough und steckst das locker weg, *kleine Kriegerin*«, sagte er, wobei er die beiden letzten Worte weicher betonte.

Nach der kurzen Pause bestand ich darauf, meinen Proviant wieder selbst zu tragen. Atlas reichte mir widerstandslos die Umhängetasche. Das Schwert, mit dem ich den Angreifer niedergestreckt hatte, baumelte jedoch immer noch an seinem Gürtel.

Er bemerkte meinen Blick und sah mich an. »Möchtest du es zurückhaben?«

Atlas zog das Schwert, an dem sich getrocknetes Blut befand. Er reichte mir den Griff, indem er die Klinge in seine Richtung hielt. Doch die Wahrheit war, ich wollte keine Waffe in den Händen halten. Noch nicht. Allein bei dem Gedanken, was ich mit diesem Schwert angerichtet hatte, stieg Übelkeit in mir empor.

Ehe ich antworten konnte, ertönte lautes Rattern und Hufgetrappel, das sich auf uns zubewegte.

»Los, schnell!«, sagte ich und hechtete durch das Gebüsch am Wegesrand. Atlas steckte die Klinge zurück und folgte mir. Wir hielten uns versteckt und warteten ab. Kurze Zeit später konnten wir einen Wagen entdecken, den zwei robuste hellbraune Pferde zogen. Auf dem Wagen saß ein Mann mit grauem Bart, der munter vor sich hin pfiff. Aus der Entfernung konnte ich nicht erkennen, was er geladen hatte, aber ich vermutete landwirtschaftliche Waren wie Rüben oder Kohl.

»Vielleicht kann er uns mitnehmen«, sagte Atlas mit Erleichterung in der Stimme.

»Hältst du das für eine gute Idee?«

Er sah erneut zu dem Weg. In Kürze würde der Mann an uns vorbeifahren, ehe er an der nächsten Biegung außer Sichtweite geriet.

»Du kennst die grobe Richtung, in die wir müssen, aber durch das Unwetter und den Angriff sind wir vom Weg abgekommen.

Und streite das jetzt bitte nicht ab. Dieser Mann kann uns zumindest ins nächste Dorf bringen, oder? Und von dort aus können wir den Weg nach Falconia erfragen. Außerdem sind wir beide kaum noch in der Lage, zu Fuß zu gehen.«

»Was ist, wenn wir den Mann in Gefahr bringen, weil er uns mitnimmt?«, fragte ich. Ich wollte unter keinen Umständen einen Unschuldigen in die Sache hineinziehen.

»Das wird nicht passieren. Die Männer sind tot, und es hat die ganze Nacht geregnet. Selbst wenn dort draußen noch mehr von ihnen sind, ist es ihnen unmöglich, uns zu folgen. Der Regen hat all unsere Spuren verwischt. Wir sind vorerst sicher und der Alte auch.«

»In Ordnung«, gab ich zögerlich nach. Wir kämpften uns durch die hochgewachsenen Gräser und Büsche zurück auf den Weg. Die Pferde des Wagens kamen direkt auf uns zu, als wir die Hände hoben. Der Mann hörte sofort auf zu pfeifen, stoppte den Wagen und blickte uns mit großen Augen an.

»Wir wollen Euch nichts tun«, rief Atlas sofort, und ich nickte zustimmend. »Man hat uns ausgeraubt und unsere Pferde gestohlen. Um ein Haar hätten die Angreifer uns getötet, aber wir konnten fliehen und sind die halbe Nacht durch den Wald geirrt. Wir wissen nicht, wo wir uns befinden.«

Überrascht stellte ich fest, dass Atlas alles andere als überheblich klang. Die Worte, die er wählte, ließen nicht einmal ansatzweise darauf schließen, dass er ein König war.

»Ihr tragt die Rüstung der silvestrischen Königsarmee«, brummte der Mann. Er fuhr sich mit der rechten Hand durch seinen langen grauen Bart, schien zu überlegen, was er mit uns zwei verirrten Seelen anfangen sollte.

»Wieso befindet ihr euch so weit westlich von der Hauptstadt?«, fragte er und sah mich an.

»Wir … sind auf dem Weg nach Falconia, um König Avriel eine wichtige Botschaft zu übermitteln«, antwortete ich.

Männern wie ihm konnte man nichts vormachen. Sie kannten diese grausame Welt, ihre Gefahren und die Lügen, die dieses fragile Gefüge zusammenhielten.

»Ihr seid nicht mehr weit von der Landesgrenze entfernt«, sagte er schließlich. Erleichtert atmete ich auf. Wir waren unserem Ziel also näher gekommen.

»Wenn ihr wollt, nehme ich euch mit nach Astrágia. Dort wird man euch sicherlich helfen können.« Er klopfte auf den Kutschbock.

»Einer von euch muss hinten auf dem Wagen Platz nehmen. Aber zerquetscht mir bloß nicht die Rüben! Die will ich noch verkaufen.«

Atlas und ich wechselten einen schnellen Blick.

»Astrágia ist der letzte große Posten vor der Grenze. Von dort aus ist es nicht mehr weit bis nach Falconia«, sagte ich leise zu ihm.

»Vielen Dank, wir nehmen das Angebot gern an«, antwortete Atlas dem Mann.

Er half mir, mich auf den schmalen Kutschbock zu setzen, während er selbst hinten auf dem Wagen Platz nahm. Der Mann musterte meine zerrissene Hose und die getrockneten Blutflecken. Sein Blick wurde weicher, und er schenkte mir ein müdes Lächeln.

»Ich heiße übrigens Arik«, sagte er und reichte mir seine schwielige Hand.

Ich griff danach, schenkte ihm ebenfalls ein Lächeln. »Mein Name ist Cahira.«

»Cahira, ein schöner Name.« Er ließ meine Hand los. »Und dein Freund?«

Ich zuckte bei dem Wort *Freund* innerlich zusammen.

»Wir … er …« Ich stockte kurz. »Wir sind keine Freunde«, sagte ich.

Arik sah uns skeptisch an.

»Wir sind verbrüdert, durch den Schwur der Ferum«, versuchte ich, die Situation zu retten.

»Mein Name ist Atlas.«

»Atlas, wie der Sohn des Königs«, schlussfolgerte der Alte.

»Ja, genau«, entgegnete Atlas, und ich hörte deutlich, wie sehr ihn das amüsierte.

KAPITEL 13

Die Fahrt nach Astrágia verlief zum Glück ohne Überfälle. Gemächlich ruckelte der alte Wagen über den unebenen Weg, während ich meine müden Knochen etwas ausruhte und meine wilden Gedanken sortierte. Arik pfiff wieder sein fröhliches Lied, während die Vögel erwachten und in das Lied einstiegen. Die Sonne strahlte durch das lichte Blätterdach über uns, und ich genoss die angenehmen Strahlen, die meine Haut trafen und meine kalten Glieder wärmten.

Es war das erste Mal, seit ich in der Schlangengrube aufgewacht war, dass ich richtig verschnaufen konnte. Müdigkeit überkam mich, was durch das monotone Klappern des Wagens verstärkt wurde. Deshalb dauerte es nicht lang, bis ich einnickte.

»Cahira? Wir sind fast da«, sagte jemand dicht an meinem Ohr, während meine Schulter sanft gedrückt wurde. Ich öffnete die Augen und sah mich blinzelnd um. Wir hatten den ruhigen Waldweg verlassen. Stattdessen fuhren wir eine große, befestigte Straße entlang, auf der sich viele Menschen tummelten. Leise gähnend streckte ich die Beine aus.

»Wie lange habe ich geschlafen?« Ich blickte über die Schulter zu Atlas. Er saß unmittelbar hinter mir.

»Fast die gesamte Fahrt über«, sagte er, klang aber nicht vorwurfsvoll. »Geht es dir besser?«

»Ich denke schon.«

Arik lenkte den Wagen auf das große Stadttor zu, das von zwei mächtigen Wachtürmen flankiert wurde. Astrágia war einer der größten Außenposten von Silvestria. Er wurde auch die Festung des Lichts genannt, weil er aus hellem sandfarbenen Stein erbaut worden war, der in der Sonne beinahe aussah wie Gold. Die Architektur war von falconischen Bauwerken inspiriert, denn bevor die Reiche sich voneinander entfernt hatten, waren in Astrágia auch falconische Soldaten postiert gewesen. Arik hielt vor den beiden Wachen an, die Atlas und mich aufmerksam musterten. Viele Menschen waren vor den Toren des Außenpostens unterwegs. Das Stimmengewirr vermischte sich mit dem lauten Rattern der Wagen und bildete so eine unangenehme Geräuschkulisse.

»Was ist der Grund deines Besuches?«, fragte der linke Soldat den alten Mann ruppig. Seine Stimme war laut, um den Lärm um uns herum zu übertönen.

Arik holte ein zerfleddertes Stück Papier hervor und reichte es ihm. »Handel, mein Herr.«

Der Soldat nickte, dann wandte er sich mir zu.

»Und wer seid ihr?«, fragte er und warf einen Blick zu Atlas.

»Wir sind Teil der Garde des Königs und haben eine wichtige Botschaft an König Avriel. Daher sind wir auf dem Weg nach Falconia.«

Er runzelte die Stirn und wechselte einen Blick mit seinem Kollegen, der bisher geschwiegen hatte.

»Und wieso reist ihr auf dem Rübenwagen eines armen Bauern hierher?« Der Tonfall des Soldaten war scharf. Es kostete mich sehr viel Beherrschung, ihm nicht genauso forsch zu antworten. Ich wollte gerade etwas sagen, als Atlas mir zuvorkam.

»Weil das viel komfortabler ist, als Ewigkeiten auf dem Rücken von zwei silvestrischen Kriegsrössern zu sitzen«, sagte er in spöttischem Tonfall.

Der Soldat versteifte sich. Seine Hand wanderte unweigerlich zu dem Knauf seines Schwertes, das er an seinem Waffengurt trug. Anscheinend fiel es auch Atlas schwer, sich zu beherrschen.

Atlas richtete sich auf. Seine gesamte Ausstrahlung veränderte sich, ehe er erneut sprach.

»Wir wurden brutal überfallen und angegriffen. Ohne diesen Mann hätten wir die Reise hierher niemals überstanden. Ich hoffe, ihr werdet ihn fürstlich für seine Hilfe entlohnen. Sonst muss ich dem Ferum-Kommandanten Morian Lyrelle berichten, wie unfähig die Soldaten dieses Außenpostens sind. Und jetzt seht besser zu, dass ihr euren Befehlshaber ruft, damit wir unseren Auftrag erfüllen können.« Atlas' Tonfall duldete keinerlei Widerworte. Die beiden Soldaten wurden blass.

»Wie lauten eure Namen?«, fragte derjenige, der bisher stumm geblieben war.

»Cahira Cade und Atlas ... B... Bane«, antwortete ich zögerlich.

Er nickte und eilte durch ein kleines Tor in der Mauer davon.

»Atlas Bane? Wirklich?«, zischte Atlas mir zu.

»Was hätte ich sonst sagen sollen? Etwa deinen richtigen Namen?« Die Frage des Soldaten hatte mich derart überrumpelt, dass ich kaum Zeit gehabt hatte, zu reagieren.

»Ich will keine Belohnung«, sagte Arik und lächelte mich gütig an. »Ihr wart in Not, und ich wäre sowieso hierhergefahren.«

Ich erwiderte das freundliche Lächeln. »Wir sind dir für deine Hilfe unendlich dankbar.«

Gemeinsam verabschiedeten Atlas und ich uns von Arik und stiegen vom Wagen.

»Besteht die Gefahr, dass irgendjemand dich hier als Prinz erkennt?«, flüsterte ich so leise wie möglich, damit der Soldat, der am Tor stehen geblieben war, nichts hörte.

»Ich glaube nicht«, sagte er schulterzuckend.

»Du *glaubst* nicht?«

Ehe wir unser Gespräch fortführen konnten, kam der andere Soldat zurück.

»Unser Kommandant ist gerade unpässlich, aber wir haben einen Stellvertreter, der mit euch sprechen kann«, keuchte er. Er führte uns durch das schmiedeeiserne Tor, das rechts neben dem großen Eingangstor für die Händler lag. Wir stiegen eine enge Wendeltreppe hinauf, bis wir die Spitze des rechten Wachturms erreicht hatten. Der Soldat blieb vor einer massiven, alten Holztür stehen und klopfte dreimal fest dagegen.

»Herein«, ertönte eine weibliche Stimme von drinnen.

»Sie erwartet euch bereits«, sagte er, machte kehrt und schritt die enge Treppe wieder hinunter.

»Ist der Stellvertreter etwa eine Frau?«, fragte Atlas mit großen Augen.

»Stell dir vor, es soll auch Frauen geben, die in der Lage sind, zu führen und zu kämpfen«, sagte ich bissig und öffnete die schwere Tür.

Der spärlich eingerichtete Raum wirkte wie eine kleine Kommandozentrale. Das große Fenster am Kopfende gewährte einen Blick auf die Zufahrtsstraße, wo sich Wagen an Wagen reihte. Direkt davor stand ein langer Tisch, auf dem eine Landkarte ausgebreitet war. Viele Pergamente lagen darum verstreut. An der linken Wand hing das silvestrische Banner. Im Vergleich zu denen in der königlichen Burg wirkte es alt und verblichen, aber das Wappentier war gut erkennbar. In der Ecke standen einige Regale, die mit dicken Folianten gefüllt waren, deren Staubschicht ich selbst von hier aus erkannte. Diese Bücher hatte schon lange niemand mehr in die Hand genommen.

»Seid gegrüßt, Ferum«, erklang die weibliche Stimme erneut. Ich drehte mich nach rechts. Dort saß eine Frau in einem purpurfarbenen Sessel, dessen Polster ebenfalls schon bessere Tage gesehen hatte. Ihr Haar, das beinahe weiß leuchtete, war zu einem Zopf gebunden, dessen Flechtung dicht an ihrem Haaransatz begann. Sie trug die charakteristische grüne Uniform der Stadtwache. Die goldenen Nähte und die Orden daran waren ein eindeutiges Zeichen dafür, dass sie einen höheren Rang bekleidete als die beiden Männer, die uns vor dem Stadttor begegnet waren. Sie musste eine Offizierin sein, wenn sie das stellvertretende Kommando über diesen Außenposten besaß.

»Mein Name ist Ardina Riday, stellvertretende Kommandantin dieses Außenpostens«, sagte sie ernst.

»Vielen Dank, dass Ihr uns empfangt«, antwortete ich und schritt auf sie zu. Mit ihren hellen braunen Augen beobachtete sie mich wachsam. Es war schwer, zu sagen, wie alt die Frau war, und sie strahlte eine solche Erhabenheit aus, dass ich nicht wagte, weiter darüber nachzudenken.

»Einer meiner Männer hat mir berichtet, dass Ihr auf dem Weg nach Falconia seid, um einen wichtigen Auftrag zu erfüllen.«

Sie musterte mich eindringlich, bevor sie in Atlas' Richtung blickte. Er stand im Türrahmen und schien unschlüssig zu sein, ob er den Raum betreten sollte.

»Wir haben eine wichtige Botschaft an König Avriel«, sagte er und trat näher.

»Eine Botschaft?«, hakte sie nach.

Atlas nickte. »Ganz genau.«

Sie griff nach ihrem Zopf und fuhr mit den Fingerspitzen über die fein säuberlich geflochtenen Strähnen.

»Das muss ja eine äußerst brisante Nachricht sein, wenn man deshalb sogar überfallen wird«, sagte sie. Ich war unsicher, ob sie mit uns sprach oder mit sich selbst.

»Wir wissen nicht, ob die Angreifer uns deshalb aufgelauert haben.« Atlas' Stimme klang unterkühlt.

»Hat diese Botschaft zufällig etwas mit dem kürzlichen Tod des Königs zu tun?«

Atlas und ich tauschten einen Blick miteinander.

»Wir dürfen niemandem mitteilen, worum es genau geht. Wir haben es geschworen«, sagte ich und hoffte, dass sie es dabei belassen würde.

»Ach ja, ihr Ferum und eure albernen Schwüre.« Sie machte eine wegwischende Geste mit ihrer linken Hand. Offenbar hielt sie nicht viel von den Bräuchen der königlichen Garde. »Wir sind besorgt, wie sicher der Frieden mit Falconia ist, jetzt, wo König Harkon tot ist. Daher ist mein Kommandant mit einigen Soldaten an die Grenze geritten. Wir wollen sichergehen, dass Falconia sich weiterhin an das Friedensabkommen hält. Ich kann aufgrund der angespannten Lage keine Männer entbehren, aber ich kann Euch zumindest zwei Pferde geben und Euren Proviant aufstocken, damit Ihr weiterreisen könnt.«

»Wir wissen Eure Großzügigkeit zu schätzen«, entgegnete ich.

Ardinas strenger Blick wurde von einem feinen Lächeln aufgelockert, das ihre Mundwinkel umspielte. »Um sicherzugehen, dass Ihr auch diejenigen seid, für die Ihr Euch ausgebt, möchte ich noch Eure Namen überprüfen.« Für einen Augenblick herrschte unangenehme Stille im Raum.

»Wozu denn das?«, fragte Atlas.

»Es ist eine reine Vorsichtsmaßnahme. Es ist mir neu, dass es eine Frau in die Riege der Ferum geschafft hat, und nur weil man eine Uniform der königlichen Garde trägt, heißt das nicht, dass man auch dazugehört. Wir bekommen regelmäßig Nachricht darüber, wer Teil der Garde ist, und bewahren die Liste auf, um Betrüger zu entlarven.«

»*Das könnte sich zu einem Problem entwickeln*«, sagte Natrix. Ich zuckte beim Klang seiner Stimme zusammen. Hoffentlich hatte das niemand bemerkt. Er war so lange still gewesen, dass ich beinahe vergessen hatte, dass er da war. Schnell richtete ich meine Aufmerksamkeit wieder auf die Frau vor mir.

»Das verstehen wir natürlich«, sagte ich und versuchte, meine Nervosität zu kaschieren. »Wir sind erst seit der letzten Initiation Teil der Ferum.«

Ich konnte der Kommandantin nicht verübeln, dass sie uns für Hochstapler hielt. Wir wirkten abgekämpft und müde. Unsere dreckigen Rüstungen waren löchrig, und wir trugen nicht einmal Waffen aus dem typischen silvestrischen Stahl bei uns. Es war verständlich, dass sie glaubte, wir hätten Soldaten überfallen und deren Kleidung gestohlen. Und streng genommen war das ja auch der Fall.

»Und dann beauftragt man ausgerechnet Euch Neulinge mit dieser wichtigen Sondermission? Dann habt Ihr ja anscheinend mächtig Eindruck hinterlassen.« Ihr Tonfall klang skeptisch, doch noch schien die Situation nicht gekippt zu sein.

»*Noch*«, zischte Natrix leise.

Ich überlegte, wie wir aus der Nummer rauskamen, ohne uns das nächste Problem aufzuhalsen.

Die Kommandantin erhob sich und schritt zu dem großen Tisch. Sie schob einige Papierstücke hin und her, bis sie offenbar das richtige gefunden hatte.

»Hier habe ich die neuste Liste«, sagte sie und schritt auf uns zu. Mein Blick fiel auf ihr Schwert, dessen goldene Scheide mit wunderschönen Ornamenten verziert war.

Atlas war mittlerweile näher gekommen und hatte sich dicht neben mich gestellt.

»Also, wie heißt Ihr zwei noch mal?« Sie musterte uns abwartend.

»Mein Name ist Cahira Cade.«

»Cade, wie Orion Cade? Der ehemalige Leibwächter von König Harkon?«

Ich nickte. »Orion war mein Vater.«

»Sein Name ist im ganzen Reich bekannt. Ich wusste nicht, dass er eine Tochter hatte«, sagte sie. In ihren Worten schwang erstaunlicherweise ein Funken Anerkennung mit. Sie blickte auf die Liste und nickte kurz darauf.

»Und der Name Eures Freundes?«

»Sein Name lautet Silas Dessai«, sagte ich schnell, bevor Atlas mir zuvorkam. Er kannte keinen der anderen Ferum beim Namen, und auch wenn sich alles in mir sträubte, ihn ausgerechnet als Silas zu tarnen, war es die einzige Möglichkeit, der Kommandantin zu beweisen, dass wir die Wahrheit sprachen.

»Silas Dessai.« Sie fuhr mit dem Finger die Liste entlang. »Da haben wir ihn ja«, murmelte sie.

Erleichtert blickte ich zu Atlas, dessen Miene nicht erkennen ließ, was in ihm vorging.

»Allerdings ist das schon irgendwie eigenartig.« Ardina blickte auf. »Wenn ich mich recht erinnere, hat mein Soldat Euch bei mir mit dem Namen Atlas Bane angemeldet.«

»*Sie hat euch durchschaut*«, zischte Natrix.

Ich ignorierte seine Worte, klammerte mich an die Hoffnung, dass wir heil aus der ganzen Situation herauskommen würden.

»Das ist in der Tat eigenartig«, entgegnete Atlas. »Das würde ja bedeuten, dass ich meinen eigenen Namen nicht kenne. Vermutlich hat Euer Bote sich nur verhört. War immerhin ziemlich laut bei dem vielen Trubel da unten.« Er lächelte arrogant und streckte seine Brust vor, was ihn einfältig wirken ließ. Er spielte Theater, was ihm vortrefflich gelang. Die Kommandantin schien ihn zwar alles andere als sympathisch zu finden, denn sie kräuselte kaum merklich die Lippen und spannte sich an, aber sie nickte.

»Wenn dem so ist, hätten wir das ja geklärt.« Sie legte das Pergamentstück zurück auf den Tisch.

»Folgt mir zu den Ställen. Wenn Eure Mission so wichtig ist, wie Ihr sagt, habt Ihr schon genug Zeit verloren.«

Sie schritt an uns vorbei durch die Tür, und wir folgten ihr in einigem Abstand die enge Wendeltreppe hinunter. Ich spürte, wie Natrix sich von meinem Rücken über meine Schulter bis zu meinem linken Oberarm schlängelte. Seine Bewegungen kitzelten, und ich versuchte, so unauffällig wie möglich mit meiner Hand über die Stellen zu reiben, über die er gerade schlängelte.

Was soll das werden, wenn es fertig ist?, fragte ich ihn.

»*Es ist langweilig, immer an derselben Stelle zu verweilen*«, antwortete er.

Wie ist das eigentlich, wenn du ... na ja, auf mir bist? Kannst du tatsächlich etwas sehen, wenn die Kleidung dich bedeckt?

Unwillkürlich dachte ich an das Unwetter und die vergangenen Kämpfe. Natrix hatte mich oft gewarnt.

»*Ich habe dir ja gesagt – wir sind eins. Ich sehe alles, was du siehst. Manchmal sogar mehr. Aber jetzt ist wohl kaum der richtige Zeitpunkt, um darüber zu reden.*«

Natrix verharrte endlich in einer Position, und ich konnte mich wieder auf meine Umgebung konzentrieren. Am Ende der Treppe führte die Kommandantin uns durch einen schmalen, dunklen Gang. Atlas lief dicht hinter mir.

Gemeinsam betraten wir einen Vorplatz, auf dem sich viele

Menschen tummelten. Es war laut und unruhig, da sie durcheinanderriefen und die vollgepackten Wagen über den gepflasterten Weg bewegten. Alle, denen der Einlass in den Außenposten gewährt wurde, mussten hierdurch, um zu ihrem Ziel zu gelangen. Doch obwohl die Soldaten sie bereits am Tor kontrolliert haben mussten, wimmelte es nur so von Uniformierten.

Wir liefen an einer Gruppe Soldaten vorbei, die sofort Haltung annahmen, als sie ihre Kommandantin erblickten. Sie nickte ihnen zu, während die Soldaten Atlas und mich kritisch beäugten. Waren Ferum hier nicht gern gesehen?

»*Irgendetwas stimmt nicht*«, sprach Natrix das aus, was auch mir durch den Kopf ging.

Mein Blick fiel auf die Stallungen, die sich links von uns befanden. Doch Ardina führte uns nach rechts.

»Glaubst du, sie führt etwas im Schilde?«, flüsterte Atlas.

»Schwer zu sagen. Ich glaube, sie denkt, dass *wir* etwas im Schilde führen.«

»Dann hat sie ein gutes Bauchgefühl«, entgegnete Atlas.

Aus dem Augenwinkel bemerkte ich die Soldaten von eben, die uns folgten, während wir uns über den Vorplatz bewegten. Händler schoben sich mit ihren Wagen Schritt für Schritt vorwärts, um durch eines der drei Tore zu gelangen, die in den Stadtkern führten.

»Um uns herum sind verdammt viele grüne Punkte«, stellte Atlas fest.

»*Sie kesseln euch ein. Macht, dass ihr da wegkommt!*«

Ardina blieb abrupt stehen. »Ich fürchte, Ihr seid nicht diejenigen, für die Ihr Euch ausgebt. Wir wissen vom Attentat auf das Königspaar. Die Täter sind weiterhin auf der Flucht, und auch wenn Ihr zwei nicht so wirkt, als wärt Ihr zu solch einem ausgeklügelten Anschlag in der Lage, werden wir Euch sicherheitshalber festnehmen. Soll Morian entscheiden, was er mit Euch macht.«

Atlas entfuhr ein Lachen, und auch wenn das der denkbar schlechteste Moment dafür war, empfand ich die Situation als genauso grotesk.

»Ergreift sie«, rief Ardina, und schlagartig brach Chaos aus.

Die umstehenden Menschen stoben auseinander, um den Soldaten Platz zu machen, die auf uns zuhechteten. Da packte Atlas meine Hand und zog mich mit sich. Gemeinsam rannten wir durch die einzige Lücke, die die Soldaten uns gelassen hatten, auf eines der Tore zu, die tiefer in den Außenposten führten.

»Ich war schon einmal hier«, rief Atlas.

»Ach ja?«

Atlas nickte. »Vor zwei Jahren. Im Rahmen meiner militärischen Ausbildung«, erklärte er, und ich keuchte. Vor uns kam ein großer Wagen zum Stehen, der uns den Weg abschnitt. Atlas ließ sich kurzerhand zu Boden fallen und zog mich mit sich. Meine Schulter brannte, und er ließ meine Hand los, damit wir unter dem Wagen hindurchkriechen konnten. Ich riskierte einen kurzen Blick nach hinten, wo uns die Soldaten dicht auf den Fersen waren. Auf der anderen Seite des Wagens richtete sich meine Aufmerksamkeit auf die eigentliche Stadt. Astrágia war lange Zeit nur ein militärischer Außenposten gewesen. Doch je mehr Soldaten hierher versetzt worden waren, desto mehr Menschen siedelten sich an, bis sich daraus in Windeseile eine pulsierende Stadt entwickelt hatte.

»Komm schon, wir müssen weiter.« Atlas griff erneut nach meiner Hand.

»Ich kann allein laufen!«

Doch er hielt mich fest und zog mich nach links durch dichtes Gestrüpp. Die Dornen zerkratzten mir das Gesicht.

»Wo führst du mich hin?«, fragte ich.

»Hier muss irgendwo ein Tor sein, das wieder zum Vorplatz führt«, keuchte er.

Hektisch sah ich mich um. Den Soldaten war entgangen, dass wir uns in das Gestrüpp geflüchtet hatten, was uns einen kleinen Vorsprung verschaffen sollte.

»Du willst also wieder zurück?«, hakte ich nach.

»Ganz genau. Solange die Soldaten uns in der Stadt suchen, können wir uns vielleicht zum Stall schleichen, ein Pferd stehlen und endlich nach Falconia flüchten.«

Wir kämpften uns weiter durch die dicht gewachsenen Büsche, während wir uns an die warme sandsteinfarbene Mauer pressten.

»Bist du dir sicher, dass es hier einen Ausgang gibt?«, fragte ich, als immer noch kein Tor in Aussicht war. Atlas blieb stehen und wandte sich zu mir herum. Auch ihm hatten die Dornen das Gesicht zerkratzt. Feine rote Linien überzogen seine rechte Wange.

»Einige der Soldaten benutzten damals dieses alte Tor, um sich aus der Stadt zu schleichen.«

»Wieso sollten Soldaten das tun? Sie können doch einfach durch das große Tor gehen, wenn sie wollen.«

Atlas' Mundwinkel zuckten nach oben. Der verschmitzte Gesichtsausdruck ließ ihn jünger und weniger verbissen wirken. »Weil alle Soldaten des Königs sich uneingeschränkt auf ihre Pflichten konzentrieren sollen. Ablenkungen sind hier nicht gern gesehen. Durch den versteckten Zugang können sie sich abends auch anderweitig vergnügen als nur mit einem Krug Bier.«

Hitze schoss mir ins Gesicht, als ich begriff, was er damit andeutete.

»Und plötzlich ist sie ganz die Unschuldige«, neckte er mich.

Wir kämpften uns weiter durch das Buschwerk, bis wir tatsächlich auf ein altes eisernes Tor stießen.

»Aber dann wissen die Soldaten doch hiervon«, sagte ich ungläubig.

»Ja, einige schon. Nur wissen sie ja nicht, dass ich es weiß.« Er zwinkerte und suchte mit den Händen die Mauer ab. Ich drehte mich immer wieder um, aus Angst, dass plötzlich die Soldaten erschienen.

»Hab ihn.« Atlas zog einen losen Stein aus der Mauer. Darunter lag in einer kleinen Kuhle ein Schlüssel versteckt, den er an sich nahm.

Er öffnete behutsam das Tor, und wir schlüpften hindurch. Auf der anderen Seite verdeckten uns ebenfalls wuchernde Pflanzen. Atlas sperrte das Tor leise hinter uns zu und legte den Schlüssel zurück an seinen Platz, ehe er den Stein wieder so in das Loch setzte, dass das Geheimversteck auf den ersten Blick nicht auffiel. Gebückt schlichen wir uns zu einer Hauswand, wo er um die Ecke spähte.

»Dort sind immer noch einige Soldaten«, sagte er. »Und wir sind in unseren Uniformen nicht gerade unauffällig.«

»Daran lässt sich jetzt nichts ändern. Wir bleiben einfach in Deckung. Sobald wir die Stallungen erreicht haben, schnappen wir uns zwei Pferde, und dann machen wir, dass wir hier wegkommen«, flüsterte ich.

Atlas ging voraus, und ich folgte ihm. Weiterhin gebückt tasteten wir uns voran, bis uns nur noch eine Ecke von unserem Ziel trennte. Atlas wollte gerade loslaufen, als ich einen Soldaten entdeckte, der direkt auf uns zukam. Ich griff nach seiner Uniform und zog ihn mit aller Kraft wieder in Deckung. Er öffnete den Mund, um zu protestieren. Da drückte ich mir den Finger an die Lippen, um ihm zu symbolisieren, dass wir ruhig sein sollten. Die Schritte des Soldaten kamen näher. Er blieb kurz stehen, und das Schwert, das er an seinem Gurt trug, klimperte leise. Nach einigen Atemzügen entfernte er sich mit gleichbleibenden Schritten wieder von uns. Ich atmete erleichtert auf.

»Jetzt aber«, flüsterte Atlas und erhob sich. Wir schoben uns hintereinander an der Mauer entlang, schlichen uns durch die angelehnte Stalltür. Der Geruch nach Heu und Pferdeäpfeln empfing uns, doch zu unserem Glück schien keine Menschenseele hier zu sein.

Viele Boxen waren leer. Der Hauptkommandant des Außenpostens war wohl tatsächlich mit einigen Soldaten unterwegs. Erst im hinteren Teil des Stalls entdeckten wir einige Pferde, die uns neugierig musterten. Passendes Zaumzeug hing neben ihnen an einem Haken. Ich drehte mich um die eigene Achse und sah mich genauer um.

»Hast du irgendwo Sättel entdeckt?«, fragte ich Atlas.

»Nein, aber sie müssen ja irgendwo sein. Such du weiter. Ich hol schon mal ein Pferd aus der Box und lege ihm Zaumzeug an.« Kurz dachte ich darüber nach, ob wir auf den Luxus eines Sattels verzichten sollten. Doch Atlas war immer noch verletzt. Zudem wussten wir nicht, was uns noch erwartete, sodass wir sicherer waren, wenn wir unsere Reise mit einem gesattelten Pferd fortführten.

Ich ging weiter durch den riesigen Stall. In einer kleinen abgetrennten Kammer befanden sich unzählige Sättel und Decken. Schnell schnappte ich mir alles, was ich brauchte, und lief zurück. Atlas hatte bereits eine dunkelbraune Stute aufgezäumt. Als er mich sah, kam er sofort auf mich zu und nahm mir den schweren Sattel ab, um ihn dem Pferd anzulegen. Plötzlich ertönte ein lautes Quietschen, und es wurde schlagartig heller im Stall.

»Scheiße, sie kommen!« Ich sah mich nach einem Ausweg

um. Doch der einzige Weg hinaus führte durch die Tür. Atlas zog die letzten Gurte fest, ehe er sich mit einer kontrollierten Bewegung in den Sattel schwang.

»Komm hoch!«, rief er mir zu und reichte mir seine Hand.

»Die Eindringlinge sind hier! Lasst sie nicht entkommen!«, drangen die Rufe der Soldaten zu uns.

Ich blickte zu ihnen, dann zu Atlas. Ein Pferd musste wohl oder übel ausreichen. Ich griff nach seinen Fingern, und er zog mich mühelos in den Sattel.

»Halt dich fest«, sagte er, ehe er beide Zügel umfasste und direkt auf die Soldaten zuritt. Schnell schlang ich die Arme um seine Körpermitte und schmiegte mich dicht an seinen Körper, um nicht von dem riesigen Tier zu fallen. Das Pferd preschte gnadenlos auf die Männer zu, die ihm im letzten Moment auswichen.

Außerhalb des Stalls beäugten uns die umstehenden Menschen teils ängstlich, teils kritisch. Sicherlich hielten sie uns für Diebe oder Mörder, die vor dem silvestrischen Gesetz flüchteten. Vielleicht hielten sie uns sogar für die Attentäter, die das Königspaar ermordet hatten. Doch das Pferd gehörte der Krone, und die Krone ... gehörte Atlas.

Der lenkte das Pferd zu dem Tor, durch das wir den Außenposten betreten hatten. Ein schmaler Bereich wurde für diejenigen freigehalten, die um diese Uhrzeit nicht in die Stadt hinein, sondern hinauswollten. Genau das war unser Glück, ansonsten hätte es für uns kein Entkommen gegeben. Kurz bevor wir den Ausgang erreichten, stellte sich uns einer der Wachleute in den Weg.

»Stehen bleiben, im Namen des Königs!«, rief er uns entgegen.

Ich spürte, dass das Pferd unruhig wurde, doch Atlas hielt es in der Spur. »Zur Seite!«, schrie er drängend.

Er wusste genauso gut wie ich, dass es nur zwei Optionen gab, wenn der Soldat stehen blieb. Entweder würde das Pferd ihn niedertrampeln, oder das Tier würde bremsen und uns abwerfen.

Ich drehte meinen Oberkörper zur Seite, um sehen zu können, was vor uns passierte.

Im letzten Moment, kurz bevor die Hufe des Pferdes den Soldaten erfasst hätten, sprang er doch noch zur Seite und machte uns so den Weg frei. Das Pferd preschte mit donnernden Hufen an ihm und den Wartenden vor dem Eingangstor vorbei, die uns mit großen Augen anstarrten.

Wir ließen Astrágia hinter uns und verschwanden in den Schutz des dichten Waldes. Falconia war nur wenige Stunden entfernt, und mit etwas Glück würden uns nur ein paar Soldaten verfolgen, weil sie den Stützpunkt weiterhin sichern mussten.

KAPITEL 14

Das dort oben ist Falconia.« Atlas wies mit der Hand auf die Stadt, die direkt vor uns lag. Wir befanden uns auf einem Vorsprung, der uns einen spektakulären Blick auf das Schloss gewährte.

»Wie ist das möglich?«, fragte ich ungläubig. Falconia befand sich buchstäblich in einer Felswand.

»Ich weiß es nicht, auch wenn es einige Geschichten darüber gibt, wie das Schloss erbaut wurde.«

»Wie meinst du das? Wie lauten diese Geschichten?«

Atlas drehte sich zu mir herum und musterte mich mit einem skeptischen Blick. »Das sind nur alberne Kindergeschichten. Ich glaube nicht an solche Dinge.«

»Was meinst du mit *solche Dinge*?«

Er atmete hörbar aus, wobei sein entspannter Gesichtsausdruck der arroganten und genervten Miene Platz machte, die er viel zu oft zur Schau stellte. Wie konnte es sein, dass er einerseits so ein warmes, offenes Lächeln besaß, aber ständig nur diese kalte Seite von sich zeigte? Wollte er alle anderen Menschen auf Abstand halten?

»Na, dieses ganze Magiezeugs. Angeblich gab es gigantische

Falken, mit deren Hilfe dieses Schloss aus Stein gemeißelt wurde. Ein mächtiger Zauber soll den gesamten Berg vor Feinden schützen. Die Menschen behaupten, dass Falconia seit der Erbauung nur deshalb unerobert geblieben ist. Aber wenn du mich fragst, ist es eher die Lage, die das Schloss uneinnehmbar macht. Der Weg zum einzigen Eingangstor ist steinig und steil. Man sieht jeden, der die Stadt erreichen will, schon aus großer Entfernung. Ein Attentat wie in unserer Burg ist dort unmöglich.«

»*Das ist nur die halbe Wahrheit*«, meldete Natrix sich zu Wort. »*Es gibt mehr als einen Weg hinein.*«

»Waren die Falken Seelentiere?«, fragte ich und bereute meine Worte sofort. Sie galten eigentlich Natrix, doch zum Glück bemerkte Atlas nichts davon.

»Bitte sag mir jetzt nicht, du glaubst an diesen Unsinn? Das sind doch bloß Geschichten, die die Leute sich ausgedacht haben, um quengelige Kinder bei Laune zu halten.«

»*Er ist noch einfältiger, als er aussieht. Und mit seinem verbissenen Gesichtsausdruck ist es noch schlimmer.*«

Ich verkniff mir ein Lächeln.

»Was ist daran so lustig?«, nörgelte Atlas.

»Nichts. Ich dachte nur, du wärst etwas empfänglicher für solche Geschichten, wo du doch Teil der Königsfamilie bist.«

Atlas ging hinüber zu dem Pferd, das wir an einem toten Baum angebunden hatten, und löste den Knoten.

»Wie kommst du darauf?«, fragte er gereizt. Das Thema schien ein wunder Punkt für ihn zu sein.

Ich ließ meinen Blick über den wolkenlosen blauen Himmel schweifen, der das Felsenschloss nur noch unwirklicher erscheinen ließ. Ein Falke tauchte über den Baumwipfeln auf, und sein unverkennbarer Schrei schallte zu uns herüber.

»Silvestria feiert unzählige Feste im Namen der Wildkatzen.

Dein Vater glaubte also an die Magie der Seelentiere, oder? Zumindest wirkte es auf die Menschen im Land so.«

Atlas streichelte das Fell des Pferdes und blickte ebenfalls in die Ferne. Er schien mit sich zu hadern, ob er das Gespräch fortführen sollte.

»Ich bin nicht mein Vater«, war alles, was er antwortete. Dann schwang er sich in den Sattel und bedeutete mir, ebenfalls aufzusitzen. Dazu reichte er mir seine Hand und zog mich hinauf. Die Erinnerung an seinen Vater schmerzte ihn sicherlich. Durch all die Geschehnisse hatte ich nie einen Gedanken daran verschwendet, dass Atlas seine Eltern verloren hatte und nun allein war. Sogar sein Zuhause hatte er verlassen, weil er in den Mauern einen Verräter vermutete, und er hatte niemanden, mit dem er darüber reden konnte. Ich konnte seine Gefühle gut nachvollziehen. Auch ich vermisste jemanden und fühlte mich einsam. Silas' Ratschläge und Unterstützung fehlten mir in dieser schweren Zeit mehr als alles andere. Er war wie ein großer Bruder für mich, dabei war er nur wenige Wochen älter als ich.

Atlas lenkte das Pferd den schmalen Pfad entlang, der von Geröll und trockener Erde bedeckt war. Es war unglaublich, dass uns vor wenigen Stunden ein unbarmherziger Regenschauer überrascht hatte. Hier sah es so aus, als hätte es seit Wochen nicht geregnet. Die Sonne schien hell am Horizont und brannte unangenehm auf dem Leder der schwarzen Uniform. Die Reiche waren genauso unterschiedlich wie die Tiere, die deren Wappen zierten. Falconia wurde im Volksmund auch das Sonnenreich genannt. Alles hier strahlte eine gewisse Wärme aus.

»Halt dich besser fest, das Gelände hier ist unwegsam«, sagte Atlas. Wie aufs Stichwort buckelte das Pferd, und ich schwankte gefährlich auf seinem Rücken, weil ich mich nicht erneut an Atlas klammern wollte. Widerwillig fasste ich dann doch mit beiden Händen an seine Hüften. Ich spürte deutlich, wie Atlas' Körpermitte sich versteifte. Auch er fühlte sich offensichtlich unwohl dabei, mir derart nah zu sein. Kein Wunder, wenn man bedachte, dass er mich hässlich und nervtötend fand. Dennoch hatte er mir das Leben gerettet ...

Der Weg wurde immer steiler und das Pferd langsamer. Deshalb entschieden wir uns, abzusteigen und zu Fuß weiterzugehen. Atlas ging voran, und ich folgte ihm, das Pferd an den Zügeln führend.

»Wir sind bald da«, sagte er, und ich blickte nach oben. Bei genauerem Hinsehen waren bereits Soldaten erkennbar, die uns auf unserem Weg beobachteten. Ein heller Schrei zerriss die Luft. Als ich den Kopf hob, entdeckte ich mehrere Falken, die direkt über uns flogen, als würden sie uns bewachen.

»Das ist ja mal gar nicht gruselig«, sagte ich leise.

»*Die Augen der Falken sind überall.*«

Ja, genauso wie deine Kommentare.

Natrix schlängelte sich über meinen Bauch. Ich musste mir ein Glucksen verkneifen, weil seine Bewegungen kitzelten. Ich rieb mir mit der Hand über die Uniform, um das kribbelige Gefühl zu vertreiben.

Atlas befand sich weiter vorn auf dem Pfad, als Hufgetrappel erklang. Eine Schar aus mehreren Reitern preschte direkt auf uns zu. Sie schienen keinerlei Probleme mit dem schmalen Abhang zu haben. Doch sie waren auch an dieses Gelände gewöhnt. Ihre Tiere sahen schlanker und wendiger aus als unseres. Das Fell verschmolz förmlich mit der Farbe des sandigen Steins um uns herum.

Atlas blickte zu mir, und ich schloss schnell zu ihm auf. Unser Pferd tänzelte auf und ab. Ich hatte Mühe, es festzuhalten, weshalb Atlas mir half und mir dabei ein sanftes Lächeln schenkte. So gefiel er mir deutlich besser. Dabei sollte er mir eigentlich überhaupt nicht gefallen …

»Sind das falconische Soldaten?«, fragte ich.

Atlas nickte. »Sieht ganz danach aus. Überlass das Reden am besten mir.«

Ein Teil von mir wollte protestieren, doch ein anderer war gespannt darauf, wie Atlas den Soldaten entgegentreten würde. Er hatte mich schon einige Male mit seiner offenen Art überrascht, die er Arik oder den Menschen im Dorf Pirka entgegengebracht hatte. Jetzt würde er wieder in die Rolle des Thronerben schlüpfen, und mir war nur allzu bewusst, dass mir diese nicht sonderlich gefiel.

Die Reiter hielten nur wenige Schritte von uns entfernt an. Sie trugen die gleiche dunkelbraune Lederrüstung wie die Gäste in Silvestria. Die blauen Federn wirkten im Sonnenlicht noch viel ausgefallener, und die Symbole, die drei der sechs Männer im Gesicht trugen, verliehen ihnen etwas Mysteriöses. Vermutlich symbolisierten sie eine Art Rangfolge bei den Kämpfern.

Der vordere Soldat stieg von seinem Schimmel und kam auf uns zu. Bei genauerem Hinsehen kam er mir bekannt vor – es war der Leibwächter des Königs, dem ich bereits kurz in Silvestria begegnet war. Für einen Moment sah ich Atlas vor mir, wie er gemeinsam mit König Harkon und Avriel in dem Besprechungsraum verschwunden war, vor dem ich so lange hatte ausharren müssen. Der Leibwächter sah erst mich, dann Atlas mit großen Augen an.

»König Atlas?«, fragte er überrascht.

»Seid gegrüßt.« Atlas streckte seltsam steif seine Hand aus. Der Mann griff danach und schüttelte sie.

»Was macht Ihr hier draußen, ganz ohne den Schutz Eurer Soldaten? Wurde die Burg etwa erneut angegriffen?«

Atlas und ich tauschten einen Blick miteinander. Ich war neugierig auf seine Erklärung, weshalb ich schwieg und abwartete.

»Nein, nein. Alle in Silvestria sind wohlauf. Ich habe nur meine Leibwächterin an meiner Seite, weil ich ihr am meisten in dieser schwierigen Situation vertraue.« Er wies mit einer kurzen Handbewegung in meine Richtung. Ich sah die Soldaten ausdruckslos an, die die Brauen hoben. Offensichtlich waren sie nicht sonderlich von meinem Können überzeugt.

»So wie ihr zwei ausseht, ist die Skepsis auch mehr als berechtigt.«

So sieht man nun einmal aus, wenn man dem Tod mehrfach knapp entkommen ist, entgegnete ich schnippisch.

»Ich erinnere mich an das Mädchen«, sagte der Leibwächter.

»Das *Mädchen* hat einen Namen.« Mit erhobenem Kinn ging ich einen Schritt auf ihn zu.

»Entschuldigt, ich wollte nicht unhöflich sein. Es ist nur eigenartig, dass der König allein mit seiner Leibwächterin den weiten Weg von seiner Burg zum falconischen Schloss auf sich nimmt, und das ohne eine Vorankündigung.«

»Ich muss dringend mit König Avriel sprechen. Könnt Ihr uns zu ihm bringen?«, fragte Atlas und ging nicht weiter auf die Einwände des Mannes ein.

»Natürlich. Ihr seid hier jederzeit willkommen.« Der Leibwächter, der scheinbar auch der Anführer der Soldaten war, wandte sich an seine Leute. »Ihr zwei reitet vor und überbringt dem König die Nachricht über König Atlas' Ankunft. Lasst einen Arzt kommen, um seine Wunden zu verarzten … und die seiner *Leibwächterin*.«

Die zwei Soldaten preschten davon, während Atlas und ich uns auf den Rücken unseres Pferdes hievten. Ich hatte ein mulmiges Gefühl dabei, diesen schmalen, steilen Pfad entlangzureiten, aber für die falconischen Soldaten schien es das Normalste auf der Welt zu sein. Sie ritten voraus, und wir folgten ihnen.

»Denk an unsere Abmachung«, sagte ich zu Atlas, als das imposante Tor der Felsenfestung in unser Sichtfeld rückte.

»Noch hast du mich nicht sicher dort abgeliefert«, entgegnete er.

Mein Blick huschte nach rechts, wo sich ein gigantischer Abhang befand. Ein falscher Tritt, und wir würden nirgendwo mehr ankommen. Doch Atlas hielt das Pferd unter Kontrolle und brachte uns sicher vor das Tor von Falconia.

Hinter den Mauern der imposanten Festung erstrahlte Falconia in seiner gesamten Pracht. Bunte exotische Blüten strahlten uns entgegen, und gigantische Bäume, die sicherlich Hunderte Jahre alt waren, säumten die hohen Mauern und spendeten Schatten. Direkt hinter dem Eingangstor befand sich, ähnlich wie in Astrágia, ein Vorplatz. Dort tummelten sich unzählige Menschen in bunten Roben, die die Soldaten und uns neugierig musterten. Es wirkte wie ein Markt, denn viele Stände mit den verschiedensten Waren waren hier aufgebaut. Ungewohnte Gerüche ließen meine Nase kribbeln. Es war eine vollkommen andere Welt als in Silvestria, dabei lagen die beiden Reiche gar nicht so weit voneinander entfernt. Durch die Stadt zog sich eine Art Aquädukt, das Wasser quer durch die Straßen transportierte. Kinder spielten in den Wasserrinnen, und Tiere tranken daraus. Fast alle Einheimischen trugen Strohhüte auf dem Kopf, um sich vor der gleißenden Sonne zu schützen, die jetzt zur Mittagszeit ihren Höhepunkt erreicht hatte.

Wir folgten den Soldaten über den Vorplatz. Falconia wirkte

schon jetzt um ein Vielfaches größer als Silvestria. Bei einem Blick über Atlas' Schulter entdeckte ich einige Wohnhäuser. Die Menschen hatten vor den Türen bunte Blumen gepflanzt, was den Straßen einen unverkennbaren Charme verlieh. Alles hier wirkte freundlich und hell. Noch befanden wir uns auf der unteren Ebene, wo das Volk lebte. Doch ich konnte das imposante und eindrucksvolle Schloss von hier bewundern. Es war mir ein Rätsel, wie Menschen in der Lage gewesen sein sollten, ein derartiges Wunder zu vollbringen. Es war schlicht unmöglich, ein Schloss in einen Felsen zu bauen, zumindest ohne Magie.

»*Da hast du vollkommen recht*«, zischte Natrix.

»Und? Wie gefällt es dir?«, fragte Atlas.

Ich lächelte. »Es ist wirklich schön hier.«

»Ja, Falconia war schon immer ein wundersamer Ort. Hier liegt immer der süßliche Duft von Sommer in der Luft, weil es nie so kalt wird wie in Silvestria.« Es wirkte, als sei Atlas schon häufiger hier gewesen, gleichzeitig sah auch er sich neugierig um.

Wir folgten einem immer steiler werdenden Weg, bis wir zu einem Grenzposten kamen, den mehrere Soldaten bewachten. Es schien, als hätten sie uns bereits erwartet, denn sie ließen uns wortlos passieren.

Das Schloss von König Avriel kam immer näher, und ich wollte Atlas erneut an unsere Abmachung erinnern, doch ehe ich mich's versah, befanden wir uns im Innenhof des falconischen Palasts. Hier waren die sandsteinfarbenen Wände mit kleinen, filigranen Ornamenten verziert, was dem Palast etwas Verspieltes verlieh. Als ich mich weiter umsah, entdeckte ich König Avriel, der auf uns zueilte. Er war erneut in ein wallendes Gewand gekleidet, dieses Mal jedoch in einem hellen Beige. An den Füßen trug er offene Sandalen, so wie die meisten Menschen, die wir in der Stadt gesehen hatten. Sein Haar fiel ihm in die Stirn, und auf seinem Haupt fehlte die Krone.

»Atlas, meine Männer haben mir bereits berichtet, dass du ohne Soldaten vor unserem Tor standest. Was hat das zu bedeuten?«, fragte er aufgebracht. Sein Blick wechselte skeptisch zwischen Atlas und mir.

»Cahira ist meine Leibwächterin und hat mich hierher eskortiert, nachdem meine Kutsche überfallen wurde. Wir wurden auch unterwegs verfolgt und angegriffen, weshalb wir beide medizinische Hilfe benötigen.« Atlas hielt Avriel demonstrativ seine lädierte Schulter hin.

»Aber natürlich. Wir werden dich und deine Begleiterin versorgen. Sobald du gestärkt bist, reden wir in Ruhe.«

Sofort eilten zwei junge Frauen auf mich zu.

»Atlas?«, setzte ich an, doch auch ihn hatten bereits zwei Männer in Beschlag genommen.

Avriels und mein Blick kreuzten sich, und er schenkte mir ein zaghaftes Lächeln. Ihn und Atlas trennten offensichtlich nur wenige Jahre, dennoch unterschied die beiden so viel. Während Atlas nicht einmal im Entferntesten wie ein König wirkte, verkörperte Avriel seine Rolle nahezu perfekt. Seine erhabene Haltung, die aber nicht überheblich wirkte, seine wissenden, treuen braunen Augen. All das strahlte Sicherheit und Kraft aus.

Vielleicht könnte Atlas von diesem Mann noch etwas lernen. Avriel schien ein guter König zu sein. Einer, der niemanden aus einer Laune heraus zum Tode verurteilte, der gütig war und Menschenkenntnis besaß. Ein Herrscher, der auf sein Volk achtete und es vor Gefahren beschützte.

Avriel wandte sich an mich. »Wir werden den König von Silvestria mit allem, was wir haben, beschützen. Ich weiß, wie ernst die Ferum ihren Schwur gegenüber der Königsfamilie nehmen.

Aber ein verletzter Ferum ist ein schlechter Beschützer, und, nichts für ungut, aber ihr seht beide mitgenommen aus. Deine Wunden müssen dringend versorgt werden und die des Königs ebenso. Du hast deine Mission erfüllt, und ich bin sicher, der König ist dir mehr als dankbar für deinen Einsatz.« Er sah kurz zu Atlas, der zustimmend nickte.

»Juvelina und Cyrine werden sich um dich kümmern, bis wir später zum Essen zusammenkommen. Ich werde Atlas persönlich begleiten und sichergehen, dass er bestens versorgt wird.«

Avriels Lächeln war wie warmer Honig, und ich spürte eine gewisse Anziehungskraft, die ihn umgab. Die beiden jungen Frauen, die sich dicht neben mich gestellt hatten, schienen seinem Charme völlig verfallen zu sein, denn sie himmelten ihn unverfroren an. Doch Avriels Blick ruhte auf mir, als würde er auf meine Erlaubnis warten.

Ich senkte den Kopf. »Vielen Dank für Eure Gastfreundschaft, ich weiß Eure Hilfe zu schätzen.« Unbeholfen, wie ich war, machte ich einen Knicks, zuckte aber sofort zusammen, als ein fieser Schmerz mein Bein durchfuhr.

Mein Blick huschte erneut zu Atlas. Wir wussten beide, dass ich meine Aufgabe erfüllt hatte. Ich hatte ihn lebendig in Falconia abgeliefert. Doch obwohl ich nicht länger als nötig hierbleiben wollte, musste ich wohl oder übel erst einmal abwarten, was Atlas und Avriel hinter geschlossenen Türen vereinbarten, ehe ich bekam, was mir zustand.

»Ich will, dass diese tapfere Kriegerin die beste Versorgung bekommt, die wir zu bieten haben«, sagte Avriel an die beiden Frauen gewandt. Sie verbeugten sich tief.

»Folgt uns bitte«, sagte die Kleinere von beiden leise. Sie trug einen kunstvoll geflochtenen Zopf, der mit Nadeln um ihren Kopf herum befestigt war. Das helle Blond glänzte auffällig in der Sonne. Die andere Frau besaß ähnlich dunkles Haar wie ich. Doch ihres reichte ihr lediglich bis zu den Schultern. Die beiden führten mich über den Innenhof, vorbei an einem kunstvollen Brunnen, in dessen Mitte eine filigrane Statue von drei Falken prangte, die alle in unterschiedliche Richtungen blickten.

»Das sind die Dreifaltigen Falken«, sagte die blonde Frau lächelnd. »Einer schaut in die Vergangenheit und bewahrt das Andenken an unsere Ahnen. Der andere hat einen Blick auf die Zukunft und bereitet dem Land einen sicheren Weg.«

»Und der dritte führt uns mitten ins Verderben«, sagte die andere Frau mit drohendem Unterton.

»Juvelina, sag so etwas nicht«, wies die Blonde sie zurecht.

»Du bist so furchtbar naiv, Cyrine.« Sie öffnete eine schwere Holztür, die quietschend aufschwang.

Das Innere des Schlosses war angenehm kühl. Es wirkte deutlich heller und offener als die silvestrische Burg mit den dunkelgrünen Teppichen und den opulenten Bannern, die das silvestrische Wappentier zeigten.

Der helle Granit und die großen, bodentiefen Fenster sorgten hier für lichtdurchflutete Gänge. An den Wänden hingen kunstvolle Gemälde mit goldenen Rahmen, die die Natur zeigten oder ein Zusammenspiel aus erdigen Farben. Auch im Schloss befanden sich überall Blüten, vor allem kräftige lilafarbene, die mit gelben Tupfen übersät waren. Ich erkannte diesen unverkennbaren Geruch wieder. Er war mir bereits auf dem Vorplatz in die Nase gestiegen, eine Mischung aus säuerlich und süß. Diese Pflanzen mussten hier einen hohen Stellenwert haben.

»Was sind das für Blumen? Ihr Geruch hängt hier überall in der Luft«, sagte ich.

»Ach das.« Cyrine machte eine wegwerfende Handbewegung. »Wir nehmen ihn schon gar nicht mehr wahr, nicht, Juvelina?«

Juvelina blieb vor einer weiteren Tür stehen. Sie zog einen Schlüsselbund aus ihrem schlichten Gewand hervor und öffnete sie.

»Das sind Alasseablüten, besser bekannt als Falkenaugen. Die Blüten versprühen in der Anfangszeit einen süßlichen Geruch. Kurz bevor sie verblühen, verändert sich ihr Geruch und wird leicht säuerlich«, antwortete Juvelina.

»Sie sehen wirklich schön aus«, entgegnete ich und blieb neben einem der Pflanztöpfe stehen. Darin blühte eine gigantische Pracht. Ich griff danach, doch Cyrine schlug nach meiner Hand, bevor ich sie berühren konnte.

»Lieber nicht anfassen. Die frischen Blüten sind harmlos, aber die, die schon länger blühen, sind hochgiftig.«

Ich zog meine Hand zurück. »Und wieso befinden sie sich dann im Schloss?«

»König Avriel ist vollkommen vernarrt in diese Pflanze«, meldete sich Juvelina zu Wort. »Er sagt immer, dass die gefährlichsten Dinge oft die schönsten sind und einen unnatürlichen Reiz auf ihn ausüben.« Ihre Stimme klang bitter, und ihr Blick wirkte traurig. Doch als sie die Tür langsam öffnete und wir eintraten, sagte keiner der beiden mehr etwas zu den Blumen mit dem seltsamen Namen.

»Da wären wir.« Cyrine klatschte in die Hände. Der Raum war riesig und wirkte wie das Zimmer einer Prinzessin. In der Mitte stand ein großes Himmelbett mit einem Baldachin aus feinem hellblauen Stoff, der sich langsam wog, weil eine sanfte Brise durch das geöffnete Fenster wehte. Fein gearbeitete Holzmöbel mit kunstvollen Schnitzereien standen darum herum. Überall im Raum fanden sich goldene Ornamente wieder, die perfekt mit dem hellen Blau harmonierten. Auf dem Boden lag ein Teppich, der die Blautöne des Himmelbetts und der passenden Bettwäsche aufgriff. Es war der wohl schönste Raum, den ich je gesehen hatte. Kein Vergleich zu meinem alten Zuhause, wo ich einst mit meinem Vater gelebt hatte. Kurz blitzte in meiner Erinnerung das Bild von Silas auf, wie er mir in der Hütte dabei geholfen hatte, das Amulett der Ferum anzulegen. Ihn hätte dieser Anblick sicher genauso fasziniert wie mich. Ich hoffte sehr, dass es ihm dort, wo er sich gerade befand, gut ging und wir uns bald wiedersehen würden.

»Der Waschzuber steht hier hinten.« Cyrine durchquerte das große Zimmer, trat um die Ecke, und ich folgte ihr, während mein Blick auf den imposanten Balkon fiel. In meinen dreckigen, zerrissenen Klamotten fühlte ich mich hier absolut fehl am Platz. Es war mir ein Rätsel, wieso der König mir zwei Zofen an die Seite gestellt und mich in so einem prunkvollen Zimmer einquartiert hatte, anstatt mich zu den Zimmern der Soldaten zu schicken.

»*Weil der König ein Auge auf dich geworfen hat*«, sagte Natrix und klang beinahe amüsiert.

Ich ignorierte seinen Kommentar, spürte aber deutlich, wie Natrix sich bewegte, um eine Antwort zu erzwingen.

Lass das, das kitzelt!

Ich schüttelte mich kurz, was mir einen irritierten Blick von Cyrine einbrachte. Sie holte einige Badetücher aus einem der Schränke und legte sie neben den Zuber, ehe sie an einigen der schön drapierten Ölflaschen schnupperte und sich schließlich für eine besonders ausgefallene mit dickem purpurfarbenen Bauch und goldenem Korken entschied.

Juvelina erwärmte bereits das Wasser. »Eure Kleidung könnt Ihr dorthin legen«, wies sie mich an und zeigte auf einen kleinen Hocker in der Ecke.

Ich schritt dorthin und öffnete vorsichtig meine Jacke, als ich begriff, was die beiden von mir erwarteten.

Scheiße!

Ich drehte mich zu ihnen um und überlegte, wie ich ihnen begreifbar machen konnte, dass sie gehen sollten. Sie durften mich nicht nackt sehen, denn dann würden sie unweigerlich auch Natrix entdecken.

»Ihr müsst Euch schon ausziehen, wenn wir uns Eure Wunden genauer ansehen sollen. Sonst können wir sie weder säubern noch verbinden«, sagte Cyrine freundlich und schenkte mir ein Lächeln. Sie träufelte etwas von dem Öl in den Zuber, während Juvelina das erwärmte Wasser hineinschüttete.

Wenn sie dich sehen, sind wir geliefert, sagte ich zu Natrix.

»Dann schick sie weg. Es sind Zofen, sie werden dir sicherlich nicht die Kleider vom Leib reißen, außer du befiehlst es ihnen.«

Das ist nicht hilfreich!

»Ihr müsst das wirklich nicht tun«, versuchte ich, die Frauen abzuwimmeln.

Cyrine schenkte mir ein wissendes Lächeln. »Ihr müsst Euch für nichts schämen. Wir haben schon so viel nackte Haut gesehen. Im Grunde sehen wir doch alle gleich aus.«

Sie kam auf mich zu und griff nach meiner Jacke, die bereits über meine Schultern gerutscht war.

»Nein, ich … möchte das nicht.« Ich hielt die Jacke fest.

Cyrina warf mir einen fragenden Blick zu. »Der König hat mir die klare Anweisung erteilt, Euch beim Waschen und Versorgen der Wunden zu helfen. Soll ich mich ihm etwa widersetzen?«, fragte Cyrine leise.

Mir war bewusst, dass ich sie in eine missliche Lage brachte, aber es ging nicht anders. Und wenn sie es im Guten nicht verstand, dann vielleicht auf anderem Wege.

»Ich will, dass ihr beiden geht!«, herrschte ich die Zofen an. Die beiden wechselten einen irritierten Blick miteinander.

»Etwa jetzt?« Cyrine sah mich erschrocken an.

»Ja, sofort!« Da die beiden noch immer an Ort und Stelle standen, schlug ich mit der Hand auf den Zuber. Etwas von dem Wasser schwappte über den Rand auf den Granitboden.

»Verschwindet. Ich brauch keine Zofen, die mir den Hintern abwischen. Ich versorge meine Wunden allein!«

Augenblicklich ließ Cyrine das Handtuch fallen, nach dem sie gegriffen hatte. Juvelina stellte den Eimer geräuschvoll zur Seite, mit dem sie das Wasser in den Zuber gefüllt hatte. Sie verließen die Nische, und kurz darauf schlug die Tür laut zu.

»Na, klasse. Die beiden halten mich jetzt sicher für unausstehlich«, nuschelte ich. Es fühlte sich falsch an, die beiden Frauen so forsch zu behandeln. Sie hatten mir ja nichts getan und wollten nur helfen. Aber ich war mir sicher, dass ich sie mit netten Worten nicht ohne Weiteres losgeworden wäre.

»Sie dienen einer Königsfamilie. Da ist man es gewohnt, angebrüllt zu werden. Mach dir um die beiden keinen Kopf.«

»War Aruna auch so abweisend zu ihren Zofen?«

»Aruna hatte keine Zofen«, antwortete Natrix. *»Sie hatte ihre Vipern, die ihr zu Seite standen, aber nicht für solche banalen Dinge wie Baden. Aruna war stark und unabhängig. Eine wahre Königin. Zugleich machte sie sich nicht viel aus dem Status einer Königin. Ihr war es wichtig, dass ihre Kriegerinnen sie als eine von ihnen respektierten. Aber natürlich genoss sie auch die Vorteile, die die Krone mit sich bringt ...«*

Ich nickte, fuhr langsam mit der Hand durch das angenehm heiße Wasser. Der fruchtige Duft von Beeren stieg mir in die Nase. Sofort musste ich an Atlas' Atem denken, als er und ich eng aneinandergedrückt in der Höhle gehockt hatten und er mich geküsst hatte. Ich schmeckte seine Lippen erneut auf meinen, ehe Natrix' Stimme mich aus der Erinnerung riss.

»*Du bist hier nicht allein. Kannst du diese Gedanken bitte sein lassen?*«

»Dann hör doch zur Abwechslung einfach mal weg«, zischte ich leise.

Ich schlüpfte aus der Uniform, die ganz steif von Schweiß, Dreck und Blut war. Dafür, dass ich sie erst kürzlich bekommen hatte, sah sie bereits ziemlich mitgenommen aus.

Ich ließ die Klamotten zu Boden fallen, und zum ersten Mal sah ich die blauen Flecken, die meine Beine übersäten. Die blutverkrusteten Wunden zogen sich hauptsächlich über mein rechtes Bein. Vorsichtig stieg ich in den Zuber und spürte ein Brennen dort, wo das Wasser meine lädierte Haut berührte. Natrix wanderte meinen Körper hinauf. Ich spürte, wie er sich um meine Schultern legte wie ein Schal. Er schien wirklich etwas gegen Wasser zu haben.

Das Brennen wurde stärker, als ich mich ins Wasser gleiten ließ.

»Das tut gut«, stöhnte ich, obwohl mein Körper sich anfühlte, als würde er in Flammen stehen. Die Wärme ließ meine Muskeln zum ersten Mal seit Langem entspannen. Erst jetzt fiel mir auf, wie erschöpft ich war. Mein Körper hatte einfach funktioniert. Zum Glück hatte ich ihn mein ganzes Leben lang darauf trainiert, zu überleben. Auch wenn mein Kopf nicht in der Lage war, einen klaren Gedanken zu fassen. Natrix' Worte kamen mir wieder in den Sinn.

»*Weder du noch dein Leben sind bedeutungslos, Cahira. Im Gegenteil. Alles geschieht aus einem Grund, und mit der Macht, die du jetzt besitzt, bist du in der Lage, Könige in die Knie zu zwingen. Vorausgesetzt, du willst das.*«

Ich war dazu ausgebildet worden, einem König zu dienen, nicht um eines Tages selbst zu herrschen. Allerdings … Wenn

Natrix tatsächlich ein Seelentier war, das mich erwählt hatte, um zu herrschen, wieso sollte ich diese Chance nicht annehmen? War das nicht sogar meine Pflicht, wenn ich andere dadurch beschützen konnte?

»An meinen Worten hat sich nichts verändert, Cahira. Ich stehe dir zur Seite und helfe dir, den Schlangenthron zu besteigen. Atlas schuldet dir den ersten Schlüssel für die Gruft. König Avriel, der Sohn von Theron, besitzt ebenfalls einen. Wir benötigen alle drei, um das verfluchte Veneria zu befreien.«

»Das heißt dann wohl, ich werde noch ein Weilchen hierbleiben.«

»Vielleicht kannst du Atlas dazu bringen, dir auch den zweiten Schlüssel zu beschaffen. Euer Verhältnis scheint sich ... gebessert zu haben.«

Ich zuckte bei dem zweideutigen Tonfall der Schlange zusammen. »Ich hatte keine andere Wahl«, sagte ich. Atlas war für mich noch immer ein notwendiges Übel, das ich ertrug, um zu bekommen, was ich wollte. Ich würde mein Ziel nicht aus den Augen verlieren. Auch wenn er mir das Leben gerettet hatte, ich mich immer wieder in seinen Blicken verlor und mich das ein oder andere Mal ein wenig fester an seine Brust geschmiegt hatte, als es vielleicht nötig gewesen wäre.

Mein Vater hatte in mir immer mehr gesehen. Ein starkes und unabhängiges Mädchen, das in seine Fußstapfen treten wollte. Er hatte mich so vieles gelehrt, mir gezeigt, dass ich viel robuster und widerstandsfähiger war, als es schien, und mich gelehrt, dass nicht alle Menschen gut waren. Er würde zwar niemals sehen, zu was für einer Frau ich herangewachsen war, aber ich würde ihn dennoch stolz machen. Indem ich der Welt zeigte, wozu ich fähig war.

Als ich die Augen schloss und den Kopf unter Wasser tauchte, verschwand mit einem Mal all das Chaos um mich herum ... All die Sorgen und Ängste, die Unwägbarkeiten und Zweifel. Alles, was blieb, war Stille, die mich tröstlich umfing. Zumindest für einen Moment.

※

»Cahira, du musst dich konzentrieren. Streck den Rücken durch und heb deine Schultern hoch. Arme auf Kinnhöhe. Ja, genau so«, rief mein Vater mir zu. Der strenge Unterton in seiner Stimme war sonst nur seinen Soldaten vorbehalten. Doch seit er vor einigen Wochen damit begonnen hatte, mir das Bogenschießen beizubringen, schlug er ihn immer häufiger auch mir gegenüber an.

»Und jetzt nimm dein Ziel ins Visier«, wies er mich an.

Meine Arme zitterten. Es fiel mir schwer, den Bogen samt Pfeil so lange ruhig zu halten. Ich biss mir auf die Zunge und versuchte, das Brennen in meinen Muskeln zu ignorieren. Wenn ich den Pfeil abschoss, bevor mein Vater mir das Signal dazu gab, würden wir wieder von vorn beginnen.

»Atme tief ein«, sagte mein Vater, und ich folgte seiner Aufforderung.

»Jetzt!«, befahl er. Fast zeitgleich ließ ich den Pfeil los. Sofort senkte ich die Arme und atmete hastig ein. Ein Schweißtropfen lief mir über die Stirn und kitzelte meine Haut.

Der Pfeil surrte so schnell durch die Luft, dass ich nur einmal blinzelte, bevor ich ihn auf der Zielscheibe erkannte. Er hatte sein Ziel erreicht, allerdings …

»Noch mal!« Auch mein Vater hatte bemerkt, dass die Spitze die schwarze Begrenzungslinie berührte und somit nicht mittig eingedrungen war. In einer brenzligen Situation konnte das den Unterschied zwischen Überleben oder Sterben bedeuten.

Meine Muskeln zuckten. Das Brennen war kaum noch auszuhalten. Mit zitternden Fingern griff ich nach einem weiteren Pfeil und legte ihn an die Sehne. An meinen Händen hatten sich in den vergangenen Wochen Schwielen gebildet. Doch obwohl meine Hände mittlerweile robuster waren, tat das Spannen der Sehne weh.

Vater beobachtete aufmerksam jeden meiner Handgriffe. Am Rande meines Sichtfeldes bewegte sich etwas reflexartig, und ich drehte den Kopf, um zu sehen, was dort vor sich ging.

»Cahira, konzentrier dich!«

Ich bewegte den Kopf zurück in Richtung des Ziels und nahm erneut einen tiefen Atemzug. Dieser Schuss musste sitzen.

Plötzlich ertönte der helle Schrei eines Vogels, und ich erschrak. Der Pfeil surrte davon, traf aber nicht einmal die Zielscheibe, sondern landete stattdessen im hohen Gras.

»Tut mir leid«, beeilte ich mich, zu sagen, und griff nach einem neuen Pfeil in meinem Köcher. Vater kam auf mich zu, und ich hielt in der Bewegung inne.

»Du darfst dich nicht so leicht ablenken lassen. Bleib fokussiert, egal, was um dich herum passiert. Dein Ziel hat oberste Priorität. Immer.«

Eifrig nickte ich. »Beim nächsten Mal treffe ich«, sagte ich euphorisch, doch der ernste Blick von Vater verunsicherte mich. Er legte seinen Waffengurt ab, ehe er auch die leichte Rüstung auszog. Sein Hemd war nur halb zugeknöpft, sodass ich seine sonnengebräunte Brust und das Wildkatzenamulett sehen konnte, das um seinen Hals hing. Eines Tages würde ich auch so eine Kette tragen, da war ich mir sicher.

»Manchmal braucht man einen Anreiz, um sein Können abrufen zu können«, sagte er und lief in Richtung Zielscheibe. Ein ungutes Gefühl breitete sich in meiner Körpermitte aus. Er würde doch nicht etwa …?

Vater positionierte sich direkt vor dem aufgebauten Ziel. Nach wenigen Handgriffen befand es sich knapp oberhalb seines Kopfes. Dann wandte er sich mir zu.

»Du bist eine grandiose Schützin, Cahira. Aber du musst endlich lernen, deine Fähigkeiten abrufen zu können, wenn es darauf ankommt, sonst kostet dich das irgendwann noch dein Leben.«

»Ich werde nicht auf dich schießen!«, rief ich zurück. Doch Vater blieb reglos stehen.

»Wir werden den Platz nicht eher verlassen, bis du ins Schwarze getroffen hast. Wie du es anstellst, bleibt dir überlassen.«

Er verschränkte die Arme vor der Brust und sah mich abwartend an. Ein kühler Windzug streifte meinen Rücken, dabei fröstelte es mich allein bei dem Gedanken, mit einer Waffe auf meinen Vater zu zielen.

»Okay, Cahira, du schaffst das«, sprach ich mir selbst Mut zu und griff erneut über die Schulter, um einen Pfeil aus dem Köcher zu ziehen. Die Bewegungsabläufe waren mir in den letzten Wochen in Fleisch und Blut übergegangen, dennoch pochte mein Herz nun deutlicher als zuvor.

Vorsichtig legte ich den Pfeil an und spannte den Bogen. Dann zielte ich auf die schwarze Markierung des Ziels. Mein Blick wanderte zu den grün-braunen Augen meines Vaters. Ich nahm einen letzten tiefen Atemzug und blendete die Welt um mich herum aus. Das Zwitschern der Vögel erstarb, und der wehende Wind verstummte. Für einen Moment schien es, als würde die Zeit stillstehen. Dann flog der Pfeil auf meinen Vater zu und … traf. Vater war nicht einmal zusammengezuckt. Erleichtert atmete ich aus, weil die Pfeilspitze nicht ihn, sondern die schwarze Markierung durchbohrt hatte.

Wie immer hatte Vater recht behalten. Ich brauchte Druck,

um mein Können zu zeigen. Je schwieriger und auswegloser eine Situation wirkte, desto mehr blühte ich auf.

Vater klatschte in die Hände und strahlte mich zufrieden an. »Gut gemacht!«

⁂

Ein kräftiges Klopfen riss mich aus meinem Traum. Benommen richtete ich mich auf und benötigte einen Moment, um zu realisieren, dass ich noch immer in dem Waschzuber saß. Das Wasser war inzwischen lauwarm, und von dem angenehm duftenden Schaum war nur noch ein kleiner Rest übrig.

»Wer ist da?«, rief ich. Doch es antwortete niemand. Stattdessen hörte ich, wie sich die Zimmertür öffnete.

»Hallo?«, fragte ich verunsichert. Vielleicht waren es die beiden Zofen, die frische Kleidung brachten oder nach dem Rechten sehen wollten. Ich sah mich um und entdeckte ein Handtuch, das Cyrine auf einen der Schränke gelegt hatte. Unbeholfen kletterte ich aus dem Zuber und griff nach dem Handtuch, das ich mir zweimal um den Körper wickelte. Das Wasser lief an meinen Beinen hinab zu Boden, wo sich bereits eine kleine Pfütze gebildet hatte. Ich hörte Schritte, die näher kamen. Als ich den Kopf hob, traf mein Blick den des falconischen Königs.

Er musterte mich einen Moment, und ich war wie erstarrt. Schnell wandte er sich von mir ab.

»Entschuldigung. Ich wollte nur nach dem Rechten sehen, weil ich Juvelina und Cyrine vorhin auf den Fluren entdeckt habe, obwohl sie sich doch eigentlich um dich kümmern sollten. Die beiden haben mir erzählt, du hättest sie weggeschickt.«

Ich krallte die Finger in das weiche Handtuch und spürte, wie Natrix meinen Rücken hinabkroch, um sich zu verbergen.

»Das stimmt. Aber sie haben absolut nichts falsch gemacht«, beeilte ich mich, zu erklären. Das Letzte, was ich wollte, war, dass die beiden Zofen Ärger bekamen, weil ich sie fortgeschickt hatte.

»Ich bin keine Adelige, sondern Soldatin. Es war mir unangenehm, mich von zwei Fremden in so einem edlen Raum baden zu lassen«, sagte ich.

Avriel nickte verständnisvoll, und ein feines Lächeln umspielte seine Lippen. »Da hatte Atlas ja völlig recht mit dem, was er über dich gesagt hat.«

»Und was hat er über mich gesagt?«, fragte ich.

Avriels Blick senkte sich und blieb an der kleinen Pfütze hängen, die unter meinen nackten Füßen entstanden war. »Das fragst du ihn am besten selbst. Wir treffen uns alle in zwei Stunden im kleinen Sonnensaal zum Essen. Ich lasse dir Kleidung bringen und bitte eine der Zofen, dich zum Saal zu führen. Das Falkenschloss ist deutlich größer als die silvestrische Burg, du solltest die Hilfe dieses Mal also besser annehmen, wenn du dich nicht verlaufen willst«, sagte er ruhig, wobei es wirkte, als wollte er mich mit dem letzten Satz aufziehen.

»Vielen Dank, ich weiß Eure Gastfreundschaft wirklich zu schätzen.« Es war mir immer noch ein Rätsel, wie zwei junge Männer so grundverschieden sein konnten. Avriel wirkte, als sei er zum Regieren geboren. Jede Faser seines Körpers strahlte Souveränität aus, und seine warmen Augen gaben mir das Gefühl, ihm alles anvertrauen zu können. Atlas' Augen wirkten hingegen fast immer kalt und abweisend wie ein reißender Bergfluss, in dem man ertrank, wenn man einen falschen Schritt wagte.

Avriels Blick wanderte über meinen Körper, und ich spannte jeden Muskel an.

»Du solltest deine Wunden unbedingt verbinden, bevor sie sich noch entzünden«, sagte er.

Ich winkte ab. »Ich schaff das schon. Als Ferum bin ich es ja gewohnt. In ein paar Tagen ist davon nichts mehr zu sehen.«

»Dann werde ich mich jetzt um die Vorbereitungen für das Essen kümmern. Wir möchten euch als unsere Gäste ja auch gebührend in unserem Schloss empfangen.« Er wandte sich zum Gehen. Als ich hörte, wie die Tür ins Schloss fiel, atmete ich erleichtert aus.

»*Der konnte seine Augen ja gar nicht bei sich behalten*«, meldete Natrix sich zu Wort.

Hör auf, solchen Unsinn zu reden, wies ich ihn zurecht, während ich meine Beine abtrocknete. Natrix schlängelte sich um meinen Oberschenkel und legte seinen Kopf auf meinen Bauch, sodass er mich direkt anblicken konnte.

»*Ich hab genau gemerkt, wie seine Blicke auf deiner Haut geprickelt haben.*«

Kopfschüttelnd lief ich zu meiner Uniform, die ich auf dem Boden zurückgelassen hatte.

»*Du willst doch nicht etwa dieses dreckige Ding anziehen, oder?*«

»Nein, will ich nicht«, antwortete ich und trat dennoch darauf zu, strich mit den Fingern über das Leder.

Ein Teil von mir war froh, endlich raus aus dieser Rüstung zu sein, ein anderer Teil war sich unsicher, wer ich ohne diese Uniform überhaupt noch war. Ich war keine Ferum mehr, war streng genommen nie wirklich eine gewesen, oder?

»*Du wirst eine Herrscherin sein, wenn du dich endlich dazu entscheidest und aufhörst, ständig an dir zu zweifeln*«, mischte Natrix sich ein.

Erneut klopfte es an der Tür, und als sie sich öffnete, trat Cyrine ein. Natrix kroch blitzschnell meinen Körper entlang, und ich musste ein Kichern unterdrücken. In der einen Hand hielt die junge Frau eine dunkelrote Kleiderhülle und in der anderen einen kleinen Bastkorb.

»Darf ich eintreten?«, fragte sie zaghaft, obwohl sie schon halb im Raum stand.

»Natürlich«, beeilte ich mich, zu antworten.

Sie schenkte mir wieder dieses unschuldige Lächeln, wich jedoch meinem Blick aus, als hätte sie Angst vor mir. Und nach meinem Ausbruch vorhin könnte ich es ihr nicht verübeln. Cyrine sollte unter keinen Umständen denken, dass ich immer so abweisend gegenüber anderen war.

»Übrigens möchte ich mich für mein Verhalten vorhin entschuldigen. Ich wollte euch beide nicht so vor den Kopf stoßen oder euch in Schwierigkeiten bringen«, sagte ich.

»Und wir wollten dir nicht zu nahe treten. Keine von uns beiden weiß, was du dort draußen durchmachen musstest. Sich dann so schutzlos zwei fremden Personen gegenüber zu zeigen, muss große Überwindung kosten. Ich bin dir jedenfalls nicht böse.« Cyrine wies auf den Bastkorb, in dem ich einige Tiegel und Verbandsmaterial erkannte.

»Der König hat mich angewiesen, deine Wunden zu verbinden und dir beim Ankleiden und Frisieren zu helfen.«

Ich wollte protestieren, doch ehe ich auch nur ein Wort sagen konnte, räusperte sie sich.

»Er hat mir verboten, das Zimmer zu verlassen, ehe wir damit fertig sind«, sagte sie kaum hörbar.

»Dann wollen wir uns wohl besser nicht gegen den Befehl des Königs stellen.« Ich lächelte schief und hoffte, die Stimmung dadurch aufzulockern.

Natrix war vorerst außer Sichtweite, und solange ich das Handtuch nicht direkt vor Cyrines Augen ablegen musste, hatte ich nichts zu befürchten.

Cyrine wies auf einen Stuhl, der vor einer Schminkkommode stand. Ich ging hinüber und setzte mich. Das Handtuch rutschte bis zu meinen Oberschenkeln hoch und entblößte weitere blaue Flecken, die mir bisher nicht aufgefallen waren. In all den Jahren, in denen ich für die Ferum trainiert hatte, waren solche Verletzungen Teil meines Körpers geworden. Doch an Cyrines besorgtem Blick konnte ich erkennen, dass es für sie nicht normal war. Sie griff in den Korb und holte einige Salben und Tiegel hervor.

»Diese Tinktur fördert die Wundheilung, und die Salbe hier verhindert Entzündungen«, erklärte sie, bevor sie nach einem Holzspatel griff und die erste Paste auf meiner geschundenen Haut verteilte. Eine angenehme Kühle breitete sich auf meiner Haut aus, und ein vertrauter süßlicher Geruch stieg mir in die Nase.

»Was ist in dieser Salbe drin?«, fragte ich Cyrine, die gerade mit einer Schere ein größeres Stück Verband abschnitt.

»Eine Mischung aus verschiedensten Kräutern und Pflanzen, die wir schon seit Urzeiten nutzen, um Verletzte zu versorgen. Alle Bestandteile kenne ich nicht, aber wichtig ist doch nur, dass sie hilft.«

»*Wo sie recht hat*«, zischte Natrix.

Cyrine war nach einer guten halben Stunde zufrieden mit dem Ergebnis und packte die Salben zurück in ihren kleinen Korb.

»Und dort drin ist eine neue Uniform?«, fragte ich sie und wies auf die Stoffhülle.

Cyrines Wangen röteten sich.

»Also … um ehrlich zu sein.« Sie hielt inne, schien nach den richtigen Worten zu suchen.

»König Avriel hat das für dich ausgesucht«, sagte sie leise. Es war ihr sichtlich unangenehm, die Botin für diese Nachricht zu spielen.

Ich erhob mich von dem Stuhl und ging hinüber zu dem Bett, auf das sie die Kleiderhülle gelegt hatte. Mit den Fingern schob ich den schützenden Stoff zur Seite. Unter dem dunkelroten Stoff befand sich ein Kleid, das einer Prinzessin würdig gewesen wäre.

»Das ist doch ein schlechter Scherz, oder?«

Cyrine schwieg, und ich war derart überrumpelt, dass ich nicht wusste, was ich zu diesem Kleid sagen sollte.

Der feine dunkelblaue Stoff war übersät mit kleinen goldenen Sprenkeln, die im Licht funkelten wie Sterne. Der Stoff war vermutlich mehr wert als alles, was ich in meinem ganzen Leben besessen hatte. Daneben befand sich ein kleiner gefalteter Zettel, den ich öffnete:

Ich bin mir sicher, das steht dir deutlich besser als eine Uniform.
– A

»Ich kann das unmöglich tragen«, sagte ich und hätte beinahe die Hände gehoben, bemerkte aber im letzten Augenblick, dass ich noch immer nur ein Handtuch um die Brust geschlungen hatte. Ich legte den Zettel zur Seite und sah Hilfe suchend zu der Zofe.

»Das war alles, was er mir mitgegeben hat«, versuchte Cyrine, sich zu verteidigen.

»Schon gut, du kannst ja nichts dafür. Aber vielleicht könntest du ihm mitteilen, dass ich mich wohler in Hose und Hemd fühlen würde?«

Cyrine wirkte alles andere als glücklich, doch letztlich machte sie sich auf die Suche nach Avriel, um ihm meine Bitte mitzuteilen.

»Vielleicht wäre er ein guter Verbündeter im Kampf gegen Sil-

vestria. Er scheint ja bereits einen Narren an dir gefressen zu haben.«

Natrix, lass das bitte. Mir ist gerade nicht nach Scherzen zumute. Ich will gar nicht hier sein und erst recht nicht Prinzessin spielen oder Avriel den Kopf verdrehen. Außerdem brauchen wir keinen Verbündeten gegen Silvestria. Ich habe kein Interesse daran, Krieg zu führen.

Natrix zischte beleidigt, als ich mit den Fingern über den weichen Stoff strich. Ich fragte mich, wem dieses Kleid gehörte. Vielleicht Avriels Schwester Fiona? Ob sie auch bei dem Essen dabei sein würde? Immerhin war sie doch Atlas versprochen worden, oder? Ob es komisch für die beiden war, sich unter diesen Umständen hier zu begegnen? Bisher hatte Atlas kein Wort darüber verloren, was er von der geplanten Hochzeit mit Fiona hielt. Aber es ging mich ja auch nichts an.

Mein Blick fiel auf ein Gemälde, das direkt neben zwei imposanten Bücherregalen hing. Es zeigte mehrere Falken, auf deren Rücken Menschen saßen und durch die Lüfte schwebten. Der dunkelblaue Hintergrund erinnerte mich stark an die Farbe des Kleides. Die Falken auf dem Gemälde waren um ein Vielfaches größer als die Menschen, und ihre Schnäbel glänzten wie Gold. Die Szene wirkte wie einer Fantasie entsprungen, aber seitdem ich eine lebendige Schlange auf der Haut trug, die mir unentwegt erzählte, ich sei in der Lage, ein verdammtes Königreich zu regieren, hatte sich mein Glaubenshorizont um einiges vergrößert.

»Einer der ersten falconischen Herrscher war in der Lage, auf seinem Falken zu fliegen. Im Gegensatz zu dem Wappentier war er gleißend hell wie die Sonne und mächtig. Doch wie bei allen Königreichen geriet diese Macht irgendwann in Vergessenheit.«

Gibt es eigentlich auch irgendetwas, dass du nicht weißt?, fragte ich, bekam aber keine Antwort auf die ohnehin nicht ernst gemeinte Frage.

Das Gemälde wirkte alt, doch die Farben stachen noch sehr deutlich hervor. Der Goldrahmen wurde regelmäßig geputzt, denn es befand sich kein einziges Staubkorn darauf. Ich trat näher heran und ließ meinen Blick über die Abbildung des imposanten Felsenschlosses schweifen. Ganz unten auf dem Bild befand sich eine schnörkelige Schrift: *Falkenflügel schlagen ewig.*

»Falconia war schon immer so fürchterlich sentimental.«

Ich ging einen Schritt nach links zu den beiden Holzregalen. Dort befand sich, neben Dutzenden Büchern, eine goldene Falkenskulptur. Der Kopf des Vogels wirkte dabei matter als der Rest des Körpers, so als wäre er häufiger berührt worden. Ich streckte meine Hand nach dem Schnabel aus, der erstaunlich spitz war. Plötzlich gab der Kopf nach, und ein kratziges Geräusch ertönte. Erschrocken zuckte ich zusammen. Das zweite Bücherregal schwang nach innen und gab einen schmalen Weg frei, der in die Dunkelheit führte.

»Davon wusste ich übrigens nichts«, zischte Natrix.

Es juckte mir in den Fingern, herauszufinden, wohin dieser Gang führte, gleichzeitig konnte ich schlecht nur mit einem Handtuch bekleidet hindurchschleichen.

»Dreckige Rüstung oder glitzernder Sternenhimmel?«, fragte ich mich selbst, obwohl ich die Antwort bereits kannte.

KAPITEL 15

Mit einer alten Öllampe in der Hand schlich ich durch den engen Geheimgang. Es roch muffig, und immer wieder hörte ich verzerrte Stimmen, konnte aber die genauen Worte nicht verstehen. Staub kitzelte in meiner Nase, und ich musste mir mehrfach das Niesen verkneifen, um niemanden auf mich aufmerksam zu machen. Als ich an eine Abzweigung gelangte, hielt ich inne. Im Grunde war es egal, welchen Weg ich einschlug, ich wusste bei keinem von beiden, wohin er mich führen würde. Ich entschied mich kurzerhand für den linken Gang und stiefelte weiter. Die kleine Flamme der Lampe zuckte wild hin und her, was darauf schließen ließ, dass es mehrere Ausgänge geben musste, durch die der Wind ziehen konnte.

»*Es riecht nach Ärger*«, sagte Natrix.

Ich dachte, Schlangen können nicht riechen, entgegnete ich. Mit der freien Hand fuhr ich die kalte steinerne Wand entlang.

Natrix zischte scharf, was ich als deutlichen Widerspruch verstand. »*Du hast keine Ahnung, wozu Schlangen alles in der Lage sind. Riechen ist das langweiligste Talent, das ich zu bieten habe.*«

Vorsichtig tastete ich mich weiter, bis ich eine Unebenheit in der Wand entdeckte. Sie wirkte wie eine Art Schalter.

Ich horchte, ob ich hinter der Wand ebenfalls Stimmen ausmachen konnte, doch was immer sich dahinter befand, es schien ruhig dort zu sein. Als ich mit den Fingern über die Unebenheit strich und leichten Druck ausübte, schwang die Steinwand nach innen auf. Sofort kniff ich die Augen zusammen, weil mich das Licht blendete.

Ich trat zwei Schritte nach vorn, um in das Zimmer blicken zu können, das offensichtlich verlassen war. Ich ging langsam weiter in den Raum hinein, woraufhin die Tür ohne Vorwarnung zuschwang. In diesem Zimmer verbarg ein gewaltiges Gemälde mit Falkenmotiv die Geheimtür. Ob sie sich von hier auch wieder öffnen ließ?

»Wo sind wir hier bloß?«, flüsterte ich, während ich mich umsah. Der Raum war ähnlich groß wie das Zimmer, in dem ich untergebracht war, wirkte aber noch luxuriöser. Ein goldener Kronleuchter hing von der Decke, in dem jedoch keine Kerzen brannten, weil durch die große Fensterfront des Balkons noch genug Licht ins Innere drang. Auch hier war der Boden mit einem feinen dunkelblauen Teppich ausgelegt worden, der meine Schritte dämpfte. In einer Ecke befanden sich deckenhohe Regale, in denen sich die verschiedensten Bücher befanden. Ich strich mit den Fingern über die in Leder gebundenen Einbände. Der angenehme Geruch von altem Papier drang mir in die Nase. Kein Staub befand sich auf den Büchern, was bedeutete, dass sie regelmäßig benutzt wurden. Wer auch immer hier lebte, verbrachte eine Menge Zeit damit, zu lesen.

»Sie sind alle in Gefahr!«, rief eine aufgebrachte Stimme in der Nähe.

Panisch blickte ich mich in dem Zimmer nach einem Versteck um. Mein Blick fiel auf das Bett, dessen feine seidige Laken beinahe bis auf den Boden reichten.

Perfekt!

Mit wenigen Schritten hatte ich es erreicht und ließ mich auf den Bauch fallen, ehe ich hastig darunterkroch. Ich hörte meinen Herzschlag sowie Schritte, die sich näherten.

»Ich weiß nicht, wie ich sie warnen soll«, ertönte die Stimme erneut. Sie wirkte zerbrechlich und schien einer jungen Frau zu gehören.

Mit einer Hand griff ich nach den Laken. Ich hob sie vorsichtig an, um mehr erkennen zu können. Die junge Frau stand in einem hellrosa Kleid an dem großen, offenen Balkon und schien sich mit jemandem zu unterhalten, den ich jedoch nicht sehen konnte.

»Das ergibt doch alles keinen Sinn. Er ... sollte eigentlich tot sein«, sagte sie.

Ich zog die Augenbrauen zusammen. Mit wem sprach sie, und wieso konnte ich sonst niemanden hören? Leider konnte ich aus diesem Winkel nicht einmal ihr Gesicht sehen.

Drei kräftige Schläge gegen die Tür ließen sie augenblicklich zusammenzucken – genauso wie mich.

»Wer ist da?«, fragte sie ängstlich.

»Ich bins, Juvelina.«

»Ja, komm herein«, rief die unbekannte Frau. Ich hörte, wie ein Schlüssel im Schloss gedreht wurde, ehe die Tür geöffnet wurde.

»Prinzessin Fiona, der König schickt mich.«

Offensichtlich war ich in dem Zimmer von Avriels Schwester gelandet.

»Was will er denn jetzt schon wieder von mir?«, fragte Fiona unterkühlt.

»Er hat mir diesen Brief für Euch mitgegeben. Ihr sollt ihn lesen und ihm Eure Antwort in einem versiegelten Brief übermitteln. Es scheint dringend zu sein.«

»Wenn es so dringend ist, wieso kommt er dann nicht persönlich, um mit mir zu reden?«

»Soweit ich weiß, ist er mit den Gästen aus Silvestria beschäftigt. Es soll ein Festessen zu ihren Ehren geben«, antwortete Juvelina. Sie wirkte Fiona gegenüber deutlich freundlicher, als sie es bei mir gewesen war.

»Natürlich, ein Fest. Mein Bruder liebt es ja so sehr, seine Gäste zu verwöhnen«, entgegnete die Prinzessin. Doch etwas an ihrem Tonfall machte mich stutzig.

Papier raschelte, als die Prinzessin den Brief entgegennahm.

»Ich muss nichts niederschreiben, um meine Antwort zu übermitteln.« Nun klang ihre Stimme überraschend fest. »Sag meinem Bruder, die Antwort ist Nein.«

»Aber er …«

»Meine Antwort ist Nein. Und jetzt raus hier!«, schrie Fiona die Zofe an. Ich hörte, wie Juvelina die Tür laut hinter sich zuzog, dann herrschte Stille. Kurz darauf hörte ich, wie die Tür wieder abgeschlossen wurde.

Was hat das alles zu bedeuten?, fragte ich Natrix.

»Ich hab da so eine Vermutung.«

Dabei beließ Natrix es, und ich wusste, wie sinnlos es wäre, ihn zu einer Antwort zu drängen. Diese Schlange war noch dickköpfiger als ich.

Ein leises Schluchzen war zu hören. Als ich mich zur Seite drehte, konnte ich die Prinzessin sehen. Sie kniete auf dem Teppich und vergrub das Gesicht in ihren zierlichen Händen. Ihr Haar war hell, beinahe wie frisch gefallener Schnee. Es fiel ihr in sanften Wellen über die zierlichen Schultern, und kleine rosafarbene Perlen glitzerten darin. Sie schien selten bis nie draußen zu sein, denn ihre Haut war heller als Papier. Ob König Avriel sie hier gegen ihren Willen festhielt?

»Ich kann das alles nicht mehr, Ciel«, wimmerte Fiona.

Es dauerte eine Weile, bis sie sich wieder aufrappelte und hinter einer Ecke verschwand.

»Du solltest schleunigst verschwinden, bevor sie dich bemerkt!«

Ich rollte mit den Augen. *Auf die Idee wäre ich selbst nie gekommen.*

Vorsichtig kroch ich unter dem Bett hervor und lief so leise wie möglich zu dem Gemälde mit der Geheimtür. Sie war fest von außen verschlossen. Also musste ich den Mechanismus finden, wenn ich aus dem Raum entkommen wollte. Kurz überlegte ich, der Prinzessin von den Gängen zu erzählen. Doch solange ich nicht wusste, was hier vor sich ging und wem ich vertrauen konnte, war es vermutlich das Beste, mich bedeckt zu halten.

Mit der Hand tastete ich den Rahmen ab und suchte anschließend die Wand dahinter nach einem Hebel oder einem Schalter ab, konnte jedoch nichts dergleichen finden. Vielleicht ließ sich diese Tür nur von der anderen Seite öffnen?

Mein Blick fiel auf eine glänzende Falkenskulptur, die auf einem steinernen Sockel in der Ecke stand. Der Kopf des Vogels ließ sich zwar nicht bewegen, dafür fiel mir bei näherem Hinsehen eine glänzende Feder im sonst matten Gefieder auf, die ich vorsichtig mit dem Zeigefinger berührte. Die Feder ließ sich nach vorn ziehen. Kurz darauf schwang die Tür auf.

Erleichtert betrat ich den Geheimgang. Darin angekommen, wurde es augenblicklich dunkler, als ich die Tür vorsichtig hinter mir schloss. Zum Glück kannte ich den Rückweg.

Als ich mein Zimmer erreicht und das Bücherregal hinter mir geschlossen hatte, atmete ich auf. Hier ging irgendetwas vor sich, das mir nicht gefiel. Fionas Worte ergaben keinen Sinn, gleichzeitig fragte ich mich, ob sie Atlas gemeint hatte.

Er sollte eigentlich tot sein …

Ich stieg aus meinen schlammigen Stiefeln und ließ mich auf das edle Bett fallen. Bei dem Essen musste ich unbedingt mit Atlas sprechen. Vielleicht wusste er etwas, das mir half, Licht ins Dunkel zu bringen. Hoffentlich ... Für den Moment konnte ich jedoch nichts anderes tun, als zu warten.

Es dauerte nicht lange, bis Cyrine wiederkam. Ihre Wangen waren gerötet und ihr Haar zerzaust.

»Ich habe das hier besorgt«, sagte sie hektisch. Ihr Blick huschte über meine dreckige Rüstung und die löchrigen Socken, die ich an den Füßen trug. Sie wirkte überrascht, dass ich die alten Klamotten statt des wunderschönen Kleides trug, aber wer konnte ihr das verübeln? Die Menschen ließen sich nur allzu gern von glitzernden Dingen blenden und verloren den Blick für das, was wirklich zählte. Ich würde mich nicht in eine Rolle zwingen lassen, die nicht zu mir passte. Ich war eine Kriegerin. Als solche wollte ich auch behandelt werden, egal, was König Avriel dachte.

»Mein großer Bruder ist Teil der falconischen Garde. Ich habe ihn gebeten, mir etwas zum Anziehen für dich zu bringen. Er war etwas verwirrt, aber alles, was er auf die Schnelle auftreiben konnte, hat er in diesen Sack gepackt. Und ich dachte, deine Jacke lässt sich vielleicht mit etwas Seife reinigen. Sie sah noch recht neu aus.« Cyrine reichte mir den Beutel mit der Kleidung. »Wenn du möchtest, helfe ich dir beim Säubern.« Sie strich sich eine verirrte Strähne aus dem Gesicht.

Ich lächelte. »Danke, das wäre sehr hilfreich.«

Die Lederjacke hing noch immer über dem Hocker, da ich in der Eile nur Hemd, Hose und Stiefel übergezogen hatte.

Ich folgte ihr in die Badenische, wo sie sich die Lederjacke mitsamt dem Eimer schnappte, den sie und Juvelina vorhin zum Befüllen des Zubers genutzt hatten. Sie tauchte ein Tuch ins Wasser, ehe sie ein Stück Seife aus ihrer Tasche darüberrieb. Dann strich sie mit gleichmäßigen Bewegungen über das schwarze Leder.

»Mein Bruder meinte, du wärst etwas Besonderes, weil du die erste Frau bist, die es in die Ferumgarde geschafft hat.«

Ich nickte, während ich die Klamotten begutachtete, die sich in dem Sack befanden. »Bei euch ist das anders, oder?«

»Es gibt einige Frauen in unserer Armee«, antwortete Cyrine, während sie mit geübten Handgriffen die Schlammflecken auf meiner Jacke entfernte.

Langsam strich ich mit der Hand über die beigefarbene Hose. Sie war unglaublich weich, fühlte sich aber gleichzeitig robust an. Ich hatte keine Ahnung, aus welchem Material sie bestand. Für Leder war der Stoff zu weich, für gewöhnlichen Stoff wiederum zu robust. Anders als bei meiner silvestrischen Uniform entdeckte ich keine besonderen Nähte, Ornamente oder Wappen. Das Oberteil war in einem dunklen Grauton gehalten und an einigen Stellen wie den Ellenbogen mit dunkelbraunem Leder verstärkt worden. Ganz klein und kaum sichtbar bemerkte ich einen gestickten blauen Falken am Saum.

»Ich hoffe, das entspricht eher deinem Geschmack. Das ist die Ausstattung unserer Anwärter, etwas anderes haben sie meinem Bruder nicht überlassen. Mit jedem Aufstieg in unserer Armee verdient man sich nicht nur Ehre, sondern auch seine Uniform. Die falconischen Krieger tragen sie voller Stolz.«

»Es ist perfekt, viel besser als das da«, sagte ich und wies auf das opulente Abendkleid.

Cyrine reichte mir mit einem Lächeln die saubere, aber feuchte Jacke. »Wenn es in Ordnung ist, würde ich dich vorerst wieder allein lassen. Ich komme später wieder, um dir die Haare zu frisieren und dir den Weg in den Festsaal zu zeigen. Bis dahin muss ich noch einige andere Dinge für die Feier vorbereiten, damit der König zufrieden ist.«

»Natürlich, das verstehe ich. Ich werde mich etwas von der Reise ausruhen und mir die Haare dann selbst frisieren. Avriel braucht davon nichts zu erfahren.«

Cyrine nickte zustimmend und verließ das Zimmer. Erst jetzt schlüpfte ich in die frischen Klamotten und versuchte, meine Gedanken zu ordnen. Doch alles, woran ich denken konnte, waren die beunruhigenden Worte der eingesperrten Prinzessin …

Einige Zeit später klopfte es wieder an die Tür. Ich hatte mich auf das große bequeme Bett gelegt und zumindest ein wenig gedöst, um mich von den Strapazen der vergangenen Tage zu erholen. Dabei war mir eine wunderschön gearbeitete Stickerei auf dem Himmel des Bettes aufgefallen, die eine Karte der Reiche darstellte. Sie bildete eindrucksvoll ab, welchen Weg Atlas und ich hinter uns gebracht hatten.

Als Cyrine das Zimmer betrat, trug sie eine schickere Version ihres Arbeitskleides und hatte sich das Haar mit einer glitzernden Perlenspange hochgesteckt. Ihre Wangen waren gerötet. Ich konnte nicht sagen, ob es von der Aufregung, dem Stress oder von etwas Puder kam. Aber es ließ sie sofort lebendiger wirken.

Ich hatte mir meine Haare zu einem ordentlichen Zopf geflochten, der mir locker über die Schulter fiel.

»Die Uniform steht dir«, sagte sie aufrichtig.

»Danke, vielleicht sollte ich über einen Wechsel der Armee nachdenken. Eure Stoffe sind deutlich bequemer als die der Ferum.«

»Ich glaube, darüber wäre König Atlas sehr unglücklich. Ohne dich wäre er den Männern, die seine Kutsche überfallen haben, ja anscheinend nicht entkommen.« Die Ehrfurcht in Cyrines Stimme war kaum zu überhören.

»Der König weiß sich selbst gut zu verteidigen«, wich ich aus, denn ich wusste, dass ich ohne Atlas auch nicht lebend in Falconia angekommen wäre.

Cyrine und ich verließen das Zimmer, und ich folgte ihr den langen Flur entlang. Ich war immer noch fasziniert von der Gestaltung dieses Schlosses mit den vielen verspielten Details an den Treppen und den goldenen Ornamenten. Allerdings kreisten meine Gedanken um das, was ich belauscht hatte.

»Wird die Prinzessin dem Fest beiwohnen?«, fragte ich daher. Die Zofe drehte sich kurz um, ehe wir um die Ecke bogen.

»Die Prinzessin ist recht schüchtern und hält sich bei Besuchen von Fremden meist im Hintergrund«, antwortete Cyrine.

»Aber Atlas ist doch kein Fremder für sie, oder? Immerhin sollen die beiden heiraten.«

Wir erreichten eine Steintreppe, die wir hintereinander passierten.

»Ja, natürlich.« Cyrine knetete ihre Hände. Es war ihr deutlich anzumerken, dass sie das Thema lieber meiden wollte, was mich darin bestärkte, dass hier etwas ganz und gar nicht mit rechten Dingen zuging. »Ich meinte auch nicht, dass sie und König Atlas sich fremd wären. Aber Prinzessin Fiona lebt sehr ... zurückgezogen.«

»Versuch lieber, in Erfahrung zu bringen, wo sich der falconische Schlüssel für die Gruft befindet.«

Gute Idee, Natrix. Wir haben nicht mal den von Atlas, und mich beschleicht zunehmend das Gefühl, dass er auch den trotz Abmachung nicht so leicht herausrücken wird. Aber stürzen wir uns gleich in ein neues Problem, je mehr Drama, desto besser.

Natrix zischte drohend, und ich atmete genervt aus, was mir einen fragenden Blick von Cyrine bescherte. Die Menschen um mich herum mussten mich für absolut respektlos halten. Dabei galt mein Augenrollen oder Schnauben meistens Natrix und nicht ihnen.

»*Schieb mir deine Launen ruhig in die Schuppen*«, entgegnete Natrix belustigt.

Ich verkniff mir ein Grinsen. Durch den breiten Gang, den wir entlangliefen, schallte bereits leise Musik. Am Ende des Flurs befand sich eine große Flügeltür. Dahinter musste das Fest bereits in vollem Gange sein.

Zwei falconische Soldaten waren vor der Tür postiert, die mich fragend musterten, als wir näher kamen. Es musste kurios wirken, dass ich in einer sandfarbenen falconischen Anwärteruniform steckte, darüber aber eine schwarze silvestrische Kampfjacke trug. Wenn das kein Symbol des Friedens war, wusste ich auch nicht.

Kommentarlos öffneten sie die schwere Tür, und Cyrine und ich betraten den Festsaal, der mir den Atem raubte. Zwar war der Saal deutlich kleiner als die gewaltige Halle in Silvestria, doch befand sich im hinteren Teil ein Baum, dessen Krone bis an die hohe Decke reichte. Diese bestand aus einer kunstvoll gearbeiteten Buntglaskuppel, die den Saal in ein magisches Licht tauchte. Durch die saftig grünen Blätter des Baumes wirkte der Saal beinahe wie ein überdachter Garten, denn auch sonst grünte und blühte es hier an fast jeder Ecke.

»Das ist wunderschön«, murmelte ich.

Cyrine war mir bereits einige Schritte voraus, sodass sie meine Worte nicht gehört hatte.

Schnell folgte ich ihr und entdeckte weitere Soldaten, die mit ausdrucksloser Miene am Rand standen. Das Bild erinnerte mich sehr an das Fest in Silvestria, was mir ein ungutes Bauchgefühl verursachte. Schließlich hatten nicht alle Mitglieder der Königsfamilie überlebt. Ich hoffte sehr, dass dieses Fest anders endete.

Das Zentrum des Raumes bildete ein massiver Holztisch. Er war mit prächtigen blauen und violetten Blüten geschmückt. Neben den Tellern und dem Besteck befanden sich geflügelte Kerzenständer darauf, die eine offensichtliche Anspielung auf das Wappentier von Falconia darstellten.

Cyrine hielt an einem der freien Plätze an und zog den Stuhl zurück, ganz zum Missfallen eines jungen Dieners, der sich seiner Aufgabe beraubt zu fühlen schien.

Direkt vor Kopf saß natürlich König Avriel. Er trug ein dunkelblaues Hemd, das von goldenen Fäden durchzogen war. Mit Erschrecken stellte ich fest, dass es perfekt mit dem Kleid harmonierte, das ich in meinem Zimmer zurückgelassen hatte.

Der König musterte mich unverhohlen, und ich konnte beim besten Willen nicht sagen, ob er beleidigt oder belustigt war, weil ich mich nicht in den funkelnden Sternenhimmel hatte kleiden lassen. Links von Avriel saß Fiona, deren Blick eisern auf ihrem leeren Teller ruhte. Ich zog die Augenbrauen in die Höhe, war überrascht, sie hier am Tisch zu sehen. Es hatte den Anschein erweckt, als würde sie niemals ihre Räumlichkeiten verlassen, was vermutlich auch der abgeschlossenen Tür geschuldet war. Im Kerzenschein wirkte sie noch kränklicher als in ihrem Zimmer.

»Du bleibst dir und deiner sturen Art also auch hier treu?«, sagte Atlas leise, der rechts neben mir saß. Es war mir ein Rätsel, wieso es jedem nur darum ging, wie ich aussah.

»Ich lege Wert darauf, dass ich mich in meiner eigenen Haut wohlfühle«, entgegnete ich. Dabei riskierte ich einen kurzen Blick auf ihn und seine Kleidung.

Atlas' dunkle Augenringe waren verschwunden. Jemand hatte ihm das Haar geschnitten, sodass es seine Stirn nur noch leicht bedeckte. Er trug ein pechschwarzes Hemd mit silbernen Knöpfen, von denen er die ersten drei offen gelassen hatte und so einen recht tiefen Blick auf seine Brust ermöglichte.

»Suchst du etwas?«, fragte er provokant.

Sofort wanderte mein Blick hoch zu seinen stahlblauen Augen. »Ja, deine Fähigkeit, ein Hemd richtig zuzuknöpfen. Aber die scheint dir wohl genau wie deine Manieren abhandengekommen zu sein.«

Seine Mundwinkel hoben sich und offenbarten, wie gut ihm ein Lächeln zu Gesicht stand.

»Wie schön, dass wir nun vollzählig sind«, ergriff der König von Falconia das Wort, und ich wandte mich von Atlas ab. Avriel hatte sich von seinem Stuhl erhoben, der wie die Miniaturversion eines Throns wirkte.

»Ich freue mich sehr, dass ihr hier seid, auch wenn die Umstände eures Besuches mich mit Trauer erfüllen. Aber zumindest für den heutigen Abend wollen wir uns den schönen Dingen im Leben zuwenden und die Sorgen vergessen.«

Wie aufs Stichwort erklang eine sanfte Melodie. Als ich nach ihrem Ursprung suchte, erkannte ich eine in Weiß gekleidete Frau und zwei andere Musikerinnen in der Nähe des Baumes, die auf fremdartigen Instrumenten spielten.

»Bevor das Essen aufgetischt wird, würde ich gern den Moment nutzen und eine alte falconische Tradition mit euch teilen.«

Fiona hob den Kopf, und für einen Moment trafen sich unsere Blicke. Ihre honigfarbenen Augen wirkten verängstigt.

Avriel trat näher. Ich drehte meinen Oberkörper zu Atlas, da ich mir sicher war, dass der König das Wort nun an ihn richten würde, doch überraschenderweise blieb Avriel bei mir stehen und reichte mir seine linke Hand. »Darf ich um diesen Tanz bitten?«

Auch Fiona erhob sich von ihrem Platz, was ich aus dem Augenwinkel bemerkte.

»Ich sag doch, die Falconier haben einen Drang zur ... Dramatik. Sie wollen immer den Schein wahren, die Traditionen ehren und machen aus jeder Zusammenkunft einen übertriebenen Festakt.«

Ich biss mir auf die Unterlippe. Natrix hatte die Situation leider sehr treffend zusammengefasst.

Fragend blickte ich zu Atlas, der ähnlich überrascht aussah. Offensichtlich war ihm diese Tradition genauso unbekannt wie mir. Langsam erhob ich mich von meinem Platz und legte meine Hand in die des Königs.

»Tänze genießen in unserer Kultur einen äußerst hohen Stellenwert«, fuhr Avriel fort. Auch Atlas wurde zum Tanz aufgefordert – von Prinzessin Fiona. Sie schien dies jedoch unfreiwillig zu tun, denn ihre Miene wirkte ernst und abweisend. Unweigerlich fragte ich mich, ob die beiden von den Hochzeitsplänen überzeugt waren oder ob sie sich ihrem Schicksal, zum Wohle ihrer Länder, fügten.

Die Musik veränderte sich, wurde lauter und intensiver. Avriel legte seine rechte Hand an meine Hüfte und geleitete mich in den hinteren Teil des Saals, wo der Baum stand.

»Wirklich schade, dass du nicht das Kleid trägst, das ich für dich ausgesucht habe«, sagte er leise und drehte mich langsam herum.

Ich hatte überhaupt keine Ahnung vom Tanzen, weshalb ich unentwegt auf den glänzenden Boden starrte, aus Angst, Avriel auf die Füße zu treten. Gleichzeitig hatte ich das ungute Gefühl, dass er mit mir flirtete.

»Ich bevorzuge es legerer, immerhin muss ich im Notfall

kampfbereit sein. Da sind zig Lagen von Tüll eher hinderlich«, antwortete ich.

Avriel lachte und entblößte dabei zwei Grübchen. »Mir war von Anfang an klar, dass du so überhaupt nicht in das steife Bild der Ferum passt. Atlas hat mich bereits vorgewarnt, dass du einen starken Charakter und einen unbeugsamen Willen besitzt. Die wenigsten hätten das Geschenk eines Königs abgelehnt, aber du hast nicht mal gezögert. Solche willensstarken Menschen sind sehr selten«, sagte er, während wir uns rechtsherum drehten. Dabei erhaschte ich einen Blick auf Atlas und Fiona, die sich einige Armlängen entfernt befanden. Beide schwiegen. Als Atlas den Kopf in meine Richtung drehte, erkannte ich ein wütendes Funkeln in seinen Augen, das zur Abwechslung jedoch nicht mir zu gelten schien, sondern überraschenderweise Avriel. Der König intensivierte den Druck an meiner Hüfte, sodass ich ihm meinen Blick zuwandte.

»Ist das so? Was hat mich denn verraten?«, hakte ich nach.

Avriel schien sich gern als jemand zu inszenieren, dem nichts entging. Er grinste überlegen. Aber die Rolle des Unnahbaren stand ihm schlecht. »Da ist ein Feuer, das tief verborgen in deiner Brust schwelt. Du bist auf der Suche nach dem Funken, der es zum Brennen bringt. Und genau das hab ich vom ersten Moment an in dir gesehen – jemanden, der in der Lage ist, die Welt in Flammen zu setzen.«

Der Takt der Melodie wurde schneller. Avriel wirbelte mich unvermittelt herum, packte mich kurz darauf fest an den Hüften und hob mich ein Stück in die Höhe, was mir einen überraschten Schrei entlockte. Elegant ließ er mich wieder zu Boden gleiten. Ich schnappte nach Luft, als er wieder nach meiner Hand griff und mich sanft führte.

»Das habe ich nicht kommen sehen«, sagte ich atemlos.

»Dabei scheint es, als hättest du einen Sinn für Überraschungen, oder?« Sein Tonfall klang eine Spur provokant, als wolle er mir etwas entlocken.

»Wie meint Ihr das?«, fragte ich daher.

»Nun, laut Atlas hast du bei dem Attentat auf die Königsfamilie blitzschnell reagiert und ihn in Sicherheit gebracht. Und als wäre das nicht schon tapfer genug, warst *du* es, die den verletzten König quer durch zwei Königreiche begleitet hat, um ihn zu mir zu bringen. Du scheinst wahrlich eine großartige Kriegerin zu sein, Cahira Cade.«

Seine Worte schmeichelten mir, gleichzeitig verpassten sie mir einen jähen Stich. Atlas hatte ihm offensichtlich nur einen Teil der Wahrheit erzählt. Immerhin hatte er mich zum Tode verurteilt und giftigen Schlangen zum Fraß vorgeworfen. War er mittlerweile einsichtig und machte mich nicht länger zum Sündenbock seiner Geschichte? Oder …

… oder wollte er sich vor Avriel nur nicht die Blöße geben, seine Unfähigkeit zuzugeben?

Avriel riss mich aus meinen Gedanken. »Habe ich etwas Falsches gesagt? Ich wollte dich keinesfalls kränken oder in Verlegenheit bringen.«

Ich lächelte entschuldigend. Avriel war immer noch ein König, der hier vor mir stand und mit mir einen traditionellen Tanz vollführte. Und auch wenn ich mir nicht viel aus der königlichen Etikette am Hof machte, wollte ich ihn keinesfalls beleidigen. »Ich war nur kurz in Gedanken. Es ist schmerzhaft, mich an all das zu erinnern. Die letzten Tage waren sehr kräftezehrend und ereignisreich.«

Avriel nickte und blieb plötzlich stehen. Langsam zog er mich näher heran, sodass er nur eine Handbreit von mir entfernt war. Er war mir so nah, dass ich seine unterschiedlich gefärbten Augen bemerkte. Das linke war eine Spur heller als das rechte, welches von dunklen Sprenkeln durchzogen war.

»Ich denke, es wird langsam Zeit, zu essen, oder?«, raunte er und grinste.

Mein Blick huschte zu Atlas und Fiona, die ebenfalls stehen geblieben waren. Wir gingen alle gemeinsam zurück zum Tisch. Kurz darauf brachten die Diener die Speisen herein.

Falconia besaß jede Menge Köstlichkeiten, von denen ich nie gehört, geschweige denn gekostet hatte. Bisher hatte ich mich hauptsächlich von Eintöpfen und Brot ernährt. Aber auf dieser Tafel türmten sich die verschiedensten Fleisch- und Gemüsesorten, die dekadent präsentiert wurden.

Meine Hose drückte bereits, dennoch konnte ich mich nicht sattsehen an den Gerichten. Umso irritierter war ich daher, dass Prinzessin Fiona nichts davon probierte. Unangetastet lagen auf ihrem Teller ein paar Früchte und ein Stück Rehbraten mit roter Soße. Allerdings schien weder Atlas noch Avriel aufzufallen, dass Fiona nichts aß. Die beiden Könige waren näher zueinandergerückt und prosteten sich schon das fünfte Mal mit ihren randvoll gefüllten Krügen zu.

»Schmeckt Euch das Essen nicht?«, fragte ich leise an die Prinzessin gewandt. Sie hob sofort den Kopf und sah mich an.

»Oh … Ach das.« Sie klang merkwürdig verunsichert. »Ich habe nur keinen großen Appetit«, schob sie nach.

»Ihr seht aus, als könntet Ihr etwas frische Luft vertragen. Sollen wir vielleicht hinausgehen?«, fragte ich vorsichtig.

Das hier war meine Chance, mit der Prinzessin allein zu reden. Ein kleiner Spaziergang durch den Garten des Festsaals dürfte doch kein großes Aufsehen beim König erregen, oder? Fiona schien über den Vorschlag nachzudenken, nickte kurz darauf.

»Avriel? Könnte ich mit der tapferen Kriegerin von König Atlas ein wenig frische Luft schnappen? Mir ist vom Tanzen noch immer etwas schwindelig, und der Wein ist mir wohl auch etwas zu Kopf gestiegen.«

Der König unterbrach das Gespräch mit Atlas. Sein zuvor so freundlicher und offenherziger Blick war mit einem Mal verschwunden. Stattdessen wirkte er genervt.

»Kyad kann dich begleiten, damit unser Gast noch in Ruhe aufessen kann«, sagte er schroff und wandte sich wieder an Atlas.

»Ich begleite die Prinzessin sehr gern hinaus. Ich könnte auch etwas kühle Nachtluft gebrauchen«, entgegnete ich so freundlich wie möglich. Seine Reaktion bestätigte meinen Verdacht, dass etwas zwischen den beiden Geschwistern stand.

Avriel überlegte kurz und nahm einen weiteren Schluck aus seinem Becher. »Von mir aus, aber nicht zu lang, es gibt gleich noch Nachspeise.«

Fiona erhob sich von ihrem Platz. Ich folgte ihr zu der schmalen Tür, die sich links von mir befand. Daneben waren, wie auch in Silvestria üblich, zwei Wachen postiert, die uns jedoch keines Blickes würdigten. Sie öffneten die Tür, und sofort empfing mich eine angenehme Brise.

»Das tut gut«, sagte ich und atmete tief ein. Mir war gar nicht aufgefallen, wie schwül es in dem Saal war.

»So schön der Saal auch ist, durch den großen Baum ist die Luftfeuchtigkeit darin sehr hoch«, entgegnete die Prinzessin. Auch sie schien sich hier draußen deutlich wohler zu fühlen.

»Ein sehr beeindruckender Saal. Ich habe noch nie eine so große Pflanze innerhalb eines Palastes gesehen.«

Wir schlenderten einen schmalen Weg entlang, den einige Fackeln erleuchteten. Die Sonne war beinahe untergegangen, doch ein paar letzte Strahlen lugten noch über den Horizont.

»Einer unserer Urahnen hat ihn damals dort gepflanzt. Der Baum ist der letzte seiner Art und für uns heilig. Die königliche Linie glaubt, dass in diesem Baum dieselbe Magie wohnt, die Seelentiere hervorbringt.«

»Ein schöner Gedanke«, sagte ich.

»Glaubst du an die Seelentiere?«, fragte die Prinzessin erstaunlich direkt. Sie war stehen geblieben und sah mich erwartungsvoll an.

»*Verrat bloß nicht zu viel*«, mahnte Natrix mich.

»Hättet Ihr mich das vor einer Woche gefragt, wäre meine Antwort vermutlich Nein gewesen.«

»Und was hat sich seitdem verändert?«, fragte sie.

Alles, ging es mir durch den Kopf.

Alles, wofür ich gelebt habe.

Alles, woran ich je geglaubt habe.

Mein gesamtes Leben hatte sich verändert.

»Sagen wir so – ich habe am eigenen Leib Bekanntschaft mit etwas Magie gemacht.« Ich lächelte, um den Worten die Ernsthaftigkeit zu nehmen.

Fiona nickte, ehe sie sich wieder in Bewegung setzte. Ihr feines Tüllkleid raschelte leise.

»In Silvestria gab es schon sehr lange kein Seelentier mehr, und auch aus den anderen Königreichen hört man nichts dergleichen. Einige behaupten sogar, es hätte sie nie gegeben«, sagte sie.

»Das liegt vermutlich daran, dass die Menschen, die sie mit eigenen Augen gesehen haben, schon lange tot sind. Wir neigen dazu, nur das zu glauben, was wir selbst auch sehen können.«

Fiona steuerte auf eine kleine Bank zu, und wir ließen uns auf ihr nieder.

Nach einer Weile des Schweigens durchbrach ich die Stille. »Erlaubt Ihr mir eine persönliche Frage?«

»Nur zu.«

»Ihr habt kein sonderlich gutes Verhältnis zu Eurem Bruder, oder?«

Fiona nahm sich Zeit, ehe sie antwortete. »Seit dem Tod unseres Vaters hat sich das Leben meines Bruders verändert. Er muss jetzt ein ganzes Land regieren, Verantwortung für all die Menschen tragen. Unsere Mutter kommt nicht mehr aus ihrer Kammer. Sie will kein Teil mehr von dieser Welt sein, und ich … Auch für mich hat sich eine Menge verändert. Die neue Situation hat uns entzweit.«

Ihre Stimme war voller Trauer und Schmerz, aber ich spürte, dass das nur die halbe Wahrheit war. »Er sperrt Euch ein, oder? Wieso tut er das?«

Fionas Augen weiteten sich. »Woher … Wer hat dir das erzählt?«

Ich zögerte einen Moment.

Konnte ich der Prinzessin vertrauen? Ihr sagen, dass ich es mit eigenen Augen gesehen und sogar gehört hatte, wie die Zofen den Schlüssel im Schloss herumgedreht hatten?

»*Sie könnte eine Verbündete sein*«, zischte Natrix.

Oder eine weitere Feindin, antwortete ich ihm in Gedanken.

Aber was blieb mir für eine Wahl?

Ehe ich antworten konnte, liefen zwei Diener auf uns zu.

»Der König ruft zu Tisch«, sagte einer von ihnen.

Schweigend gingen wir wieder zurück zu den anderen.

KAPITEL 16

Nach dem Nachtisch, der aus einer Art Fruchtsorbet bestand und vorzüglich schmeckte, dachte ich, ich hätte diesen Abend hinter mich gebracht. Doch das stellte sich leider als Irrtum heraus.

»Ihr habt euch womöglich den besten Zeitpunkt für einen Besuch ausgesucht«, sagte Avriel, während die Dienerschaft den Tisch abdeckte.

»Wieso das?«, fragte ich.

»Einmal im Jahr kann man vom höchsten Turm des Schlosses aus ein wahrhaftiges Spektakel beobachten.«

»Den Falkenflug«, sagte Fiona leise. Als ich zurück zum König sah, bemerkte ich den wütenden Schatten, der sich über sein Gesicht legte.

»Jetzt hast du unseren Gästen die Überraschung vermiest«, sagte er barsch, was sie zusammenzucken ließ.

Ich versuchte, die Wogen zu glätten. »Das klingt immer noch höchst geheimnisvoll.«

»Ich habe es schon einmal gesehen. Damals war ich noch ein kleiner Junge und mit meinem Vater zu Besuch«, warf Atlas ein.

»Das kann gut sein, mein Freund. Unsere Väter haben sich

oft getroffen, um Pläne für ein friedliches und sicheres Reich zu schmieden. Ich wünsche mir sehr, dass wir beide diesen Plan fortführen.«

»Ich traue ihm nicht so recht.«

Natrix, du traust niemandem, entgegnete ich in Gedanken.

»Das stimmt nicht ganz. Aber die Art, wie er spricht, diese zwei Gesichter, die er präsentiert. Sei vorsichtig.«

Keine Sorge. Ich traue keinem König – weder dem einen noch dem anderen.

»Atlas und ich werden uns noch für ein Gespräch zurückziehen. Möchtest du dich so lange ausruhen? Eine der Zofen wird dich dann später zu uns in den Turm bringen«, schlug Avriel vor.

»Und die Prinzessin? Wird sie uns auch mit ihrer Anwesenheit beehren?«, fragte ich.

Die Geschwister tauschten einen Blick miteinander, ehe Fiona das Wort ergriff. »Ich fühle mich ehrlich gesagt heute etwas müde, daher werde ich auf meinem Zimmer bleiben. Aber ich wünsche euch noch einen angenehmen Abend.«

Mit diesen Worten erhob sie sich von ihrem Platz und lief in Richtung Tür. Sofort löste sich einer der Soldaten aus seiner starren Position und begleitete sie hinaus.

»Meine Schwester ist seit ein paar Tagen etwas kränklich, aber seid unbesorgt – wir haben die besten Heiler darauf angesetzt, herauszufinden, was ihr fehlt.«

Freiheit und die Möglichkeit, selbst über ihr Schicksal zu entscheiden, das ist es wohl, was ihr fehlt, ging es mir durch den Kopf. Cyrine kam auf mich zu und geleitete mich aus dem Saal zurück auf mein Zimmer.

»Das Verhältnis zwischen König Avriel und Prinzessin Fiona wirkt ... angespannt.« Ich versuchte, ihr einen Köder hinzuwerfen, um mehr über die Beziehung der beiden zu erfahren.

»Das war nicht immer so. Früher haben die beiden viel zusammen unternommen. Fiona und Avriel wurden beide militärisch ausgebildet, doch Fiona war ihrem Bruder in vielen Dingen weit überlegen. Sie hat jedes Jahr den Preis im Bogenschießen gewonnen«, plapperte sie sofort los.

»Sie haben beide eine Kampfausbildung?«, hakte ich nach.

»Ja, so ist das in den meisten Königshäusern üblich. Immerhin führt man im schlimmsten Falle eine Schlacht an, da sollte man schon wissen, wie man ein Schwert hält und ein Pferd reitet.«

Ich nickte zustimmend. Dennoch überraschte es mich, dass diese zierliche und kränklich aussehende junge Frau mal eine starke Kriegerin gewesen sein sollte. Cyrine und ich bogen in den Korridor ein, in dem sich mein Zimmer befand.

»Was ist denn passiert, dass Fiona kaum noch das Schloss verlässt?«

Cyrine wich meinem Blick aus und zog, statt zu antworten, einen Schlüssel hervor. Sie öffnete die schwere Holztür, woraufhin wir den Raum betraten und sie die Tür leise hinter uns schloss.

»Nun, ihre blasse Haut lässt darauf schließen, dass sie schon länger kein Sonnenlicht mehr gesehen hat, außer vom Inneren des Palastes«, sagte ich.

Die Zofe seufzte. »Ich mache mir nicht viel aus Gerüchten, aber wenn man in einem Palast dient, kommt man nicht umhin, einiges aufzuschnappen.« Sie fuhr sich mit den Fingern durch ihr Haar.

»Das klingt nach einer spannenden Geschichte.« Ich setzte mich auf das große Bett. Mit einer kurzen Handbewegung deutete ich Cyrine an, Platz zu nehmen. Nach kurzem Zögern setzte sie sich zu mir.

»Sicherlich kennst du die Geschichten über die Königreiche und die mächtigen Seelentiere, die die Herrschenden lange Zeit an ihrer Seite hatten. Sie sorgten für ein Gleichgewicht der Länder, dafür, dass kein Reich dem anderen überlegen war.«

Ich nickte.

»Mittlerweile sind das nur noch Geschichten, die man sich am Lagerfeuer erzählt. Alte Mythen, für die es keinerlei Beweise gibt.« Sie machte eine kurze Atempause. »Aber man munkelt, dass es wieder jemanden gibt, der ein solches Tier an seiner Seite hat.«

»*Das klingt höchst interessant*«, zischte Natrix und kroch meinen Rücken herauf, um seinen Kopf auf meine rechte Schulter zu legen.

»Und wer soll die Person sein, um die es geht?«, fragte ich ungeduldig.

»Angeblich hat einer der Diener Prinzessin Fiona mit einem magischen, hell leuchtenden Falken reden hören«, sagte Cyrine leise, als hätte sie Angst, jemand könnte sie für diese Worte hängen.

Schlagartig musste ich an die Situation in ihrem Zimmer zurückdenken, an die Worte, die Fiona gesprochen hatte. Es hatte gewirkt, als würde sie Selbstgespräche führen, aber …

»Das klingt absurd, oder?«, fragte die Zofe, als wollte sie eine Bestätigung von mir hören.

»Ich finde, das klingt, als hätte sich dieser Diener wichtiger machen wollen, als er ist. Oder er wollte vielleicht jemandem imponieren, auf den er ein Auge geworfen hat«, sagte ich und lächelte Cyrine zu.

Der Zofe stieg sofort die Röte ins Gesicht. »Amro schwört, dass es die Wahrheit ist, aber … ich halte das für unmöglich. Immerhin ist ihr Bruder ja der König.«

»Vermutlich war es ein Missverständnis«, wiegelte ich ab.

»So wird es sein. Ich werde in zwei Stunden wiederkommen,

um dich zum Turm zu bringen.« Cyrine erhob sich und ließ mich mit mehr Fragen als Antworten zurück.

»Und was hältst du von der Geschichte?«, fragte ich Natrix.

»*Es ist lange her, dass ich ein anderes Seelentier gesehen habe, aber möglich ist es.*«

»Oder die Prinzessin bildet sich etwas ein, weil sie schon so lange eingesperrt ist«, entgegnete ich.

»*Es gibt da einen Weg, das herauszufinden.*«

Ich wusste, worauf er anspielte, weil ich selbst schon mit dem Gedanken gespielt hatte. Um die Wahrheit herauszufinden, musste ich noch einmal zurück in das Zimmer der Prinzessin. Es blieb mir jedoch nicht viel Zeit, wenn ich zurück sein wollte, bevor mein Verschwinden jemandem auffiel.

»Dann also wieder zurück in den dunklen, staubigen Gang«, sagte ich und erhob mich vom Bett, um mir erneut die Öllampe zu schnappen. »Immerhin kenne ich jetzt den Weg.«

Bei meinem ersten Ausflug durch die Gänge hatte ich noch vereinzelte Stimmen gehört, doch jetzt, am Abend, war es gespenstisch still. Alles, was ich hörte, war mein Atem.

»*Hast du dir denn schon überlegt, wie du sie darauf ansprechen willst?*«, fragte Natrix.

»Ich dachte, ich improvisiere einfach«, flüsterte ich.

»*Das halte ich für eine schlechte Idee.*«

»Zum Glück habe ich dich auch nicht nach deiner Meinung gefragt.«

Natrix zischte beleidigt, beließ es jedoch dabei. Als ich die Wand mit dem Schalter erreichte, hielt ich inne, um meine Gedanken zu sortieren.

»*So viel zum Thema improvisieren, was?*«

Ich schüttelte den Kopf und betätigte den Mechanismus, der die versteckte Tür öffnete. Mein Herz pochte heftig in meiner Brust, doch ich versuchte, meine Nervosität zu verdrängen. Vorsichtig betrat ich den Raum, der im Vergleich zum letzten Mal deutlich gemütlicher wirkte. Überall brannten Kerzen, deren Flammen hin und her zuckten.

Auf den ersten Blick entdeckte ich die Prinzessin nicht, doch dann fiel mein Blick auf den Balkon und die geöffnete Tür.

»Jetzt bloß keine Panik bekommen«, murmelte ich mir selbst zu, dabei hatte ich keine Ahnung, ob ich Fiona trauen konnte. Vielleicht stimmten die Gerüchte, und wir waren uns ähnlicher als gedacht, aber falls nicht …

Unaufmerksam, wie ich war, rempelte ich eine Vase an, die stark schwankte, bevor sie zu Boden fiel. Dank des Teppichs zerbrach sie zwar nicht, doch die Geräusche waren laut genug gewesen.

»Ist da jemand?«, rief Fiona von draußen. Sie schien sich auf dem Balkon aufzuhalten.

Langsam ging ich auf die Tür zu und trat hinaus in Freie. Als Fiona mich sah, wirkte sie überrascht.

»Was machst du denn hier?«

»Ich glaube, wir müssen miteinander reden.«

Ihr Blick wurde weicher, während sie die Dächer der unter uns liegenden Stadt betrachtete. Von ihrem Balkon aus konnte ich einen Großteil der Stadt überblicken.

»Das nenne ich mal eine Aussicht«, sagte ich, um die angespannte Stimmung aufzulockern.

»Du wärst überrascht, wie schnell man sich an ihr sattsieht«, entgegnete die Prinzessin mit traurigem Blick. Sie wandte sich mir zu. »Wie bist du hier hereingekommen?«

»Also ...« Ich suchte fieberhaft nach den richtigen Worten. Fiona betrachtete mich aufmerksam, und mit jeder Sekunde, die verstrich, wurde mir bewusster, dass es die perfekten Worte gar nicht gab.

»Es gibt einen Geheimgang, der von meinem Zimmer in Eures führt«, sagte ich schließlich.

»Oh«, war alles, was aus Fionas Mund kam.

»Und um ehrlich zu sein ... bin ich nicht zum ersten Mal hier. Ich war vor einigen Stunden schon einmal in Eurem Zimmer und habe etwas ... aufgeschnappt.«

»Etwas aufgeschnappt?«

»Ihr habt mit jemandem ... oder etwas geredet, das ich nicht sehen konnte«, fuhr ich langsam fort.

Ich wusste, dass ich mich auf dünnem Eis befand. Aber jetzt gab es ohnehin kein Zurück mehr.

Es ist ganz einfach – entweder sie halluziniert oder ist eine von uns.

Natrix' Worte kamen wie immer im unpassendsten Moment, doch ich musste zugeben, dass er recht hatte. Im Grunde gab es nur diese beiden Möglichkeiten.

»Ich habe keine Ahnung, wovon du überhaupt sprichst«, sagte Fiona. Ihre Stimme klang erstaunlich fest.

»Du brichst einfach so in mein Zimmer ein, denkst, dass ich mit Geistern rede, und ...«

»Das stimmt nicht«, beeilte ich mich, zu sagen. »Ich bin sicher, dass Ihr nicht mit Geistern redet.«

Vertraust du mir?, fragte ich Natrix schnell.

»*Kommt drauf an*«, sagte die Schlange.

Ich weiß, es ist riskant, aber ... ich will dich ihr zeigen. Natrix wand sich. Ich spürte seine Bewegungen mittlerweile so intensiv, als wären es meine eigenen.

»*Das ist in der Tat riskant.*«

Lässt du es zu?, hakte ich nach. Dies war eine Entscheidung, die uns beide gleichermaßen betraf. Daher wollte und konnte ich sie nicht allein treffen.

»*Ich habe keine Wahl, oder?*«, sagte er, was ich als Zustimmung verstand.

»Prinzessin Fiona, ich glaube, wir beide sind uns ähnlicher, als Ihr denkt. Wenn Ihr mir erlaubt, dann … würde ich Euch gern etwas zeigen.«

Ich konnte das Unbehagen der Prinzessin spüren, sie fühlte sich in die Ecke gedrängt und war sich unsicher, ob sie mir vertrauen konnte. Im Grunde ging es mir genauso. Aber eine von uns beiden musste sich zuerst offenbaren, und ich wusste, dass ich diejenige sein musste.

Sie nickte, woraufhin ich mich vorsichtig aus der Ferumjacke schälte. Die Prinzessin beobachtete mich aufmerksam, während ich das Hemd aufknöpfte. Ich spürte, wie Natrix von meinem Rücken über meine Schulter kroch, um sich um meinen Arm zu legen. So musste ich mich wenigstens nicht komplett ausziehen.

»Bitte erschreckt nicht«, warnte ich Fiona, bevor ich aus dem Hemd schlüpfte und jede Menge Haut entblößte.

Sie schnappte nach Luft, und ich konnte es ihr nicht verdenken. Immerhin war das Abbild beeindruckend, und noch hatte Natrix sich nicht einmal bewegt.

»Ich … versteh nicht ganz«, stammelte Fiona. Doch als Natrix sich langsam meinen Arm hinunterschlängelte und ich das mir mittlerweile vertraute Kribbeln auf meiner Haut spürte, sah ich, wie sie die einzelnen Puzzleteile gedanklich zusammensetzte.

»Du …«, sagte sie nur und starrte weiter auf die lebendige Schlange auf meiner Haut. Als Natrix' Kopf mein Handgelenk erreicht hatte, ging ich fest davon aus, er würde innehalten. Stattdessen spürte ich einen kurzen Druck auf meiner Haut. Dunkle Schlieren erschienen, und im nächsten Augenblick befand er sich mit Fiona und mir auf dem Balkon.

»Du hast ein ... Seelentier?«, hauchte Fiona, deren Blick nach wie vor auf Natrix geheftet war. Seine glänzenden pechschwarzen Schuppen reflektierten das Licht der Fackeln.

»So wie Ihr, oder?«

Fiona atmete hörbar aus. Ich sah ihr förmlich an, wie eine tonnenschwere Last von ihr abfiel.

»Ciel und ich sind im Gegensatz zu dir absolut machtlos«, sagte sie resigniert.

»Ciel? Ist das der Name Eures Seelentieres?«

»Ja. Er erschien in der Nacht, in der mein Vater starb. Ich dachte, ich würde den Verstand verlieren, denn niemand sonst war in der Lage, ihn zu sehen. Nicht einmal mein Bruder hat mir geglaubt, als ich ihm davon erzählte, dabei hatte Ciel mich davor gewarnt, mich ihm anzuvertrauen. Ich bat ihn dennoch, sich meinem Bruder zu offenbaren, und ...«

»Er sperrte Euch hier ein, weil er befürchtete, die Herrschaft an Euch abtreten zu müssen?«, mutmaßte ich.

»Mein Bruder hat sich sehr verändert, seit er die Krone besitzt. Es ist, als hätte ein Schatten von ihm Besitz ergriffen. Früher ... waren wir unzertrennlich. Aber jetzt fürchtet er tatsächlich, ich könnte ihm seinen Thron rauben.«

»Und Ihr wollt nicht ... regieren?«

Fiona strich sich mit den Händen über den Stoff ihres Kleides. Dann sah sie nach rechts, wo kleine helle Punkte in der Luft erschienen. Stück für Stück setzten sie sich zu einem prächtigen Falken zusammen, der sich auf der Balustrade des Balkons niederließ und einen leisen Schrei ausstieß. Sein Gefieder leuchtete. Es war ein wunderschöner, magischer Anblick.

»Ich weiß es nicht. Aber ich weiß, dass ich nicht länger als Gefangene in meinem eigenen Land leben will«, sagte sie mit fester Stimme. Ein kühler Luftstoß wirbelte ihre Haare durcheinander. »Deine Schlange gehört zu Veneria, oder? Dem verdammten Königreich von Aruna.«

Ich nickte. »Ich will es wiederauferstehen lassen und den Fluch brechen, der auf dem Land lastet«, sagte ich. Während ich die Worte aussprach, begriff ich, dass es nicht mehr nur Natrix' Wille war, sondern tatsächlich auch mein eigener. Die vergangenen Tage hatten mir gezeigt, dass die Welt ein bösartiger Ort war und die Herrschenden einen Großteil dazu beitrugen. Vielleicht war es an der Zeit, einen Ort zu schaffen, wo es anders lief. Ein Land, in dem die Menschen sicher waren. Wo ich für ihre Sicherheit sorgen konnte.

»Mein Bruder spielt Atlas und dir gegenüber nicht mit offenen Karten. Er führt irgendetwas im Schilde, und es hat mit Arunas altem Königreich zu tun. Ich bin mir sicher, dass er an dem Attentat auf Atlas' Familie beteiligt war.«

»Ihr glaubt, Euer Bruder hat Atlas' Eltern getötet? Aber das würde bedeuten, dass ...«

»... weder du noch Atlas hier sicher seid. Vor einigen Wochen, bevor er Silvestria einen Besuch abgestattet hat und dieses alberne Gerücht mit der Hochzeit in die Welt gesetzt hat, war er in Carapaxia.«

»*Das klingt gar nicht gut*«, zischte Natrix.

Fionas Falke sah mich mit seinen goldenen Augen an. Ich spürte, dass ihn eine ähnliche magische Aura umgab wie Natrix, mit dem Unterschied, dass sie wärmer und heller war.

»Ihr solltet Euch unserer Sache anschließen, Fiona. Ich kenne Euch nicht gut, aber ich vertraue Euch jetzt schon mehr als Eurem Bruder. Wir sollten gemeinsam dafür kämpfen, dass wieder diejenigen regieren, die dazu geboren wurden. Lasst uns die alte Ordnung wiederherstellen. Dazu brauche ich Arunas Schwert aus der Gruft in Tebores. Nur so kann ich den Fluch von dem Land nehmen. Wisst Ihr, wo Avriel seinen Schlüssel versteckt hält? Jeder der drei Herrschenden besitzt einen.«

Fiona schien über meine Worte nachzudenken. Ich war mir sicher, dass sie in Gedanken mit Ciel sprach, so wie ich es häufig mit Natrix tat.

Der schlängelte langsam über den Balkon, während der Himmel über uns immer dunkler und die Sterne heller wurden. Bald würde Cyrine mich zu dem Treffen mit Atlas und Avriel abholen.

»Ich wollte nie Königin sein, aber dabei zusehen, wie mein Bruder dieses Land in einen aussichtslosen Krieg verwickelt, möchte ich auch nicht. Du kannst auf meine und Ciels Hilfe zählen, vorausgesetzt, Falconia und Veneria werden Verbündete, wenn du den Thron bestiegen und das Land von Arunas Fluch befreit hast. Die Menschen haben ein Recht darauf, in Frieden zu leben. Mein Bruder wird nur Trauer und Leid über mein Volk bringen, wenn ich ihm nicht Einhalt gebiete.«

Erleichtert atmete ich auf, spürte deutlich, wie ein Großteil der Anspannung von mir abfiel, dabei hielt ich den Schlüssel noch gar nicht in den Händen.

»*Aber wir sind ihm einen großen Schritt näher gekommen. Das hast du gut gemacht, Cahira. Die Art und Weise, wie du mit Fiona gesprochen hast, zeigt einmal mehr, dass ich richtig lag, was dich betrifft. Du bist eine geborene Anführerin!*«

»Ihr habt mein Wort«, versicherte ich Fiona.

»Ciel sagt, du hast ein reines Herz und aufrichtige Absichten. Aber er sagt auch, dass dein Gefährte gefährlich werden kann, wenn du nicht aufpasst. Deine Schlange hat mächtige, aber auch äußerst düstere Kräfte.«

»Ich habe Natrix unter Kontrolle und vertraue ihm. Ohne ihn wäre ich nicht mehr am Leben.«

»Wenn du ihm vertraust, dann vertrauen wir ihm ebenfalls. Jetzt solltest du schleunigst zurück auf dein Zimmer, bevor irgendjemand merkt, dass du es verlassen hast.«

Natrix verschwand auf magische Weise wieder zurück auf meine Haut, während ich mich anzog und mir meine Jacke schnappte. Fiona und ich verließen den Balkon gemeinsam, und ich zeigte ihr den verborgenen Schalter an der Falkenskulptur, der das Gemälde lautlos aufschwingen ließ.

»Nun seid Ihr nicht mehr länger eine Gefangene in Eurem eigenen Palast«, sagte ich und entlockte ihr mit meinen Worten ein Lächeln.

»Nenn mich ruhig Fiona und pass auf dich und Atlas auf. Dass ihr hier seid, passt meinem Bruder gar nicht. Ich werde versuchen, dir den Schlüssel zu besorgen. Ich hab da so eine Ahnung, wo er ihn versteckt haben könnte. Aber ich kann es dir nicht versprechen.«

Dankbar verabschiedete ich mich von ihr und trat wieder in den dunklen Gang. So schnell ich konnte, lief ich zurück in das Zimmer und atmete erleichtert auf, als ich es unbemerkt erreicht hatte. Wer hatte diese Geheimgänge wohl bauen lassen, und wieso wussten anscheinend weder Fiona noch ihr Bruder von ihnen? Die schwere Tür schloss sich, nachdem ich den Mechanismus erneut betätigt hatte.

Als ich die Jacke über einen der Stühle hängen wollte, fiel das Fläschchen, das Morian mir gegeben hatte, aus der Tasche.

»*Das ist Gift*«, stellte Natrix erstaunlich nüchtern fest.

Ich hatte ganz vergessen, dass ich es mit mir herumschleppte. Ein Teil von mir wollte es wegschütten, denn ich hatte mich für das Leben und gegen den Tod entschieden. Aber diese kleine

Ampulle erinnerte mich daran, wie mutig die Entscheidung für das Leben eigentlich gewesen war. Vorsichtig schob ich es zurück in die Innenseite der Jacke und blickte erwartungsvoll zur Tür.

»Was dieser Falkenflug wohl ist?«, murmelte ich.

»*Du hättest die Prinzessin ja fragen können.*«

»Du weißt also nicht, worum es sich dabei handelt?«

»*Sagen wir mal so – ich habe da so eine Ahnung, aber ich möchte dir natürlich nicht die Überraschung verderben.*«

Ich schnaubte verächtlich. Das war mal wieder so eine typische Natrixantwort.

KAPITEL 17

Es dauerte nicht lange, bis Cyrine an die Tür klopfte und mich mit flinken Schritten durch das verwinkelte Schloss führte. Dieses Mal war sie schweigsamer, was mir jedoch recht war, nachdem ich vor wenigen Minuten so viel Neues erfahren hatte.

»*Du solltest dich beruhigen, bevor dein Herz explodiert*«, warnte Natrix mich, doch ich konnte meine Aufregung nur schwer bändigen. Ich war nervös, Avriel mit dem neu gewonnenen Wissen gegenüberzutreten, aber auch neugierig, was es mit diesem ominösen Spektakel des Falkenfluges auf sich hatte. Wir erreichten eine steile Wendeltreppe, vor der die Zofe plötzlich anhielt.

»Die beiden Könige sind dort oben.« Sie zeigte in Richtung Stufen. Sie bestanden aus hellem bräunlichen Marmor und besaßen deutlich sichtbare Trittspuren.

»Cyrine, was ist dieser ominöse Falkenflug?«, fragte ich.

Über das Gesicht der Zofe huschte ein verträumtes Lächeln.

»Du solltest es einfach auf dich zukommen lassen. Es ist wahrlich magisch.« Mit diesen Worten machte sie auf dem Absatz kehrt und ließ mich allein zurück.

»Okay, dann wollen wir mal«, sprach ich mir selbst Mut zu und machte mich daran, die Treppen hinaufzukraxeln.

Als ich nach einer gefühlten Ewigkeit endlich oben angelangt war, keuchte ich laut und bekam kaum noch Luft.

»Heißt es nicht immer, ihr Soldaten seid trainiert?«, stichelte Natrix.

Ich war nicht mal einen ganzen Tag eine Ferum, bevor man mich dir zum Fraß vorwarf, entgegnete ich bissig.

»Vielleicht hätte ich dich tatsächlich einfach fressen sollen.«

Bevor ich die Holztür öffnete, strich ich mir noch ein paar verirrte Haarsträhnen aus dem Gesicht und hoffte inständig, dass mein Gesicht nicht gänzlich rot geworden war.

Hinter der Tür befand sich ein von niedrigen Mauern umgebenes Plateau, das einen Blick auf den freien Himmel bot. Er wirkte wie ein Tuch, das direkt über unseren Köpfen gespannt worden und mit Sternen bestickt war.

»Wir dachten schon, du hättest dich verlaufen«, sagte Avriel in einem beinahe schon kameradschaftlichen Tonfall.

Er und Atlas saßen auf zwei bequem aussehenden Sesseln, die mit allerlei Kissen und Decken Gemütlichkeit ausstrahlten. Auf dem kleinen Tisch vor ihnen befand sich eine teuer aussehende und außergewöhnlich geformte Flasche mit rötlichem Inhalt. Avriel schien meinen Blick zu bemerken, denn er lächelte keck und ging zu der Flasche, um etwas von ihrem Inhalt in ein Glas zu schütten. Er kam mit dem Glas auf mich zu und hielt es mir hin.

»Du siehst durstig aus, Cahira.« Er reichte mir das Glas.

»Danke«, entgegnete ich knapp und nahm einen Schluck. Der Inhalt schmeckte verboten süß, gleichzeitig aber auch fruchtig und im Abgang säuerlich. Der Nachgeschmack war bitter. Eine eigenartige Kombination.

»Das ist unser selbst angebauter Falkenbeerenwein, den es nur in unserem Reich gibt«, erklärte Avriel stolz und goss ein weiteres Glas ein, das er Atlas anreichte.

Dieser stellte es auf dem kleinen Tisch ab. »Danke, ich habe gerade keinen Durst.«

Avriels Züge wurden härter, doch er schwieg und führte mich zu den Sesseln. »Es dauert nicht mehr lange, bis das Spektakel beginnt.«

Mein Blick hob sich wieder in Richtung Himmel, wo die Sterne um die Wette leuchteten. Ich leerte das Glas in einem Zug und stellte es auf dem Tisch ab. Mit einem Mal spürte ich deutlich den Alkohol, der mich benebelte.

Ein eisiger Luftzug erfasste mich, ehe ein Schrei über unseren Köpfen ertönte. Zuerst dachte ich, es seien Sternschnuppen, die über den dunklen Nachthimmel zogen, doch Sternschnuppen schrien nicht.

»Der Falkenflug beginnt«, sagte Avriel ehrfürchtig und lehnte sich in seinem Sessel zurück. Dabei drückte er verkrampft seine Hände in die Armlehnen. Entspannung sah anders aus.

Ein weiterer Luftstoß fegte über den Turm hinweg, und ich spürte deutlich, wie sich eine Gänsehaut auf meinem Rücken ausbreitete. Jetzt wusste ich, wieso über jeder Sessellehne eine Wolldecke lag. Der Wind war kühl, obwohl die Luft zu dieser Jahreszeit eigentlich angenehm war.

Der nächste Schrei ertönte, und ich erkannte einen gewaltigen dunkelrot glühenden Vogel, der seine Kreise am Himmel zog. Seine Flügel hinterließen glitzernde Schlieren, die wirkten wie langsam verglühende Sterne.

»Sind das Falken?«, flüsterte ich, denn der Anblick verschlug mir beinahe die Sprache. Diese leuchtenden Bilder wirkten magisch, gleichzeitig bewegten sich die Falken so lebensecht, dass ich kaum den Blick von ihnen abwenden konnte.

»Dieses Spektakel gibt es, seit Falconia existiert. Lange wussten wir nicht, woher die magischen Abbilder der Falken stammen, bis uns auffiel, dass sich die Anzahl immer dann veränderte, wenn ein Herrscher verstarb. Deshalb glauben wir mittlerweile, dass es die Seelen aller verstorbenen Könige sind, die einmal im Jahr in Form von leuchtenden Falken über das Reich fliegen, um nach dem Rechten in ihrem einstigen Königreich zu sehen«, erklärte Avriel.

»Magische Abbilder der alten Könige?«, hakte Atlas nach, der ebenfalls den Kopf in den Nacken gelegt hatte, um den einzigartigen Falkenflug zu beobachten. In der Ferne entdeckte ich weitere Falken in den unterschiedlichsten Farben. Wie ein Regenbogen zogen sie über den dunklen Nachthimmel.

»Richtig«, entgegnete Avriel.

»Sie sind wunderschön«, hauchte ich und überlegte, ob ich in meinem Leben jemals etwas derart Beeindruckendes gesehen hatte.

Die Schreie der Falken klangen mächtig und hallten durch die sonst stille Nacht. Immer wenn einer von ihnen über den Turm hinwegflog, spürte ich den kalten Wind, der durch die starken Flügelschläge entstand. Es war unglaublich, dass das überhaupt möglich war, gleichzeitig hatte ich mittlerweile gelernt, dass es in dieser Welt jede Menge Geheimnisse gab, von denen ich nicht zu träumen gewagt hätte. Der Durst in meiner Kehle blieb, weshalb ich nach Atlas' vollem Glas griff und es bis zur Hälfte austrank. Als ich nach rechts sah, traf mein Blick auf Avriels.

»Komm, Cahira, ich zeige dir, wie weit die Falken über das Reich kreisen«, sagte er und erhob sich von seinem Platz. »Bedien dich ruhig, mein Freund«, sagte er zu Atlas und wies auf die halb leere Flasche.

Gemeinsam mit dem König schritt ich vorsichtig bis zum Rand des Turmes. Das neblige Gefühl breitete sich in mir aus, und ich verfluchte mich dafür, ein weiteres Glas Wein getrunken zu haben. Ich musste bei Verstand bleiben, immerhin führte Avriel etwas im Schilde, oder?

Der König breitete seine Arme aus. »Schau, wie anmutig sie fliegen.«

»Und das geschieht einmal im Jahr?«, fragte ich. Ein hellblauer Falke zog gerade eine Schleife, und seine glühenden Funken verteilten sich wie Blütenpollen am Nachthimmel.

Avriel nickte. »Einmal im Jahr für eine Nacht. Für das Volk ist sie von großer Bedeutung, denn sie fühlen sich auf diese Weise beschützt. Immerhin denken die alten Könige auch über ihren Tod hinweg an das Reich.«

»Alles in Ordnung?«, fragte er, als ich schwieg.

Ich winkte ab. »Ich glaube, mir steigt nur der Alkohol etwas zu Kopf.«

»*Cahira, das liegt nicht am Alkohol*«, sagte Natrix in meinem Kopf. Seine Stimme klang lauter als sonst, drängender.

Was meinst du?

»*Dieser Mistkerl hat versucht, dich zu vergiften*«, zischte die Schlange.

Ich blinzelte. Natrix hatte noch nie derart geflucht.

Panik stieg in mir auf – gepaart mit Übelkeit.

»*Beruhig dich, du bist immun dagegen, aber die Konzentration war sehr hoch. Das führt zu deinem benommenen Gefühl. Ein gewöhnlicher Mensch wäre längst tot.*«

Mein Blick huschte hinüber zu Atlas, der den Kopf hob und in meine Richtung sah. Er griff nach der halb leeren Weinflasche, um sich etwas einzugießen.

»*Ihn wird vermutlich schon der erste Schluck töten*«, sprach Natrix die Befürchtung aus, die sich in meinem Kopf breitgemacht hatte.

Ich sah zu Avriel und ließ meinen Blick über seinen Körper

gleiten. Als ich entdeckte, dass er einen Waffengurt samt Dolch um die Hüfte trug, betete ich, dass ich noch immer so gut zielte wie einst bei der Ausbildung mit meinem Vater.

Geistesgegenwärtig griff ich nach Avriels Gurt und zog den Dolch heraus. Ehe er protestieren konnte, drehte ich mich herum und zielte mit dem Dolch auf die Flasche, die klirrend zerbrach.

»Was zur Hölle?«, rief Atlas, der über und über mit Scherben und dem vergifteten Wein bedeckt war.

»Trink das bloß nicht!«, schrie ich und wollte auf ihn zulaufen, doch Avriel riss mich an meiner Jacke zurück.

»Was soll das?«, zischte er nah an meinem Ohr. Da ich mich nicht aus seinem festen Griff lösen konnte, schlüpfte ich mit meinen Armen aus der Jacke. Hastig lief ich zu Atlas, der gerade die Scherben von seiner Kleidung abschüttelte.

»Er wollte uns vergiften«, sagte ich und spürte noch immer dieses flaue Gefühl in meinem Magen.

»Das ist absurd. Euer Beschützerinstinkt in allen Ehren, aber ich glaube, der Wein tut Euch nicht besonders gut.« Ich hörte, wie Avriel näher kam.

»Nein, der Wein ist mit Gift versetzt«, sagte ich zu Atlas.

»Aber du hast mehr als ein Glas davon getrunken und stehst gesund und munter vor mir.« Atlas musterte mich skeptisch. »Bist du sicher, dass dir der Alkohol nicht etwas zu Kopf gestiegen ist?«

»Nein! Er ... Ich ...«, stotterte ich, weil ich ihm nicht die ganze Wahrheit sagen konnte.

»War der Dolchwurf denn wirklich nötig? Hätte es nicht auch eine Warnung getan?«

»Willst du mich verarschen? Erst sagst du mir, er darf unter keinen Umständen sterben, und jetzt, wo ich ihn rette, passt dir die Art und Weise nicht?«

Erst als ich in Atlas' Gesicht blickte, wurde mir klar, dass ich die Worte laut ausgesprochen hatte.

»Ich glaube, Eure Leibwächterin braucht einfach nur ein bisschen ... Ruhe.« Avriel hielt mir meine Jacke hin, die ich hastig ergriff. Dabei fiel das Fläschchen auf den Boden, das mir Morian gegeben hatte. Augenblicklich setzte mein Herz einen Schlag aus. Wieso nur hatte ich das Gift nicht längst weggeworfen?

Avriel bückte sich danach. »Was ist das?«, fragte Atlas und sah zwischen Avriel und mir hin und her. Er nahm das Fläschchen entgegen und musterte es aufmerksam.

Ich spürte Avriels triumphierenden Blick, der auf mir ruhte.

»Ich kenne mich nicht aus mit Giftmischereien, aber wenn Ihr mich fragt, dann scheint es so, als wäre Eure Leibwächterin diejenige, die hier Böses im Schilde führt.« Ich schnappte nach Luft. »Das ist eine Lüge. Wenn der Wein so unbedenklich ist, wieso trinkt Ihr dann nicht selbst etwas davon?«

Avriel wies lachend auf die zerbrochene Flasche. »Soll ich ihn etwa vom Boden lecken wie ein Straßenköter? Wärt Ihr eine meiner Kriegerinnen, würde ich Euch sofort in Ketten legen für diese törichten Beschuldigungen. Aber Ihr gehört an den silvestrischen Hof, weshalb ich diese Entscheidung König Atlas überlasse.«

Atlas drehte die Ampulle vorsichtig in der Hand. Seine Miene war unlesbar. Er schien krampfhaft über etwas nachzudenken.

»Du schaffst es immer wieder, dich in ausweglose Situationen zu manövrieren, Cahira.«

Ich atmete tief durch und konzentrierte mich auf Atlas. Langsam hob er den Kopf und sah mir tief in die Augen. Es war ein Blick, der in mein Innerstes zu dringen schien, als wollte er alles, was mich ausmachte, ergründen. Dabei wirkte er jedoch nicht böse oder aufgebracht wie Avriel, sondern ruhig, was mich überraschte.

»Ich denke, wir haben alle etwas überreagiert. Bei so vielen Intrigen und Attentaten verdächtigt man schnell alles und jeden. Dieses Fläschchen beinhaltet kein Gift. Jeder unserer Ferum bekommt welche, weil das Tonikum darin in der Lage ist, Albträume zu nehmen und den Kampfwillen zu stärken.«

Erleichtert atmete ich aus und spürte, wie die Angst sich von meinen Knochen löste. Atlas hatte mein Leben gerettet. Schon wieder. Er schien Avriels Worten nicht zu glauben. Wieso sonst hätte er den König anlügen sollen? Wusste Atlas überhaupt, worum es sich bei dem Fläschchen handelte?

Avriel runzelte die Stirn und bedachte mich mit demselben eiskalten Blick, mit dem er beim Essen auch seine Schwester bedacht hatte. »Wenn dem so ist … muss ich mich wohl für mein Verhalten … entschuldigen«, presste er hervor. Ein König, der sich bei einer ausgestoßenen Ferum entschuldigt – das hatte es garantiert noch nie gegeben. Zum Glück wusste Avriel nichts von der Vorgeschichte, die Atlas und mich ungewollt aneinandergekettet hatte. Ansonsten hätte er Atlas' Erklärung sicherlich nicht so leicht akzeptiert.

»Ich denke, das Beste ist, wenn wir alle zu Bett gehen und unsere Gemüter etwas beruhigen. Vielen Dank, dass du uns dieses wahrlich beeindruckende Himmelsspektakel gezeigt hast.«

Avriel nickte und wandte sich der Tür zu, die hinunter in den Hauptteil des Schlosses führte.

Atlas drückte mir die Flasche in die Hand. »Wir müssen dringend reden«, flüsterte er. Dabei streifte seine Hand meine und löste ein leises Prickeln in mir aus.

Ich nickte, und gemeinsam folgten wir dem König hinunter.

Zurück in meinem Zimmer hatte ich das Gefühl, mich in einem goldenen Käfig zu befinden. Ich tigerte unruhig durch den Raum, unschlüssig, was ich tun sollte.

»*Er weiß jetzt, dass du Verdacht geschöpft hast. Der König ist schlau, er wird sich sicher etwas einfallen lassen.*«

Natrix hatte vollkommen recht. Uns lief die Zeit davon, denn Avriel konnte jederzeit versuchen, uns erneut zu töten. Da wir uns in seinem Palast befanden, waren wir ihm schutzlos ausgeliefert.

»Vielleicht sollte ich Atlas' Zimmer suchen und ...«

Ein leises Schaben war zu hören. Schnell wandte ich den Blick in Richtung der Bücherregale. Eines war aufgeschwungen, und Fiona betrat mein Zimmer. Ciel hockte auf ihrer Schulter und leuchtete golden. Er wirkte wie eine strahlend warme Lichtgestalt, während Natrix dunkel wie die Nacht war. Gegensätzlicher konnten zwei Seelentiere wohl kaum sein, oder?

Fiona trug einen dunklen Umhang samt Kapuze, der ihr helles Haar vollständig verbarg. Als sie auf mich zukam, konnte ich die Sorgenfalten auf ihrer Stirn deutlich erkennen.

»Ihr müsst sofort aus Falconia verschwinden, Cahira!«

»Was ist passiert?«, fragte ich.

»Ciel hat meinen Bruder belauscht. Nachdem du den Giftanschlag auf Atlas vereitelt hast, will er es nun auf die unschöne Art zu Ende bringen.«

Das Regal schwang wieder zu, und Fiona nahm die Kapuze ab.

»Er war völlig aufgebracht, weil das Gift in dem Wein dir nichts anhaben konnte. Keine Ahnung, wie du das gemacht hast, aber die Dosis, die er benutzt hat, hätte Hunderte Menschen töten können. Das beunruhigt ihn mehr, als er zugeben will.«

»*Die Schlangenkönigin kann man nicht vergiften.*«

»Das hab ich Natrix und seiner Verbindung zu Veneria zu verdanken. Nur deshalb bin ich noch am Leben.«

»Avriel hat seine Männer angewiesen, dich und Atlas im Schlaf zu töten. Sie haben die Absicht, euch die Kehlen aufzuschlitzen! Ich kenne einen Weg raus aus dem Schloss, durch den ihr eine Chance habt, unbemerkt zu entkommen. Aber dafür müssen wir erst einmal Atlas finden.«

»Ich weiß nicht, wo dein Bruder ihn untergebracht hat«, sagte ich.

Fiona schien in Gedanken mit Ciel zu sprechen, denn sie wirkte abwesend. Ich fragte mich, ob ich genauso aussah, wenn ich mit Natrix diskutierte.

»Ciel weiß, wo er ist. Er kann ihn sehen und zeigt uns den Weg. Ist deine Tür verschlossen?«, fragte sie.

Ich hatte gar nicht darauf geachtet, ob die Soldaten mich nun ebenfalls eingesperrt hatten. Meine Gedanken hatten mich so übermannt, dass ich nichts um mich herum wahrgenommen hatte.

Ich ging zu der Tür und versuchte, sie leise zu öffnen. Sie schwang tatsächlich auf, und Erleichterung machte sich in mir breit. Doch dann fiel mein Blick auf zwei Soldaten, die direkt vor meiner Tür postiert waren und mich grimmig anblickten.

»Ihr solltet nachts nicht allein im Schloss umherirren«, bellte der eine. Sofort schloss ich die Tür wieder.

»Zum Glück kennen wir ja einen anderen Weg hinaus«, sagte ich leise zu Fiona. Gemeinsam gingen wir zum Bücherregal.

Der Vorteil von Ciel war, dass wir keine Lampe brauchten, um uns in den Gängen zurechtzufinden. Der Falke leuchtete die Gänge schummrig aus und wies uns den Weg zu Atlas' Zimmer.

»Glaubst du, sein Raum hat ebenfalls einen Zugang zu diesen Gängen?«, fragte ich Fiona.

»Ich weiß es nicht. Aber meine Familie macht keine halben Sachen, weshalb ich mir gut vorstellen kann, dass die meisten der Zimmer auf diese Weise miteinander verbunden sind.«

Wir bogen um die Ecke, und ein feiner Luftzug streifte über mein Gesicht. Ein sicheres Zeichen, dass wir in der Nähe einer weiteren Tür waren.

»Ciel sagt, er ist genau hier.« Fiona wies in Richtung einer Steinmauer, in der sich garantiert wieder ein versteckter Mechanismus verbarg. »Möchtest du vorgehen und ihm alles erklären? Er könnte sich sonst überrumpelt fühlen.«

»Haben wir denn die Zeit für große Erklärungen?«

»Vermutlich nicht, aber es nützt auch nichts, wenn wir zu seiner Rettung eilen und er nicht einsieht, dass er überhaupt gerettet werden muss.«

Damit hatte Fiona wohl recht.

Ich suchte mit den Händen nach dem Mechanismus. Als ich ihn gefunden hatte, wandte ich mich an die Prinzessin. »Eine Sache noch – Ciel sollte sich vorerst im Verborgenen halten. Atlas ist unwissend, was die Existenz der Seelentiere angeht. Ich habe noch nicht den richtigen Zeitpunkt gefunden, um ihm zu erklären, dass die Geschichten wahr sind und es Magie tatsächlich gibt.«

Fiona schien überrascht zu sein, nickte aber. Also drückte ich den Schalter. Es wurde dunkel, als Ciel verschwand und die Tür zu Atlas' Zimmer aufschwang.

KAPITEL 18

Das Erste, was ich sah, als ich das Zimmer betrat, war Atlas' nackter Oberkörper. Sofort fühlte ich mich zu unserer ersten Begegnung zurückversetzt. Dieses Mal hatte er mir den Rücken zugewandt und war offensichtlich gerade dabei, sich ins Bett zu legen.

Für einen Augenblick spielte ich mit dem Gedanken, allen Gefahren zum Trotz hier stehen zu bleiben und seinen Anblick in mich aufzunehmen. Ich stellte mir vor, wie ich mit meinen Fingerspitzen sanft über seine Muskeln fuhr, wie ich Zentimeter für Zentimeter seiner Haut erkundete. Ein Prickeln fuhr durch meinen Körper, und schlagartig wurde mir heiß.

Als ich einen Schritt auf ihn zumachte, knarrte der Holzboden unter meinen Stiefeln. Atlas fuhr blitzschnell herum, doch als er mich erkannte, wich der Schock aus seinem Blick. Stattdessen wirkte er nur noch überrascht.

»Ich weiß ehrlich gesagt nicht, was ich zuerst fragen soll. Was machst du hier? Wie bist du in mein Zimmer gekommen? Und wieso zur Hölle tauchst du immer dann auf, wenn ich fast nichts anhabe?«

»Wir müssen von hier verschwinden.«

Mir war bewusst, dass ich damit keine seiner drei Fragen beantwortete, aber dafür hatten wir keine Zeit.

»Cahira, nichts für ungut, aber ...«

Ich trat näher an ihn heran, bis uns weniger als eine Armlänge voneinander trennte. Sein Oberkörper war von den Kämpfen der letzten Tage gezeichnet, dennoch ließ er sich nichts davon anmerken. Ich fragte mich, ob er meinen wilden Herzschlag hörte, jetzt, wo ich so nah vor ihm stand. In meinem Kopf klang er ohrenbetäubend laut.

Ich atmete tief durch. »Du und ich, wir hatten einen schlechten Start, und das lag nicht nur daran, dass du mich umbringen wolltest. Ich weiß, du hast keinen Grund, mir zu vertrauen, aber du solltet es tun, denn wenn du jetzt nicht mitkommst, wirst du genauso sterben wie deine Eltern. Dann war alles, was wir gemeinsam durchgestanden haben, völlig umsonst.« Seine eisblauen Augen klebten förmlich an meinen Lippen.

»Du meinst das wirklich ernst, oder?«

»Todernst, und wenn du mich lässt, kann ich es dir auch beweisen. Aber dafür müssen wir uns zuerst in Sicherheit bringen. Egal, was Avriel dir erzählt hat, er lügt.«

Vom Flur aus waren Schritte zu hören, die sich näherten. Atlas sah kurz zu der Tür, dann wieder zu mir.

»Dir ist klar, was es bedeutet, wenn wir das jetzt tun, oder? Es gibt danach kein Zurück mehr.«

»Dasselbe gilt, wenn du mit aufgeschlitzter Kehle in diesem Zimmer endest. Dann ist Silvestria herrschaftslos und das Erbe deiner Eltern auf ewig verloren.«

Ich ergriff seine Hand und zerrte ihn hinter mir her zu der verborgenen Tür, die sich inmitten einer wunderschönen Holzvertäfelung befand.

»Lass mich wenigstens noch etwas anziehen«, sagte er. Er

schnappte sich sein Hemd, das er auf einen der Sessel gelegt hatte. Die Schritte vor der Tür wurden lauter. Es konnte sich nur noch um Sekunden handeln, bis die Soldaten das Zimmer stürmten.

»Jetzt aber schnell!«, fuhr ich ihn an und schubste ihn in den Geheimgang, ehe ich ihm folgte und den Mechanismus betätigte, der die Tür wieder zuschwingen ließ.

Atlas fiel direkt in die Arme von Prinzessin Fiona, die unsicher auf seinen nackten Oberkörper starrte.

»Ihr zwei kennt euch ja bereits«, sagte ich lapidar. Keine Minute später hörte ich, wie die Zimmertür aufgerissen wurde und gegen die Wand knallte.

»Sucht und tötet ihn!«, rief eine dumpfe, tiefe Männerstimme.

Obwohl wir die Soldaten nicht sehen konnten, wusste ich, was sie taten. Sie verwüsteten das Zimmer auf der Suche nach Atlas.

»Glaubst du mir jetzt?«, flüsterte ich. In der Dunkelheit konnte ich Fiona und Atlas nur mit viel Fantasie ausmachen. Da wir keine Lampe bei uns trugen, würde Fiona wohl oder übel Ciel rufen müssen. Noch etwas, das ich Atlas erklären musste.

»Sucht ihn! Wenn ihr ihn gefunden habt, wisst ihr ja, was zu tun ist«, polterte die tiefe Stimme.

»Ich werde euch hier rausbringen, aber ohne Licht wird das schwierig«, flüsterte Fiona. Ich wusste, dass sie mich so um die Zustimmung bat, Ciel zu offenbaren.

»Licht klingt gut«, entgegnete ich leise. Augenblicklich erschien der leuchtende Falke. Atlas starrte ihn mit weit aufgerissenen Augen an, schwieg jedoch und zog sich das Hemd über.

»Er bleibt erstaunlich ruhig, dafür, dass er gerade knapp dem Todeskommando entkommen ist und ein magischer Falke euch als lebendige Fackel dient.«

Ich liebe deinen Zynismus ja allmählich, aber jetzt gerade ist er mehr als unangebracht, entgegnete ich. Mich überkam das Gefühl, dass Natrix eifersüchtig auf Ciels leuchtende Erscheinung war.

»*Neidisch auf ein Federvieh? Wohl kaum. Außerdem kann ich noch viel mehr als bloß leuchten … Du hast mich nur noch nie danach gefragt.*«

Ich verkniff mir ein Grinsen und konzentrierte mich wieder auf das Hier und Jetzt.

»Wir müssen es in den Garten schaffen, von dort aus führt ein Weg durch den Fels hinaus ins Freie«, erklärte Fiona.

Sie ging mit Ciel auf ihrer Schulter voraus, dicht gefolgt von Atlas und mir. Er ließ etwas Abstand zu der Prinzessin und griff nach meinem Handgelenk.

»Was hat das zu bedeuten?«, sagte er leise. Meine Haut prickelte bei seiner Berührung, und ich spürte deutlich, wie mein Herz schneller schlug.

»Ciel ist Fionas Seelentier, was sie streng genommen zur wahren Königin von Falconia macht.«

Atlas' Kiefermuskeln traten deutlich hervor. »Du meinst …«, begann er, stoppte jedoch mitten im Satz.

Fiona und Ciel waren bereits um die nächste Biegung verschwunden, sodass nur noch ein schwacher Lichtstrahl uns den Weg wies. Es schien, als würde Fiona uns absichtlich Raum geben, um zu reden.

»Wenn wir es hier rausschaffen, beantworte ich all deine Fragen, in Ordnung? Aber wir haben jetzt keine Zeit für große Erklärungen. Magie ist keine Illusion, sie existiert wirklich. Genauso wie die Seelentiere, die mit den wahren Herrschern der Reiche verbunden sind. Das muss für den Moment reichen.«

Atlas nickte und drückte kurz meine Hand, ehe wir zu Fiona aufschlossen. Sie hatte vor einer Mauer angehalten, die wirkte, als würde sich dort eine weitere Tür verbergen.

Ich war dankbar, dass Atlas keine weiteren Fragen stellte, sondern mir vertraute. Es zeigte, wie sehr sich unser Verhältnis in der kurzen Zeit verändert hatte. Obwohl dieses zarte Band zwischen uns noch brüchig war, hielt es dieser gefährlichen und komplizierten Situation anscheinend stand.

»Für den Moment scheint es draußen ruhig zu sein. Aber die Soldaten werden hier früher oder später sicher nach uns suchen«, sagte Fiona. Mit Ciel und seiner Weitsicht hatten wir womöglich die besten Chancen, lebend aus diesem Schloss zu fliehen, dennoch klang Fiona beunruhigt. Für sie war diese Situation sicherlich auch schwer, immerhin waren wir auf der Flucht vor ihrem eigenen Bruder. Ich hatte zwar keine Geschwister. Aber bei dem Gedanken, was wäre, wenn Silas sich als machtgieriges Monster entpuppt hätte, schnürte sich mir die Kehle zu. Hoffentlich ging es ihm gut …

»Dann wagen wir es«, sagte Atlas.

Fiona und ich tasteten an der Wand nach dem Schalter. Als unter meinen Fingern einer der Steine nachgab, schwang die verborgene Tür auf, und wir traten in ein Zimmer voller Waffen und Rüstungen.

»Wie praktisch. Dann können wir uns direkt für den Kampf rüsten.« Atlas war an eines der Regale herangetreten, in dem sich allerlei Messer und Kurzschwerter befanden, als Fiona ihn zurückrief.

»Das sind die Waffen unserer Gefallenen. Sie werden hier aufbewahrt und nicht wieder im Kampf benutzt. Auf diese Weise ehren wir ihren Tod.«

Atlas beäugte eines der Schwerter, dessen Griff mit dunkelgrünen Edelsteinen verziert war.

»Was für eine Verschwendung, viele Waffen sind wie neu.« Er legte das Schwert zurück an seinen Platz.

»Jede Waffe ist einzigartig und auf ihren Träger zugeschnitten. Daher ist es verboten, dass sie einem anderen im Kampf dient.« Fiona durchschritt den Raum bis zu der großen Doppeltür. »Von hier aus ist es nicht mehr weit bis zum Garten. Seid leise und folgt mir.« Sie öffnete die schwere Tür. Ein leises Quietschen ertönte, doch zum Glück war keine der Wachen in der Nähe.

Als ich mich zu Atlas umdrehte, hielt er einen Dolch in der Hand.

»Lass das. Du hast doch gehört, was sie gesagt hat«, zischte ich ihm zu.

»Aber wir können doch nicht völlig unbewaffnet durch ein Schloss irren, in dem uns jeder Soldat töten will«, sagte er. Ein Teil von mir konnte seinen Einwand verstehen, aber ich respektierte die Traditionen in diesem Land und hatte Fiona mein Wort gegeben, dass wir Verbündete waren. Und Verbündete achteten einander.

»Wir werden es auch ohne hier rausschaffen. Komm jetzt!«

Widerwillig legte Atlas die Waffe zurück an ihren Platz.

Fiona bewegte sich lautlos wie ein Schatten durch den Gang. Auch wenn das lange, opulente Kleid sie wirken ließ, als sei sie eine gewöhnliche Prinzessin mit allerlei Allüren, zeigte ihr Verhalten deutlich, dass sie tief im Herzen immer noch eine tapfere Kriegerin war. Das bemerkte auch Atlas, was ich an seinem überraschten Blick ablesen konnte. Er hatte von Fiona wohl nur die prinzessinnenhafte Seite zu sehen bekommen.

Wir schlichen hintereinander den langen, menschenleeren Flur entlang, der eine Rechtsbiegung machte, ehe wir an einer Treppe angelangten.

»Wir müssen dort hinunter, dann nach links und durch den Schlossgarten. Am Ende ist eine Mauer mit einem Durchgang.

Auf der anderen Seite haben mal Menschen gelebt, dort steht auch ein alter Brunnen«, flüsterte Fiona.

Schritt für Schritt folgten wir der Treppe, doch als wir nach links abbiegen wollten, hörten wir Stimmen aus der Richtung.

»Was jetzt?«, fragte Atlas, dessen Haltung sich sofort veränderte, als würde er damit rechnen, kämpfen zu müssen. Suchend blickte ich mich nach einem Versteck um. Rechts stand eine große Truhe, in die jedoch gerade einmal zwei von uns passten.

»Versteckt euch – ich lenke sie ab. Ihr wisst ja, wo ihr hinmüsst«, sagte Fiona.

Ich wirbelte herum. »Nein! Du darfst hier draußen nicht entdeckt werden. Dein Bruder wird sonst Verdacht schöpfen.«

Ciel stieß einen leisen Schrei aus und schlug wild mit den Flügeln. Goldener Staub wirbelte umher, und ich kniff die Augen zusammen. Als ich blinzelte, konnte ich erkennen, wie der Goldstaub Fionas Gestalt verschwinden ließ.

»Geht schon. Ciel wird mich verbergen. Viel Glück«, flüsterte sie zum Abschied. Atlas packte mich am Arm und schleifte mich zu der Truhe.

Sie war unglaublich schwer, und als wir den Deckel endlich hochgehoben hatten, wurde mir bewusst, wie eng wir uns aneinanderschmiegen mussten, um hineinzupassen.

»Steig schon rein«, zischte Atlas ungeduldig. Ich verkniff mir einen bissigen Kommentar und machte mich daran, mich in die Truhe zu hocken. Er hielt den schweren Deckel hoch, bis ich fertig war, ehe er mir folgte. Ich sah noch, wie aus Ciels Flügeln ein letzter Rest feiner Goldstaub rieselte, den er mit wilden Flügelschlägen verteilte, um Fiona vor den Augen der Soldaten zu verbergen. Dann drückte Atlas sich an mich und schloss den Truhendeckel leise. Ich spürte Atlas' Ellenbogen in meinen Rippen. Mit jeder Bewegung bohrte er diesen weiter hinein.

»Aua, halt still!«, zischte ich.

»Es ist einfach viel zu eng hier für uns beide.«

»Du kannst ja gern gehen und dir ein besseres Versteck suchen«, flüsterte ich.

»Und dich allein lassen, damit du wieder irgendein Chaos anstellst? Niemals. Ich bleibe hier, damit ich sichergehen kann, dass wir diese Flucht beide überleben.«

Ich wollte Atlas nur zu gern vorwerfen, dass er derjenige war, der Ärger magisch anzog und nicht ich, da schnappte ich überrascht nach Luft. Obwohl seine Worte eine Spur Sarkasmus beinhalteten, verrieten sie, dass er sich um mich sorgte.

Ich hörte, wie die Soldaten näher kamen, und die Sekunden zogen sich hin, ohne dass wir etwas sagten. Atlas' Hand ruhte auf meiner Schulter, und ich spürte die Wärme seiner Haut. Seine Berührung sorgte dafür, dass ich mich trotz dieser gefährlichen Situation sicher fühlte. Sicher, weil er bei mir war. Mit schwerem Atem lauschten wir den dumpfen Worten der Männer, die nach uns suchten, um uns zu töten.

»Vielleicht sind sie schon längst über alle Berge«, sagte einer von ihnen.

»Das bezweifle ich. Die kennen sich hier doch gar nicht aus, und jeder Ausgang wird bewacht. Es ist nur eine Frage der Zeit, bis wir sie finden.«

Die Männer liefen weiter. Nach einer gefühlten Ewigkeit, die sicherlich nur wenige Minuten dauerte, waren ihre Stimmen und Schritte verklungen. Atlas' Hand ruhte noch einen Moment auf meiner Schulter, eher er sanft mein Kinn berührte. Kurz, nur für eine Sekunde, blitzte vor meinem inneren Auge eine Szene auf, in der er mich näher an sich zog und leidenschaftlich küsste. Ein Kuss, der nicht darauf abzielte, mich zum Schweigen, sondern zum Erbeben zu bringen. Doch Atlas tat nichts dergleichen, und der Gedanke verschwand genauso schnell, wie er gekommen war. Atlas hielt mich einfach nur fest, bis ich aus meiner Schockstarre erwachte.

»Ich glaube, wir können jetzt raus«, sagte ich und hob vorsichtig meinen Arm, um den Deckel aufzustemmen. Atlas half mir, und ich atmete erleichtert auf, als wir endlich hinausklettern konnten.

»Wo ist Fiona?« Atlas blickte sich suchend um.

»Ich bin mir nicht sicher, vielleicht hat sie sich bereits fortgeschlichen. Wer weiß, wie lange der Staub von Ciel anhält.«

Ich sah ihm an, dass er der ganzen Magiesache noch immer skeptisch gegenüberstand. »Immerhin hat sie uns gesagt, wo wir hinmüssen. Komm, lass uns gehen. Es ist sicherlich nur eine Frage der Zeit, bis die Soldaten zurückkommen.«

Gemeinsam betraten wir den Garten. Hohe Palmen wuchsen hier neben wunderschönen Blüten. Doch jetzt, wo ich um die Vorliebe des Königs für giftige Blumen wusste, versuchte ich, so viel Abstand zu ihnen zu halten wie nur möglich.

»Wieso hast du mich eigentlich vor ihm gedeckt?«, fragte ich Atlas.

»Was meinst du?«

»Na, als Avriel das Fläschchen aus meiner Jacke entdeckt hat. Da hast du gesagt, das hätte jeder aus der Königsgarde. Dabei wissen wir beide, dass das gelogen ist.«

Wir liefen einen Pfad entlang, der mit dunkler Erde und kleineren Steinen versehen war. Ich hielt nach Fiona Ausschau, konnte sie aber nirgendwo entdecken.

»Was wäre deiner Meinung nach denn die Alternative gewesen? Er hätte dich allein für deinen Vorwurf, mich vergiften zu wollen, umbringen lassen können. So wie ich das sehe, hab ich dir das Leben gerettet. Erneut. Langsam verliere ich den Überblick darüber, wie häufig ich dir schon deinen hübschen Hintern gerettet habe, dabei sollte es ja eigentlich andersherum sein, oder?« Er sah mich herausfordernd an, und ich konnte nicht bestreiten, dass ich diesen wilden Blick genoss, den er mir zuwarf.

»Streng genommen habe ich meine Aufgaben schon längst erfüllt. Soweit ich mich erinnere, solltest du in einem Stück in Falconia ankommen.«

Atlas drehte sich plötzlich zu mir herum, und ich hielt unwillkürlich den Atem an. Die Art, wie er mich ansah, hatte etwas Elektrisierendes. Langsam hob er seine Hand und legte sie erstaunlich sanft an meine Wange. Solch eine zärtliche Geste hätte ich von ihm nicht erwartet, genauso wenig wie die Tatsache, dass seine Berührung mir gefiel.

»Willst du die Wahrheit wissen? Ich wusste genau, worum es sich bei diesem Fläschchen handelt. Und ich kann mir zusammenreimen, wer es dir gegeben hat. In dem Moment, als ich es erkannt habe, wurde mir klar, dass du die Möglichkeit gehabt hättest …« Er stockte, und ich wollte den Blick von ihm abwenden, doch er hielt mich behutsam fest. »Es tut unglaublich weh, zu wissen, was ich dir zugemutet habe. Und ich kann dir nicht oft genug sagen, wie leid es mir tut. Ich bin froh, dass du an meiner Seite bist.«

Atlas strich mir mit der Hand eine verirrte Haarsträhne aus dem Gesicht und trat näher an mich heran. Ich spürte die Anziehungskraft zwischen uns unter meiner Haut, und es verwirrte mich, dass ich mich zu dem Mann hingezogen fühlte, wegen dem ich beinahe gestorben wäre.

Ich konnte mir selbst weiter einreden, er wäre nur eine Aufgabe, nur ein Punkt auf meiner Liste, die ich abarbeiten musste, um meine Ziele zu erreichen. Die Wahrheit war jedoch, dass er mehr war als das.

Ein lautes Knacken ertönte hinter Atlas, und ehe wir beide reagieren konnten, tauchte ein falconischer Soldat auf.

»Hab ich euch!«, rief er triumphierend.

Atlas drängte mich einige Schritte zurück.

»Wo wollt ihr beiden denn hin?«

Der Mann kam auf uns zu und zog sein Schwert. Wir hingegen hatten nichts, womit wir uns verteidigen konnten. Wieso nur hatten wir unsere Waffen bei unserer Ankunft im Schloss so leichtfertig abgegeben?

Der Soldat war breitschultrig und ein wahrer Muskelberg, aber er war allein. Zumindest noch.

Atlas hob die Fäuste und straffte die Schultern. Seinen Mut in allen Ehren, aber ich hielt es für äußerst unklug, einen Faustkampf gegen jemanden anzustreben, der eine Klinge besaß. Unser Angreifer schien amüsiert über Atlas zu sein, denn ein breites Grinsen stahl sich auf sein Gesicht.

Hektisch sah ich mich nach etwas um, das ich als Waffe benutzen konnte, doch alles, was sich in diesem Garten befand, waren Steine und Gestrüpp von den Palmen.

Der Mann stürzte sich auf Atlas und stieß ihn mit dem Ellenbogen zu Boden. Noch ehe Atlas sich aufrappeln konnte, griff der Soldat nach seinem Hemd und zog ihn grob zurück auf die Beine. Dabei riss der Stoff, und etwas Glänzendes fiel zu Boden. Mein Blick fiel auf einen goldenen filigranen Schlüssel.

War das etwa der, den Atlas mir schuldete?

»*Dieser gerissene Mistkerl hatte den Schlüssel zur Gruft die ganze Zeit dabei*«, zischte Natrix und bestätigte meinen Verdacht.

Atlas hatte mich reingelegt! Er hatte nie vorgehabt, unsere Abmachung einzuhalten, andernfalls hätte er das bereits vor den Toren des Schlosses tun können. Stattdessen hatte er mich glauben lassen, der Schlüssel läge in Silvestria versteckt.

Atlas stöhnte, als der Soldat ihm ins Gesicht schlug.

»Der König wird sich garantiert freuen, wenn er dir selbst den Todesstoß verpassen kann«, sagte er mit tiefer Stimme und lachte schäbig, während er Atlas' Kehle zudrückte. Ein röchelnder Laut war zu hören.

Ein Teil von mir wollte Atlas seinem Schicksal überlassen, aber der größere Teil wollte trotz allem, dass er lebt. Tief in seinem Inneren war etwas Gutes verborgen, auch wenn Atlas allzu oft dem Schlechten in sich Vorrang gab.

Ich hob einen der Steine auf, den ich nach dem Soldaten warf. Er traf seine Schläfe, und der Mann stöhnte überrascht auf. Blut lief ihm über die Stirn, das er fortwischte. Dabei lockerte er den Griff um Atlas' Hals. Dieser nutzte die Chance, um sich aus den Fängen des Soldaten zu befreien. Er trat nach dem Mann, der dadurch ins Taumeln geriet.

Geistesgegenwärtig schlug Atlas dem Mann das Schwert aus der Hand und schob es mit dem Fuß außer Griffweite. Dann schlug er ihm mit der rechten Faust ins Gesicht, eher er ihm zwei schnelle Schläge in den Magen verpasste. Der Soldat stöhnte schmerzerfüllt und krümmte sich zusammen.

Währenddessen lief ich zu dem Schwert und nahm es an mich. Atlas beobachtete mich dabei, weshalb er einen schweren Schlag abbekam und zu Boden ging.

»Ich mach dich fertig, Prinzchen«, drohte der Mann ihm. Er spuckte Blut und einen losen Zahn auf den Boden.

Ich zögerte kurz, ehe ich an den Soldaten herantrat und ihm die Klinge mit all meiner Kraft in den Bauch rammte.

»Wenn ihn jemand fertigmacht, dann ich«, sagte ich keuchend und sah Atlas wütend an.

Der schnappte nach Luft, war völlig außer Atem. Blut lief ihm aus der Nase, das er sich mit dem Arm abwischte, ehe er sich aufsetzte. Ich zog das Schwert mühsam aus dem Mann heraus und richtete die blutige Klinge auf Atlas' Brust.

»Was ist das?« Ich wies mit dem Kopf auf den Schlüssel, der direkt neben ihm lag, und erkannte ein dünnes Lederband. Hatte Atlas den Schlüssel die ganze Zeit um den Hals getragen? Aber das wäre mir doch sicherlich aufgefallen … Unwillkürlich ballte ich die Hände zu Fäusten. Dieser Mistkerl hatte mich die ganze Zeit über angelogen, und ich … Ich hatte angefangen, ihn in mein Herz zu lassen.

»Ein Schlüssel«, sagte Atlas ruhig und griff danach.

»Das sehe ich selbst«, knurrte ich. »Du hast mich die ganze Zeit belogen, oder?«

Er schwieg, was mir als Antwort mehr als genügte. Wie hatte ich nur so naiv sein können, seinen Worten zu glauben? Atlas hasste mich, verachtete alles an mir, und egal, was ich in meinem Herzen gefühlt hatte, ihm ging es sicher anders! Wie hatte ich denken können, dass er … dass er mich vielleicht mochte? Dieser Gedanke kam mir nun so falsch vor.

»Und dann wunderst du dich, wenn ich dir nicht vertraue. Gib ihn mir!«, forderte ich ihn auf. Doch er blieb regungslos sitzen.

»Noch mal bitte ich dich nicht darum. Er steht mir zu, so war die Abmachung.«

Mir war bewusst, dass jemand, der skrupellos log, keinerlei Wert auf Abmachungen oder Schwüre legte. Dennoch hoffte ich, dass er Einsicht zeigte.

»Wenn ich ihn dir jetzt gebe, ändert das nichts daran, dass wir es nur gemeinsam von hier wegschaffen«, sagte er.

»Ich brauch dich nicht, wenn ich das hier habe.« Ich wies auf das Schwert.

»Stimmt, du allein nimmst es mit einer ganzen falconischen

Armee auf«, sagte er belustigt. Langsam erhob er sich vom Boden, hielt den Blick jedoch auf mich gerichtet.

»Ich will diesen Schlüssel. Jetzt!«, herrschte ich ihn an. Er musterte mich eindringlich, und ich fühlte mich unwohl in meiner Haut. Ich hasste es, dass er mich so hintergangen hatte.

»*Ich will ja nicht sagen, ich habs dir gesagt, aber ...*« Schnell blendete ich Natrix aus.

»In Ordnung, ich gebe ihn dir. Aber nur, wenn wir den Weg hieraus gemeinsam bestreiten. Außerdem schuldest du mir noch eine Erklärung.«

»Wenn, dann schuldest *du* mir eine Erklärung, denn im Gegensatz zu dir habe ich mein Wort gehalten.« Das zeigte einmal mehr, was für ein Verräter er war.

Atlas hob beschwichtigend die Hände. Dann reichte er mir langsam den Schlüssel.

»Hier«, sagte er tonlos.

Ich riss ihm den Schlüssel aus der Hand und stopfte ihn hastig in meine Jackentasche.

»Du hast dir ja anscheinend große Mühe gegeben, ihn vor mir zu verstecken.« Ich konnte die Enttäuschung in meiner Stimme nicht verbergen.

»Es war leider nötig, auch wenn es oft eine Herausforderung war.«

Ich schnaubte verächtlich.

»Du weißt, was die Gruft verbirgt, oder, Cahira?«

»Die Frage ist wohl eher, ob *du* es weißt«, fuhr ich ihn an. Was fiel ihm überhaupt ein, mich das zu fragen?

Laute Rufe ertönten und holten mich schlagartig zurück in den Garten.

»Lass uns erst einmal von hier fliehen, und wenn wir in Sicherheit sind, reden wir. Ohne Vorwürfe und ohne Lügen«, schlug

Atlas vor. Die Art, wie er mich dabei ansah, wirkte aufrichtig, doch ich würde mich nicht wieder von ihm täuschen lassen.

»Nimm seine Hilfe an, und wenn ihr in Sicherheit seid, schlitzt du ihm die Kehle auf. Er verdient es!«, meldete die Schlange sich nun wieder zu Wort.

Ich wollte Atlas nicht töten, aber ich brauchte notgedrungen seine Hilfe, wenn ich überleben wollte.

»Da ich unmöglich allein gegen all diese Soldaten kämpfen kann und ich nicht will, dass dieser machtgierige König sich Silvestria einverleibt, lass ich dich vorerst am Leben. Aber sobald wir von hier geflohen sind, will ich Antworten!«

Atlas nickte, und gemeinsam eilten wir durch den Garten, bis wir die gigantische Mauer erreichten, von der Fiona gesprochen hatte. Ein gellender Schrei ertönte über unseren Köpfen. Am Himmel entdeckte ich einen schneeweißen Falken, der dort oben seine Kreise zog. Es war Ciel.

»Ich schätze, das ist Fionas Zeichen, dass wir auf dem richtigen Weg sind«, sagte Atlas. Wir liefen die Mauer entlang, die von dichten Ranken verdeckt wurde.

»Und hier soll ein Durchgang sein?«, fragte er skeptisch. Die Ranken ließen beinahe keinen Blick durch sie hindurch zu.

»Halt die Klappe, und such weiter!«, zischte ich, während ich mit dem Schwert die Ranken von der Mauer schnitt, um den Weg hinaus zu finden. Die Rufe unserer Verfolger kamen näher, und ich war mir sicher, dass sie den toten Soldaten mittlerweile gefunden hatten.

Atlas riss die dornigen Ranken mit bloßen Händen hinunter. Ich erschrak bei dem Anblick seiner blutenden Finger.

»Hier drüben!«, rief er, und ich eilte zu ihm.

»Da scheint tatsächlich etwas zu sein«, murmelte ich. Vorsichtig schnitt ich mit dem Schwert einen Weg durch das Gestrüpp.

Ich wollte nur so viel wie nötig entfernen, damit unsere Verfolger den Durchgang nicht sofort fanden. Das würde uns vielleicht einen kleinen Vorsprung verschaffen.

»Das müsste gehen«, sagte ich und kroch voran. Hinter den Ranken befand sich ein kleines Loch, das durch die Felsmauer führte. Wenn ich Fiona richtig verstanden hatte, würden wir auf der anderen Seite des Felsenschlosses hinauskommen. Erdiger Geruch stieg mir in die Nase, während ich auf den Knien über den Boden krabbelte. Hinter mir hörte ich, wie Atlas mir folgte. Der Weg war dunkel, doch als wir einen leichten Bogen machten, konnte ich das sanfte Mondlicht am Ende des Tunnels entdecken. Die Öffnung auf der anderen Seite war ebenfalls verwuchert, aber zum Glück besaßen die Ranken hier keine Dornen, sodass ich sie problemlos mit den Händen zur Seite schieben konnte, ohne mich zu verletzen. Als ich mich aufrichtete und meine Knochen streckte, entdeckte ich den verlassenen Brunnen, den Fiona erwähnt hatte. Wir hatten es geschafft.

Atlas kroch kurz nach mir heraus, und bei seinem Anblick überkam mich ein Schauer. Er sah schlimm aus, seine Hände waren mit Blut und Dreck bedeckt. Auch sein Gesicht war blutverschmiert. Der Soldat hatte ihn übel zugerichtet.

»Du kannst dich am Brunnen waschen«, sagte ich und ging voraus. Während ich den Eimer hochzog und ihn absetzte, ließ Atlas sich sichtlich erschöpft auf den Boden fallen.

»Streck deine Hände aus«, wies ich ihn an und kippte einen Teil des Wassers darüber. Er zog zischend die Luft ein. Das kalte Wasser musste auf seiner geschundenen Haut schmerzen. Doch als der Dreck und das Blut abgewaschen waren, sahen sie nur noch halb so schlimm aus. Atlas nahm Wasser in die Hände und wusch sich das Gesicht.

»Das tut gut«, sagte er leise und trank einige Schlucke.

Nachdem auch ich etwas getrunken hatte, sah ich mich genauer um. Ich entdeckte zwei alte, verfallene Hütten, die sich die Natur zurückerobert hatte. Wilder Efeu wuchs über das verrottende Holz. Abgesehen davon gab es weit und breit nichts außer Bäume und Gestrüpp.

»Wir sollten weitergehen und uns einen geschützten Platz für die restliche Nacht suchen«, sagte ich und lief voraus. Es war zwar gefährlich, durch die Dunkelheit zu streifen, aber wir mussten gehen. Es war nur eine Frage der Zeit, bis die Soldaten uns finden würden. Atlas folgte mir schweigend. Die Stille zwischen uns war lauter, als es Worte hätten sein können.

KAPITEL 19

Wir brachten so viel Abstand zwischen uns und Falconia wie möglich, bis wir Stunden später eine verlassene Feuerstelle fanden. Während Atlas sich mit den Feuersteinen abmühte, suchte ich trockene Äste zusammen. Es war riskant, ein Feuer zu entfachen, aber uns blieb nichts anderes übrig, um wilde Tiere fernzuhalten und uns zu wärmen. Die Nächte hier draußen waren kalt und ungemütlich, das hatten wir schon mehrfach am eigenen Leib erfahren, und wir waren bereits beide durchgefroren. Als ich mit den Ästen zurück zum Lager kam, dämmerte es bereits, und große Schatten zogen sich über die Erde.

»Hier«, sagte ich und warf Atlas die Äste direkt vor die Füße. Dann suchte ich noch ein paar getrocknete Blätter zusammen.

Er drapierte alles in der Feuerstelle und schlug erneut die Steine aneinander, doch mit seinen verwundeten Händen schien es ihm schwerzufallen.

»Gib mal her.« Ich nahm ihm die beiden Steine aus der Hand und hockte mich an die Feuerstelle.

»Ich hätte es schon noch geschafft«, entgegnete Atlas niedergeschlagen. Er fuhr sich mit den Händen durch sein zerzaustes Haar und atmete tief ein.

Nach dem dritten Anlauf landeten einige Funken auf den trockenen Blättern. Schnell pustete ich. Dabei achtete ich darauf, nicht zu viel Luft zuzuführen, da der Funke sonst erlöschen würde. Mein Vater hatte damals im Scherz gesagt, dass ein Feuer zickiger sein könne als so manche Frau, weil ich kurz zuvor gezetert hatte, dass es ja nicht so schwer sein konnte, ein Feuer zu entfachen. Sieben Versuche später hatte ich meinem Vater dabei zugesehen, wie er die Steine aneinanderrieb, und meinen Fehler erkannt. Es brauchte Fingerspitzengefühl und Geduld, zwei Dinge, die ich erst hatte lernen müssen.

»Du kennst dich mit alldem wirklich gut aus«, sagte Atlas leise und wies mit der rechten Hand zum Feuer, dessen Flammen langsam, aber kontinuierlich die Äste verschlangen. »Du hast ein Talent darin … zu überleben.«

Ich setzte mich vor dem Feuer in den Schneidersitz, spürte, wie die Wärme allmählich meine müden Knochen erreichte, und schloss für einen Moment die Augen.

»Ich tue, was ich für richtig halte, um zu überleben«, entgegnete ich.

»So wie ich auch.«

Blinzelnd drehte ich den Kopf in seine Richtung. Er saß eine knappe Armlänge von mir entfernt und sah mir direkt in die Augen.

»Unsere Vorstellungen von Richtig und Falsch gehen allerdings weit auseinander. Du hast gelogen, deinen Schwur gebrochen und bist ständig so unfassbar kaltherzig und abweisend. Ich habe dir nie einen Grund gegeben, mich derart zu hassen oder zu verachten. Alles, was ich wollte, war, meine Aufgabe zu erfüllen und dich zu beschützen. Hätte ich dich in der großen Festhalle nicht hinter die Säule gezogen, hätte der nächste Pfeil womöglich dein Herz durchbohrt. Zum Dank dafür lässt du mich in eine Grube voller giftiger Schlangen werfen«, sprudelte es aus mir heraus. Ich war es leid, all meine Gedanken für mich zu behalten, ich wollte endlich wissen, was Atlas für ein Problem mit mir hatte. Er war kaum einzuschätzen, denn seine Taten und Worte passten einfach nicht zusammen.

Ich wollte bereits weitersprechen, als Atlas doch noch das Wort ergriff.

»Ich wollte nie König werden, doch mein Vater redete nur noch davon, dass wir die Sicherheit des Landes stärken müssten. Er wollte unbedingt, dass ich Fiona heirate, damit Silvestria und Falconia ihr Bündnis erneuern und so die Herrschaft unserer Familie gesichert ist. Aber ich wollte das nicht. Weder die Macht noch die Verantwortung und erst recht keine arrangierte Ehe. Doch ihm war das völlig egal. Weißt du, wie es ist, wenn man das eigene Leben nicht frei leben kann? Wenn du nur eine Marionette anderer bist? Es hat mich krank gemacht und einsam. Ich war wütend auf meinen Vater, und meine Mutter hat ihm immer den Rücken gestärkt. Als meine Eltern dann plötzlich tot waren, wurde mir bewusst, dass ich diesem Schicksal jetzt nicht mehr entkommen kann. Ich war auf einmal König eines ganzen Landes, hatte Verantwortung für so viele fremde Menschen. Und ja … ich gab auch dir dafür die Schuld.«

Atlas blickte in die Flammen, die mittlerweile hell und wild in den Himmel wuchsen. Ich beobachtete, wie das helle Blau seiner Augen einem flackernden Orange wich. Die markanten Wangenknochen ließen ihn im Schatten reifer wirken, und als mein Blick zu seinen Lippen wanderte, blitzte vor meinem inneren Auge sofort der Moment unseres Kusses auf.

»Ich weiß, dass es falsch war. Durch die Angst und die Wut in mir konnte ich nicht klar denken. Doch gleich bei unserer ersten Begegnung warst du so … frei und stolz, in die Fußstapfen deines Vaters zu treten, etwas, das für mich undenkbar war. Ich hab dich dafür gehasst ...«

»Und deshalb wolltest du mich umbringen?«

Atlas zuckte bei dem Satz zusammen. Es war ihm deutlich anzusehen, wie unangenehm ihm das Thema war.

»Die Männer waren mit dir bereits auf dem Weg zur Grube, als Morian mir klargemacht hat, dass ich einen riesigen Fehler begehe. Du warst unschuldig, und es hätte nie so weit kommen dürfen. Ich entließ sofort einen Reiter, der dich und die Soldaten zurückholen sollte, aber ...«

»Er kam offensichtlich zu spät«, fiel ich ihm ins Wort.

»Ich weiß, du hast keinen Grund, mir zu glauben, aber ich bereue, was ich getan habe«, sagte Atlas.

Ich sah ihm an, wie er litt. Wenn ich eine Sache gelernt hatte, dann dass Menschen Fehler machten und niemand unfehlbar war. Die wahre Größe eines Menschen lag darin, diese zugeben und sich entschuldigen zu können. Ich rechnete ihm seine Ehrlichkeit hoch an, auch wenn ich diese Erklärung viel eher gebraucht hätte, um ihn verstehen zu können.

»Das erklärt aber nicht, wieso er den Schlüssel behalten hat.«

Es zeigt zumindest, dass er tief im Herzen vielleicht doch kein so schlechter Mensch ist, und das gibt mir Hoffnung.

»Du hast mein Leben gerettet, mehrfach«, setzte ich an.

»Und ich habe keine Sekunde gezögert. Ohne dich wäre ich nie so weit gekommen, und ich habe durch dich begriffen, dass ich eine Verantwortung gegenüber meinem Land und den Untertanen habe, der ich gerecht werden will. Dafür brauche ich deine Hilfe.«

»Wieso hast du mir den Schlüssel dann nicht gegeben, als ich meinen Teil der Abmachung erfüllt hatte? Du hattest ihn ja anscheinend die ganze Zeit bei dir.«

Ein kalter Schauer huschte mir über den Rücken, denn der Wind frischte auf. Ich streckte meine Beine aus, um näher am Feuer zu sein. Auch Atlas rückte heran, bis sich unsere Schultern beinahe berührten. Er roch nach feuchter Erde und gefallenem Laub. Ein vertrauter Geruch.

»Die Gruft von Tebores beherbergt die wohl mächtigste Waffe aller vier Königreiche. Das Schwert von Aruna hat unzählige Leben genommen. Laut meinem Vater sollte es nie wieder in die Hände eines Menschen gelangen. Was willst du damit?«, fragte er dicht an meinem Ohr.

»Also weißt du, was die Gruft verbirgt.«

»Natürlich. Mein Vater hat mir immer wieder eingebläut, diesen Schlüssel mit meinem Leben zu verteidigen. Er und die anderen Herrschenden waren sich in vielen Dingen uneinig, aber was Königin Aruna anging, haben sie alle ihre Streitigkeiten beiseitegelegt und zusammengearbeitet. Sie wäre in der Lage gewesen, sie alle zu stürzen, und das Schwert spielte eine tragende Rolle in diesem grausamen Krieg, den sie führten.«

»Und dennoch hast du eingewilligt, ihn mir zu überlassen. Du hast nicht nachgefragt, dich nicht gewehrt. Wieso? Du hattest überhaupt nicht vor, ihn mir zu geben, oder?«

Er seufzte leise und griff nach meiner Hand. Überrascht blickte ich ihn an.

»Ich weiß nicht, wie du es geschafft hast, diese Grube zu überleben. Und mir ist bewusst, dass du mir nicht genug vertraust, um es mir zu erzählen. Aber ...« Er stockte kurz, ehe er fortfuhr. »Aber ich bin froh darüber. Der Grund, wieso ich den Schlüssel behalten habe, ist der, dass du mich allein gelassen hättest, wenn ich ihn dir ausgehändigt hätte. Du hättest deine eigenen Ziele verfolgt, und ich wäre ohne dein Beisein gestorben.«

Er drückte meine Hand vorsichtig, als wollte er damit seinen

Worten Nachdruck verleihen. »Und du hast recht. Als wir den Pakt geschlossen hatten, wollte ich ihn dir nicht geben, weil ich dir misstraut habe. Allein die Tatsache, dass du von dieser Gruft, den Schlüsseln und dem verzauberten Schwert weißt, zeigt, dass du Geheimnisse vor mir hast. Du führst etwas im Schilde, das alle Reiche betrifft, und ja, ich bin vorsichtig, weil ich Silvestria schützen will. Auch deshalb habe ich den Schlüssel die ganze Zeit vor dir versteckt, was, nebenbei bemerkt, ziemlich schwer war.«

Natrix?, fragte ich und spürte augenblicklich, wie die Schlange sich unter meiner Uniform bewegte.

»*Ich halte es für einen Fehler, ihm die Wahrheit zu sagen. Egal, ob er ehrlich zu dir ist oder nicht, dass du Arunas rechtmäßige Nachfolgerin bist, könnte ein Trumpf sein, den du noch nicht verspielen solltest.*«

Da hast du vermutlich recht, aber ... schulde ich ihm nicht auch die Wahrheit, nachdem er sich mir endlich offenbart hat? Vielleicht habe ich ihn zu Unrecht verurteilt.

»*Er wollte dich tot sehen. Ohne mich wärst du das längst*«, erinnerte Natrix mich.

Seufzend wandte ich mich an Atlas. »Ich bin froh, dass du mir all das erzählt hast, aber ich werde dir vorerst nicht mehr erzählen. Ich kann einfach nicht.«

Atlas nickte und ließ meine Hand wieder los. »Ich verstehe. Hoffentlich kannst du mir irgendwann vertrauen. Ich werde mein Bestes geben, um dir zu zeigen, dass ich kein Feind mehr bin.«

Plötzlich sah ich in der Ferne einen leuchtenden Punkt am Himmel, der schnell näher kam.

»Siehst du das da oben?«, fragte ich und zeigte mit dem Finger darauf.

»Ja, was ist das?«

Je näher der glimmende Punkt kam, desto klarer wurden die Umrisse. Es war ein Vogel – nein, ein Falke!

»Das ist Ciel!«, rief ich und sprang auf die Beine.

Der Falke suchte sich einen Weg durch die hohen Bäume zu unserem Lagerplatz, ehe er langsam vor meinen Füßen landete.

Er stieß einen leisen Schrei aus, den ich als Begrüßung interpretierte, und hielt mir anmutig seinen gefiederten Kopf entgegen. Darum hing ein feines Band mit einem kleinen Ledersack. Vorsichtig nahm ich ihn an mich und sah hinein. Ein bronzefarbener, geschwungener Schlüssel kam zum Vorschein, der dem von Atlas stark ähnelte. Dabei lag ein gefalteter Brief, der in fein geschnörkelter Schrift geschrieben war.

Ich griff nach dem Schlüssel, dessen Metall kalt und glatt war, ehe ich den Brief las. Dabei spürte ich Atlas' Blick auf mir.

Liebe Cahira,

mein Falke hat mir berichtet, dass ihr es erfolgreich auf die andere Seite der Mauer geschafft habt. Während mein Bruder sich mit unseren Generälen beraten hat, habe ich sein Zimmer durchsucht und den Schlüssel für die Gruft gefunden. Bisher hat er keinen Verdacht geschöpft, dass ich euch bei der Flucht geholfen habe. Aber früher oder später wird er meinen Verrat bemerken. Ich hoffe, dass ich dann auf deine und Atlas' Unterstützung zählen kann.

Zunächst solltet ihr die falconischen Grenzen schnell hinter euch lassen und euch auf den Weg in die Sümpfe von Carapaxia machen. Wenn meine Vermutung stimmt, dann steckt mein Bruder gemeinsam mit Königin Rhea unter einer Decke. Auch sie besitzt einen Schlüssel für die Gruft, den sie in einer

*unterirdischen Grotte voller Krokodile versteckt halten soll.
Rhea und Aruna hatten in der Vergangenheit eine starke Bindung zueinander, das solltest du vielleicht wissen. Doch irgendetwas ist zwischen ihnen vorgefallen.
Viel Glück euch beiden. Passt gut aufeinander auf!*

*In Liebe
Fiona*

Vorsichtig faltete ich Fionas Brief zusammen.

Waren die beiden Königinnen damals befreundet gewesen? Aber dann hätte Rhea doch niemals gemeinsam mit Harkon und Theron ihren Tod besiegelt.

»*Die Sache war deutlich komplizierter zwischen den beiden.*«
Wie meinst du das, Natrix? Was ist …

»Und? Was hat Fiona geschrieben?«, fragte Atlas ungeduldig.

»Dass sie glaubt, dass ihr Bruder und Königin Rhea das Attentat auf dich und deine Eltern gemeinsam geplant haben. Sie hat mir auch erzählt, dass Avriel erst vor Kurzem in Carapaxia zu Besuch war.«

»Dann haben sich also gleich zwei Länder gegen Silvestria verschworen«, sagte er. Ich bemerkte die kleinen Falten auf seiner Stirn, die sich immer dann bildeten, wenn er intensiv über etwas nachdachte.

»Aber nach altem Gesetz wäre Fiona die rechtmäßige Thronerbin, und sie will keinen Krieg«, entgegnete ich.

»Sie hat dir den falconischen Schlüssel für Tebores besorgt, richtig? Weiß sie, was du damit vorhast? Hast du ihr deine Motive offenbart?«

Atlas musterte mich mit müdem Blick. Seine eisblauen Augen hatten ihre Kälte verloren. Stattdessen strahlten sie Sorge aus.

Offenbar wollte er nun wirklich Verantwortung übernehmen, für sein Land, sein Volk und die Menschen, die auf ihn zählten.

Es war kaum zu glauben, wie sehr er sich in dieser kurzen Zeit verändert hatte. Bei unserer ersten Begegnung war er für mich nur ein hochnäsiger Prinz gewesen, ohne jegliche Manieren und Ehre. Doch jetzt, da er mir erzählt hatte, wie es in ihm aussah, was er dachte und fühlte und wie schwierig die Situation für ihn war, konnte ich durch seine eiskalte Hülle hindurchblicken und den verwundbaren König sehen.

»Fiona kennt meinen Plan und unterstützt mein Handeln. Ich habe ihr mein Wort gegeben, dass ich ihr helfen werde, ihr Recht geltend zu machen und den falconischen Thron einzunehmen. Die Länder brauchen ein stabiles Gefüge, in dem Verlass darauf ist, dass man zu seinem Wort steht«, erklärte ich.

Atlas runzelte die Stirn. »Also glaubst du, dass nur diejenigen herrschen sollten, die ... ein Seelentier als Gefährten besitzen?«, fragte er ungläubig. »Das würde im Umkehrschluss bedeuten, dass ...«

»Dass du de facto auch nicht der wahre Herrscher von Silvestria bist«, beendete ich seinen Satz.

Du weißt, worauf er hinauswill, oder?, fragte Natrix.

Natürlich, aber vertrau mir. Ich weiß, was ich tue.

Ich spürte, wie Natrix züngelte, und musste mich zusammenreißen, nicht zu lächeln, weil es mal wieder auf der Haut kitzelte.

»Wieso willst du dann Anspruch auf den verbotenen Thron erheben? Dich hat doch ebenfalls kein Seelentier erwählt. Und Veneria hat keinerlei Untertanen mehr, weil das Land durch Arunas Fluch unbewohnbar ist.«

Natrix zischte plötzlich so laut, dass es fürchterlich in meinen Ohren dröhnte.

»*Das ist nur die halbe Wahrheit*«, sagte er.

Atlas reckte das Kinn und sah mich erwartungsvoll an.

»Mag sein, aber wir haben vier Reiche, von dem eines unregiert ist, was das Machtgefüge empfindlich durcheinanderbringt. Nur deshalb konnten Avriel und Rhea sich überhaupt erst gegen Silvestria verbünden. Ich kenne einen Weg, den Fluch, der auf Veneria lastet, zu brechen, und wenn es mir gelingt, könnten du, Fiona und ich als neue Herrschende Carapaxia dazu zwingen, sich uns zu unterwerfen. Der Frieden in den Reichen wäre damit dauerhaft gesichert. Dann wäre Schluss mit dem Morden und der Angst vor einem Krieg, der Tausende Unschuldige das Leben kostet.«

Das Holz knackte laut, und Ciel musterte uns, als würde er unserem Gespräch lauschen, was er wahrscheinlich auch tat. Der Falke würde Fiona anschließend Bericht erstatten, aber das störte mich nicht. Meine Absichten waren klar, auch wenn ich Atlas gegenüber noch immer verschwieg, dass ich sehr wohl die rechtmäßige Nachfolgerin der Schlangenkönigin war.

»Das heißt, du würdest dich mit mir verbünden?«, fragte er erwartungsvoll.

»Eine Frage, die mich auch interessiert. War der Plan nicht der, Rache an ihm zu nehmen für das, was er dir angetan hat?«

Ich ignorierte Natrix' Frage und antwortete stattdessen Atlas. »Du hast Fehler gemacht, und auch wenn mich einer davon beinahe das Leben gekostet hätte, bin ich noch hier. Du hast mich sogar mehrfach vor dem Tod bewahrt. Ich gebe zu, zu Anfang wollte ich mich an dir rächen und habe mehr als einmal darüber nachgedacht, dich zu töten, als ich die Möglichkeit dazu hatte, aber ich glaube, auch ich habe mich geirrt. Du bist kein schlechter Mensch, für dich besteht noch Hoffnung. Außerdem hast du mehrfach versichert, dass du meinen Freund Silas und die anderen Ferum am Leben gelassen hast. Und deshalb vertraue ich dir, wenn du mir vertraust.«

Atlas' Blick wurde weich, und seine Mundwinkel zogen sich kaum merklich nach oben. »Danke, das bedeutet mir viel. Ich weiß, das, was ich getan habe, war furchtbar ... Jemand hat mich verraten, und ich habe ausgerechnet die Person verdächtigt, die nur mein Bestes im Sinn hatte. Aber ich hoffe sehr, dass du mir irgendwann vergeben kannst. Bis dahin helfe ich dir, Venerias Thron zu besteigen und den Fluch zu brechen, wenn das bedeutet, dass drei Länder damit einen dauerhaften Frieden genießen. Ich weiß, du bist in der Lage, Menschen zu führen und zu beschützen. Du bist vielleicht keine Königstochter, aber du bist geboren, um zu herrschen. Und es tut mir leid, dass ich dir das Leben so schwer gemacht habe. Wenn all das durchgestanden ist, wirst du Silas wiedersehen. Du hast mein Wort.«

Ich sah Atlas in die Augen und verlor mich beinahe in seinem treuen Blick. Die Härte, die seine Züge so oft beherrschte, war verschwunden. Stattdessen stand vor mir ein junger Mann, der zu seinen Fehlern stand und mich um Verzeihung bat.

»Ich danke dir für deine Worte, Atlas.« Für einige Sekunden wanderte mein Blick über ihn. Er wirkte reifer, erwachsener – beinahe wie ein anderer Mensch. Vielleicht war er das ja auch.

Als ich meine Aufmerksamkeit wieder auf Ciel richtete, erhob sich der leuchtende Falke zurück in die Lüfte und verschwand kurz darauf am Horizont.

»Über die Sache mit dem Vertrauen müssen wir aber noch mal reden! Ich würde mich mit diesem Möchtegern-König nicht so einfach verbünden. Er fällt seinen Männern in den Rücken, flieht aus seinem eigenen Land und erzählt etwas von gegenseitiger Ehrlichkeit, obwohl er selbst lügt. Die Welt wäre ohne ihn besser dran ...«

Vieles davon mag der Wahrheit entsprechen, aber sollte Fionas Vermutung stimmen, stelle ich mich auf die Seite von ihr und Atlas und somit gegen Rhea. Ob es dir passt oder nicht.

»*Wir werden sehen*«, sagte Natrix. Dabei klangen seine Worte wie eine Drohung.

Doch die Müdigkeit kroch mir bereits tief in die schmerzenden Knochen, weshalb ich seine Bemerkung ignorierte und Atlas bat, die erste Wache zu übernehmen. Er nickte, während ich mich vor das prasselnde Feuer legte und die Augen schloss. Ich war mir bewusst, dass Natrix über mich wachte, aber ich wusste auch, dass Atlas nicht versuchen würde, mir etwas anzutun. Ich erwischte mich sogar bei dem Gedanken, dass ich mich in seiner Gegenwart sicher fühlte. Und Sicherheit war etwas, das ich in den vergangenen Tagen schmerzlich vermisst hatte.

KAPITEL 20

Helle, wärmende Sonnenstrahlen ließen meine Nase kribbeln, und als ich die Augen öffnete, entdeckte ich Atlas, der gerade seine Stiefel anzog. War er etwa die ganze Nacht wach geblieben, damit ich ausschlafen konnte?

»Guten Morgen«, sagte ich und streckte Arme und Beine aus, nachdem ich mich aufgesetzt hatte. Ich musste unweigerlich gähnen, was Atlas ein Lächeln entlockte.

»Da ist jemand aber noch nicht wirklich wach.« Ich konnte das Lächeln in seiner Stimme hören. Als er seine Stiefel geschnürt hatte, drehte er sich zu mir herum. Seine Haare hingen ihm in die Stirn. Als er sie sich aus dem Gesicht strich, bemerkte ich, wie die Sonne sich in seinen Augen spiegelte. Das Eisblau wirkte durch das warme Licht wie der Himmel an einem wunderschönen Sommertag.

»Hab ich was im Gesicht?« Er wischte sich mit der rechten Hand über die Wangen.

»Nein, alles gut. Wieso hast du mich nicht geweckt? Du hättest die Wache nicht ganz allein halten müssen. Immerhin haben wir einen weiten Weg vor uns.«

»Schon gut. Du hast den Schlaf anscheinend gebraucht. Aber

wir sollten zeitig aufbrechen, um sicherzugehen, dass Avriels Soldaten uns nicht finden. Außerdem sollten wir nach etwas Essbarem Ausschau halten.«

Ich nickte zustimmend und stand auf. Während ich mir die Erde von der Hose klopfte, spürte ich in mich hinein.

Natrix? Alles in Ordnung?, fragte ich die Schlange, die sich bisher nicht bewegt hatte. Es war absurd, wie schnell ich mich an das Gefühl gewöhnt hatte, das anfangs so fremd auf meiner Haut gewesen war. Mittlerweile fehlten mir die weichen Bewegungen der Schuppen beinahe, wenn sie ausblieben.

»*Mir geht es gut*«, zischte Natrix.

Wie zum Beweis spürte ich ihn auf meinem Bauch.

»*Abgesehen davon, dass ich nicht verstehe, wieso du diesen Prinzen so sehr in Schutz nimmst.*«

Müssen wir wirklich jetzt darüber reden?

»*Gut, dann eben nicht.*«

Für einige Sekunden spürte ich noch, wie Natrix sich auf meinem Bauch bewegte, und dann – nichts mehr. Ich beschloss, ihn fürs Erste in Ruhe zu lassen und mich auf den Weg nach Carapaxia zu konzentrieren.

Atlas hatte das Feuer schon ausgetreten und die Stelle notdürftig abgedeckt, damit niemand auf den ersten Blick erkannte, dass sich hier ein Lager befand. Unsere Verfolger würden sich sicherlich nicht so schnell abschütteln lassen, weshalb wir unsere Spuren gut verwischen mussten, um es lebend in das andere Königreich zu schaffen.

»Weißt du, in welche Richtung wir müssen?«, fragte Atlas.

»Carapaxia liegt im Osten, also müssen wir erst einmal der Sonne folgen«, sagte ich.

Gemeinsam liefen wir durch den Wald. Das Laub unter unseren Füßen raschelte leise, und die Vögel in den Bäumen um uns herum zwitscherten ihr Morgenlied. Alles wirkte so friedlich, dass ich beinahe vergaß, in was für einer Situation wir steckten. Die Natur scherte sich nicht um Kriege und Machtspiele. In diesem Augenblick beneidete ich die Vögel, die diesen wunderschönen Tag genießen konnten, während wir uns von einem gefährlichen Ort zum nächsten bewegten.

»Woran denkst du gerade?«, fragte Atlas.

Wir waren schon einige Stunden unterwegs und hatten auf unserem Weg immerhin ein paar essbare Beeren gefunden und einen kleinen Fluss gekreuzt, aus dem wir getrunken hatten.

»Daran, dass wir hier draußen ohne Waffen aufgeschmissen sind.«

Er blieb stehen und lehnte sich an einen großen, alten Baum mit rauer Rinde.

»Ja, darüber habe ich mir auch schon Gedanken gemacht. Wir müssen uns wehren können, wenn wir angegriffen werden. Und jagen können wir so auch nicht.«

»Du bist nicht unbewaffnet, Cahira.«

Sag bloß, du bist nicht mehr beleidigt und redest wieder mit mir, Natrix.

»Ich war zu keinem Zeitpunkt beleidigt. Ich dachte nur, du würdest dich nicht so leicht von dem Prinzchen blenden lassen.«

Ich grinste verstohlen. Obwohl Natrix sehr launisch und anstrengend war, hatte ich diese Schlange mit ihren bissigen Kommentaren tief in mein Herz geschlossen.

Atlas sah mich erwartungsvoll an. Erst da wurde mir klar, dass er auf eine Antwort wartete.

»Entschuldige, ich war irgendwie in Gedanken. Vielleicht finden wir ja noch ein Dorf oder eine verlassene Hütte auf dem Weg. Hier draußen leben doch bestimmt auch Menschen.«

Wir setzten unseren Marsch fort, und ich spürte, wie meine

Schritte nach und nach schwerer wurden. Aber wir mussten durchhalten und aufmerksam bleiben, wenn wir es bis nach Carapaxia schaffen wollten.

»Hörst du das?«, flüsterte ich und griff nach Atlas' Schulter, um ihn zum Stehenbleiben zu bewegen.

Er warf mir einen fragenden Blick über seine rechte Schulter zu. Sekundenlang blieb alles ruhig. Ich wollte schon erklären, dass ich womöglich einfach müde und unaufmerksam wurde, doch da erklang das Geräusch erneut. Es klang wie Hufgetrappel ... gefolgt von Stimmen.

»Glaubst du, das sind Soldaten aus Falconia?«, fragte er leise.

»Schwer zu sagen, aber sie kommen näher.«

Suchend blickten wir uns um. Der Wald war noch dichter geworden und wirkte in allen Richtungen gleich. Ich sah hochgewachsene Baumstämme und braune Erde, die großteils von grünem Moos und Laub bedeckt war, und über uns ein grünes Blätterdach, dessen Lücken uns immer mal wieder ein paar helle Sonnenstrahlen offenbarten.

Ein Wiehern war zu hören, und ich zuckte unweigerlich zusammen. Sie mussten ganz in der Nähe sein.

Atlas zeigte auf eine kleine Erhöhung, wovor ein umgekippter Baumstamm lag, der uns als Versteck dienen konnte. So leise wie möglich schlichen wir hin und quetschten uns dahinter.

»Soll ich mir ein anderes Versteck suchen?«, bot er an, da wir dicht aneinanderliegen mussten.

»Nein, bleib hier. Wenn du jetzt da rausgehst, entdecken sie dich.« Ich schob einige Blätter über seine Beine, ehe ich auch mich, so gut es ging, mit Laub bedeckte. Wenn wir ruhig genug verharrten, würden die Fremden mit etwas Glück einfach an uns vorbeigehen.

»*Oder ihr überwältigt sie und sichert euch, was sie bei sich tragen*«, sagte Natrix.

Was, wenn es Unschuldige sind? Und womit sollen wir sie bitte überwältigen? Wir wissen ja nicht mal, wie viele es sind.

»*Soweit ich das sagen kann, sind sie zu zweit. Und einer von ihnen humpelt.*«

Ich verkniff mir die Frage, woher Natrix das wusste. Seine übernatürlichen Sinne waren mir nach wie vor ein Rätsel.

»Es sind tatsächlich Soldaten, aber nur zwei. Und sie haben ein Pferd. Wir könnten es uns holen«, flüsterte Atlas, der eine ähnliche Idee haben musste wie Natrix.

»Du weißt, wie es das letzte Mal geendet hat«, entgegnete ich. Nur weil wir einmal Glück gehabt hatten, hieß das nicht, dass wir auch dieses Mal heil davonkommen würden. Er drehte sich zu mir.

»Gemeinsam können wir es schaffen. Wir brauchen ihre Waffen und das Pferd«, raunte er dicht an meinem Ohr. Sein warmer Atem kitzelte in meinem Nacken. Tief in meinem Inneren wusste ich, dass er recht hatte. Eigentlich blieb uns gar keine andere Wahl, als es zu riskieren. Aber da war diese Angst, die sich über meinen Körper legte wie ein dünner Schleier, und die lebhaften Erinnerungen daran, wie knapp ich dem Tode bei der letzten Konfrontation mit diesen Soldaten entgangen war. Obwohl ich die Schritte der Soldaten und das Hufgetrappel des Pferdes deutlich hörte, übertönte mein pochendes Herz die Geräusche um ein Vielfaches. Mein Atem ging plötzlich schneller, und ich ballte die Hände zu Fäusten, die ich in den feuchten Erdboden drückte.

»Shhh … ganz ruhig. Du musst versuchen, dich zu beruhigen. Atme tief ein und wieder aus. Konzentriere dich nur darauf«, sagte Atlas, doch seine Stimme klang seltsam fern. Ich spürte seine Hand, mit der er über meinen Rücken rieb und sanften Druck ausübte.

»*Du bist stark, Cahira, lass dich nicht von deiner Angst überwältigen*«, sagte Natrix in meinem Kopf.

Hier im Dreck zu liegen, ganz ohne Waffen und die Möglichkeit, sich zu verteidigen, war für mich in diesem Augenblick kaum zu ertragen. Diese Begegnungen mit unseren Feinden mussten endlich ein Ende finden.

»Du musst nicht mit mir kämpfen, wenn du nicht kannst«, sagte Atlas sanft. Die Schritte der beiden Soldaten kamen näher. Als ich den Kopf anhob, erblickte ich die dunkelbraune Mähne des Pferdes. Es stand nur wenige Meter von uns entfernt.

»Ich bin mir sicher, dass sie weiter östlich entlanggegangen sind«, sagte eine junge Männerstimme.

»Mag sein, aber wir haben Anweisung, hier nach ihnen zu suchen«, entgegnete sein Begleiter.

Sie schienen zu überlegen, in welche Richtung sie nun gehen sollten, während Atlas und ich direkt vor ihren Füßen im Dreck lagen. Ich presste die Lippen fest aufeinander und hielt den Atem an.

»Komm, je eher wir unsere Runde hinter uns bringen, desto früher bin ich wieder bei meiner Lynna.«

Das Pferd wieherte ungeduldig, ehe die Soldaten an uns vorbeigingen und ihre Schritte langsam leiser wurden.

Atlas sah mich eindringlich an. Ich wusste, dass er in jedem Fall versuchen würde, die beiden zu überwältigen. Ich entspannte meine Hände und atmete tief ein.

»Aber wir lassen sie am Leben«, sagte ich.

»Sie werden mit uns nicht so zimperlich umgehen.«

Ich seufzte erschöpft. »Ich weiß, aber nur weil sie einem Tyrannen dienen und sich tyrannisch verhalten, müssen wir es ihnen nicht gleichtun. Wir brauchen ihre Waffen und das Pferd. Von ihren Leben hingegen können wir uns nichts kaufen. Sie zu nehmen, wäre grausam.«

In diesem Moment wog die Last des Tötens schwer auf meinen Schultern. Dieselbe Last, die ich bereits bei unserem letzten Kampf gespürt hatte, nur mit dem Unterschied, dass die beiden Soldaten noch lebten und es in unseren Händen lag, unnötiges Blutvergießen zu verhindern.

»Bitte, lass es uns zumindest versuchen.« Ich wusste, dass Atlas die beiden niemals allein überwältigen könnte, egal, wie gerissen er es anstellte.

»Okay«, sagte er leise und nahm seine Hand langsam von meinem Rücken.

Ich versuchte, die Panik und meinen pochenden Herzschlag zu ignorieren und mich stattdessen darauf zu konzentrieren, leise auf die Beine zu kommen.

»*Nimm dir den Ast rechts von dir*«, sagte Natrix, und ich drehte den Kopf in die entsprechende Richtung.

Atlas folgte meinem Blick und nickte mir kurz zu. Auch er suchte nach etwas, das er als Waffe zweckentfremden konnte, und griff kurzerhand nach einem Stein, der doppelt so groß war wie meine Faust.

Mit unseren behelfsmäßigen Waffen verfolgten wir unsere Verfolger, immer darauf bedacht, sie nicht auf uns aufmerksam zu machen. Sie unterhielten sich über ihre Abendplanung, über einen Kollegen, der viel zu laut schnarchte. Sie lachten sogar, woraufhin Atlas und ich vor Schreck stehen blieben und uns wie aufgeschreckte Rehe ansahen. Dann liefen wir weiter.

Als die Soldaten nur noch wenige Armlängen von uns entfernt waren, verständigten wir uns über Handzeichen. Während ich mich auf den kleineren Soldaten konzentrierte, nahm Atlas sich denjenigen vor, der das Pferd an langen Zügeln führte. Da sie zu Fuß gingen, standen die Chancen gut, sie mit unseren Waffen zu erwischen.

Gemeinsam stürmten wir los. Ich holte schwungvoll mit dem dicken, knorrigen Ast aus und zielte dabei auf den Hinterkopf des jungen Mannes. Dabei hoffte ich inständig, dass er einfach zu Boden ging und ich so einem Kampf aus dem Weg gehen konnte. Als der Ast ihn am Kopf berührte, fiel der Mann tatsächlich nach vorn und blieb regungslos am Boden liegen. Atlas hingegen hatte weniger Glück. Sein Soldat taumelte zwar und ließ die Zügel des Pferdes los, ging aber nicht zu Boden. Das Pferd wieherte laut, bäumte sich auf und lief davon.

»Hier drüben sind sie!«, brüllte der Soldat so laut, dass ich zusammenzuckte. Anscheinend war Verstärkung in der Nähe.

Der Mann drehte sich zu uns herum und wollte auf Atlas losgehen. Dieser schlug ihm jedoch sofort mit der Faust ins Gesicht.

»Halt das Pferd auf!«, rief Atlas mir zu. Ich ließ den Ast fallen und hechtete hinter dem Tier her, das im Trab durch den Wald lief, während ich hinter mir Kampfschreie von Atlas und mehreren Soldaten hörte. Im Laufschritt streckte ich die Hand aus, um die Zügel zu erwischen, griff aber daneben und stolperte. Zum Glück fing ich mich noch rechtzeitig und versuchte stattdessen, den Sattel zu packen.

Da ertönte ein tiefer, animalischer Schrei, der das Pferd und mich in Schrecken versetzte. Das Tier flüchtete tiefer in den Wald hinein. Keuchend und mit einem stechenden Gefühl in der Brust verfolgte ich es weiter. Das Pferd sprang über einen morschen Baumstamm, und ich hechtete ihm hinterher. Je weiter wir uns von dem Kampfgeschrei entfernten, desto ruhiger wurde das Tier, und als ich es zu fassen bekam, blieb es schnaubend stehen.

»So ist's brav.« Ich strich dem Pferd die Mähne aus der Stirn. In dem Licht, das durch das Blätterdach über uns fiel, leuchtete sein Fell in einem rötlichen, warmen Braunton, der mich an den Herbst in Silvestria erinnerte. Mit der rechten Hand fuhr ich langsam darüber. Das angenehm weiche Gefühl unter meinen Fingerspitzen und die Wärme, die das Pferd abgab, beruhigten mich.

Vorsichtig schwang ich mich in den Sattel und versuchte, den Weg zurück zu Atlas zu finden. Dabei bemerkte ich erstaunt, dass ich einen viel weiteren Weg hinter mich gebracht hatte, als gedacht. Nach einer Weile entdeckte ich den umgestürzten Baumstamm. Ich befand mich also auf der richtigen Fährte. Doch je näher wir der Stelle kamen, an der Atlas und ich uns getrennt hatten, desto unruhiger wurde das Pferd. Es versuchte immer wieder, die Richtung zu ändern, warf den Kopf zur Seite und wieherte.

»Was beunruhigt dich denn, mein Großer?«, fragte ich, obwohl ich wusste, dass es, anders als Natrix, nicht auf meine Frage antworten konnte.

»*Wäre ja noch schöner, wenn so ein gewöhnlicher Gaul mit mir mithalten könnte*«, zischte Natrix, und ich schmunzelte.

Doch mein Lächeln verschwand schlagartig von meinem Gesicht, als ich Atlas entdeckte, der zusammengekrümmt am Boden kauerte.

Nur mit Mühe gelang es mir, vom sich windenden Pferd abzusteigen. Ich befestigte die Zügel an einem der Bäume, wo es nervös hin und her tänzelte. Offenbar wollte es diesem Ort so schnell wie möglich entfliehen. Ich konnte ihm seine Angst nicht verübeln, denn das Bild, das sich mir bot, war grausam und jagte mir einen eisigen Schauer über den Rücken.

»Atlas?«, flüsterte ich, aus Angst, ihn zu erschrecken.

Doch er verharrte reglos am Boden. Seine Kleidung war blutüberströmt und sein Hemd am Rücken zerrissen. Seine Haut war mit langen Kratzern übersät, die dunkelrot leuchteten. Ich blickte mich um, suchte nach den Soldaten, die ihn angegriffen hatten. Aber alles, was ich sehen konnte, war Blut und …

Ich schätze mal, mehr als das ist nicht mehr von den Soldaten übrig.

Der Anblick der zerfetzten Körper und der metallische Geruch des Blutes sorgten dafür, dass sich mir der Magen umdrehte und ich mich übergab.

»Atlas, was zur Hölle ist hier passiert?«, fragte ich, nachdem sich mein Magen wieder beruhigt hatte. Mein Blick huschte erneut über die Körperteile, die ich nur noch mit Mühe als solche identifizieren konnte. Es war nicht einmal möglich, zu sagen, wie viele Tote hier lagen. Fünf oder mehr? Es war ein übler Anblick. Hatte ein wildes Tier alle überrascht und die Soldaten so übel zugerichtet?

Ich trat näher an Atlas heran, kniete mich neben ihn und berührte vorsichtig seine Schulter. Er zuckte zusammen, ließ die Berührung aber zu. Langsam drehte er sich zu mir. Sein Gesicht trug eine Maske des Schreckens.

»Was ist passiert?«, fragte ich noch einmal sanft.

»Ich … Ich … weiß es nicht«, stotterte Atlas. Er wirkte wie eine leere Hülle. Als wäre alles, was ihn ausmachte, fort.

Hast du eine Ahnung, was das verursacht haben könnte?, fragte ich Natrix.

»Ich weiß viel, aber allwissend bin ich nicht.«

»Ein einfaches Nein hätte es auch getan«, murmelte ich.

Atlas hatte sich mittlerweile aufgerichtet und starrte unentwegt auf seine blutigen Hände. Ich zog ihn mühsam auf die Beine und führte ihn zum Pferd. Danach ging ich noch einmal zurück, um zwei der Waffen einzusammeln, die die Soldaten nicht länger benötigten. Niemand verdiente einen derart grausamen Tod, doch solange Atlas schwieg, konnte ich nur rätseln, was die Ursache für dieses Massaker war.

༄

Das erste Wort, das Atlas nach dem Vorfall im Wald sprach, nahm ich nur am Rande wahr. Ich hatte meine Arme um seine Taille geschlungen, während das Pferd über einen steinigen Weg trottete. Der Geruch von Blut haftete an Atlas wie ein Schatten, den ich zu ignorieren versuchte. Es gelang mir nur nicht.

»Dort«, sagte er erneut und hob die Hand. Er wies auf die spiegelnde, glatte Oberfläche eines Sees und lenkte das Pferd zum Ufer. Wir hielten an und stiegen ab.

Die Sonne stand bereits tief. Bald würde der Mond sie am Horizont ablösen.

»Wir sollten hier rasten«, sprach ich das Offensichtliche aus.

Atlas nickte und band das Pferd an einem kleinen Baum fest, ehe er ihm den Sattel abnahm. Ich sammelte Feuerholz und schichtete es zu einem kleinen Haufen zusammen, den wir entzünden würden, um uns vor der nächtlichen Kälte zu schützen. Dabei beobachtete ich Atlas, der sich aus seinen Klamotten schälte und kurz darauf in das Wasser eintauchte. Sein Rücken sah schlimm aus. Die tiefen Kratzspuren mussten von einem Tier herrühren. Aber welches Tier zerfetzte seine Beute auf so grausame Weise?

»Das ist die entscheidende Frage.«

Natrix zischte in meinem Kopf und schlängelte sich über meinen Oberschenkel. Da tauchte Atlas aus dem Wasser auf und wusch sich das Blut von der Haut. Als sich unsere Blicke trafen, hielt er inne. Er schien darauf zu warten, dass ich ihm folgte, doch ich wusste, dass das unmöglich war, wenn ich mein Geheimnis vor ihm bewahren wollte.

»*Außerdem hasse ich Wasser, schon vergessen?*«

Jaja, wie könnte ich das jemals vergessen, wo du es doch bei jeder sich dir bietenden Gelegenheit erwähnst?

Atlas wandte sich von mir ab, sodass ich nur noch seinen geschundenen Rücken sah. Um das Blut dort loszuwerden, würde er zwangsläufig meine Hilfe brauchen. Ich entzündete das Feuer und machte mich danach daran, Atlas' zerrissenes Hemd am Seeufer zu waschen. Das Wasser färbte sich sofort rot, und bei dem Geruch wurde mir erneut übel.

Atlas riss mich aus den Gedanken. »Du musst das nicht machen.«

Als ich den Kopf hob, stand er nur wenige Schritte von mir entfernt. Er befand sich bis zum Bauchnabel im Wasser, dennoch versuchte ich krampfhaft, meinen Blick oben zu halten.

»Ich weiß«, sagte ich leise, gefangen von seinem Blick.

»Du solltest auch eine Runde schwimmen. Das Wasser ist herrlich«, sagte er.

Ich winkte ab. »Vielleicht später.«

»Wenn die Sonne erst einmal untergegangen ist, wird es schnell kalt.«

Als ich daraufhin schwieg, ging er zielstrebig auf mich zu, und ich wandte den Blick gerade noch rechtzeitig ab. Ich hörte, wie er sich die Hose anzog und in seine Stiefel schlüpfte. Als ich das Hemd auswrang und mich umdrehte, saß er bereits am Feuer. Ich gesellte mich zu ihm und breitete das nasse Stück Stoff so aus, dass es schnell trocknete. Dabei fiel mein Blick auf die Narbe auf seinem Rücken. Sie war umrahmt von roten Kratzern, die sich beinahe über seinen gesamten Rücken erstreckten. Sein Oberkörper wirkte wie eine Leinwand, die jemand gewaltsam hatte zerstören wollen.

Atlas starrte in die Flammen, und die Stille zwischen uns wurde ohrenbetäubend laut. Was auch immer ihm widerfahren war, hatte ihn verändert.

»Egal, was dort im Wald passiert ist, du kannst es mir sagen, Atlas.«

Er schwieg eine ganze Weile. Ich hatte mich schon fast damit abgefunden, dass er mir nicht antworten würde, als er doch noch etwas sagte.

»Weißt du noch, als ich sagte, ich glaube nicht an Magie?«
Ich nickte.
»Ich habe meine Meinung geändert.«
Danach starrte er wieder in die Flammen.

Am nächsten Morgen brachen wir schon sehr früh auf. Mit knurrenden Mägen und schmerzenden Knochen ritten wir weiter Richtung Osten, um Falconia endlich hinter uns zu lassen. Knorrige Sumpfzypressen lösten die grünen Laubbäume ab, und der feste Erdboden wich einer modrigen, nassen Landschaft, die kahl wirkte. Die Luft wurde kälter und feuchter, gleichzeitig lag ein seltsam süßer Geruch in der Luft, den ich nicht zuordnen konnte.

»Ich befürchte, wenn es hier überall so sumpfig ist, werden wir mit dem Pferd bald nicht mehr weiterkommen.« Atlas führte das Tier vorsichtig weiter, doch der schlammige Untergrund schien dem Tier nicht geheuer zu sein.

»Carapaxia ist eben das Königreich der Sümpfe und stillen Gewässer. Und je tiefer man vordringt, desto gefährlicher wird es.«

Meine rechte Hand ruhte an der Klinge, die ich einem der

Soldaten abgenommen hatte, während ich die Gegend um uns herum im Blick behielt.

Mit einem surrenden Geräusch flog etwas dicht an meinem Kopf vorbei. Mein Blick schnellte nach rechts. In der knorrigen Rinde eines Baumes steckte ein schwarzer Pfeil mit grünen Federn.

»Atlas, wir werden angegriffen!«

Ich suchte nach Personen, doch um uns herum gab es Tausende Versteckmöglichkeiten. Hohes Schilf, tote Bäume, die wie knorrige Hände aus dem Boden ragten und von deren Ästen Lianen baumelten, die wirkten wie gigantische Spinnweben.

Atlas drehte das Pferd herum und sah sich ebenfalls um. Ein zweiter Pfeil surrte auf uns zu. Im letzten Moment gelang es Atlas, ihm auszuweichen.

»Wir müssen sofort verschwinden. Wir sind hier leichte Beute«, sagte er und trieb das Tier durch das unwegsame Gelände. Immer schneller zogen die Bäume an uns vorbei, doch das Gefühl, verfolgt zu werden, blieb. Der Sumpfwald wurde immer dichter, und als Atlas uns durch das grüne Wasser führte, schoss ein weiterer Pfeil in unsere Richtung. Er traf das Pferd am Hinterbein. Das laute Wiehern des Tieres war herzzerreißend. Kurz darauf drang ein weiterer Pfeil in dessen Brust, und das Pferd fiel. Das schlammgrüne Wasser dämpfte zwar den Aufprall, doch das Gewicht des Pferdes drückte uns beide so stark nach unten, dass ich Panik bekam. Atlas griff jedoch nach mir und zog mich an die Oberfläche, wo ich nach Luft schnappte.

»Siehst du sie?«, japste ich und wischte mir Algen aus dem Gesicht.

»Ich sehe niemanden«, entgegnete Atlas. Er schob mich vor sich her in Richtung Ufer und drückte mich mit beiden Händen aus dem Wasser. Doch ehe wir uns orientieren konnten, stellten sich uns vier Kriegerinnen in den Weg. Zwei von ihnen hielten einen Bogen in der Hand, die anderen beiden waren mit spitzen Speeren bewaffnet, die sie auf uns richteten. Ihre Rüstungen schienen eins mit der Natur zu sein, sodass es mich nicht wunderte, dass ihre Anwesenheit uns entgangen war. Sie hatten uns sicherlich schon länger im Visier gehabt.

»Wer seid ihr und was sucht ihr hier?«, fragte eine der Kriegerinnen mit schneidender Stimme.

Als Atlas und ich schwiegen, gab sie der Frau neben sich ein kurzes Zeichen. Die schnellte hervor und packte Atlas grob am Arm und stieß ihn zu Boden.

»Ich werde meine Frage nicht wiederholen«, sagte die Kriegerin drohend.

Mit großen Augen sah ich Atlas an, der genauso überrumpelt zu sein schien wie ich. Gehörten diese Frauen zu Rheas Armee? Ihre Rüstungen sahen anders aus als die der Männer, denen wir auf dem Weg hierher begegnet waren. Sie trugen keine undurchdringlichen Panzerungen am Körper.

»Wir ... wollen nach Carapaxia«, sagte ich schnell.

Die Kriegerinnen warfen sich einen undefinierbaren Blick zu.

»Was wollt ihr von der Sumpfkönigin?«, hakte die Frau nach, die als Einzige mit uns sprach. Sie schien die Anführerin zu sein und hielt den Speer noch immer in meine Richtung. Ich konnte deutlich sehen, wie muskulös ihre Arme waren. Kunstvolle Bilder zierten ihre Haut, und auch die anderen Kriegerinnen trugen diese schnörkeligen Linien auf dem Körper. Das Haar trugen alle eng am Kopf geflochten, jedoch fielen ihnen einzelne Strähnen ins Gesicht.

»Wir wollen Rhea töten«, entgegnete Atlas.

Ich schnappte erschrocken nach Luft, und die Kriegerinnen hielten kurz inne, ehe sie plötzlich lachten.

»Ihr zwei Streuner wollt Rhea töten?«, fragte die Anführerin in spöttischem Tonfall.

»Die überleben nicht mal eine Nacht in diesen Sümpfen«, erwiderte eine andere Kriegerin.

»Was macht euch da so sicher?«, fragte ich.

Die Anführerin trat näher auf mich zu und funkelte mich mit ihren auffälligen hellgrünen Augen an.

»Weil *wir* euch vorher töten werden«, sagte sie.

»*Das sind Vipern!*«, rief Natrix plötzlich ohrenbetäubend laut in meinem Kopf. Ich zuckte zusammen und presste mir die Hände an die Ohren. »*Sie dienten Aruna bis zu ihrem Tod. Diese Kriegerinnen sind die mächtigsten und grausamsten aller vier Reiche.*«

»Tötet sie, und verscharrt ihre Leichen in den Sümpfen. Danach treffen wir uns im Lager«, befahl die Anführerin den Kriegerinnen und wandte sich ab. Diejenige, die Atlas mit dem Speer bedrohte, drückte ihm bereits die Spitze der Waffe in die Brust. Atlas schrie vor Schmerz und krümmte sich am Boden, konnte sich der Waffe jedoch nicht entziehen. Die Frau schien seine Schreie zu genießen, ließ ihn absichtlich leiden. Ich hingegen konnte kaum zusehen, wie er litt.

»*Zeig mich ihnen! Sie werden euch beide töten, wenn du ihnen nicht offenbarst, wer du bist! Die Vipern sind nicht dafür bekannt, Gnade walten zu lassen.*«

»Halt, hört auf!«, schrie ich verzweifelt. Meine Stimme klang schrill und fremd, doch sie sorgte zumindest dafür, dass die Anführerin sich zu mir umdrehte.

»Ihr seid die Vipern, die einst Königin Aruna gedient haben, oder?«, fragte ich und hoffte inständig, das würde sie davon abhalten, Atlas Schmerzen zuzufügen.

»Und wenn dem so wäre?«, entgegnete die Kriegerin herausfordernd.

»Ich …« Mein Blick huschte zu Atlas, der ihn mit schmerzverzerrtem Gesicht erwiderte. Dann sah ich zu der Kriegerin.

»Ich bin ihre Nachfolgerin«, sagte ich mit fester Stimme.

Die Vipern musterten mich abschätzig. Ich erwartete beinahe, dass sie wieder in schallendes Gelächter ausbrachen.

»Beweise es!«, forderte die Anführerin und reckte das Kinn.

Ich hob langsam die Arme, um meine Jacke aufzuknöpfen.

»Ich trage etwas auf der Haut«, sagte ich langsam, während ich die Jacke auf den Boden warf. Mit zittrigen Fingern zog ich mir das Hemd über den Kopf. Es war mir unangenehm, mich vor allen Anwesenden zu entblößen, doch ich spürte, wie Natrix sich über meinen Rücken schlängelte und seinen Kopf auf meine linke Schulter legte.

Die Vipern sahen mich erwartungsvoll an. Als ich das Hemd zu Boden warf und nur noch die Bandage um meine Brust übrig war, schnappten sie nach Luft. Natrix schlängelte sich langsam nach unten, bis sein eindrucksvoller Körper mit den vielen kleinen Schuppen über meinen gesamten Oberkörper reichte.

»Das ist unmöglich … Aruna ist tot.« Die Anführerin starrte mich mit großen Augen an.

»Natrix hat mich auserwählt, und ich bin seinem Ruf gefolgt.«

Die Schlange manifestierte sich vor den Augen aller und hob den Kopf. Sofort ließen sich die vier Frauen auf den Boden fallen und senkten die Häupter. Sie zollten Natrix Respekt, und ich atmete erleichtert auf.

»*Sie knien nicht vor mir*«, sagte Natrix.

»Die Vipern schwören der neuen Schlangenkönigin ewige Treue«, sagte die Anführerin demütig, und die drei anderen Kriegerinnen nickten zustimmend.

»Vergib uns bitte unsere drohenden Worte. Seit wir unsere Heimat verloren haben, fristen wir unser Dasein in diesen verlassenen Sümpfen. Rhea duldet unsere Anwesenheit in ihrem Land nicht und macht seit jeher Jagd auf uns.« Die Vipern erhoben sich. Natrix verschwand wieder auf meine Haut, und ich kleidete mich schnell an.

Als ich in Atlas' Richtung blickte, der mit der rechten Hand auf die blutende Wunde an der Brust drückte, erkannte ich deutlich seine Enttäuschung und Fassungslosigkeit. Ich fühlte mich schrecklich, doch ich konnte an dieser Situation jetzt nichts ändern. Also wandte ich mich wieder an die Vipern.

»König Atlas und ich wollen Rhea zur Rede stellen. Es scheint, als hätte sie gemeinsam mit dem König von Falconia ein Attentat auf Atlas' Familie verübt. Wenn sich diese Befürchtung bewahrheitet, wollen wir gemeinsam für Gerechtigkeit sorgen und Rhea für ihre Taten verurteilen. Falls nicht, wird sie uns sicher gern ihren Schlüssel zur Gruft von Tebores überlassen. Mit ihm will ich das Schlangenschwert holen und Veneria wiederauferstehen lassen.«

Die Augen der Kriegerinnen leuchteten.

»Ihr habt unsere volle Unterstützung bei eurem Plan. Allerdings sind wir nicht mehr so viele wie früher. Mein Name ist übrigens Taina, und das sind meine Schwestern Graya, Indra und Madita.«

»Ich bin Cahira.«

KAPITEL 21

Die Vipern führten uns in ihr Lager, das tief in den Sümpfen lag und hauptsächlich aus notdürftig zusammengeschusterten Holzbaracken bestand. Sie standen dicht an den gigantischen Sumpfzypressen und wirkten beinahe so, als wären sie Teil der Bäume, da sie teilweise von dichtem Moos bedeckt waren. Ich war fasziniert davon, was die Frauen sich hier aus dem Nichts aufgebaut hatten.

Eine von ihnen versorgte Atlas' Wunden. Er ignorierte mich, was mich beinahe mehr schmerzte, als dabei zuzusehen, wie die Kriegerin seine Wunde nähte.

»Seit wann lebt ihr schon hier draußen?«, fragte ich Taina, die mich zur Seite gezogen hatte und durch das Lager führte.

»Wir flohen aus Veneria, als uns keine andere Möglichkeit mehr blieb. Aruna war gefallen und wir waren geschwächt, doch die Könige von Silvestria und Falconia waren sich einig, dass mit Aruna auch ihr gesamtes Volk untergehen sollte. Sie töteten viele von uns, unter anderem meine Tochter. Sie wäre jetzt ungefähr in deinem Alter …«

Tainas Schmerz stand ihr ins Gesicht geschrieben. Ich spürte deutlich, wie schwer es ihr fiel, über den Krieg zu sprechen.

»Es tut mir leid. Ich wollte dich nicht an diese schreckliche Zeit erinnern.«

Taina winkte ab. »Ich habe zwar viele geliebte Menschen verloren, aber auch einige vor dem Tod bewahrt. Wir wussten nicht, wo wir hinsollten, also flohen wir in die Sümpfe von Carapaxia. Rhea ließ uns lange Zeit gewähren. Doch seit einigen Wochen streifen immer wieder ihre Männer durch die Sümpfe, auf der Suche nach unserem Versteck.«

»Das könnte mit Avriel zusammenhängen«, überlegte ich. »Aber wie kommt es, dass Rhea euch überhaupt hier geduldet hat?«

»Sie und Aruna standen sich sehr nahe. Ich kann bis heute nicht verstehen, wieso sie sich an dem Verrat an Veneria beteiligt hat. Niemand hat dadurch irgendetwas gewonnen, stattdessen haben so viele Menschen ihr Zuhause verloren.«

»Ich kenne Aruna nur aus Erzählungen, aber es wurde oft erwähnt, sie sei zu mächtig gewesen und hätte diese Kräfte missbraucht, um anderen zu schaden. War das der Auslöser für den Krieg?«, fragte ich. Taina war schließlich eine der wenigen Menschen, die Königin Aruna persönlich kennengelernt hatten.

Sie schien über meine Worte nachzudenken, denn ihre Stirn legte sich in Falten.

»Aruna war keine Heilige, aber die grausamen Geschichten über sie sind nicht alle wahr. Sie war ein gewöhnliches Mädchen aus ärmlichen Verhältnissen, bevor sie Königin wurde, träumte aber immer davon, eine starke Kriegerin zu werden. Als sie von den Seelentieren erfuhr, wollte sie unbedingt erwählt werden und einen der Throne besteigen. Sie erzählte mir einmal, dass sie sich in jungen Jahren immer wieder in brenzlige Situationen manövrierte, weil sie gehört hatte, dass Seelentiere sich dabei oft offenbaren. Das hätte sie beinahe das Leben gekostet.«

»Also erschien Natrix irgendwann, und sie bestieg den venerischen Thron?«, hakte ich nach.

»Nicht direkt. Veneria war nicht immer das Königreich der Schlangen. Vorher hieß das Land Carabella und wurde von Königin Indira regiert. Sie hatte keine Kinder, keinen Mann und vertraute darauf, dass ihr Seelentier eine gute Wahl für einen Nachfolger treffen würde.«

»Ich wusste nicht, dass Veneria früher einen anderen Namen trug.«

Taina lächelte. »So war es auch gewollt. Nur wenige können sich an den damaligen Namen erinnern oder an das ursprüngliche Wappentier, einen weißen Hengst.«

Taina setzte sich an die verlassene Feuerstelle, und ich nahm neben ihr Platz. Aus dem Augenwinkel bemerkte ich andere Vipern, die uns aus der Ferne beobachteten und miteinander tuschelten. Für sie waren Atlas und ich fremd und unser Besuch in ihrem Lager sicherlich Grund für Aufregung.

Ich wandte mich wieder an Taina. »Wie ist das möglich?«

»Durch Magie. Als Aruna eines Tages ein strahlend weißer Hengst namens Koa erschien, war sie mehr als enttäuscht. Koa erzählte ihr von Indiras Ableben und davon, dass sie die rechtmäßige Thronerbin von Carabella sei, doch Aruna wollte kein Wappentier, dessen Natur in der Flucht vor Gefahren liegt. Sie beschloss, sich ihr Seelentier selbst auszusuchen, eines, das ihrer Vorstellung von Kraft und Macht entsprach.«

»Eine Schlange?«, fragte ich, und Taina nickte.

»Sie recherchierte unermüdlich und fand schließlich heraus, dass es eine entlegene Insel gab, auf der ein mächtiger Magier leben sollte. Er sollte ihr dabei helfen, ihren Wunsch wahr zu machen. Sie machte sich mit einer kleinen Delegation auf den Weg dorthin und kam Wochen später allein mit Natrix zurück.«

»Keiner der Männer hat die Reise überlebt?«

»Aruna hatte nur Natrix und das magische Schwert bei sich.«

Tausend Fragen gingen mir durch den Kopf, doch ich konnte mich nicht entscheiden, welche ich zuerst stellen sollte.

Gab es Hinweise darauf, was mit den Soldaten geschehen war? Wer war dieser Zauberer, den Aruna aufgesucht hatte?

Wie hatte er ein Seelentier erschaffen können, und was machte Arunas Schwert so besonders?

Schließlich entschied ich mich für eine andere Frage.

»Was passierte mit dem alten Seelentier?«

Taina überlegte einen Moment. »Ich habe es danach nie wieder zu Gesicht bekommen. Vielleicht musste sie es opfern, um Natrix zu bekommen. Wir haben nie darüber gesprochen.«

Ich stutzte. *Wieso hast du mir all das verschwiegen, Natrix?*

»Es ist unwichtig, woher ich komme oder wer mich erschaffen hat. Auch der Ursprung des Schwertes spielt keine Rolle für unsere Mission, Veneria wieder erstrahlen zu lassen. Außerdem waren wir ja nun wirklich mit wichtigeren Dingen beschäftigt, nicht zu sterben zum Beispiel.«

Ich musste zugeben, dass Natrix nicht ganz unrecht hatte. Wir waren von einer Gefahr zur nächsten gestolpert, hatten kaum Verschnaufpausen gehabt. Allerdings hatte ich von Anfang an geglaubt, er sei ein Seelentier. Was nicht so ganz stimmte, wenn ich Tainas Worten Glauben schenken konnte. Oder hatte dieser Magier alle Seelentiere auf diese Weise erschaffen? Das wiederum würde bedeuten … dass er mehrere Jahrhunderte alt sein musste.

Meine Gedanken schweiften weiter. Aruna war die alte Ordnung also umgangen und hatte alles durcheinandergewirbelt. Waren die anderen Herrschenden deshalb erbost gewesen und hatten ihr den Krieg erklärt?

»Es ist schwer, in die Fußstapfen von jemandem zu treten, dem man nie begegnet ist«, sagte ich nach einer Weile.

»Du solltest nicht versuchen, Aruna nachzueifern, Cahira. Wieso willst du diesen Thron für dich beanspruchen? Was ist dein Antrieb?«

»Weil die Menschen jemanden verdient haben, dem sie vertrauen können und der sie vor dem Unheil da draußen beschützt«, sagte ich. Ich wusste, dass ich anfangs nur auf Natrix gehört hatte, um mich an Atlas zu rächen, aber die Dinge hatten sich geändert. All die Intrigen, die Avriel gesponnen hatte, zeigten nur zu deutlich, dass er skrupellos genug war, einen weiteren Krieg anzuzetteln. Und wenn ich in der Lage war, ihn aufzuhalten, würde ich das tun!

»Behalte dieses Ziel im Auge. Lass dich nicht vom Machthunger einnehmen. Aruna war nicht böse, aber sie war besessen davon, die Stärkste zu sein. Sie dachte, dass Gefühle Menschen schwach machen, dabei ist das Gegenteil der Fall. Bis heute frage ich mich, ob Natrix einen Teil dazu beigetragen hat, denn sie hat nicht immer so gedacht. Diese Schlange hat mir damals schon Angst eingejagt.«

Eine Viper kam auf uns zu und blieb an der Feuerstelle stehen.

»Taina, wo sollen die Gäste schlafen?«, fragte die junge Kriegerin, deren auffällige Hautbemalungen meine Aufmerksamkeit auf sich zogen. Ob die Vipern diese Bilder auf der Haut trugen, weil ich Natrix auf meinem Körper trug, oder war das bloß Zufall? Hatte Aruna die Schlange ebenfalls auf ihrer Haut getragen?

»Ja, das hat sie. Ihre Kleider waren sogar meist so geschnitten, dass sie entweder rückenfrei waren oder viel Bein zeigten. Aruna trug mein Abbild mit Stolz auf der Haut«, zischte Natrix, und ich bildete mir ein, einen leisen Vorwurf aus seiner Stimme herauszuhören.

Ich trage dich auch mit Stolz, aber es war für dich und mich deutlich sicherer, dich unter der Kleidung zu verbergen, versuchte ich, ihn zu besänftigen.

»Vermutlich hast du recht. Aber versprich mir, dass sich das in Zukunft ändert. Immerhin musst du deine wahre Identität nicht länger verbergen. Ich möchte endlich wieder frei sein.«

Ein schlechtes Gewissen meldete sich kurz in mir, doch dann erhob Taina sich von ihrem Platz und entschuldigte sich. Sie verschwand mit der anderen Kriegerin und ließ mich allein.

Ich entschied, weiter zwischen den hohen Bäumen entlangzuschlendern. Der Geruch nach nasser Erde war allgegenwärtig, und bei jedem Schritt verursachten meine Stiefel ein schmatzendes Geräusch. Als ich um die Ecke bog, prallte ich mit einer Person zusammen und fiel auf den Hintern. Ein lautes Zischen ertönte, und ich sah mich überrascht um. Dann bemerkte ich zwei Schlangen, von denen sich eine an meinem Bein heraufschlängelte.

»Keine Angst, Zoraya tut nichts«, beeilte sich das Mädchen, mit dem ich zusammengestoßen war, zu sagen, und schnappte sich die Schlange, die direkt vor seinen Füßen lag. Überaus geschickt legte es sich die schwarz-glänzende Schlange um den Hals, während Zorayas Kopf mittlerweile an meinem Bauch angelangt war. Beide Tiere sahen aus wie Natrix – nur deutlich kleiner. Zoraya sah mir in die Augen und zischte. Ihr Blick hatte etwas Hypnotisches.

Da griff das Mädchen nach ihr und legte sich die zweite Schlange auf die schlanken Arme. »Zoraya und Zen müssen heute entgiftet werden. Aber keine Sorge, sie würden nie einfach so zubeißen.«

»Danke für den Hinweis«, sagte ich und rappelte mich wieder auf die Beine. »Was sind das für Schlangen?«

Ich streckte vorsichtig die Hand aus, um Zorayas Körper zu berühren. Sie streckte mir den Kopf entgegen, und ich streichelte über ihre Stirn. Die Schuppen fühlten sich warm und fest an, erinnerten optisch an einen Panzer.

»Venerische Vipern. Sie sind die giftigsten Schlangen, die es gibt. Ein Biss, und man stirbt.«

»Aber es gibt doch ein Gegengift.«

»Ja, aber die Herstellung ist mühsam und die Zutaten selten. Man braucht den Saft einer Tyrkawurzel, getrocknete Blütenblätter einer Schattenlilie und eine Ossendiadistel. Oftmals sterben diejenigen, die gebissen wurden, trotzdem, weil das Gift so schnell wirkt.«

Schlagartig wurde mir bewusst, wie viel Glück Atlas gehabt haben musste, als ihn der vergiftete Pfeil in Silvestria getroffen hatte. Sein Vater hatte sich sicherlich einen kleinen Vorrat von dem Gegengift angeschafft, als sich der Krieg gegen Aruna abgezeichnet hatte. Und die Ferum hatten schnell reagiert, um Atlas zu versorgen.

»Das klingt ja wirklich nach einem sehr gefährlichen Gift«, sagte ich.

Das Mädchen nickte. »Wir entnehmen es den Schlangen in regelmäßigen Abständen, um es für unsere Pfeile zu benutzen. Aber ich muss jetzt los. Es gibt sonst wieder Ärger, wenn ich zu spät komme.«

Das Mädchen verabschiedete sich und war wenig später hinter der nächsten Baracke verschwunden. Ich schlenderte weiter durch das Dorf und entdeckte immer wieder glänzend-schwarze Schlangenkörper, die wie selbstverständlich an Bäumen hingen oder sich durch das Gras am Rande der Hütten schlängelten. Wieso nur spürte ich diese tiefe Verbundenheit zu jeder einzelnen von ihnen?

»Sie fühlen das Gleiche für dich. Du bist wie ihre Mutter, sie würden dir überallhin folgen, wenn du es ihnen befiehlst. Und keine von ihnen kann dir schaden.«

Als ich wieder zurücklief, entdeckte ich abseits des Lagers Atlas. Er wirkte müde und erschöpft. Ein Teil von mir wollte unbedingt zu ihm gehen und ihm alles erklären. Doch ein mindestens genauso großer Teil sträubte sich dagegen, ihm jemals wieder unter die Augen zu treten. So viel Unausgesprochenes stand zwischen uns. Würde er mir jemals wieder vertrauen? Würde er überhaupt mit mir reden, nachdem er wusste, was ich auf der Haut trug? Auf all diese Fragen hatte ich keine Antwort.

Atlas schien meine Blicke auf seinem Körper zu bemerken, denn er hob den Kopf und sah zu mir. Es war unmöglich, seinen Gesichtsausdruck zu deuten, weil seine Miene so ausdruckslos war, als trüge er eine steinerne Maske.

Meine Haut kribbelte vor Nervosität, und ich wollte mich schon umdrehen und gehen. Doch da lief er langsam auf mich zu. Es war mir ein Rätsel, wie ich es schaffte, aber es gelang mir, ihm entgegenzulaufen. Dabei fiel mein Blick auf sein aufgerissenes, blutbeflecktes Hemd und die darunterliegende Wunde.

»Konnten sie dich wieder zusammenflicken?«, fragte ich. Atlas war nur noch eine Armlänge von mir entfernt.

»Mir geht es gut. Nichts, was nicht wieder verheilt«, sagte er mit gesenktem Blick, als könne er meinen Anblick nicht ertragen.

Ein Kichern ertönte. Als ich den Kopf zur Seite drehte, entdeckte ich zwei junge Kriegerinnen, die uns aufmerksam beobachteten.

»Vielleicht sollten wir irgendwo hingehen, wo wir ungestört sind?«, schlug ich vor.

Er nickte. Gemeinsam ließen wir die Baracken der Vipern

hinter uns und setzten uns auf einen umgekippten Baumstumpf, dessen gigantische Wurzeln im Sumpf versanken.

»Ich … wollte es dir nicht verschweigen«, sagte ich leise und griff nach einem kleinen Stein am Boden. Mit Schwung warf ich ihn in das schlammgrüne Wasser, wo er die glatte Oberfläche in Aufruhr versetzte.

»Aber dennoch hast du es getan, oder?«

Die Wasserwellen verschwanden, und ich griff nach dem nächsten Stein.

»Was hätte ich machen sollen? Ich wollte nur eine gute Ferum sein. Plötzlich war ich eine zum Tode verurteilte Verräterin und kurz darauf die Erwählte eines Seelentiers. Und du hast mir immer deutlich gemacht, dass du nicht an die Existenz von Seelentieren glaubst.«

»Wie ist das überhaupt passiert?« Atlas warf ebenfalls einen Stein ins Wasser.

»Ich bin mir nicht sicher. Ich bin ohnmächtig geworden, nachdem mich eine Schlange in der Grube gebissen hatte, und als ich wieder wach wurde, war Natrix da. Als ich ihn sah, diese gigantische Schlange auf meiner Haut … ich dachte, ich halluziniere. Es hat etwas gedauert, bis ich begriffen habe, was das bedeutet, aber Natrix hat mir etwas gezeigt, dass ich vorher nicht sehen konnte. Er macht mich nicht stark, sondern nur stärker. Er macht mich nicht schnell, sondern nur schneller. Ich hatte all das schon vorher in mir, er hat es nur hervorgeholt, weil ich es allein nicht konnte. Er hat mir meine Stärke wiedergegeben, nachdem … du sie mir genommen hattest.«

Atlas seufzte leise. Ich war mir nicht sicher, ob ihm meine Antwort genügte. Mir war bewusst, dass ihn die Situation überforderte, und mir ging es genauso, wenn auch aus anderen Gründen.

Ich hatte nicht vorgehabt, ihn in mein Herz zu lassen, hatte mich mit Händen und Füßen dagegen gewehrt, in ihm etwas Gutes zu sehen. Aber der Atlas, dem ich in Silvestria begegnet war und der mich beinahe umgebracht hätte, existierte nicht mehr. Er war abgelöst worden von dem Atlas, der sich auch um andere sorgte. Und diesen Atlas, der mich unter dem umgestürzten Baum hervorgezogen und vor Rheas Soldaten gerettet hatte, hatte ich verletzt.

»Bist du mir böse?« Die Worte klangen so leise, dass ich mich fragte, ob er sie überhaupt verstanden hatte.

»Nein, aber ich hätte mir gewünscht, dass du dich mir anvertrauen kannst. Es muss schwer gewesen sein, dieses Geheimnis ganz allein zu wahren. Ich kann dir nicht einmal einen Vorwurf machen. So wie ich mich dir gegenüber verhalten habe ... hätte ich mir selbst wohl auch nicht vertraut.«

Er rückte näher und griff plötzlich nach meiner Hand, mit der ich mich auf dem Baumstumpf abstützte. Mit seinen warmen Fingern strich er sanft über meinen Handrücken. Dabei fiel mein Blick auf die tiefen Kratzer auf seiner Haut. Als ich den Blick hob und ihm in die Augen sah, erkannte ich deutlich den Schmerz darin.

»Ich bin selbst schuld daran, dass man mir nicht traut. Mein Vater hatte wohl recht damit, dass ich niemals ein guter König sein werde.«

»Es ist nur, dass ... Diese Zerrissenheit, die du in dir trägst, sie ... macht dich manchmal unberechenbar«, sagte ich.

Seine Hand ruhte noch immer auf meiner. Ich spürte die Anspannung, die seinen Körper ergriff.

»Mein Vater sagte immer, dass es nur zwei Arten von Menschen gibt. Diejenigen, die in der Lage sind, schwierige Entscheidungen zu treffen, und diejenigen, die abwarten, dass jemand ihnen die Entscheidungen abnimmt. Auf mich traf immer Letzteres zu. Alle in der Burg wussten das. Mein Vater, meine Mutter, selbst die Ferum. Sie hielten mich für einen Schwächling, jemanden, der dieses Land einmal zugrunde richtet. Und sie ermöglichten mir nie, ihnen das Gegenteil zu beweisen.«

Wie selbstverständlich verschränkten sich unsere Finger miteinander. Der sanfte Druck, den er dabei ausübte, gab mir ein Gefühl von Sicherheit.

»Du hingegen hattest allen Grund, mir zu misstrauen, und obwohl du dieses Geheimnis für dich behalten hast, hast du mir die Möglichkeit gegeben, dir zu zeigen, dass ich meine Fehler bereue und sie wiedergutmachen will. Und dafür möchte ich dir danken. Ich verurteile dich nicht für das, was du getan hast, obwohl es schmerzt. Aber ... Ich weiß, wie es sich anfühlt, wenn man das Gefühl hat, nur sich selbst trauen zu können.«

»Menschen ändern sich. Du bist nicht mehr der arrogante und unnahbare Prinz, den ich kennengelernt habe. Egal, wie angespannt das Verhältnis zwischen dir und deinen Eltern war, sie wären sicher stolz auf dich.«

Die Art, wie er mich ansah, beschleunigte meine Atmung. Er hob die freie Hand und legte sie sanft an meinen Hals. Vorsichtig schob er sie unter mein Kinn und zog mich näher zu sich heran. Mein Herz schlug lauter, hämmerte heftig gegen meine Brust, und eine angenehme Wärme breitete sich in meinen Gliedern aus.

Atlas sah mir tief in die Augen, blickte tief in mich hinein, vorbei an all dem Schmerz, dem Verrat und den Geheimnissen, die uns zuerst entzweit und dann näher zueinandergebracht hatten. Dann berührten seine Lippen meine. Anders als der Kuss in der Höhle schmeckte er nicht nach Schweiß und Angst, sondern nach Hoffnung und Vergebung. Dieser Kuss war ein Versprechen, das wir einander gaben. Ein Versprechen, das wir uns fortan vertrauen würden. Unsere Zungen berührten sich, während Atlas den Griff um meinen Hals verstärkte. Ich ließ mich fallen und vergaß für einen Moment alles um mich herum. Als wir uns voneinander gelöst hatten, lehnte ich meine Stirn an seine.

»Ich bin immer an deiner Seite, Cahira«, raunte er. Sein Atem prickelte auf meiner Haut. Er strich mir vorsichtig eine lose Haarsträhne aus dem Gesicht und umfasste mein Gesicht mit beiden Händen. In diesem Moment war sämtliche Härte aus seinen Zügen gewichen. Die Art, wie er mich ansah, war aufrichtig.

»Und ich an deiner«, flüsterte ich und verlor mich in einem weiteren Kuss. Doch wir beide wussten, dass wir die Welt um uns herum nicht ewig aussperren konnten. Wir mussten zurück ins Lager, zurück zu den Vipern und somit zurück in eine Welt, die schon bald in Flammen stehen könnte.

Als die Sonne langsam unterging, erhoben wir uns von unserem Platz und gingen gemeinsam zurück. Die Vipern hatten sich an der Feuerstelle versammelt und schienen auf unsere Rückkehr gewartet zu haben. Denn als wir das Feuer erreichten, hörten sie schlagartig auf, zu sprechen. Taina trat vor.

»Ich habe meinen Schwestern von dir und deinem Plan erzählt. Sie alle erkennen dich als unsere neue Königin an und sind gewillt, dir zu dienen und dich im Kampf zu unterstützen, auch wenn unsere Ressourcen begrenzt sind.«

Einige der Vipern nickten zustimmend.

»Was deinen Begleiter anbelangt …« Tainas Tonfall klang strenger, und ich spürte, wie Atlas sich versteifte. »Er ist der Sohn von Verrätern. König Harkon und seine Frau haben unsere Königin und Veneria hintergangen. Sie waren schuld daran, dass wir unser Zuhause verloren haben und uns hier in diesem Sumpf verstecken mussten. Die Mehrheit von uns verurteilt Atlas nicht für die Sünden seiner Eltern, sondern wird ihn anhand seiner eigenen Taten beurteilen. Einige von uns können diesen Verrat jedoch nicht verzeihen.«

Mein Blick fiel auf eine Kriegerin, die zweifellos ein Problem mit Atlas hatte. Sie umfasste ihren Speer derart fest, dass ihre Knöchel weiß hervortraten. Würden die Vipern mir ihre Unterstützung verweigern, solange Atlas an meiner Seite war?

Was seine Eltern getan hatten, war falsch gewesen, aber Atlas sollte nicht für ihre Fehler büßen müssen. Zwar verstand ich, dass einige der Vipern ihm misstrauen. Immerhin kannten sie ihn nicht und wussten nicht, dass er mir mehrfach das Leben gerettet hatte. Aber ich würde alles in meiner Macht Stehende tun, um die Vipern davon zu überzeugen, dass Atlas ein besserer König war als sein Vater. Er war ein Verbündeter von mir und daher auch ein Verbündeter von Veneria und den Vipern.

Ich biss mir auf die Unterlippe. Diese Kriegerinnen waren mächtig und stark. Wenn sie geschlossen hinter uns stünden, hätten wir eine Chance, den Kampf gegen Rhea und Avriel zu gewinnen, bevor er in einen Krieg ausartete. Doch dafür mussten auch diejenigen von unserem Vorhaben überzeugt sein, die Atlas gegenüber eher feindlich gesinnt waren.

Plötzlich trat Atlas näher an die Vipern heran und ließ seinen Blick über die Kriegerinnen schweifen. »Ich bin nicht die Summe der Entscheidungen meines Vaters«, sagte er. »Und ich weiß nur zu gut, dass mein Vater nicht immer die richtigen Entscheidungen getroffen hat. Seit ich die Verantwortung für ein ganzes Land trage, merke ich jedoch, wie schwer diese Last wiegt, und ich kann mir vorstellen, wie schwer sie für meinen Vater gewesen sein muss. Ich will ihn nicht in Schutz nehmen, aber ich werde ihn auch nicht verurteilen. Alles, was ich tun kann, ist, euch zu beweisen, dass ich seine Fehler nicht wiederholen werde. Cahira und ich wünschen uns Frieden – für Silvestria, Veneria und auch die übrigen Länder. Wir haben die rechtmäßige Königin von Falconia auf unserer Seite, und gemeinsam mit ihr und euch können wir dieses Ziel erreichen. Wir alle haben es verdient, in Frieden und Sicherheit zu leben.«

Die Vipern tuschelten miteinander, einige nickten, andere schüttelten den Kopf. Ich sah ihnen an, dass sie unschlüssig waren, ob sie Atlas' Worten Glauben schenken konnten. Dabei brauchten wir ihre volle Unterstützung.

»Wenn du willst, dass sie euch vertrauen, musst du dafür sorgen. Diese Kriegerinnen sind eine starke Hand gewohnt. Aruna hat sie nie um etwas gebeten, sie hat es von ihnen eingefordert«, sagte Natrix in meinem Kopf.

Aber ich bin nicht Aruna, antwortete ich. Ich würde niemanden zwingen, an meiner Seite zu kämpfen.

Mit gestrafften Schultern trat ich neben Atlas. Ich wollte auf meine Weise versuchen, die Kriegerinnen zu überzeugen. »Vipern, ich kann eure Zweifel verstehen. Aber jetzt ist nicht die Zeit zum Hadern, denn während wir warten, werden unsere Feinde nur noch stärker. Ich wurde vielleicht nicht als Königin geboren, aber ich habe vor, eine zu sein. Mit eurer Hilfe kann ich es schaffen, den Fluch zu brechen, der auf eurem, auf unserem, Zuhause liegt. Dazu benötige ich die Schlangenklinge, die tief verborgen in der Gruft von Tebores liegt. Rhea besitzt den letzten fehlenden Schlüssel, und wenn sie tatsächlich mit König Avriel verbündet ist, wird sie ihn uns nicht einfach so übergeben. Lasst uns gemeinsam das Gleichgewicht wiederherstellen und aus dem verfluchten Königreich endlich wieder Veneria machen – ein Land, in dem jeder willkommen ist und in dem kein Unrecht herrscht!«

Die Vipern, die meinen Worten aufmerksam gelauscht hatten, reckten ihre Hände in die Luft. Sie schrien zustimmend, schlugen mit den Speeren auf den Boden, und ich sog diese Energie tief in mich ein. Es fühlte sich überwältigend an, dass sie so geschlossen hinter mir standen und mich in dem Kampf unterstützen wollten.

Diese Frauen hatten wie ich alles verloren, und doch hatten sie nicht aufgegeben. Sie hatten überlebt, allen Widrigkeiten zum Trotz. Noch vor ein paar Stunden hätte ich nie für möglich gehalten, dass sie Teil meiner Armee sein würden. Stolz sah ich zu Atlas, der neben mir stand. Fasziniert ließ er seinen Blick über die Kriegerinnen schweifen. Als er meinen Blick bemerkte, schenkte er mir ein anerkennendes Lächeln.

»*Ich hab doch gesagt, dass du eine geborene Anführerin bist.*«

»Für Veneria!«, rief eine der Vipern, und die anderen fielen in ihr Rufen ein.

»Für Veneria!«

»*Für die gefallene Königin Aruna*«, zischte Natrix.

Für meinen Vater, entgegnete ich.

KAPITEL 22

Bevor wir uns auf den Weg nach Carapaxia machen, brauchst du eine vernünftige Rüstung. Damit bist du ein leichtes Ziel.« Taina zeigte auf meine zugegebenermaßen mehr als mitgenommene Kleidung. Die Jacke der Ferum war löchrig und dreckig, und meine Hose bot keinen wirklichen Schutz mehr.

Auch Atlas sollte neue Kleidung bekommen, weshalb er uns zu der Baracke begleitete, zu der Taina uns führte. Jedoch ließ sie ihn vorerst am Eingang warten.

»Hier bewahren wir Waffen und Rüstungen auf.« Sie ging voran und entzündete die Fackeln im Inneren.

»Woher habt ihr das alles?«, fragte ich und ließ den Blick über Schwerter, Äxte, Dolche und Bogen gleiten, die fein säuberlich in Regalen lagen oder an den Wänden hingen.

»Einige sind noch aus Veneria, die meisten haben wir Rheas Soldaten im Laufe der Zeit abgenommen. Genauso wie die Rüstungen. Aber wir nähen sie zum Teil auch selbst, wenn wir Krokodile erlegt haben. Die Biester sind nahezu unverwundbar, weil ihre Haut so hart ist, dass kein Pfeil und fast keine Klinge sie durchbrechen kann. Sie sind unglaublich schnell und nahezu unsichtbar.«

»Heißt es nicht, dass Rhea in der Lage ist, durch ihre Augen hindurch zu sehen?«, fragte Atlas.

Taina nickte. »Aber ich glaube nicht daran, denn dann wüsste sie längst, wo sich unser Lager befindet, und …«

»… ihr wärt vermutlich schon tot«, sagte ich.

Taina stimmte mir zu und bedeutete Atlas, zu warten. Sie führte mich zu einem der hinteren Regale, wo sie vor einer alten Truhe stehen blieb. Ich löste meinen Blick vorerst von den Waffen und beobachtete die Viper dabei, wie sie in der Truhe wühlte. Sie versank mit ihrem Oberkörper halb in der Kiste und warf einige Kleidungsstücke auf den Boden, bis sie offensichtlich gefunden hatte, wonach sie gesucht hatte. Ein zufriedenes Lächeln zierte ihre Lippen, als sie mir ein fein säuberlich zusammengelegtes Bündel präsentierte.

»Das hat einst Königin Aruna gehört«, sagte Taina ehrfürchtig. Vorsichtig strich ich über das Bündel und öffnete die Schnüre, die es zusammenhielten.

»Ist das … ein Kleid?« Fasziniert strich ich den Einteiler glatt. Der obere Teil bestand aus einer festen Corsage, die mit schwarzem Leder verstärkt war. Über der Brust waren schwarz-glänzende Schuppen angebracht worden, die eine verblüffende Ähnlichkeit mit denen von Natrix besaßen.

»Aruna bevorzugte diese Art der Rüstung«, sagte Taina. »Es ist das stärkste Material, das es in Veneria gibt, verziert mit Schlangenschuppen. Es zeigt viel Haut, wodurch Gegner dein Seelentier immer sehen. Aruna wollte Natrix nie verstecken, jeder sollte ihn sehen und fürchten können. Sie war überaus stolz auf ihn.«

Unschlüssig, was ich von der Uniform halten sollte, fuhr ich mit den Fingern über die Lederriemen, die auf Hüfthöhe befestigt waren.

»Die sind für Dolche«, erklärte Taina mir.

»Wie passend«, entgegnete ich, weil ich diese Art von Waffe bevorzugte. »Nun gut, wenn du mir noch passende Stiefel und ein Hemd raussuchst, das ich unter der Corsage tragen kann, probiere ich es gern mal an.«

Sie wies mit der Hand auf die Truhe und bedeutete mir, selbst hineinzusehen. »Stiefel stehen dort drüben. Nimm dir, was immer du willst.«

Dann lief sie zu Atlas und zeigte ihm ein Sammelsurium aus Kleidungsstücken.

»Wir treffen uns draußen, wenn ihr so weit seid«, rief sie, ehe sie die Hütte verließ. Ich schlüpfte währenddessen in die Kleidung von Aruna …

Es fühlte sich eigenartig an, die Kleidung einer Toten zu tragen. Aruna war so eine mächtige Frau gewesen, die mich unentwegt verfolgte, seit ich Natrix auf der Haut trug. Sie war allgegenwärtig, dennoch hatte ich das Gefühl, diese Frau überhaupt nicht zu kennen. Die einen hielten sie für grausam und machthungrig, die anderen beschrieben sie als stark und schlau. Es gab die gefürchtete Schlangenkönigin von Veneria, vor der sich die übrigen Herrschenden so sehr gefürchtet hatten, dass sie sie letztlich getötet und ihre mächtigste Waffe weggesperrt hatten. Und dann gab es Aruna, die Frau, die es sattgehabt hatte, schwach zu sein, und die sich gewissenhaft um ihresgleichen gekümmert hatte.

Ich strich mit der Hand über die lederne Corsage. Der Einteiler wirkte tatsächlich wie ein Kleid, obwohl es streng genommen eine kurze Hose war, die ich trug. Doch waren darüber längere Lederbahnen befestigt, die viel Beinfreiheit ermöglichten. Ich verstand, wieso Aruna diese Art der Rüstung bevorzugt hatte – ich konnte unter diesen Lederbahnen nämlich noch den ein oder anderen Dolch verstecken. Natrix' Kopf lag auf meinem rechten Oberschenkel, der frei lag. Die magische Schlange war somit für alle sichtbar, was ungewohnt war. Doch ich spürte, dass es ihn glücklich machte.

»Es gibt keinen Grund mehr, deine Bestimmung zu leugnen. Du bist mächtig und wirst Großes vollbringen – das sollte jeder sehen können.«

»Ich weiß, Natrix, aber es fühlt sich dennoch komisch an«, sagte ich leise.

Er zischte, und seine vibrierende Zunge kitzelte dabei meine Haut.

»Jetzt solltest du dich gut bewaffnen, Cahira. Rheas Kämpfer kennen keine Gnade.«

Ich nickte, schlüpfte jedoch zuerst in ein Paar Stiefel, die aus festem schwarzen Leder bestanden und knapp unter meinen Knien endeten. Nachdem ich sie geschnürt hatte, wandte ich mich den Waffen zu. Es musste in den vergangenen Jahren durchaus Auseinandersetzungen mit Soldaten aus Carapaxia gegeben haben. Die meisten Waffen glichen denen, die ich mitgenommen hatte, als Atlas' Kutsche überfallen worden war. Ein unverkennbarer Stil, da die Klingen der Schwerter und Dolche dunkler waren als der Stahl in Silvestria. Etwas, das durchaus Sinn ergab. Um in den Sümpfen unentdeckt zu bleiben, mussten nicht nur die Rüstungen an die Umgebung angepasst sein, sondern auch die Waffen.

Atlas hatte sich ebenfalls umgezogen. Er trug ein graues Hemd unter einer abgewetzten Lederweste, die ihm zu groß war. Auch eine Hose und trockene Stiefel hatte er gefunden. Mit glänzenden Augen kam er auf mich zu. Dabei fiel sein Blick auf meine nackten Beine – und Natrix. Ich erkannte in seinen Augen Furcht und Unbehagen, doch als er den Kopf hob und mir tief in die Augen blickte, waren diese Gefühle verschwunden. Mit einem Räuspern wandte er sich zu den Waffen.

»Diese Frauen haben wohl den ein oder anderen Soldaten von Rhea auf dem Gewissen«, sagte er.

Vorsichtig strich ich mit den Fingern über eine der Waffen. Sie war scharf und für ein Schwert recht kurz, was jedoch den Vorteil hatte, dass ich sie an einem Waffengurt tragen konnte anstatt in einem Rückenhalfter. Doch es missfiel mir, die Waffe eines Feindes im Kampf zu nutzen. Es fühlte sich falsch an ...

»Ich glaube, das hier ist meins.« Atlas zog ein schweres Breitschwert hervor, dessen Griff zeigte, dass diese Klinge schon einige Kämpfe mitgemacht hatte.

»Ich schau mal dort drüben«, sagte ich und schritt langsam an den Regalen entlang, auf der Suche nach den venerischen Klingen, die die Vipern auf ihrer Flucht mitgebracht hatten. Ich hatte noch nie venerischen Stahl in den Händen gehalten, aber allerlei Geschichten darüber gehört. Angeblich leuchteten die Klingen, wenn sie mit Mondschein in Berührung kamen. Ob die Schmiede sie wirklich in Viperngift getränkt hatten, sodass jeder Hieb dafür sorgte, dass die Gegner qualvoll vergiftet wurden? Einerseits zweifelte ich an diesen Geschichten, andererseits existierten Seelentiere, die Herrschende auf magische Weise dabei unterstützten, ihr Land zu beschützen. Ich beschloss, die Vipern bei Gelegenheit zu fragen, was es mit den Gerüchten auf sich hatte, und blieb vor einem kleineren Regal stehen. Dort entdeckte ich zwei silberne Dolche, deren Klingen lang und geschwungen und deren Griffe mit grünen Steinen und Ornamenten verziert waren. Ich trat näher heran und griff nach ihnen. Sie waren leicht, lagen erstaunlich gut in der Hand und fühlten sich wertig an.

»Die scheinen wie für mich gemacht«, murmelte ich.

Atlas schloss zu mir auf. Sein Blick wanderte erneut über meine Rüstung und blieb an dem Dolch hängen, den ich in der rechten Hand hielt.

»Jetzt siehst du aus wie eine richtige Königin«, raunte er.

»Aber noch bin ich keine. Außerdem fehlt mir die passende Krone«, entgegnete ich.

Ich steckte die Dolche in die Halterung meiner Rüstung. Durch die Lederriemen waren sie praktisch unsichtbar. Gut ausgestattet verließen wir den Lagerraum und gingen zurück zur Feuerstelle. Dort warteten bereits einige Kriegerinnen, die Atlas jedoch freundlicher anblickten als vor seiner Ansprache. Es war schön, zu sehen, dass sie ihm eine echte Chance gaben, zu beweisen, dass er anders als seine Eltern war. Viel zu oft verurteilten Menschen andere für etwas, woran sie keine Schuld hatten, nur weil sie denselben Namen trugen. Dabei waren wir alle selbst für uns und unsere Taten verantwortlich.

Einigen der Vipern musterten mich unverhohlen. Sie schienen zu wissen, dass ich Arunas ehemalige Rüstung trug. Auch sie bemerkten natürlich die Schlange auf meiner Haut.

»Kann sie uns eigentlich hören?«, fragte Atlas leise.

»*Leider ja*«, sagte Natrix, und ich musste mir ein Lachen verkneifen.

»Ja, das kann er.«

Atlas runzelte die Stirn. Es war ihm deutlich anzusehen, dass Natrix ihm nicht geheuer war.

Ich trat näher an Atlas heran, um meine Arme um seinen Hals zu legen. »Er wird dir niemals wehtun. Du hast mein Wort«, sagte ich und lächelte ihn an.

Atlas umfasste meine Taille. Ich spürte deutlich die Wärme seines Körpers. Für einen Moment vergaß ich, dass wir uns an der Feuerstelle der Vipern befanden, wo jede Kriegerin uns sehen konnte. Es war mir auch egal, was sie über mich dachten, denn ich vertraute Atlas, dem ich mit jeder Berührung und jedem Blick ein weiteres Stück meines Herzens schenkte. Ich hoffte sehr, dass er die vielen kleinen Teile sorgsam aufbewahrte und für mich beschützte. Atlas gab mir einen Kuss auf die Stirn.

»Wir werden alldem bald ein Ende bereiten, und dann wird Frieden herrschen«, flüsterte er, und ich betete, dass er mit seinen Worten recht behielt.

»Aber was, wenn nicht?«

Atlas bedachte mich mit einem sanften Blick.

»Wenn ich müsste, würde ich diese verdammte Welt für dich in Flammen stecken. Bis alles lodert, in dickem, schwerem Rauch erstickt und letztlich zu Asche zerfällt.«

»Aber was wäre dann noch übrig?«, fragte ich.

»Wir. Wir wären noch übrig und könnten aus der Asche aufbauen, was immer wir wollen.«

Er drückte mich enger an sich, sodass ich seinen starken Herzschlag spürte. Ich hatte mich immer gefragt, ob aus Hass Liebe werden konnte. Ob es stimmte, dass diese beiden Gefühle sich näher waren als alle anderen. Ich hatte Atlas gehasst, aus tiefstem Herzen und mit jeder Faser meines Seins. Doch jetzt, in diesem Moment, spürte ich ein viel stärkeres Gefühl, stärker als alles, was ich jemals gefühlt hatte.

Atlas und ich kämpften für Wahrheit, Frieden und Gerechtigkeit, aber wir kämpften auch für uns – für das Feuer, das wir in uns entfacht hatten und mit dessen Kraft wir sicherlich in der Lage wären, die Welt niederzubrennen. Aber das wollte ich nicht. Ich wollte die Welt nicht brennen sehen. Ich wollte sie vor einem zerstörerischen Feuer bewahren.

»Wir werden es auch ohne Inferno schaffen. Wenn wir zusammenhalten, werden wir alles überstehen.«

Ich löste mich langsam von Atlas und hielt Ausschau nach Taina, die ich auf der anderen Seite der Feuerstelle entdeckte. Als ich sie umrundet hatte, lächelte sie.

»Du hast sehr viel Ähnlichkeit mit Aruna.« In ihrer Stimme schwang Sorge mit, aber auch Anerkennung.

»Ich bin nicht sie und werde es niemals sein. Aber ich will euch euer Land zurückgeben und diese Ungerechtigkeit ein für alle Mal beenden.«

»Daran habe ich keinen Zweifel, Cahira. Ich freue mich schon darauf, in unsere Heimat zurückzukehren.«

Ihre Worte beflügelten mich, dennoch war mir bewusst, dass wir vor einer großen Herausforderung standen.

»Aber zuerst müssen wir zu Rheas Festung gelangen. Hast du eine Idee, wie uns das gelingt, ohne zu viel Aufsehen zu erregen? Ich möchte zumindest versuchen, friedlich zu bleiben. Das könnte jedoch schwierig werden, wenn wir derart bewaffnet an ihre Tore klopfen.«

Taina überlegte einen Moment, ehe sie antwortete.

»Ihre Festung liegt mitten im tiefsten Sumpfland und wird meist gut bewacht. Aber manchmal schickt sie einige von ihren Soldaten auf Erkundungs- und Jagdtouren, sodass es dann vielleicht eine Möglichkeit gäbe, die Festung unbemerkt zu betreten.«

»Das heißt, entweder wir gehen direkt zur Festung und hoffen, dass die Soldaten uns Einlass gewähren, anstatt uns anzugreifen, oder wir hoffen darauf, dass nur wenige Soldaten vor Ort sind und wir irgendwie unbemerkt hineingelangen können.«

»Nicht die besten Optionen, aber vermutlich die einzigen, die wir haben«, entgegnete Taina. »Die Entscheidung darüber, wie wir vorgehen werden, liegt bei dir.«

Am nächsten Morgen wachte ich in Atlas' wärmenden Armen auf. Wir hatten in einer kleinen Hütte geschlafen, die zwei der

Vipern uns überlassen hatten. Ich lauschte seinen gleichmäßigen Atemzügen, ehe ich mich behutsam aus seinem Griff löste und mich leise anzog.

Letzte Nacht waren wir uns näher gekommen als jemals zuvor. Waren der Spannung erlegen, die sich zwischen uns aufgebaut hatte, dem elektrisierenden Gefühl, das ich bei jeder Berührung gespürt hatte. Die verstohlenen Blicke, unser letzter Kuss – wir konnten nicht länger leugnen, dass etwas zwischen uns entstanden war, eine Verbindung, die durch die letzte Nacht noch stärker und inniger geworden war. Ich spürte seine Hände noch immer auf meiner nackten Haut, genauso wie seine Lippen, mit denen er mich liebkost hatte.

Draußen war es schon hell, und außerhalb der Hütte herrschte reges Treiben. Bald entdeckte ich Taina, die gerade ein hitziges Gespräch mit einer der Kriegerinnen führte. Sie unterbrach es jedoch, als ich auf die beiden zuging.

»Gibt es ein Problem?«, fragte ich und sah abwechselnd Taina und die Kriegerin an, die mit grimmiger Miene vor mir stand.

»Ich habe vorhin verkündet, wer uns nach Carapaxia begleitet und wer im Lager bleibt, um es zu schützen. Zaina ist mit meiner Entscheidung unzufrieden«, sagte Taina streng.

»Ich bin bereit für diesen Kampf«, beteuerte die Viper mit fester Stimme. Sie musste etwas jünger sein als ich, doch in ihrem Blick funkelte etwas, das ich nur zu gut kannte – der unbändige Wille, sich beweisen zu dürfen.

»Bist du dir bewusst, was dich in Carapaxia erwartet? Es könnte in blutigen Kämpfen enden. Niemand weiß, ob wir alle überleben«, sagte ich und blickte der Viper tief in die dunkelbraunen Augen.

»Dessen bin ich mir bewusst. Ich kämpfe hervorragend und will Euch unbedingt dienen«, sagte sie ehrfürchtig.

Taina und ich wechselten einen Blick miteinander. Ich mochte dieses Feuer, das die junge Viper antrieb und ihren Kampfwillen schürte. Solche Kriegerinnen konnten wir gut gebrauchen.

Taina schien mit sich zu hadern, daher hob ich die Augenbraue, um ihr zu signalisieren, dass ich dafür war, dass die Kriegerin uns begleitete. Ich wollte Tainas Autorität nicht vor der jungen Kriegerin untergraben, immerhin hatte sie die Vipern in den vergangenen Jahren angeführt und ihr Überleben gesichert. Die Viper musterte abwechselnd sie und mich, ehe Taina das Wort an sie richtete.

»Dann wirst du uns auf dieser Reise begleiten«, sagte sie schließlich.

Die Kriegerin schenkte mir ein Lächeln. »Ich werde Euch nicht enttäuschen, meine Königin.«

Ich erwiderte es, und sie eilte davon. In meinem Inneren hallten jedoch immer wieder diese beiden Worte wider:

Meine Königin.

Es klang ungewohnt, gleichzeitig war es genau das, worauf es hinauslief. Ich würde bald über ein ganzes Königreich herrschen. Ein Land, das ich noch nie mit eigenen Augen gesehen hatte. Ein verfluchtes Land. Ein Land, das …

»… *an Schönheit und Magie nicht zu übertreffen ist*«, beendete Natrix meinen Gedanken.

»Wie werden wir vorgehen? Hast du dich für eine Strategie entschieden?«, fragte Taina.

Ich nickte. »Wir brechen so bald wie möglich auf. Bei Rheas Festung angelangt, werden wir sie ausspähen und herausfinden, wie viele Soldaten postiert sind. Dann entscheiden wir, ob wir ihnen offen entgegentreten oder lieber versuchen, uns in die Festung zu schleichen.« Ich tendierte eindeutig zu der zweiten Variante, da ich die Vipern keinem direkten Kampf aussetzen wollte.

Außerdem war ich mir sicher, dass Rheas Männer uns zahlenmäßig deutlich überlegen waren. Aber davon ließ ich mich nicht abschrecken.

»In Ordnung. Zum Glück kennen wir die Sümpfe gut und können die bewachten Wegposten von Rhea umgehen. Mit etwas Geschick schaffen wir es nah an Rheas Festung heran«, sagte Taina.

»Wenn es sich irgendwie vermeiden lässt, werden wir einem Kampf aus dem Weg gehen. Ich will kein einziges Leben sinnlos verschwenden. Vielleicht gibt es eine Chance, alles friedlich zu lösen.« Mir war bewusst, dass es eher unwahrscheinlich war, dass Rhea uns freundlich gesinnt sein würde. Dennoch war ich es den Vipern schuldig, ihre Leben nicht leichtsinnig aufs Spiel zu setzen.

»Wir werden also nur angreifen, wenn es keine andere Lösung gibt?«, fragte Taina nach.

»Ja. Wir werden schon einen Weg finden, an den Schlüssel zu gelangen.«

Taina nickte und teilte den Vipern den Plan mit. Atlas war inzwischen aufgestanden, und gemeinsam brachen wir auf. Da das Lager der Vipern im tiefsten Sumpf lag, kamen wir anfangs nur schwerlich voran. Immer wieder führte Taina uns um größere Sumpfstellen herum, in denen wir sonst innerhalb kürzester Zeit versunken wären. Doch der Sumpf war nicht das, wovor ich mich am meisten fürchtete – es waren die Krokodile, die perfekt getarnt in den schlammigen Gewässern lauerten. Die Tiere waren riesig, und ihre gepanzerten Körper wirkten unverwundbar.

»Wie habt ihr es geschafft, hier draußen zu überleben, mit diesen tödlichen Feinden in der Nähe?«, flüsterte ich. Die einzigen Geräusche, die zu hören waren, kamen von unseren schmatzenden Stiefeln.

»Der Panzer schützt die Krokodile nicht komplett«, sagte eine der Vipern, die direkt hinter mir lief. Sie schloss zu Atlas und mir auf. In der Hand hielt sie einen spitzen Dolch, dessen Griff auf den ersten Blick so wirkte, als würde er aus Knochen bestehen.

»Zelda hat mehr von ihnen getötet als jede andere Viper«, sagte Taina anerkennend.

Mein Blick fiel auf die unzähligen Narben, die die Haut der jungen Frau übersäten.

»Direkt unter dem Kinn gibt es eine weiche Stelle, die nicht vom dicken Panzer geschützt ist. Wenn die Klinge dort eindringt, dann ... hat man eine Chance«, sagte Zelda stolz und drehte ihren Dolch in der rechten Hand.

»Ich hoffe, dass ich niemals in die Situation komme, dieses Wissen anwenden zu müssen«, sagte ich und sah mich um. Dieses Land wirkte so trostlos und abweisend, dass ich mich fragte, wieso man hier freiwillig lebte.

»Von freiwillig kann ja wohl auch kaum die Rede sein ...«

Ich habe nicht an die Vipern gedacht, sondern an Rhea und ihr Volk, antwortete ich Natrix in Gedanken.

»Rhea liebt ihr Land. Eines der vielen Dinge, die sie mit Aruna gemeinsam hatte. Sie opferten sich beide für ihr Volk auf und taten alles, damit es den Menschen an nichts mangelte. Rhea und Aruna waren zudem beide stark und schlau, aber oftmals auch stur und eigensinnig. Diese Gemeinsamkeiten brachten sie ... näher zusammen.«

Der Tonfall in Natrix' Stimme brachte mich aus dem Konzept. Ich stolperte über einen Baumstumpf, und Atlas griff gerade noch rechtzeitig nach meinem Arm, um einen Sturz zu verhindern.

»Alles in Ordnung?«, fragte er, und ich nickte.

Wie meinst du das, Natrix?, hakte ich nach.

»*Rhea und Aruna waren ... sehr eng befreundet*«, zischte die Schlange.

»*Sie waren verliebt.*«

Du meinst ... wie ein Paar?

»Cahira, stimmt etwas nicht?«, fragte Atlas und holte mich zurück in die Sümpfe.

»Ich ... bin nur in Gedanken«, sagte ich.

Er griff nach meiner Hand und half mir über einige rutschige Steine, die über eine breite Wasserstelle führten.

»Redet er gerade mit dir?«, fragte er vorsichtig.

Ich nickte zögerlich.

»Du hörst seine Stimme also in deinem Kopf?«, hakte Atlas nach.

»Ja, es ähnelt meinen eigenen Gedanken, nur mit einer anderen Stimme«, sagte ich und dachte über Natrix' Worte nach.

Rhea und Aruna hatte also mehr als die Herrschaft über ein Königreich verbunden. Sie hatten Gefühle füreinander ... Doch irgendetwas musste zwischen ihnen vorgefallen sein, wenn Rhea sich auf die Seite von Silvestria und Falconia gestellt hatte. Sie hatte Aruna verraten und dadurch ihr Todesurteil unterzeichnet.

»Irgendetwas stimmt nicht«, flüsterte Taina und blieb ruckartig stehen.

Suchend sahen wir uns um, doch abgesehen von toten Bäumen und dunklen Lianen, die von den knochigen Ästen hingen, konnte ich nichts erkennen. Das hohe Gras raschelte leise im Wind, ansonsten war es ... still.

»Es ist viel zu ruhig. Keine brummenden Insekten, kein Vogelgesang, keine knackenden Äste ...«

Ehe Taina weitersprechen konnte, ertönte ein ohrenbetäubendes Fauchen. Mein Blick fiel auf Dutzende Krokodile, die uns umzingelt hatten.

»Na, wen haben wir denn da«, tönte es.

Ich hob den Blick und entdeckte einen hochgewachsenen Mann mit breiten Schultern. Er trug einen riesigen Schild auf dem Rücken und hielt ein langes Schwert in der Hand. Zusammen mit weiteren Soldaten trat er näher. Die Krokodile würdigten sie keines Blickes, waren weiterhin auf uns fokussiert.

»Fesselt sie und schafft sie in die Schattenburg. Königin Rhea erwartet sie schon!«, bellte er die Soldaten an.

Die Vipern zogen ihre Klingen und brachten sich in Kampfstellung. Dabei war offensichtlich, dass wir unseren Feinden unterlegen waren.

Ich suchte Atlas' Blick, der mir ein kurzes Nicken schenkte. In diesem Moment wusste ich, dass es kein Zurück mehr gab. Wir wollten zu Rhea, und das ohne Fesseln. Mit einem Mal spürte ich eine so enorme Anspannung in meinem Körper, dass sie mich beinahe zerriss. Reflexartig griff ich nach dem Knauf meines Schwertes.

Der Anführer von Rheas Soldaten musterte uns abschätzig und schüttelte langsam den Kopf.

»Noch könnt ihr euch einfach ergeben«, bot er gehässig an.

»Angriff!«, schrie ich stattdessen, und die Vipern stürmten auf Rheas Soldaten zu. Ein wildes Durcheinander entstand, bei dem ich den groß gewachsenen Mann aus den Augen verlor. Laute Schreie und das Klirren von aufeinanderprallenden Klingen dröhnten in meinem Kopf.

Als einer der Soldaten zielsicher auf mich zustürmte, zog ich das Schwert aus dem Gurt und brachte mich in Position. Er hielt eine Axt in beiden Händen und grinste mir hämisch entgegen. Seine Hiebe waren kraftvoll, aber langsam, weshalb ich ihnen problemlos auswich. Als er für einen Moment seine Kräfte sammelte, nutzte ich meine Chance. Mit einem gezielten Hieb zwischen die schützenden Krokodilpanzerplatten seiner Rüstung streckte ich ihn nieder. Er stieß ein gurgelndes Geräusch aus, ehe er zu Boden sackte. Ich wollte mir gerade einen Überblick über die Situation verschaffen, als mich um Haaresbreite ein Pfeil verfehlte. Er traf eine der Vipern im Oberschenkel, und sie fiel schreiend zu Boden. Taina stürmte auf mich zu, ihr Gesicht blutverschmiert.

»Wir brauchen eine Lösung, Cahira. Wenn wir so weitermachen, ist bald keine Viper mehr übrig.« Sie wischte sich keuchend eine Haarsträhne aus der Stirn. Auch an ihrem Speer klebte Blut.

Manchmal ist Aufgeben die klügere Option«, sprach Natrix das aus, was mir durch den Kopf ging.

Ein schmerzerfüllter Schrei ertönte, und als ich mich seinem Ursprung zuwandte, sah ich mit rasendem Herzen, wie die junge Viper Zaina zu Boden ging. Einer von Rheas Soldaten hatte ihr sein Schwert in die Brust gestoßen. Ich biss die Zähne zusammen, versuchte, die aufkommenden Schuldgefühle zu verdrängen. Sie hatte sich unbedingt beweisen wollen, und nun war sie tot. Und das nur, weil ich ihr erlaubt hatte, in diese Schlacht zu ziehen.

Ich schlucke den Kloß in meinem Hals hinunter.

»Wir ergeben uns!«, schrie ich so laut, wie ich konnte. »Hört auf! Wir ergeben uns!«, wiederholte ich, obwohl die Worte in meiner Lunge brannten. Sie fühlten sich falsch an, als seien sie vergiftet. Doch ich schrie sie immer und immer wieder. Die Vipern zogen sich zurück, und Rheas Männer blickten erwartungsvoll in die Richtung ihres Anführers, der auf mich zukam. Auch seine Rüstung war mit Blut beschmiert.

»Ihr erkennt eure Niederlage also an?«, fragte er mit einem süffisanten Lächeln auf den Lippen.

Ich nickte. »Ja, das tun wir.«

Er musterte die Vipern, die noch immer ihre Speere, Schwerter und Bogen in den Händen hielten. Sie sahen mich verständnislos an.

»Lasst die Waffen sinken«, befahl ich ihnen mit fester Stimme. Eine Weile herrschte Stille. Ich spürte Tainas durchdringenden Blick auf mir, ehe sie langsam ihren eindrucksvollen Speer sinken ließ. Ich wollte schon aufatmen, da stieß sie einen so spitzen Schrei aus, dass ich zusammenzuckte. Ich konnte ihre Wut förmlich spüren, den Frust darüber, dass wir uns unserem Feind ergeben mussten. Die Kriegerinnen folgten ihrem Beispiel, und sofort stürmten Rheas Männer auf uns zu. Sie warfen einige von uns grob zu Boden und nahmen uns die Waffen ab, nur meine versteckten Dolche, die sich unter dem ledernen Kleid befanden, übersah der Soldat vor mir. Obwohl ich mich nicht wehrte, stieß er mich hart von sich. Ich prallte gegen einen Baumstamm, und ein dumpfer Schmerz zuckte durch meinen Körper, den ich jedoch ignorierte. Ich musste Stärke zeigen. Das war ich den Vipern schuldig.

»Ich bin ehrlich, ich habe mir die Anführerin der Vipern irgendwie … eindrucksvoller vorgestellt«, raunte mir der Soldat ins Ohr, nachdem er näher getreten war. Er verschränkte meine Hände hinter dem Rücken und fesselte mich. Das Seil schnitt unangenehm in meine Haut. Dann stieß er mich grob voran. »Dabei bist du nur ein kleines, zierliches Mädchen. Rhea wird sicherlich genauso enttäuscht sein.«

»*Ich könnte ihm ins Bein beißen*«, drohte Natrix, und ich fühlte mich durch seinen Beschützerinstinkt geschmeichelt.

Schon gut, lass ihn reden. Wir wissen beide, dass es das nur schlimmer machen würde.

Suchend sah ich mich um und entdeckte Atlas, den gleich drei Soldaten umzingelt hatten. Einer von ihnen trat ihm in die Magengrube, und Atlas krümmte sich vor Schmerz.

»Lasst ihn gefälligst in Ruhe!«, schrie ich, doch der Soldat trat erneut zu.

Atlas hob den Kopf und sah mich an. Seine eisblauen Augen spiegelten den Schmerz, den er durchleiden musste, und in diesem Moment hätte ich alles getan, um ihm die Qualen abzunehmen. Aber ich musste mich zurückhalten, wenn ich das Leben der restlichen Vipern und auch seines schützen wollte. Zum ersten Mal realisierte ich, wie viel Verantwortung auf meinen Schultern lastete. Ich hielt all ihre Leben in der Hand und entschied darüber, wann sie zur Klinge griffen und ihre Leben für meines riskierten.

Rheas Soldaten führten uns durch den Sumpf. Das Fauchen der Krokodile im Rücken ließ mich immer wieder zusammenzucken, genauso wie die offene Grausamkeit von Rheas Kriegern. Die Männer genossen es, die Vipern zu quälen, indem sie sie in den Matsch stießen und dabei zusahen, wie die Kriegerinnen versuchten, sich mit hinter dem Rücken zusammengebundenen Händen wieder auf die Beine zu hieven. Sie spielten mit ihrer Beute, bevor sie sie ihrer Anführerin zum Fraß vorwarfen. Aber Natrix hatte recht, gegen diese Masse von Angreifern zu kämpfen, wäre aussichtslos und verantwortungslos gewesen. Die Männer quälten die Vipern und Atlas zwar, aber sie ließen sie wenigstens am Leben. Deshalb lief ich weiter und versuchte, mich auf das zu fokussieren, was wichtig war.

Ich kam Rheas Schlüssel und den Antworten zum Attentat immer näher.

KAPITEL 23

Erst als die Nacht über uns hereinbrach, bemerkte ich, dass sich der Sumpf um uns herum verändert hatte.

Es war immer noch düster und unheilvoll, doch der Mond am Himmel war nicht mehr länger die einzige Lichtquelle. In den mächtigen knorrigen Ästen der Bäume, die so dicht standen, als würden sie sich umarmen, hingen kleine, leuchtende Kugeln. Ich entdeckte kaum sichtbare Türen in den Bäumen, die offensichtlich hohl waren.

»Leben die Menschen etwa in den Bäumen?«, flüsterte ich.

Taina, die dicht hinter mir lief, gab einen zustimmenden Laut von sich.

Sie beschleunigte unauffällig ihr Tempo, um zu mir aufzuschließen. Ich warf ihr einen fragenden Blick zu.

»Du bist nicht die Einzige mit versteckten Klingen«, raunte sie mir zu.

»Haltet gefälligst euer Maul!«, bellte ein Soldat und riss mich abrupt zurück.

Taina richtete ihren Blick wieder starr nach vorn.

Dennoch breitete sich ein winziger Funke Hoffnung in mir aus, jetzt, wo ich wusste, dass sie ebenfalls bewaffnet war.

Ich ließ meinen Blick erneut über diese völlig fremdartige Welt gleiten und sog jedes Detail in mich auf. Die Menschen schienen im Einklang mit dem Sumpf zu leben. Es gab keine gepflasterten Straßen, keine gemauerten Häuser oder Holzbaracken wie bei den Vipern. Sie hatten sich nicht einmal die Mühe gemacht, die schlammigen, nassen Stellen mit Erde aufzuschütten. Stattdessen gab es Stege und Holzplanken, die als Tritte dienten, damit die Menschen trockene Füße behielten. Die wenigen Bewohner, die zu dieser späten Uhrzeit unterwegs waren, flohen förmlich vor uns und beäugten uns kritisch aus den schützenden Schatten heraus.

»Haben die etwa Angst vor uns?«, fragte ich ungläubig. Dabei waren Rheas Soldaten die einzig wahre Bedrohung.

»Wer sollte sich vor einer Horde verwilderter Frauen mit angespitzten Holzstöcken schon fürchten?«, höhnte der Soldat an meiner Seite. Er stieß mir den Griff seiner Waffe in den Rücken, und ich unterdrückte ein Keuchen, während die anderen Männer lachten.

»Wir fürchten uns vor niemandem! Ihr seid es, die sich fürchten sollten, vor dem, was euch blüht«, höhnte ein anderer.

Suchend sah ich mich nach Atlas um, konnte ihn jedoch nicht entdecken. Er musste sich weiter hinten befinden. Hoffentlich ging es ihm gut. Dabei bemerkte ich, dass das Fauchen der Krokodile verstummt war, die uns im Sumpf aufgelauert hatten. Anscheinend hatten sie sich zurückgezogen und uns den Soldaten überlassen.

Schweigend zogen wir weiter, bis ich in der Ferne ein imposantes schwarzes Gebäude ausmachte, das noch dunkler war als die Düsternis, die es umgab.

Das musste die Schattenburg sein, von der der Soldat gesprochen hatte. Mächtige pechschwarze Mauern, die deutlich höher ragten als die von Silvestria, und ein imposanter spitzer Turm, in dem die Königin sicherlich ihr Schlafgemach hatte und die fulminante Aussicht genoss.

»Keine Sorge, ihr werdet noch genug Zeit in dem Gemäuer verbringen«, raunte einer der Soldaten.

Wir überquerten einen tiefen Graben, in dem Hunderte Krokodile schwammen. Sie fauchten, und sofort überzog Gänsehaut meinen Körper. Diese Tiere jagten mir tatsächlich Angst ein.

»Im unteren Teil des Schlosses muss sich die Grotte befinden, in der Rhea ihre Schätze von diesen Viechern bewachen lässt«, zischte Taina mir zu. Bei dem Gedanken, eine Höhle zu betreten, die voll von diesen riesigen Raubtieren war, wurde mir sofort unwohl. Aber erst einmal mussten wir überhaupt eine Möglichkeit finden, nach dem Schlüssel für die Gruft zu suchen. Und noch bestand ja sogar die unwahrscheinliche Möglichkeit, dass Rhea nichts mit dem Attentat auf Atlas' Eltern zu tun hatte und nicht mit Avriel unter einer Decke steckte …

Als wir die Festung betraten, schleppten die Soldaten Atlas und mich in die eine Richtung, während die Vipern von einer Handvoll Soldaten woanders hingeschafft wurden.

»Was macht ihr mit ihnen? Wo bringt ihr sie hin?«, fragte ich den großen Soldaten, der mich die ganze Zeit über beobachtete. Er schien hier das Sagen zu haben.

»Keine Sorge, ihr werdet euch früh genug wiedersehen. In der Grotte, wo die Krokodile euch einen nach dem anderen zerfleischen werden.«

Taina schien die Worte gehört zu haben. Sie protestierte lautstark, woraufhin ein Soldat sie gewaltsam zum Schweigen brachte. Ich biss mir auf die Unterlippe. Ich musste darauf vertrauen, dass Taina und die Vipern sich irgendwie aus den Fängen von Rheas Soldaten befreien würden.

Die Burg war innen genauso dunkel und kalt, wie sie von außen gewirkt hatte. Der Marmor war glänzend schwarz und nur vereinzelt von silbernen Fäden durchzogen, die im Schein der Fackeln glitzerten wie Spinnweben im Morgentau. Unsere Schritte hallten von den hohen Wänden wider, an denen Bilder von ominösen Nebelgestalten hingen. Alles an diesem Ort wirkte verboten und leblos.

Einer der Soldaten lief voraus, um die schwarze Flügeltür vor uns zu öffnen. Dahinter befand sich eine breite Treppe, die nach unten führte und deren Stufen mit Kerzen ausgeleuchtet waren. Es schien, als würden wir in das tief verborgene Herz dieses Ortes vordringen. Mit jedem Schritt, den ich nach unten lief, wurde es kälter, und als ich einen Schwall Luft ausatmete, entstand sogar eine kleine Wolke. Vor der letzten Stufe versetzte mir der Soldat neben mir einen Stoß. Im letzten Moment fing ich mich und konnte mich auf den Beinen halten.

»*Diesen Mistkerl fresse ich zuerst!*«, schimpfte Natrix.

Doch meine Aufmerksamkeit lag nicht länger auf den Soldaten oder den vielen Kerzen, sondern auf der gigantischen Grotte, die sich vor uns erstreckte. Das türkisfarbene Wasser ließ den gesamten Saal in einem magischen Blau erstrahlen. Es schien beinahe so, als würde ein unterirdisches blaues Feuer im Wasser brennen.

Ich suchte nach einem Anzeichen dafür, wie tief es war, doch ich konnte nichts erkennen bis auf ein paar kantige Felsbrocken, die als Weg dienen mussten.

»Beeindruckend, was?«, fragte der Soldat und riss mich damit aus meinen Gedanken. »Ein falscher Schritt, und ihr landet auf dem Speiseplan von ihren gefräßigen Freunden.«

Skeptisch beäugte ich die Steine, doch die Soldaten schienen kein ernsthaftes Interesse daran zu haben, uns wirklich in das

Wasser zu stoßen. Sie führten uns zielsicher über die glatten Felsen auf die andere Seite des großen Saales.

Suchend hielt ich Ausschau nach Rhea, dabei fiel mein Blick auf einen imposanten Thron, der aus demselben dunklen Material bestand wie der Rest dieser Höhle. Er glänzte im Schein von Wandfackeln, doch er war leer.

Da hallte eine weibliche Stimme durch die Grotte. »Hat euch denn niemand beigebracht, dass es unhöflich ist, jemanden so spät zu stören?«

Zuerst konnte ich aufgrund des Echos gar nicht erkennen, woher die Stimme kam, doch dann fiel mein Blick auf eine Gestalt, die wirkte wie ein lebendiger Schatten. Mit langsamen Schritten kam sie näher und zog sich schließlich die Kapuze vom Kopf. Darunter kam eine Frau zum Vorschein, die uns mit abweisendem Blick musterte. Sie griff ohne Vorwarnung nach meinem Hals, beäugte mein Gesicht und ließ mich abrupt wieder los.

»Du bist ihr wie aus dem Gesicht geschnitten«, murmelte sie. »Dabei seid ihr nicht mal miteinander verwandt. Wie ist das möglich?«

Irritiert sah ich Rhea an. Sprach sie etwa von Aruna? Rhea sah an mir hinab, und als sie Natrix auf meiner nackten Haut entdeckte, weiteten sich ihre Augen.

»Wir sind hier, weil wir Antworten wollen«, meldete Atlas sich zu Wort.

Rhea drehte sich zu ihm herum.

»Du lebst … noch«, stellte sie fest und lief Richtung Thron.

Ihr aufwendig geflochtener Zopf, der ihr über den Rücken fiel, baumelte langsam hin und her. Entfernt hörte ich das Fauchen von Krokodilen.

»Also stimmt es. Du hast etwas mit dem Attentat auf meine Eltern zu tun. Leider muss ich dich enttäuschen. Ich habe überlebt und bin jetzt König von Silvestria. Und eine Sache verspreche ich dir – du wirst mit deinem Verrat an meinen Eltern nicht einfach so davonkommen!« Atlas versuchte, sich aus dem festen Griff des Soldaten zu befreien. Doch dieser blieb unnachgiebig.

»Ich habe dich das letzte Mal gesehen, als du noch ein kleiner Junge warst. Damals hattest du schon diesen arroganten, selbstgefälligen Blick, mit dem du allen anderen das Gefühl gibst, wertlos zu sein. Du bist kein König, Atlas, du bist nur ein verwöhntes Kind, das glaubt, es hätte Anspruch auf den Thron. Aber das hast du nicht.«

»Wieso hast du sie umgebracht?«, schrie Atlas sie an. Der Schmerz in seiner Stimme war überdeutlich. Es tat mir weh, ihn so leiden zu sehen.

»Weil es Teil der Abmachung war. Ich hatte nichts gegen Harkon oder deine Mutter. Aber es war nötig, um zu bekommen, was ich will.« Rhea zeigte keinerlei Gefühlsregung, während sie mit Atlas über den Mordanschlag sprach.

»Und was beinhaltete diese ominöse Abmachung?«, hakte ich nach.

Rhea schenkte ihre Aufmerksamkeit wieder mir. Sie sah mich mit einem so durchdringenden Blick an, dass es mich fröstelte.

»Ich war nie eine Verräterin. Meine Mutter brachte mir bei, dass ich nur eine gute Herrscherin sein kann, wenn die Menschen mich respektieren und mir vertrauen können. Doch Aruna ließ mir keine andere Wahl … Sie machte aus mir einen Menschen, der ich nicht sein wollte.«

Rhea verzog das Gesicht, als würde die bloße Erinnerung ihr körperliche Schmerzen verursachen. Die beiden verband offensichtlich eine Geschichte voller Leid und Trauer.

»Aruna und ich waren unzertrennlich. Sie war mutig und stark und ging immer ihren eigenen Weg. Ich bewunderte sie lange

Zeit, bis sie ihre Stärke infrage stellte. Sie war nicht länger zufrieden mit dem, was sie hatte, und fing an, nach mehr zu streben.«

Rhea schritt zu ihrem Thron und ließ sich darauf nieder. Dabei verschmolz sie förmlich mit dem dunklen Gestein.

»Aruna wollte ein mächtigeres Seelentier an ihrer Seite, eines, das ihre Feinde das Fürchten lehren sollte. Koa war weise, schlau und gütig – ein treuer Gefährte. Doch sie wusste seine besondere Macht nicht zu schätzen. Daher zog sie in die Ferne. Ich dachte schon, ich würde sie nie wiedersehen ... doch dann kam sie wieder zurück.«

Ich erinnerte mich an die Geschichte, etwas Ähnliches hatte mir auch Taina erzählt.

Rhea schüttelte den Kopf. »Aber Aruna war nicht mehr dieselbe. Sie hatte auf dieser Reise ihr gutes Herz verloren, die Fähigkeit, Mitgefühl zu spüren. Und schuld daran war dieses Ungeheuer, das sie mitbrachte.«

Obwohl Rhea so kalt und unnahbar tat, sah ich, wie viel Überwindung es sie kostete, uns von der Vergangenheit zu erzählen.

»Du hast sie aufrichtig geliebt, oder?«, fragte ich zögerlich.

Rhea hob den Kopf und blickte mir direkt in die Augen.

»Das war, bevor sie zu dieser eiskalten und gnadenlosen Königin wurde, die Liebe als Schwäche erachtete.«

»Wie meinst du das?«

»Als sie zu mir zurückgekehrt war, erzählte sie mir, dass sie das Königreich nur führen könne, wenn sie jegliche Gefühle aus ihrem Leben verbannen würde. Liebe war etwas, das sie nicht länger in ihrem Leben wollte. Ihre Macht würde davon abhängen, meinte sie ...«

Rhea wies mit der Hand auf mich. Ehe ich verstand, was sie meinte, spürte ich Natrix' Bewegungen auf meinem rechten Bein.

»Diese Schlange hat sie verdorben. Aruna nannte dieses

Monster Seelentier, aber diese Schlange hat nichts mit dem guten Wesen zu tun, das Seelentiere besitzen. Natrix wurde aus dunkler, böser Magie erschaffen und hat Arunas Geist nach und nach vergiftet.«

Ich konnte kaum glauben, was Rhea sagte, immerhin hatte Natrix mich mehrfach aus gefährlichen Situationen gerettet. Er hatte sein Wissen mit mir geteilt, mir immer das Gefühl gegeben, ihm trauen zu können. Rhea musste sich irren. Trübten ihre Gefühle ihren Blick für die Wahrheit?

»*Da spricht nur eine verschmähte Liebe, die es nach all den Jahren immer noch nicht erträgt, dass Aruna sie verließ, um ihr volles Potenzial auszuschöpfen. Aruna war viel zu eigensinnig, als dass ich in der Lage gewesen wäre, sie zu manipulieren. Ich habe ihr gedient, war ihr treuster Untergebener. Alles, was ich getan habe, tat ich auf ihr Geheiß hin.*«

Natrix klang nahezu beleidigt wegen Rheas Vorwürfen.

»Also hat Aruna sich von dir getrennt?«, fragte Atlas.

»Nein, Aruna hat versucht, mich zu töten.«

Rheas Stimme brach, und ein Teil von mir hatte Mitleid mit ihr. Sie hatte eine geliebte Person verloren und trauerte offensichtlich noch immer.

»Aber wieso? Das ergibt doch keinen Sinn«, sagte Atlas.

»Nichts an ihr ergab noch einen Sinn, weil diese Schlange ihr den Kopf verdrehte! Sie sprach nur davon, wie mächtig sie jetzt sei, dass sie alles erreichen könne, was sie wolle, solange sie sich nicht ablenken lasse. Sie dürfe sich nicht verwundbar machen. Sie entschied sich, mich lieber selbst zu töten, bevor einer ihrer Feinde unsere Liebe gegen sie verwendete. Sie war … einfach nicht mehr sie selbst … Eine Gefahr für sich selbst und alle anderen. Schließlich hat sie nicht nur mich angegriffen, sondern auch die anderen Königreiche.«

»Und deshalb habt ihr sie gemeinsam umgebracht?«, hakte Atlas nach.

»Manchmal bedeutet Liebe, dass man Opfer bringen muss … und das war meins. Wir haben die Welt von einem Monster befreit.«

Für einen Moment herrschte Stille. Das einzige Geräusch, das zu hören war, war das Wasser. Das gleichmäßige Plätschern hatte etwas Beruhigendes.

»Das erklärt aber nicht, wieso du meine Eltern umgebracht hast!« Atlas' Stimme war getränkt von Wut.

»Du bist noch viel schwerer von Begriff, als ich angenommen habe. Silvestria sollte fallen, weil jemand anders das Königreich übernehmen wollte. Und das ist nach wie vor der Plan.«

Rhea grinste, und als ich den Kopf zur Seite drehte, bemerkte ich mehrere Krokodile, die auf uns zuschwammen. Eines von ihnen fiel besonders auf, denn es hatte keinen schlammfarbenen Panzer. Stattdessen war es schwarz, als bestünde es aus Onyx. Die knorpeligen Stellen auf seinem Rücken waren mit wundersamen silbernen Symbolen geschmückt. Das Tier wirkte genauso sonderbar wie Natrix und Ciel, strahlte ebenfalls dieses ominöse Leuchten aus. Das musste Rheas Seelentier sein!

»Pax ist eine Augenweide, nicht?«, sagte Rhea stolz. »Leider verlässt er sein Reich nur ungern, dabei würde ich ihn am liebsten der ganzen Welt präsentieren.«

Sie betrachtete das Krokodil, dessen Größe und Pracht die der übrigen in den Schatten stellten. Erst jetzt fiel mir die Ähnlichkeit zwischen Pax und Rheas Kleidung auf. Rhea trug eine extravagante Rüstung, in die Hunderte schwarze Schuppen eingearbeitet waren, die das Licht der Grotte widerspiegelten. Sie mussten von ihrem Seelentier stammen.

Rhea wandte sich an die zwei Soldaten, die Atlas und mich

noch immer bewachten. »Ihr zwei könnt gehen. Den Rest schaffe ich allein.«

Die beiden Männer wechselten einen kurzen Blick miteinander, waren aber schlau genug, ihrer Königin zu gehorchen. Ich konnte mir denken, was sie mit Menschen anstellte, die ihre Autorität infrage stellten.

»Sie verfüttert sie an ihre Babys …«
Danke, Natrix, für diesen eingängigen Vergleich.

Rhea erhob sich vom Thron und ging auf ihr Seelentier Pax zu. Während sie ihm über den festen, vermutlich undurchdringbaren Panzer streichelte, als wäre er weich wie das Fell eines Kaninchens, versuchte ich, meine gefesselten Hände zu befreien. An meine Dolche kam ich mit gefesselten Händen leider nicht heran, daher rieb ich das Seil unauffällig immer wieder über den kantigen Felsen hinter mir. Ich spürte bereits, wie es sich lockerte, doch ich benötigte noch etwas mehr Zeit. Daher suchte ich Blickkontakt zu Atlas und versuchte, ihm deutlich zu machen, dass er Rhea in ein Gespräch verwickeln sollte. Er nickte kaum merklich und entfernte sich etwas von mir, um ihre Aufmerksamkeit auf sich zu lenken.

»Du schuldest mir immer noch eine Antwort, Rhea. Wer will mein Königreich stehlen?«

Rhea ließ von Pax ab und fing überraschend an, zu lachen. »Du sprichst von dem Land, als wäre es eine billige Taschenuhr! Dabei leben dort Tausende Menschen. Hast du überhaupt eine Ahnung, was es bedeutet, Verantwortung für so viele Leute zu tragen? Avriel hatte vollkommen recht – du bist nicht ansatzweise in der Lage, ein Land zu führen, geschweige denn die Menschen, die darin leben.«

Atlas schnappte laut nach Luft. Wir hatten es befürchtet, aber jetzt gab es keine Hoffnung mehr, dass wir uns irrten.

»Avriel kam bereits vor einiger Zeit zu mir und äußerte seine Bedenken. Ich sah die Chance, mir Arunas Königreich einzuverleiben, also haben wir entschieden, eine kleine Hochzeit anzukündigen. Denn das war doch … Wie nannte er es noch gleich? Ach ja, eine günstige Gelegenheit, die Karten neu zu mischen.«

Pax riss sein Maul auf und entblößte Dutzende rasiermesserscharfe silbern funkelnde Zähne.

Weiter und weiter rieb ich mit meinen Händen über den Fels, obwohl meine Haut schmerzte. Doch ich blendete das brennende Gefühl aus. Ich musste an die verborgenen Dolche unter meiner Rüstung gelangen.

»Aber was willst du mit dem verfluchten Land? Nicht einmal die Vipern konnten es seit Arunas Tod betreten.« Atlas sah zu mir, und ich schüttelte den Kopf. Ich brauchte noch mehr Zeit!

»Das lass mal schön meine Sorge sein, Jungchen. Es ist übrigens herzallerliebst, euch beiden dabei zuzuschauen, wie ihr versucht, mich an der Nase herumzuführen. Glaubst du ernsthaft, ich würde nicht bemerken, was du da treibst?«

Rhea sah nun in meine Richtung. Ein schauriges Lächeln zierte ihre dunkelroten Lippen. Unter anderen Umständen wäre sie eine bildhübsche Frau. Doch jetzt, in diesem Moment, wirkte sie wie ein menschgewordener Albtraum, der direkt auf mich zukam, um mich mit Haut und Haaren zu verschlingen.

Ich riss mit aller Kraft an den Fesseln, doch das Seil hielt meine Hände immer noch zusammen. Also rieb ich, so schnell, wie es nur ging, über den Fels und blendete die Schmerzen aus, während Rhea den Abstand zwischen uns beiden verringerte. Sie war nur noch wenige Schritte von mir entfernt, als Atlas auf Rhea zustürmte. Beide fielen zu Boden, was mir die notwendigen Sekunden verschaffte, meine Fesseln zu lösen.

Meine Handgelenke bluteten und besaßen tiefe rote Striemen,

doch ich hatte keine Zeit, mir Gedanken darüber zu machen. Schnell griff ich unter die Lederbahnen meiner Rüstung und griff nach den Dolchen. Rhea hatte sich wieder aufgerappelt und versetzte Atlas einen Tritt mit ihren schweren Stiefeln. Dieser stöhnte laut auf und rollte sich schützend zur Seite.

»Pax, ich habe dir doch versprochen, dass du ein neues Spielzeug bekommst ... Hier ist es«, säuselte Rhea.

Pax' ohrenbetäubendes Fauchen jagte mir einen Schauer über den Rücken. Suchend blickte ich mich nach Atlas um, der sich zurück auf die Füße kämpfte. Ich musste ihm einen der beiden Dolche geben.

»Atlas, hier!«, rief ich ihm zu und schleuderte eine der Klingen quer durch die Grotte. Atlas war es mit gefesselten Händen zwar nicht möglich, zu kämpfen, doch er konnte sich mit dem Dolch losschneiden und hatte dann zumindest den Hauch einer Chance gegenüber dem mächtigen Krokodil.

Ehe Atlas sich von seinen Fesseln befreit hatte, tauchte Rhea vor mir auf. Sie hatte ebenfalls eine Waffe gezogen, ein gebogenes Schwert mit einem rot glänzenden Griff.

»Es muss nicht so enden«, rief ich und wich ihren Hieben aus.

»So endet es doch immer. Ich habe meine Seite gewählt, genauso wie du die deine. Wir werden niemals auf derselben stehen, schon allein, weil du deine Seele an diese Schlange verloren hast!«

»Aber du irrst dich! Natrix hat mich vor dem sicheren Tod bewahrt. Er ist nicht böse«, sagte ich, um Rhea zur Vernunft zu bringen. Jedoch erfolglos.

Ihre Angriffe prasselten auf mich nieder, und mir blieb keine andere Möglichkeit, als auszuweichen. Zum Parieren war mein Dolch zu klein und Rhea zu schnell. Die dunkle Königin trieb mich immer tiefer in den dunklen Schlund der Höhle, die sie bestens kannte, während ich bei jedem Schritt bangte, das Gleichgewicht zu verlieren.

»Natrix hat keine Macht über mich! Ich bin nicht Aruna«, rief ich, doch Rhea war wie im Wahn.

»Nein, das bist du nicht. Aber ich werde alles tun, um zu verhindern, dass sich die Geschichte wiederholt.«

»Wir können Arunas Erbe gemeinsam bewahren«, sagte ich, doch Rhea schlug immer wieder nach mir.

»Cahira, pass auf!«, schallte Atlas' Stimme zu mir heran. Ein Seitenblick offenbarte mir zwei Krokodile, die sich näherten. Schnell wich ich auch ihnen aus, bevor sie mit ihren gewaltigen Mäulern nach mir schnappen konnten.

Keuchend sah ich mich nach einem Ausweg um. Dieses Weglaufen würde nicht mehr lange gut gehen. Da hörte ich laute Stimmen, die vom Grotteneingang zu kommen schienen.

Rhea blickte zu der großen Treppe, von der wir uns recht weit entfernt hatten. »Was geht da vor sich?«, fragte sie wütend.

Ich blickte ebenfalls zur Treppe und sah, wie die Vipern die Grotte stürmten. In diesem Augenblick schöpfte ich neue Hoffnung. Eine der Kriegerinnen zog Atlas auf die Beine, dessen Arm verletzt war. Einige andere hielten Pax in Schach, während der Rest auf Rhea und mich zulief.

Ich suchte Rheas Blick. »Ich kann Veneria retten. Aber ich brauche dazu Arunas Schwert ... und deinen Schlüssel zur Gruft. Hilf mir dabei, Arunas Erbe zu neuem Glanz zu verhelfen«, sagte ich. »Lass dich nicht von Avriel benutzen. Wer sagt, dass er dich nicht auch hintergeht, wenn er bekommen hat, was er will?«

In ihren dunkelbraunen Augen flackerten Zweifel, dann legte sich wieder ein düsterer Schleier über ihren Blick. Obwohl ich die Taten dieser Frau zutiefst verabscheute, war mir bewusst, dass Avriel derjenige war, der böse und zerstörerische Absichten besaß. Er benutzte Rhea für seine niederträchtigen Pläne, doch sie schien das nicht zu sehen. Alles, was sie wollte, war ein Schuldiger für den Verrat, den sie begangen hatte. Doch eines war sicher, Frieden würde sie auf diese Weise niemals finden.

»Such den Schlüssel, Cahira, wir kümmern uns um sie«, rief Atlas. Er stürmte bereits mit einem Schwert auf uns zu. Eine der Vipern musste es ihm gegeben haben.

Rhea sah von mir zu Atlas, unschlüssig, wen von uns beiden sie angreifen sollte. Atlas nahm ihr die Entscheidung ab, indem er einen großen Schritt auf sie zumachte und mit der scharfen Klinge auf ihre Brust zielte. Rhea ließ sich zu Boden fallen, um dem Hieb zu entkommen. Mit einem unguten Gefühl in der Magengegend entfernte ich mich von den beiden. Mir war bewusst, dass Atlas sich rächen wollte, und ich hatte am eigenen Leib erfahren, wie sehr Rachedurst die Gedanken vergiften konnte. Aber ohne den Schlüssel durften wir nicht fliehen.

»Lass ihn ruhig das Ablenkungsmanöver spielen. Er wird das schon schaffen«, mischte Natrix sich ein.

Und wie lange? Die Burg ist gigantisch. Der Schlüssel könnte sich überall befinden, gab ich patzig zurück.

Natrix' Zunge kitzelte mich an meinem Oberschenkel. Es wirkte beinahe, als würde die Schlange mich auslachen.

»Dort hinten geht es tiefer in den Fels hinein. Wenn ich etwas verstecken würde, dann dort. Immerhin würde niemand freiwillig das Revier dieser Viecher betreten.«

Natrix bewegte sich nach links, woraufhin ich den Kopf unweigerlich in diese Richtung drehte. An der hinteren Felswand gab es ein großes Wasserloch.

Ich hob die Augenbrauen. *Du willst, dass ich dort hineinspringe und unter dem Felsen hindurchtauche?,* fragte ich. Ich wusste nur zu gut, wie sehr Natrix Wasser verabscheute.

»Es scheint der einzige Weg zu sein ... Auch wenn ich es hasse, nass zu werden.«

Schnell lief ich durch die Grotte, in der die Vipern gegen die Krokodile kämpften, als ich aus dem Augenwinkel weitere Soldaten entdeckte, die in die Höhle stürmten. Hoffentlich befand sich der Schlüssel dort, wo Natrix ihn vermutete. Früher oder später würden uns Rheas Soldaten überwältigen ...

Ein lautes Fauchen ertönte dicht hinter mir. Bei einem Blick über die Schulter entdeckte ich gleich zwei Krokodile, die mich ins Visier nahmen. Mit rasendem Herzen rannte ich zur Felswand und blieb am Rande des Wassers stehen. Als ich in die Tiefe starrte, sah ich bläuliche Lichter, die der Grotte das mysteriöse Ambiente verliehen.

»Scheint so, als würden sie einen Weg weisen«, murmelte ich, ehe ich kurz entschlossen drei Schritte zurücklief, um mit Anlauf ins Wasser zu springen. Als ich die Oberfläche durchbrach, spürte ich die Kälte wie tausend Nadelstiche auf der Haut. Mit den Armen vollführte ich gleichmäßige Bewegungen und folgte einem engen unterirdischen Tunnel. Die nasse Kleidung zog mich tiefer zum Grund, doch ich fokussierte mich auf die leuchtenden Steine, die mich durch das klare Wasser führten. Am Grund funkelte etwas, das aussah wie eine dunkle Muschel. Doch ich richtete meinen Blick schnell wieder auf den Tunnel, da die Luft in meiner Lunge immer knapper wurde.

Nachdem ich wieder aufgetaucht war und hastig nach Luft schnappte, spürte ich ein stechendes Brennen in meinem Hals.

Ich schob mir die nassen Strähnen aus dem Gesicht und kletterte aus der Grotte hinaus. Vor mir breitete sich ein weiterer Teil der Höhle aus, der jedoch deutlich kleiner war als der Thronsaal.

Ehe ich die Höhle näher in Augenschein nehmen konnte, plätscherte es. Als ich mich umdrehte, krochen die beiden Krokodile aus dem Wasser, die mich bereits zuvor verfolgt hatten.

Schnell zog ich meinen Dolch und ging einige Schritte zurück. Eines der Tiere kam direkt auf mich zu, riss sein Maul auf und entblößte spitze Zähne. Das fauchende Geräusch, das es dabei von sich gab, ließ mich frösteln. Blitzschnell kam es näher und schnappte nach meinem rechten Bein. Rechtzeitig wich ich aus, doch das zweite Krokodil schnitt mir den Fluchtweg aus der Grotte ab. Ich versuchte, mich an die Worte der Viper zu erinnern, die mir von der Schwachstelle der Tiere berichtet hatte. Doch die Grotte war recht dunkel und die Krokodile schnell. Was, wenn ich die Stelle unter dem Kinn verfehlte?

»Brauchst du Hilfe?«, fragte Natrix.

»Ich dachte eigentlich, das wäre eindeutig«, sagte ich keuchend und konnte mir den bissigen Unterton nicht verkneifen. Manchmal fragte ich mich, ob Natrix tatsächlich sehen konnte, was ich sah, oder seine Wahrnehmung sich von meiner unterschied. Immerhin stand ich gleich zwei gefährlichen Krokodilen gegenüber, mit nichts als einem Dolch bewaffnet.

»War ja nur eine einfache Frage«, blaffte die Schlange.

Dann spürte ich das vertraute Kribbeln. Ehe ich michs versah, hatte Natrix sich von meinem Körper gelöst und befand sich neben mir. Seine schwarzen Schuppen glänzten im feinen Schein der Grotte bläulich.

Die Krokodile wichen vor ihm zurück, doch Natrix' Anwesenheit reichte nicht aus, um sie in die Flucht zu schlagen.

»Ich fürchte, wir können sie nur gemeinsam besiegen«, zischte Natrix und schlängelte zielsicher auf das Krokodil zu, das sich näher an uns befand.

Es fauchte und schlug die Zähne warnend aufeinander, doch davon ließ Natrix sich nicht einschüchtern. Er bohrte seine spitzen Zähne in das Krokodil, die sich mit einem grauenvollen Knacken durch den festen Panzer arbeiteten. Das Krokodil stieß ein Geräusch aus, das wie ein Jaulen klang, und ich nutzte den Moment aus, um seinen gigantischen Kopf zu packen. Unter den Fingern meiner rechten Hand spürte ich die weiche Stelle, von der die Vipern gesprochen hatten. Mit all meiner Kraft rammte ich den Dolch in die Stelle und war erstaunt, wie leicht die Klinge hineinglitt. Der Krokodilskörper wurde augenblicklich schlaff und sackte zu Boden.

»*Da war es nur noch eins*«, sagte Natrix höchst vergnügt.

Für ihn mussten diese Gegner der reinste Witz sein. Das andere Krokodil stand noch immer am Grotteneingang und schien in eine Art Schockstarre verfallen zu sein.

Natrix schoss auf das Krokodil zu. Dieses schnappte nach seinem Schwanz, doch Natrix hob diesen und schmetterte ihn mit so einer Wucht gegen den Körper des Krokodils, dass es ins Wasser geschleudert wurde.

Natrix zischte warnend. Es klang viel bedrohlicher als das Geräusch, das er in den Gesprächen mit mir von sich gab, wenn ihm meine Worte missfielen.

Das Krokodil tauchte unter und floh schließlich aus der Grotte. Da drehte Natrix den Kopf zu mir, und es schien beinahe, als würde er lächeln.

»*Ich wette, er holt nur Verstärkung, aber diese Tiere sind derart gewöhnlich. Ich könnte hundert von ihnen besiegen.*«

Er schlängelte auf mich zu und richtete sich vor mir auf. Seine Präsenz war atemberaubend. Als er den Kopf senkte, hob ich die Hand und berührte seine Stirn, strich über die glatten, kalten Schuppen.

»Danke für deine Hilfe«, sagte ich.

Natrix zischte leise und verschwand zurück auf meine Haut.

Also sah ich mich in der Grotte um und entdeckte einen einzelnen Lichtstrahl, der die Decke durchbrach und eine der felsigen Wände beleuchtete. Davor lagen unzählige Steine, helle und dunkle, kleine und große.

»Das ist eigenartig«, murmelte ich und bückte mich nach einem der Steine, um ihn in die Hand zu nehmen. Langsam schritt ich die Wand entlang, bis zu der Stelle, auf die der Lichtkegel fiel. Die Wand besaß an dieser Stelle eine kleine Einkerbung, als würde dort ein Stück fehlen.

Ich presste den Stein in den Hohlraum, doch alles blieb ruhig.

»*Es scheint eine Art Rätsel zu sein*«, zischte Natrix.

Langsam ging ich einige Schritte zurück und suchte nach Hinweisen. Da entdeckte ich ein einzelnes Wort an der Wand. *Stein.*

Es schimmerte auf dem schwarzen Untergrund wie ein Trugbild, das sofort wieder verschwand, wenn ich den Kopf neigte. Ich lief weiter an der Wand entlang, bis ich noch mehr Worte entdeckte, die gemeinsam einen eigenartigen Reim ergaben:

Hart wie Stein, rau wie die See, dunkel wie Onyx und glänzend wie Schnee.

Mein Blick fiel auf den ovalen Stein in meiner linken Hand, während ich die Worte in Gedanken wiederholte.

»Hart wie ein Stein bedeutet doch, dass es sich nicht um einen Stein handelt, sondern um etwas, das dessen Beschaffenheit besitzt«, sagte ich.

Ich ließ den Stein fallen und ging zu dem Haufen zurück. Dort lag der richtige Gegenstand sicherlich verborgen. Mit den Händen wühlte ich zwischen den verschiedenen Steinen, doch ich fand nichts, das zu dem Reim passte.

»Rau wie die See ... dunkel wie Onyx und glänzend wie Schnee«, murmelte ich. Sicherlich war die Lösung naheliegend, wenn man sie erst einmal wusste. Doch mir fiel keine einzige Sache ein, die diese Attribute vereinte.

»Ich bin mir sicher, was auch immer die Lösung ist, sie hängt irgendwie mit Rhea zusammen.«

Das konnte gut sein, doch ich kannte Rhea kaum. Sie war eine gute Kämpferin, die in einer feindlichen Gegend lebte und dessen Seelentier gefährlich und blutrünstig war. Vor meinem inneren Auge blitzte das beeindruckende Krokodil auf, dessen weiße Zähne einen starken Kontrast zu dem außergewöhnlichen, schwarzen Panzer bildeten. Einem Panzer mit silbrigem Schimmer.

Schwarz ... wie Onyx.

Glänzend ... wie Schnee.

Das Rätsel verwies auf die Schuppen von Pax! Nur seine waren schwarz. Doch wo sollte ich eine von ihnen auftreiben, um sie in den Hohlraum zu stecken? Dazu musste ich wieder zurück in die große Grotte tauchen und entweder eine von Rheas Rüstung lösen oder sie von Pax stehlen.

»Beides keine sehr vielversprechenden Optionen.«

Ich eilte zu dem Wasserloch und ließ mich vorsichtig hineingleiten. Es nützte ja nichts, ich benötigte diese Schuppe, um den Schlüssel zu bekommen. Ich holte tief Luft und tauchte unter. Doch als ich den leuchtenden Steinen folgte, fiel mein Blick erneut auf das glänzende Etwas am Grund. Ich tauchte tiefer hinab und griff mit den Händen danach. Auf den ersten Blick sah es aus wie eine schwarze Miesmuschel, doch die Oberfläche wirkte fester und robuster. Plötzlich begriff ich, was ich in den Händen hielt: Eine Krokodilschuppe von Pax!

Rheas Seelentier war sicherlich schon unzählige Male durch den Tunnel getaucht und hatte offensichtlich eine Schuppe verloren. So schnell, wie ich konnte, wendete ich unter Wasser und tauchte zurück.

An der Wand angelangt, ging ich zu der Stelle, auf die der Lichtkegel fiel, und drückte die Schuppe vorsichtig in den Hohlraum. Die Krokodilschuppe reflektierte das Licht und brach es in viele kleine Strahlen, die die Höhle durchfluteten. Das Licht strahlte in den buntesten Farben und offenbarte einen Schlüssel, der zuvor unsichtbar gewesen war.

Ich lief darauf zu und löste das Metall aus dem Felsen. Sofort wurde die Höhle in Dunkelheit getaucht. Einzig die Fackeln an den Wänden schenkten ein wenig Helligkeit.

Mit den Fingern strich ich vorsichtig über den alten silbernen Schlüssel, der wie die anderen beiden mit schnörkeligen Mustern verziert war.

Ich atmete auf. Ich hatte endlich alle drei Schlüssel in meinem Besitz. Alles, was ich jetzt noch tun musste, war, die Gruft zu erreichen und das magische Schwert an mich zu nehmen, damit ich Veneria endlich von seinem Fluch erlösen konnte.

Ich beeilte mich, zurück zu Atlas zu gelangen, und tauchte durch den Tunnel zurück. Hoffentlich ging es ihm und den Vipern gut ... Frierend zog ich mich aus dem Wasser und hielt Ausschau nach ihnen. Die Grotte war noch immer erfüllt von Schreien und dem Klirren von Klingen. Immer wieder fauchten und brüllten die Krokodile, ein durch und durch unangenehmes Geräusch, das ich niemals vergessen würde. Schließlich entdeckte ich Atlas und keuchte. Er kroch über den nassen Boden und versuchte, Rhea zu entkommen, die sich drohend über ihn beugte. Blitzschnell rappelte ich mich auf, doch ich wusste, dass ich Atlas niemals rechtzeitig erreichen würde, um ihn vor Rheas Schwerthieb zu bewahren.

»Stopp, tu das nicht!«, brüllte ich verzweifelt. Meine Stimme klang so schrill, dass sie mir selbst fremd war. Ich rannte auf die beiden zu, als plötzlich ein gleißend helles Licht auftauchte, dessen Ursprung Atlas zu sein schien. Schützend hielt ich mir die Hände vor die Augen. Das grelle Weiß brannte so sehr darin, dass sie tränten.

Rhea stolperte und fiel zu Boden. Im nächsten Moment kauerte vor Atlas eine silberne Wildkatze, die schützend vor ihm Stellung bezog. Sie blickte mich aus honigfarbenen Augen an, ehe sie sich auf Rhea konzentrierte. Das Tier war riesig und schien von innen heraus zu leuchten.

Rhea starrte Atlas mit großen Augen an. »Du kannst unmöglich ein Seelentier haben!«

Als ich endlich meine Schockstarre überwunden hatte, eilte ich an ihr vorbei und ließ mich neben Atlas fallen. Sein Arm blutete stark. Ich beeilte mich, ihn mit einem Stück Stoff, das ich von seinem Hemd abtrennte, zu verbinden.

»Du hast eine Menge Blut verloren«, sagte ich aufgebracht. Sein Blick war glasig. Das sonst so kräftige Blau wirkte, als sei es hinter dichtem Nebel verschwunden.

»Mir ... geht's gut«, stöhnte er. »Sie muss bestraft werden für das, was sie getan hat.«

Sein Blick war auf Rhea gerichtet, die noch immer am Boden hockte. Sie hielt Ausschau nach ihrem Krokodil, das jedoch mehrere Vipern umzingelt hatten. Pax würde sie nicht retten können. Allerdings strömten weitere Soldaten in die Grotte und eilten mit Gebrüll auf uns zu.

»Wir sollten fliehen, sonst findet das hier nie ein Ende!«, sagte ich.

»Nein, das ... lasse ich nicht zu.« Atlas versuchte, sich aus meinem Griff zu lösen und aufzustehen. Ich drückte ihn zurück Richtung Boden und sah ihm tief in die Augen.

»Ihr Tod wird nichts an deinen Gefühlen ändern. Du wirst dich danach nicht besser fühlen.« Er senkte den Blick und atmete hörbar aus. Ich war mir nicht sicher, ob er das wegen des Schmerzes tat oder aus Frust darüber, dass ich recht hatte. Die Wildkatze brüllte laut und zog unsere Aufmerksamkeit auf sich.

»Erklär mir lieber, was es damit auf sich hat. Seit wann weißt du davon?«, fragte ich.

»Ich … bin mir nicht sicher. Weißt du noch, im Wald, als du das Pferd verfolgt hast? Da … Ich glaube, sie hat mich gerettet, aber ich kann mich nur schemenhaft erinnern.«

Die tiefen Kratzspuren auf Atlas' Haut … Ich hatte gerätselt, was es damit auf sich hatte. Es war durchaus möglich, dass sie von der Wildkatze stammten. Im dichten Gerangel mit den feindlichen Soldaten hatte sie ihn vielleicht versehentlich verletzt.

»Sie … spricht manchmal mit mir«, stammelte er. Für Atlas musste das alles ein Schock sein. Ich erinnerte mich noch gut daran, wie es für mich gewesen war, als ich zum ersten Mal Natrix' Stimme in meinem Kopf gehört hatte.

Mit einem Mal fauchte die Wildkatze ohrenbetäubend laut.

»Sie sagt, sie kann uns hier rausbringen. Wir sollen auf ihren Rücken steigen«, sagte Atlas.

Die Wildkatze trat näher an uns heran. Einige von Rheas Soldaten hatten uns mittlerweile umzingelt, schienen aber nicht recht zu wissen, was sie tun sollten. Auch für sie musste die strahlende Erscheinung der Wildkatze eine Überraschung sein.

»Flieht nur. Wir werden uns schon sehr bald wiedersehen, Atlas. Spätestens dann, wenn du merkst, was diese Schlange mit deiner Freundin anstellt, und du nach Antworten suchst«, sagte Rhea.

Sie tat mir beinahe leid, denn ihre verletzten Gefühle trübten ihr Urteilsvermögen, obwohl die Wahrheit so offensichtlich war.

Atlas richtete sich auf und zog mich zu der Wildkatze. Behutsam hob er mich hoch, und ich griff mit den Händen in das dichte, weiche Fell des Tiers, ehe ich Atlas' schützende Arme um meine Taille spürte.

»Ich werde dich niemals um Hilfe bitten«, entgegnete er eisig. Die Wildkatze knurrte bedrohlich.

»Wir werden ja sehen.«

Rhea lächelte, und ich suchte in dem Chaos aus Vipern und Soldaten nach Taina, und tatsächlich traf ich ihren Blick. Ich reckte meine Faust in die Luft als Zeichen, dass wir nicht aufgeben würden, dass wir stärker waren, und Taina hob als Antwort ihren Speer in die Luft. Schon stürmte sie auf den nächsten Soldaten zu und bohrte ihm die Speerspitze in die Brust.

Atlas' Seelentier war mit wenigen anmutigen Schritten an der Treppe. Es schmerzte mich, die Vipern zurückzulassen, aber diese Frauen waren stark und gerissen. Sie würden es schaffen. Und wir würden das Schwert von Veneria holen, ihnen ihr Land zurückgeben und Arunas Vermächtnis in Ehren halten.

Die Wildkatze brachte uns raus aus der Schattenburg und verschwand mit uns in den Tiefen des Sumpflandes. Sie war so schnell wie der Wind, gleichzeitig so sanft, als würden wir auf einer Wolke schweben. Die Bäume flogen nur so an uns vorbei, und die Anspannung fiel langsam von mir ab. Wir waren entkommen.

»Sie hätte für das, was sie getan hat, mit dem Leben bezahlen müssen«, raunte Atlas dicht an meinem Ohr.

Ich drehte mich nach hinten. »Ich glaube, sie bezahlt jeden Tag für ihren Verrat.«

Rhea war sicherlich nicht unschuldig, hatte Avriel schließlich bei seinem schrecklichen Plan unterstützt. Doch etwas sagte mir, dass sie kein schlechter Mensch war.

Über unseren Köpfen ertönte ein spitzer Schrei, und als ich nach oben sah, entdeckte ich Fionas Falken, dessen Gefieder den Nachthimmel erhellte.

»Sag ihr, sie soll anhalten. Sieh nur, da oben.«

Atlas hob den Kopf, und kurze Zeit später wurde die Wildkatze langsamer und blieb schließlich stehen. Der Falke kreiste über uns, ehe er im hohen Gras landete. Wir kletterten vom Rücken des Tieres und gingen auf Fionas Falken zu.

»Hat er wieder eine Botschaft für uns?«, fragte Atlas und trat vorsichtig näher. Ich erkannte das feine Lederband, das der Vogel um den Hals trug. Tatsächlich zog Atlas ein kleines Stück Pergament aus dem Beutel daran hervor. Er faltete es auseinander, bevor er vorlas:

Liebe Cahira,

Ciel hat mir berichtet, dass ihr Rheas Schattenburg erreicht habt und Arunas Kriegerinnen euch im Kampf unterstützen. Ich habe währenddessen zahlreiche Verbündete in Falconia gefunden, die meinen Thronanspruch unterstützen. Mein Bruder weigerte sich jedoch, öffentlich abzudanken und mir die Herrschaft respektvoll zu überlassen.
Ich schreibe diese Nachricht, um euch zu warnen: Mein Bruder weiß, dass ihr den Schlüssel für die Gruft habt. Er verließ die Stadt mit einigen seiner treusten Männer. Ich bin mir sicher, er wartet auf euch in Tebores.
Passt bitte auf euch auf.
Ich hoffe, wir sehen uns bald wieder.

Fiona

Atlas ließ das Stück Papier sinken und sah mich besorgt an. »Wir sind nur zu zweit … Wenn Avriel mit einer kleinen Armee auf uns wartet, sind wir ihm schutzlos ausgeliefert.«

Die Wildkatze entfernte sich einige Schritte von uns, als wolle sie uns ein wenig Privatsphäre schenken.

»Du liegst falsch. Ich habe Natrix, der überaus mächtig ist, und du hast ...« Mein Blick richtete sich auf Atlas' Seelentier. »Wie heißt sie eigentlich?«

»Ihr Name ist Nalini.«

»Nalini ... Das klingt schön.«

Nalini kam näher und blieb dicht vor mir stehen. Sie sah mich so durchdringend an, dass ich für einen Moment den Atem anhielt. Langsam streckte ich meine Hand nach ihr aus und streichelte der Katze vorsichtig über den Kopf. Sie schnurrte kaum hörbar.

»Sie scheint dich mehr zu mögen als mich. Immerhin hat sie mich bei unserer ersten Begegnung übel zugerichtet.«

Ein Knurren ertönte, das wie eine Warnung an Atlas klang.

»Ich bin mir sicher, sie hat dich nicht absichtlich verletzt. Wie geht es eigentlich deinem Arm? Rheas Krokodil hat dich ordentlich erwischt.«

Ich begutachtete das Stück Stoff, das ich notdürftig um die Wunde gewickelt hatte. Die Blutung hatte mittlerweile aufgehört, doch der Stoff war dunkelrot verfärbt.

»Es geht schon. Wir haben jetzt andere Sorgen. Willst du das wirklich durchziehen und nach Tebores reiten? Wir könnten auch zurück nach Silvestria und uns dort einen Plan überlegen. Fiona würde uns sicherlich unterstützen. Gemeinsam wären Avriels Männer einfach zu besiegen.«

»Nein, wir dürfen nicht noch mehr Zeit verlieren. Ich lasse mich von diesem Tyrannen nicht länger einschüchtern!«, sagte ich entschlossen.

Atlas nickte, und gemeinsam setzten wir uns wieder auf Nalinis Rücken, die uns durch die eisige Nacht trug.

KAPITEL 24

Als wir die Gruft von Tebores erreichten, erkannte ich am Horizont bereits die ersten rot-orangen Strahlen. Zu meiner Überraschung hatte Atlas uns hierhergeführt. Er kannte den Weg, weil sein Vater ihm stets eingebläut hatte, wie wichtig es war, diesen Ort zu schützen. Obwohl König Harkon in seinem Sohn keinen Herrscher gesehen hatte, hatte er ihm immerhin so weit vertraut, dass er ihn in das Geheimnis der Gruft eingeweiht hatte.

Nalini hielt im Schutz der knorrigen Bäume, die die Gruft umgaben, und ließ uns von ihrem Rücken steigen. Doch es war nur eine Frage der Zeit, bis die aufgehende Sonne die rettenden Schatten verdrängen würde.

»Ich kann niemanden sehen«, flüsterte ich.

Die Gruft lag unterirdisch, und der Eingang war von alten, bemoosten Säulen gesäumt, die mit einigen Mustern verziert waren. Offenbar hatten die damaligen Herrschenden sichergehen wollen, dass der Ort massiv genug war, um die ominöse Macht in seinem Inneren gefangen zu halten.

»Ich auch nicht, aber sie könnten wie wir hinter den Büschen hocken und nur darauf warten, dass wir arglos hineinspazieren.«

»*Da hat er recht*«, sagte Natrix überraschenderweise.

Dass du und Atlas mal einer Meinung sein würdet, hätte ich nicht für möglich gehalten. Nicht dass ihr noch beste Freunde werdet.

Ich sah mich noch einmal um. Mir war bewusst, dass es hier draußen Dutzende Versteckmöglichkeiten gab. Aber Avriel hatte keinen Schlüssel zur Gruft, weshalb er sich nicht im Inneren verstecken und auf uns warten konnte. Wenn wir ungesehen hineingelangten, waren wir drinnen vorerst sicher, und mit Arunas magischem Schwert würde Avriel mir sicher nicht zu nahe kommen.

»Ich will, dass du hier oben mit Nalini wartest und im Auge behältst, ob sich noch jemand der Gruft nähert.«

Atlas wollte protestieren, als ich ihm sanft meine Hand an die Wange legte. »Du musst mir Rückendeckung geben, damit ich in die Gruft gelangen und das Schwert holen kann. Vertrau mir, alles wird gut gehen.«

»Aber … du kannst dich dem Ganzen nicht allein stellen. Avriel kennt diesen Ort und ist gerissen. Was, wenn er eine Falle vorbereitet hat?«, fragte Atlas leise.

Ich sah ihm an, wie sehr ihm meine Entscheidung missfiel. Aber sollte wirklich eine Falle auf uns warten, würden wir nicht beide sterben. Atlas musste hier draußen bleiben und überleben, damit es auch dann noch eine Chance gab, Avriel zu bezwingen.

Ich sah ihm in die Augen und schenkte ihm ein Lächeln. »Ich schaffe das, außerdem bin ich ja nicht völlig allein. Natrix wird mich beschützen. Und glaub mir, mit dieser Schlange will sich keiner freiwillig anlegen. Wir werden siegen.«

Atlas umfasste meine Hand mit seiner, führte sie langsam zu seinen Lippen und küsste sie. »Pass bitte auf dich auf. Und sag deiner Schlange, dass Nalini sie auf der Stelle frisst, sollte dir etwas zustoßen!«

»*Das will ich sehen*«, entgegnete Natrix unbeeindruckt.

Atlas zog mich eng an sich, und ich schmiegte mein Gesicht an seine Brust. Dabei konnte ich seinen aufgeregten Herzschlag spüren. Als ich mich von ihm löste, zog er mich noch einmal zu sich heran und küsste mich leidenschaftlich.

Es fühlte sich an wie ein Abschiedskuss, als würden wir nie wieder die Gelegenheit bekommen, so innig miteinander zu sein. Dabei war ich sicher, dass wir das Schwert an uns nehmen würden. Alles, was wir durchgemacht hatten, die schrecklichen Wahrheiten, auf die wir auf dieser schmerzlichen Reise gestoßen waren, all das würde bald endlich enden. Ein letzter Kampf für den Frieden stand uns noch bevor. Doch das war ein Preis, den ich bereit war, zu zahlen.

»Ich warte auf dich«, raunte Atlas.

Dann lösten wir uns voneinander, und ich lief auf die Gruft zu. Ich widerstand dem Drang, zurückzublicken. Als ich am Eingang angelangt war, kramte ich nach den drei Schlüsseln. Die ersten beiden hatte ich tief in einer der kleinen Taschen meiner Rüstung verborgen, während ich den aus Rheas Grotte in der Jackentasche verstaut hatte. Doch das metallene Tor, das sich direkt vor den Treppenstufen befand, die hinunter in die Gruft führten, besaß nicht einmal ein Schloss. Merkwürdig ...

»Ich will deine Zuversicht ja nicht im Keim ersticken, aber du solltest wachsam sein. Wenn ich eine so mächtige Waffe vor der Welt verstecken würde, dann würde ich das Eingangstor nicht offen stehen lassen«, sagte Natrix.

Ich drückte das Tor vorsichtig auf, und ein unangenehmes Quietschen ertönte. Schritt für Schritt lief ich die staubigen Stufen hinunter und fragte mich, ob ich dort unten überhaupt etwas erkennen würde. Als ich das Innere der Gruft betrat, flammten auf magische Weise Fackeln auf.

»Das ist ja überhaupt nicht unheimlich«, murmelte ich.

Langsam ging ich weiter und suchte hinter jeder Ecke und in jedem Schatten einen Feind. Doch es blieb ruhig.

»*Schau mal, da vorn muss es sein*«, zischte Natrix.

Der Gang weitete sich und führte in eine ausladende Halle, deren Decke mit der Dunkelheit verschmolz. In der Mitte des Raumes lag eine Art gläserner Sarg. Doch darin befand sich keinesfalls Arunas Leichnam, sondern ihr Schwert, das grünlich schimmerte. Als ich näher trat, bemerkte ich Schlüssellöcher daran. Eines bestand aus Bronze, das andere aus Silber und das letzte aus Gold, so wie die Schlüssel aus den drei Reichen.

»*Der goldene Schlüssel versperrt ihr den Weg zurück ins Sonnenlicht. Der silberne verbannt sie in ewige Einsamkeit, und der bronzene lässt ihr Blut und ihre Eingeweide gefrieren.*«

Natrix' Worte ließen einen kalten Schauer über meinen Rücken laufen. Doch als ich den ersten Schlüssel ins Schloss schob, spürte ich eine unsichtbare Kraft, die mich dazu zwang, weiterzumachen. Ich drehte ihn herum, wobei ein leises Geräusch ertönte, weil der Mechanismus sich bewegte. Nebel drang aus dem Schloss und floss den Sarg entlang zum Boden. Ich wiederholte den Ablauf mit dem silbernen Schlüssel, bis ich nur noch den goldenen in den Händen hielt.

»Das würde ich an deiner Stelle besser lassen«, ertönte eine eisige Stimme aus der Dunkelheit. Avriel trat hinter einer der Säulen hervor.

»Du hast mir nicht zu sagen, was ich zu tun habe«, spie ich ihm entgegen. Sofort zog ich mit meiner freien Hand den Dolch hervor und hielt die Waffe schützend vor meinen Körper.

Er kam langsam näher, blieb jedoch einige Schritte von mir entfernt stehen. Auf den ersten Blick wirkte er unbewaffnet.

»Wenn du das Schwert an dich nimmst, wird das alles verändern«, sagte er warnend.

Ich reckte das Kinn. »Und wer behauptet, dass Veränderung etwas Schlechtes sein muss? Ich will Veneria wieder zu einem Ort machen, an dem Menschen sich sicher fühlen können. Ein Reich, wo sie nicht belogen oder benutzt werden, sondern sein können, wer immer sie sein wollen.« Avriel stieß ein verächtliches Lachen aus. »Du bist so naiv. Als ob *du* ein Königreich führen könntest.«

»Und du bist dafür besser geeignet? Deine Schwester Fiona ist die rechtmäßige Thronerbin, und soweit ich weiß, hat Falconia das bereits erkannt«, entgegnete ich.

Avriels Hand wanderte zu seinem Waffengurt, in dem ein golden glänzender Säbel steckte. Seine Geste zeigte, dass ich mich mit meinen Worten einer Grenze näherte, deren Überschreitung er nicht tolerieren würde.

»Ich liebe es, Grenzen zu überschreiten. Vielleicht sollten wir ihm zeigen, dass du niemals allein bist«, säuselte Natrix unheilvoll.

»Fiona ist nicht sie selbst. Sie glaubt ernsthaft, dieses geflügelte Federvieh sei ein magisches Wesen, das Beweis genug dafür sei, dass ihr der Thron gehöre und nicht mir. Dabei war es Vaters Wille, dass ich über Falconia herrsche.«

Er strich mit der rechten Hand über den verzierten Griff seiner Waffe.

»Ich mag dich, Cahira. Du bist jemand, der für seine Träume einsteht. Eine Frau, die ihre Ziele verfolgt. Vielleicht könntest du eine meiner Verbündeten werden. Du könntest meine Armee anführen oder eine meiner Beraterinnen werden. Wir finden sicherlich einen passenden Posten für dich und deine außergewöhnlichen *Talente*.« Er betonte die letzten Worte auf anzügliche Weise. Sofort musste ich wieder an den Tanz mit ihm denken, bei dem er mir unangenehm nah gekommen war.

Ich spürte Natrix' Aufregung als Vibrieren auf meiner Haut. Er fühlte sich genauso beleidigt wie ich. Doch ich wollte Ruhe bewahren, zumindest vorerst.

»Eine Verbündete oder vielmehr eine Marionette, die tut, was du von ihr willst?«, fragte ich bissig.

Über Avriels Gesicht huschte ein wissendes Lächeln. Er hatte begriffen, dass er mich so nicht um den Finger wickeln konnte.

»Schade, ich dachte eigentlich, wir könnten diesen unangenehmen Teil überspringen.«

Er sah in eine dunkle Ecke und hob die linke Hand, als würde er einen stummen Befehl geben. Zwei Männer mit dunklen Kapuzen erschienen – und zwischen ihnen hielten sie den regungslosen Körper von Atlas.

»Was habt ihr mit ihm gemacht?«, schrie ich Avriel an und musste mich zusammenreißen, nicht auf die beiden Männer zuzueilen und ihnen Atlas zu entreißen.

Unweigerlich fragte ich mich, was Avriel mit Nalini angestellt hatte. Sie hätte Atlas niemals kampflos im Stich gelassen. Hoffentlich ging es ihr gut.

»*Noch* nichts. Aber wenn du mir nicht diesen Schlüssel übergibst, dann werden sie ihm auf mein Kommando das Herz aus der Brust reißen und es dir vor die Füße schmeißen.«

Avriels Blick fiel auf meine rechte Hand, in der ich den letzten Schlüssel hielt.

Natrix, du musst mir helfen, Atlas zu retten. Ich will kein Königreich in einer Welt regieren, in der er nicht existiert.

Ein lautes Brüllen ertönte dumpf von oben. Nalini! Ob sie versuchen würde, Atlas aus den Fängen der Männer zu retten?

»Gib. Mir. Diesen. Schlüssel!«, sagte Avriel.

Er trat näher an mich heran. Ich fühlte mich wie ein in die Enge getriebenes Tier.

»Hol dir das Schwert, ich kümmere mich um diesen Wichtigtuer!«

Das Kribbeln auf meiner Haut wurde stärker. Als eine dunkle Nebelwolke um mich herum erschien, sah ich gerade noch, wie Avriel erschrocken zurückstolperte. Ich beeilte mich, den Schlüssel in das verbliebene Schloss zu stecken, während Natrix sich manifestierte und sich schützend vor dem Sarg und mir postierte.

Mit einem dumpfen Geräusch entriegelte sich das letzte Schloss, und ich umfasste den dunklen Griff, um den Sarg zu öffnen. Ein mächtiges Gefühl durchflutete meinen Körper, als ich das Schwert berührte und in die Hände nahm. Es pulsierte im Takt meines Herzschlags. Der Griff besaß die Form einer schwarzen Schlange, deren Schwanz sich in Richtung der Klinge zog. Er sah aus wie Natrix. Die Klinge glomm noch immer in dem magischen Grün, das perfekt zu Natrix' Augenfarbe passte.

Ein zartes Flüstern ertönte dicht an meinem Ohr. Zuerst konnte ich die Worte nicht verstehen. Doch mit der Zeit wurde die unbekannte Stimme deutlicher:

»Ich bin endlich wieder frei.«

Das Schreien von Avriel und seinen Männern riss mich aus meiner Starre. Ich sah gerade noch, wie Natrix einen der beiden Männer angriff und zu Boden riss. Das Gift der Schlange ließ den Mann qualvoll schreien, ehe er leblos liegen blieb.

Avriel sah mich mit hasserfüllten Augen an. Er hielt seine Waffe vor der Brust, als könnte ihn das vor seinem Schicksal bewahren.

Ich lief auf ihn zu, doch als ich zum Schlag ausholte, drehte Avriel sich zur Seite, sodass ich lediglich seiner rechten Wange eine tiefe Kerbe zufügte.

Schreiend ließ er seine Waffe fallen, drückte sich beide Hände auf die blutende Wunde.

»Dafür wirst du büßen!«, schrie er, schnappte sich seine Waffe und eilte zu Atlas, der inzwischen allein am Boden lag.

Ich versuchte, ihn einzuholen, und rief nach Natrix. Der wandte den Kopf und riss die Augen auf, als er zu begreifen schien, was Avriel vorhatte.

Avriels Grinsen brannte sich in mein Gedächtnis wie ein Fettfleck, als er seine Waffe mitten in Atlas' Brust stieß.

»Nein!«, schrie ich und hielt abrupt inne.

Avriel ließ das Schwert fallen. Sein Gesicht war durch meinen Angriff entstellt, und Blut rann ihm über das Gesicht, doch das war es nicht, was mich erschaudern ließ. Es war die Freude, die in seinen Augen strahlte. Er genoss es, zu töten, und labte sich an meinem Leid. »Ich habe dich doch gewarnt, oder? Du kannst nicht gewinnen. Nicht, ohne etwas zu verlieren, das dir am Herzen liegt.«

Zitternd fiel ich auf die Knie. Mein Blick verschwamm, doch Atlas' leblose Silhouette war noch immer sichtbar. Tränen rannen mir über das Gesicht, und ich schmeckte das Salz auf meiner Zunge. Mit einem Mal fühlte sich alles um mich herum wertlos an.

»Du elendiger Mörder!«, schrie ich verzweifelt. Dann stieß ich ein Geräusch aus, das ich noch nie zuvor von mir gegeben hatte, geboren aus Trauer und Wut, aus Hass und Schmerz. Klirrend fiel das Schwert neben mir zu Boden.

Ich kroch zu Atlas' leblosem Körper, fuhr mit den Fingerspitzen über sein Gesicht, das vom Kampf gezeichnet war. Kratzer und Blut konnten seinen schönen Zügen jedoch nichts anhaben. Seine blasse Haut fühlte sich noch warm an. Es wirkte, als würde er schlafen, aber dann fiel mein Blick auf die klaffende Wunde in seinem Bauch. Blut befleckte seine Kleidung und sammelte sich auf dem kalten Boden.

»Sieh dir ruhig an, wie das Leben aus ihm herausrinnt«, höhnte Avriel. Er war näher herangetreten und fokussierte das Schwert, das ich zu Boden fallen gelassen hatte. Natrix zischte und baute sich drohend vor Avriel auf. Dieser schien zu überlegen, ob er einen weiteren Versuch riskieren konnte, das Schwert an sich zu nehmen. Doch als Natrix auf ihn zuschnellte, ergriff er die Flucht. Ich konnte ihm nur dabei zusehen, weil ich mich so schwach und kraftlos fühlte.

»Das wirst du büßen!«, wimmerte ich immer wieder. Es sollte eine Drohung sein, doch es war auch ein Versprechen an mich, dass ich Avriel töten würde. Egal, was es mich kostete.

»*Ich fresse ihn gern mit Haut und Haaren*«, sagte Natrix drohend, der soeben den anderen Soldaten niedergestreckt hatte. »*Jetzt kann uns nichts mehr aufhalten. Lass uns Arunas Königreich befreien.*«

Natrix klang beinahe euphorisch, doch ich schüttelte den Kopf. Avriel hatte Atlas getötet, und ich hatte ihn nicht aufhalten können. Was brachte mir ein Königreich, wenn er nicht mehr bei mir war?

KAPITEL 25

Ich hatte keine Erinnerung daran, wie ich aus der Gruft gelangt war. Als sich die Dunkelheit um mich herum lichtete, war das Erste, das ich erblickte, Fiona. Augenblicklich erhellte sich ihr von Sorgenfalten durchzogenes Gesicht.

»Du bist endlich wach«, sagte sie mit warmer Stimme.

Sie legte mir ein nasses Tuch auf die Stirn, das sich angenehm kühl anfühlte. Vorsichtig drehte ich den Kopf und sah mich um. Offensichtlich befand ich mich in einer Art Zelt. Die einzige Lichtquelle stellte eine kleine Lampe dar, die in der hinteren Ecke flackernde Schatten an die Stoffbahnen warf.

»Was ist passiert?«, fragte ich benommen.

»Mein Bruder ist entkommen. Aber meine Männer beschützen dieses Lager und suchen nach ihm. Deine Kriegerinnen sind auch auf dem Weg hierher. Sie konnten aus der Schattenburg fliehen.«

»Und Atlas?« Ein Teil von mir wollte die Antwort auf diese Frage nicht hören. Doch ich musste es wissen, auch wenn es mir unwiderruflich Schmerzen bereiten würde.

»Er lebt ... Zumindest für den Moment.«

»Was? Ist das wahr?« Ruckartig richtete ich mich auf.

»Ja, aber er ist schwer verletzt. Ohne die Magie seines Seelentiers hätte er nicht überlebt.«

»Nalini war nicht in der Gruft«, entgegnete ich.

»Avriel hat die beiden wohl überrascht. Atlas konnte sich losreißen und ins Innere der Gruft gelangen. Seine Wildkatze hat verhindert, dass noch mehr Angreifer den Eingang passieren. Sie hat ununterbrochen vor den Toren gegen Avriels Männer gekämpft.«

Ich atmete erleichtert aus. Die Trauer um Atlas war schmerzhafter gewesen als jeder Schwerthieb, den ich je ertragen hatte.

»Ruh dich etwas aus, Cahira.« Fiona drückte mich zurück auf das Lager und zog die dünne Decke enger um meine Brust, doch ich setzte mich erneut auf.

»Ich will ihn sehen«, sagte ich und ignorierte den aufkommenden Schwindel.

»Du bist zu erschöpft. Atlas lebt. Aber er muss sich ausruhen, um gesund zu werden. Und du musst das auch.«

Ich wusste, dass Fiona es nur gut meinte, aber urplötzlich überkam mich ein heißes Gefühl wie eine reißende Flutwelle und färbte die Welt um mich herum blutrot. Die Wut ließ meine Fingerspitzen kribbeln.

»Du hast mir nicht zu sagen, was ich tun soll. Ich. Will. Ihn. Sehen. SOFORT!«, schrie ich sie an.

Kurz erschrak ich vor mir selbst und meinem plötzlichen Gefühlsausbruch gegenüber Fiona. Doch dieses mir unbekannte brennende Gefühl wollte mich nicht loslassen. Wieso verstand Fiona nicht, dass ich Atlas sehen musste?

Ich schob Fiona zur Seite und ließ sie in dem Zelt zurück. Draußen schlug mir die Kälte der Nacht entgegen, und ich sah mich orientierungslos um. Anscheinend hatten Fionas Männer ein notdürftiges Nachtlager im Niemandsland errichtet.

Natrix? Wo bist du? Weißt du, wo Atlas ist?
Ich horchte in mich hinein.
»*Ich bin bei dir und habe über dich gewacht. Wo Atlas ist, weiß ich nicht.*«

Suchend sah ich mich um. Ich lief zu dem nächstgelegenen Zelt und riss die Plane zur Seite, doch darin befanden sich nur Kisten und Vorräte. Wie in Trance kontrollierte ich jedes Zelt, bis ich eines entdeckte, vor dem Soldaten postiert waren.

»Ist Atlas da drin? Ich will zu ihm«, rief ich ungeduldig.

Die beiden Männer warfen sich einen kurzen Blick zu, ehe einer von ihnen antwortete.

»Königin Fiona hat angewiesen, dem König von Silvestria Ruhe zu gönnen.«

»Und Ihr solltet Euch auch ausruhen«, entgegnete der andere.

Ich presste die Lippen aufeinander und unterdrückte einen Fluch.

»Es geht mir gut, und wenn ihr mich nicht sofort zu ihm lasst, dann hetze ich euch meine Schlange auf den Hals.«

Ich spürte, wie Natrix über mein nacktes Bein wanderte, und sah an mir hinab. Die Männer folgten meinem Blick und rissen erstaunt die Augen auf.

»Wie Ihr wünscht, Schlangenkönigin«, sagte einer der Soldaten ehrfürchtig. Sie traten beiseite, und ich trat in das Innere des Zeltes.

Nalini hob alarmierend den Kopf hob. Ihr helles Fell war mit Blut besudelt, und ich erkannte einige Wunden, an denen sich langsam eine Kruste bildete. Ich nickte dem Tier kurz zu. Da ließ es den Kopf sinken und schloss die Augen.

Atlas lag neben ihr auf einer Pritsche.

Ich durchquerte das Zelt und setzte mich zu ihm. Seine Haut war fahl, und er wirkte so zerbrechlich wie eine Porzellanpuppe.

Ich schluckte. Er hatte die gesamte Reise über so viel einstecken müssen, dass es an ein Wunder grenzte, dass er noch lebte.

»*Der Junge ist zäh, der stirbt nicht so einfach*«, zischte Natrix. Anscheinend war das seine Art, mich aufzumuntern und davon abzulenken, dass Atlas in der Gruft beinahe sein Leben verloren hätte.

Vorsichtig strich ich mit meiner Hand über seine Stirn, die sich kalt anfühlte.

»Ich bin so froh, dass es dir gut geht«, flüsterte ich.

Atlas' Lider flackerten, bevor er sie öffnete. »Cahira?«, krächzte er.

Ich umfasste seine Hand und schmiegte mich an seine Brust.

Er zuckte zusammen, und ich zog mich sofort wieder zurück. Ihn so verletzlich zu sehen, brach mir das Herz. Doch war ich froh, dass er überhaupt noch lebte.

»Ich bin hier … alles wird gut. Wir werden diesen Mistkerl büßen lassen für das, was er dir angetan hat. Er und Rhea werden leiden.«

»Dein Gesicht«, sagte er kaum hörbar, ehe er wieder die Augen schloss und erschöpft den Kopf auf das Kissen sinken ließ.

Ich ballte die Hände zu Fäusten und versuchte, die Wut in meinem Bauch zu kontrollieren, die plötzlich wieder über mich kam.

Was ist das Natrix?, fragte ich die Schlange.

Diese Hitze, die sich in mir ausbreitete, und das Kribbeln, das meine Glieder befiel, fühlten sich ungewohnt an. Als hätte jemand einen tosenden Sturm in mein Innerstes gesperrt, der unentwegt versuchte, aus mir herauszubrechen. Gleichzeitig genoss ich diese Kraft, die sich anfühlte, als könnte ich alles und jeden besiegen.

»*So fühlt sich unbändige Macht an*«, sagte Natrix.

EPILOG

Atlas

Seit dem Kampf in der Gruft waren meine Wunden größtenteils verheilt. Meine Brust schmerzte zwar noch immer, wenn ich mich körperlich überanstrengte, aber Nalini sorgte schon dafür, dass das nicht zu häufig vorkam. Es war noch immer ungewohnt, meine Gedanken mit jemandem zu teilen, aber es war auch ein tröstliches Gefühl. Ich würde niemals mehr einsam sein, würde immer jemanden an der Seite haben, dem ich mich anvertrauen konnte. Und Nalini war eine gute Zuhörerin.

»*Danke schön, das gebe ich gern zurück*«, ertönte ihre angenehme Stimme in meinem Kopf.

Doch auch wenn sich manche Dinge zum Guten gewandelt hatten, dachte ich oft an den blutigen Kampf in der Gruft zurück. Lange war die Frage in meinem Kopf umhergeschwirrt, ob all das es letztlich wert gewesen war. All die Kämpfe, der Schmerz, die Lügen ... Ich war zu dem Entschluss gekommen, dass ich alles noch einmal genauso machen würde. Immerhin hatten wir drei der vier Reiche in Frieden vereint und die Seelentiere zurück in die Länder gebracht. Dennoch schmerzte es sehr, dass meine Familie nicht hier war, um diesen Sieg mitzuerleben. Zum Glück war Cahiras Freund Silas wohlauf und bereits auf dem Weg nach Veneria. Sie würde sich sicherlich freuen, ihn wiederzusehen. Ich konnte es kaum erwarten, in ihr überraschtes Gesicht zu blicken, wenn er in wenigen Tagen hier eintraf. Ich hatte alles in die Wege geleitet und dafür gesorgt, dass sich Silas mit ein paar der Ferum hierher auf den Weg gemacht hatte.

»Atlas? Cahira sucht schon den ganzen Vormittag nach dir.«

Tainas Stimme drang durch den Schlossgarten, durch den ich gern schlenderte, wenn mir alles zu viel wurde oder ich einen Moment zum Nachdenken brauchte. Sie eilte keuchend auf mich zu.

»Sie hat gefühlt jeden auf die Suche nach dir geschickt. Geh lieber zu ihr. Du weißt doch, wie sehr sie es hasst, zu warten.«

»Ich habe wohl die Zeit aus den Augen verloren. Ich werde sofort zu ihr gehen«, entgegnete ich und schenkte Taina ein entschuldigendes Lächeln.

Sie war zu Cahiras rechter Hand geworden, seit wir Veneria von dem Fluch befreit hatten. Zuvor war es niemandem möglich gewesen, Veneria auch nur zu betreten, weil eine unsichtbare Mauer die Menschen davon abgehalten hatte. Als Cahira mit dem Schwert die Ländergrenze erreichte, breitete sich das mysteriöse grüne Licht der Klinge über dem gesamten Land aus. Es erweckte Veneria wieder zum Leben, als hätte es sich in einem unheilvollen Schlaf befunden. Über all die Jahre, in denen das Land verlassen war, war nichts in Veneria gealtert oder verkommen. Das eindrucksvolle Schloss hatte prachtvoll vor uns gelegen. Das war nun sechs Wochen her.

Ich beeilte mich, zu Cahiras Gemächern zu gelangen. Als ich an die Tür klopfte, riss sie sie innerhalb von Sekunden auf.

»Da bist du ja! Ich habe dich überall gesucht«, sagte sie vorwurfsvoll und ließ die Tür geräuschvoll ins Schloss fallen, nachdem ich den Raum betreten hatte.

Sie trug eines von Arunas Kleidern, das sehr viel Haut präsentierte. Der blutrote Stoff berührte den Boden, als sie zu dem großen Tisch schritt. Darauf lag eine große Karte der vier Reiche.

»Ich habe bereits mit Taina und Fiona gesprochen. Sie stimmen mir zu, dass wir Rhea gefangen nehmen sollten, um zu verhindern, dass Avriel sie wieder für seine Zwecke benutzt. Er hat zwar keine Armee mehr, aber ihre könnte er sich so noch zunutze machen.«

Cahira sprach seit unserer Ankunft in Veneria nur noch davon, sich an Rhea und Avriel zu rächen. Sie war wie besessen davon.

»Solltest du dich nicht erst einmal darum kümmern, dein Land hier wiederaufzubauen?«, fragte ich.

»Ich muss mein Land nicht aufbauen, Atlas! Es ist perfekt so, wie es ist. Und sobald sich die Nachricht in allen Reichen verbreitet hat, dass Veneria eine neue Herrscherin hat, werden die Menschen zurückkommen. Ich werde nicht tatenlos herumsitzen und darauf warten, dass diese beiden Verräter alles, wofür wir so hart kämpfen mussten, wieder zerstören.«

Sie beugte sich über die Karte und markierte eine Stelle darauf.

»Warst du nicht diejenige, die mir gesagt hat, dass Rache nichts an meinen Gefühlen ändern wird?«

Cahira hob den Kopf und sah mir in die Augen. Irgendetwas an ihr wirkte fremd, als hätte sich eine Art Schleier über ihr Wesen gelegt, der ihr wahres Ich verbarg. Aber es war nicht nur das – seit sie das Schwert aus der Gruft an sich genommen hatte, waren die beiden Narben verschwunden, die sich über ihr rechtes Auge gezogen hatten. Unwillkürlich musste ich daran denken, dass ich sie bei unserer ersten Begegnung wegen dieser Narben beleidigt hatte. Dabei war Cahira schon damals bildhübsch gewesen.

Sie umrundete den Tisch und kam näher. »Das habe ich ganz sicher nicht gesagt!«

Sie wollte sich von mir abwenden, da griff ich behutsam nach ihrer Hand, um sie an mich zu ziehen. Ihre Nähe fehlte mir. Doch Cahira entzog sich kraftvoll meinem Griff und stieß mich von sich.

»Was soll das werden? Wir haben keine Zeit für so was!«

Ich senkte den Blick. Ihre abweisende Art verletzte mich. In letzter Zeit behandelte sie mich wie einen Fremden, nicht wie den Mann, der mit ihr durchs Feuer gegangen war. Ich musste an die Nacht denken, die wir in dem Lager der Vipern miteinander verbracht hatten. Seit dem Kampf in der Gruft waren wir uns nicht mehr so nah gekommen.

»Merkst du überhaupt, was du hier tust? Du stößt mich immer häufiger von dir weg, und ich ... ich vermisse dich. Du hast dich ... so verändert«, sagte ich.

Cahiras schallendes Lachen fühlte sich an wie Tausende Nadelstiche auf meiner Haut. »Verändert? Natürlich habe ich das! Ich bin nicht mehr länger das schwache Mädchen von damals. Ich bin eine mächtige Königin, und ich dachte, du seist ein mächtiger König. Macht fordert Opfer, und auch wenn wir diesen beiden Verrätern das Leben nehmen, ist das doch wohl ein geringer Preis. Auch dein Reich wird erst sicher sein, wenn die beiden fort sind.«

Ich sah, wie Natrix sich über Cahiras Schultern schlängelte. Die dunklen Linien stellten einen starken Kontrast zu ihrer hellen, makellosen Haut dar.

Ich schüttelte den Kopf. »Du verlierst dich selbst, Cahira. Und ich weiß nicht, ob ich länger dabei zusehen kann.«

Ich wandte mich ab, doch noch ehe ich die Tür erreicht hatte, prallte einer der Messingbecher nur Zentimeter neben mir gegen die Wand. Mit einem schallenden Geräusch fiel er zu Boden. Mit aufgerissenen Augen wandte ich mich zu Cahira herum, deren Gesicht ein grausames Lächeln zierte.

»Du lässt mich nicht einfach so stehen, Atlas. Solch ein respektloses Verhalten dulde ich nicht!«

Plötzlich durchzogen dunkle Adern ihre makellose Haut, und ihre hellgrünen Augen färbten sich schwarz. Dieser Moment ließ meine schlimmsten Befürchtungen wahr werden.

Cahira war nicht mehr sie selbst. Hatte Rhea vielleicht die Wahrheit gesprochen, und irgendeine dunkle Macht hatte Aruna einst befallen? War dieselbe Macht in Cahira gefahren, seit sie im Besitz dieses Schwertes war?

Was es auch war, eine Sache stand fest – ich würde Cahira nicht ihrem Schicksal überlassen. Was immer mit ihr geschehen war, ich würde sie retten, so wie sie mich gerettet hatte. Denn das tat man für die Menschen, die man liebte …